Susanne Mischke

Sonst brichst du dir das Herz

1.

Schon jetzt, im August, fielen die Blätter von den Bäumen wie tote Schmetterlinge. Valeria saß unter einer Steineiche und betrachtete den Streifen flirrender Luft über der Lichtung, als der Falke schrie: ein hohes, durchdringendes *Zjuck-zjuck-zjuck.*

Sie verharrte regungslos und horchte.

Aber da waren nur das Zirpen der Zikaden und das schläfrige Summen der Fliegen. Erneut ließ der Falke seinen Warnruf hören. Valeria stand auf und sah sich um. Waren Wildschweine in der Nähe – oder ein Wolf? Jetzt hörte sie ein fernes Brummen und gleich darauf bemerkte sie am Fuß des Berges den schwarzen Wagen, der sich die Serpentinen hochschraubte. Er fuhr schnell, sogar schneller als das Postauto und als gäbe es weder Schlaglöcher noch die Furchen, die die sintflutartigen Regenfälle des Frühjahrs hinterlassen hatten. Dabei zog er eine gewaltige Staubfahne hinter sich her und in den Kurven jaulte der Motor zornig auf.

Ein schnaubender schwarzer Stier, der etwas angreift.

Wer war das? Mr Wilson jedenfalls nicht, der Lehrer fuhr einen roten Fiat Punto, in dem er mehr dahinschlich, als dass er fuhr. Erst recht, wenn es länger nicht geregnet hatte. Denn dann, so pflegte der kleine Brite mit dem großen Schnäuzer zu klagen, staube die Schotterstraße *terribly.* Außerdem war Mr Wilson mit Mrs Wilson für zwei Wochen nach England gereist, deshalb hatte Valeria keinen Unterricht und konnte ungestört an ihrem Lieblingsplatz sitzen, auf halber Höhe des Monte Cucco. Von hier aus hatte man einen weiten Blick über die Ausläufer der umbrischen Apenninen und die sanft schwingende Landschaft der angrenzenden Marken. Mittelalterliche Dörfer thronten auf den Hügeln, die Felder bildeten einen Flickenteppich in Pastellfarben und an sehr klaren Tagen reichte die Sicht sogar bis zur Adria.

Außer dem Postboten und Mr Wilson benutzten nur wenige Menschen die kleine *strada bianca,* die zu ihrem Haus führte und dort auch endete. Hin und wieder quälte sich das Ape-Dreirad der verrückten Ersilia den Berg hinauf, um Valeria und ihrer Mutter geräucherte Forellen und selbst gemachte Seife zu bringen, und im Herbst, zur Jagdzeit, kamen gelegentlich Jäger vorbei. Aber die fuhren alle Geländewagen und keine schwarzen Limousinen.

Ein Tourist, der vom Weg abgekommen war? Jemand, der sich für Bilder interessierte? Als Valeria vorhin erklärt hatte, sie wolle Steinpilze suchen gehen, hatte ihre Mutter mit keinem Wort erwähnt, dass sie Besuch erwartete. Sie hatte nur verkündet, dass sie malen wolle, das Licht sei heute besonders weich, und etwas halbherzig hatte sie hinzugefügt, Valerias Vorhaben gefalle ihr gar nicht. Seit die Naturschützer im Nationalpark Monte Cucco Fotofallen aufgestellt und damit die Existenz etlicher Wölfe nachgewiesen hatten, war Rosa Tomaso nicht mehr gar so begeistert, wenn ihre Tochter allein in den Wäldern herumlief.

»Warum sollten Wölfe einen Menschen angreifen, wenn es doch genug Rehe gibt?«, hatte Valeria ihr entgegnet.

»Weil sie es können.«

Natürlich waren die Steinpilze nur eine Ausrede. Für Pilze war der Sommer viel zu heiß und trocken gewesen, das wusste auch ihre Mutter. Doch Valeria waren ihre Streifzüge durch die Natur zur Gewohnheit geworden und Gewohnheiten gab sie nur ungern auf. Schon gar nicht wegen ein paar Fotos und ängstlichem Dorfgeschwätz. Im Grunde, ahnte Valeria, war ihre Mutter manchmal auch ganz froh, wenn sie für einige Stunden allein sein konnte, um ungestört zu malen und heimlich zu rauchen. Und auch Valeria brauchte diese Zeit des Alleinseins, in der sie sich selbst Gesellschaft genug war.

Wer auch immer in dieser schwarzen Limousine saß, würde also gleich etwas zu hören bekommen. Denn wenn Rosa Tomaso eines nicht leiden konnte, dann war es, beim Malen gestört zu werden.

Ohne darüber nachzudenken, hatte Valeria sich an den Abstieg gemacht. Es war in erster Linie Neugierde, die sie antrieb, aber da war noch etwas anderes, eine leise Unruhe, die sie dazu veranlasste, schneller zu gehen als gewöhnlich.

Sie musste ein kleines Waldstück durchqueren, und als sie oberhalb der abgegrasten Schafweide wieder ins Sonnenlicht hinaustrat und Ausschau hielt, hatte sich die Staubwolke auf der kleinen *strada bianca* längst wieder gelegt. Der fremde Wagen stand auf der Höhe des alten Schafstalls, der nur noch eine Ruine mit durchhängendem Dach war. Valeria kniff die Augen zusammen. Der Fahrer war nicht zu sehen. Saß er hinter den getönten

Seitenscheiben und wartete? Aber worauf? Oder war er ausgestiegen und bereits hinter den Lorbeerbüschen verschwunden, die das letzte Stück der Straße säumten? Von dem Gehöft, in dem Valeria und ihre Mutter Rosa lebten, war nur ein Teil des Dachs und der Hühnerstall zu erkennen, den Rest verdeckte die ausladende Krone des Maulbeerbaums.

Das nun fehlende Motorengeräusch hatte eine eigentümliche Stille hinterlassen und mitten hinein in dieses Vakuum fiel der Schuss. Schrotflinte, erkannte Valeria, ehe sie, so schnell sie konnte, über die stoppelige Schafweide rannte, begleitet vom Schatten des Falken.

Rosa saß in ihrem bekleckerten Malkittel auf den Stufen des Hauseingangs. Ein paar drahtige Locken hatten sich aus ihrem Haarknoten gelöst und neben ihr, am Treppengeländer, lehnte die Schrotflinte. Der Topf mit dem Rosmarin war heruntergestürzt, aber das schien sie nicht zu stören. Sie hielt eine Zigarette in ihrer rechten Hand, die ein wenig zitterte, und stieß eine Rauchwolke nach der anderen aus. Sie hatte auch allen Grund, nervös zu sein.

Mitten im Hof lag ein toter Mann. Dass er tot war, erkannte Valeria sofort, denn seine Augen blickten starr in den gleißenden Sommerhimmel, was ein lebendiger Mensch gar nicht ausgehalten hätte. Zudem hatte sich sein Hemd mit Blut vollgesogen. Blut rann auch von dem kraterartigen Loch in seiner Brust auf die hellen Steinplatten und drang in die Ritzen, aus denen Moos und winzige Blumen wuchsen.

Als Rosa Tomaso ihre Tochter bemerkte, drückte sie

hastig die Zigarette aus und wedelte den Rauch beiseite. Dann umfasste sie den Lauf der Schrotflinte und zog sich mit beiden Händen daran hoch, als wäre die Flinte eine Krücke und sie selbst eine müde, alte Frau. In Wirklichkeit war sie zweiundvierzig, schlank und beweglich wie eine Stahlfeder und auch genauso zäh. Ihr hageres Gesicht hatte keine Falten, sah aber trotzdem nicht mehr jung aus. Nein, an Rosa Tomaso war nichts Weiches, aber auf ihre herbe Art war sie sehr schön. Aus der Tasche des Malkittels lugte der geriffelte Griff einer Waffe hervor. Die musste dem Toten gehört haben.

»Liebes, geh rauf in dein Zimmer und zieh dir was Altes an.«

Valeria hatte bis jetzt nur dagestanden, die Hände auf den Mund gepresst, so als hätte ihr jemand verboten zu schreien. Und tatsächlich hatte sie bis jetzt noch keinen einzigen Ton von sich gegeben. Es war das erste Mal, dass sie einen echten Toten sah, und sie wusste einfach nicht, wie sie reagieren sollte. Die klare, in ruhigem Tonfall vorgebrachte Anweisung ihrer Mutter wirkte jedoch einigermaßen beruhigend auf sie. Trotzdem schlug Valeria, als sie auf das Haus zuging, einen weiten Bogen um den Erschossenen, aus der irrationalen Furcht heraus, der Leichnam könnte sich vielleicht wie im Horrorfilm doch noch bewegen und nach ihren Fesseln greifen. Vor den Eingangsstufen bückte sie sich nach dem Rosmarin und stellte die Pflanze wieder zwischen die anderen Kräutertöpfe, die am Rand der Stufen Spalier standen. Der Topf hatte einen Sprung, hielt aber noch zusammen. Valeria fragte sich, ob sie je wieder in der Lage sein würde, auf den Stufen zu sitzen oder den Hof zu betreten, ohne dabei diesen Toten vor Augen zu haben.

Sie schaffte es die Treppe hinauf und bis in ihr Zimmer. Erst dort zog es ihr die Beine weg und sie ließ sich aufs Bett fallen. Ihr Atem ging stoßweise, ihr war übel und sie zitterte, als hätte man sie gerade aus eiskaltem Wasser gezogen. So lag sie einige Minuten im Dämmerlicht der geschlossenen Fensterläden. Jetzt nur nicht durchdrehen! Dies war die Gelegenheit, Rosa zu beweisen, dass sie kein Kind mehr war, sondern fast erwachsen. Siebzehn. In dem Alter riss man sich zusammen. Ihre Mutter hatte sicher keine andere Wahl gehabt, als den Mann zu erschießen. Bestimmt war er ein Einbrecher, ein Vergewaltiger, ein ... nun, jedenfalls konnte er keine guten Absichten gehabt haben. Warum sonst hatte er den Wagen am alten Schafstall stehen lassen? Und dann diese Waffe, die aus Rosas Malkittel herausgeschaut hatte ... Obgleich Valeria und ihre Mutter in letzter Zeit nicht immer einer Meinung gewesen waren, so zweifelte Valeria dennoch nicht im Geringsten an Rosa als moralischer Instanz.

Ganz sicher hatte sie in Notwehr gehandelt. Ganz sicher gab es für all das eine Erklärung.

Langsam ließ das Zittern nach und auch die Übelkeit.

Etwas Altes anziehen. Sie griff nach einer Hose, die ihr zu klein geworden war, aber als sie den Reißverschluss mit Gewalt hochzog, wurde ihr erneut schlecht. Also schlüpfte sie wieder in ihre Jeans und tauschte lediglich das T-Shirt mit den olivgrünen Tarnflecken gegen ein pinkfarbenes, das sie noch nie gemocht hatte. Sie atmete noch ein paar Mal tief durch, dann ging sie die Treppen hinunter.

Ihre Mutter war im hinteren Zimmer, das große Fensterscheiben hatte und ihr als Maleratelier diente. Sie telefonierte. Valeria sah sie zwischen den Staffeleien hin und her gehen und mit der freien Hand gestikulieren. Sprach sie mit der Polizei? Eine Welle der Angst rollte auf Valeria zu. Was, wenn sie ihre Mutter holten und ins Gefängnis sperrten? Was würde dann aus ihr, Valeria, werden? Den nächsten Satz konnte sie hören, trotz der geschlossenen Tür, weil er ziemlich laut ausgesprochen wurde: »Du bringst das in Ordnung, und zwar sofort!«

Nein, so redete man nicht mit einem Polizisten, nicht einmal Rosa würde das wagen. Valeria hatte plötzlich das Gefühl, ihre Kehle würde brennen. Sie rannte in die Küche und trank Wasser aus dem Hahn.

Wenig später kam Rosa herein.

Valeria wischte sich das Wasser vom Mund. »Mama, was ist denn passiert, wieso hast du ...« Sie brachte das Wort »erschossen« einfach nicht über die Lippen. Geradeso, als könnte man es noch ungeschehen machen, solange man es nicht aussprach.

Rosa ließ die halbe Frage ihrer Tochter im Raum stehen, wies mit einer Kopfbewegung nach draußen und meinte, *er* müsse schleunigst aus der Sonne.

Damit hatte sie recht. Fliegen umschwirrten den Leichnam, und als sie ihn bewegten, entwich dem Körper ein fauliger Gestank wie ein böser Geist. Vorn an seiner Hose war ein nasser Fleck. Erneut war Valeria kurz davor, sich zu übergeben. Dabei war sie im Grunde an den Anblick des Todes gewöhnt. Sie war dabei, wenn Rosa Hühner schlachtete, sie half beim Ausnehmen der Rehe und Wildschweine, die die Jäger vorbeibrachten, und im Wald fanden sich immer wieder tote Tiere in sämtlichen Stadien der Verwesung. Sie hatte sogar eine kleine Tierskelettsammlung in einer Kiste in ihrem Zimmer. Aber das hier war etwas ganz anderes. Ein toter Mensch, erschossen von ihrer Mutter. Vielleicht hatte Rosa recht, vielleicht half es, ihn erst einmal wegzubringen. Vielleicht konnte man dann besser darüber reden. Über das Warum.

»Wohin?«, presste sie hervor.

»In die Kammer. Nimm du die Beine«, sagte Rosa.

Durch den Stoff der Hose konnte Valeria sein Fleisch erspüren, die Beweglichkeit der Haut, die Festigkeit der Muskeln. Er war weder steif noch kalt. Er trug schwarze Lederschuhe mit dünnen, etwas abgewetzten Sohlen und über dem Rand der Socken kräuselten sich dunkle Haare auf heller Haut. Das Blut auf dem Hemd war bereits angetrocknet und es floss auch keines mehr aus dem Loch heraus, das die Schrotladung in seine Brust gerissen hatte. Sie wandte den Blick ab und schaute, ohne es zu wollen, in sein Gesicht. Ein Mann Mitte dreißig, dessen leblose Augen sie glasig anstierten. Der offen stehende Mund verlieh seiner Mimik einen grotesk-dümmlichen Ausdruck.

Das also war der Tod.

»Los, auf drei«, ächzte Rosa.

Er war nicht sehr groß, aber kräftig gebaut. Und unglaublich schwer. Es war nicht einfach, ihn ums Haus herumzuschleifen, aber irgendwie schafften sie es. Man könne alles schaffen, wenn man nur wolle, pflegte Mrs Wilson zu sagen, die Lehrersgattin, die mit allen Wassern der Küchenpsychologie gewaschen war.

Die Kammer war ein fensterloser Anbau auf der Nordseite und bestand, wie das ganze Gehöft, aus festem, grobem Mauerwerk. Sogar im Hochsommer war es darin einigermaßen kühl. Sie legten ihn auf den Boden. Rosa zerrte die Regenschutzplane vom Brennholz, das an der Außenwand gestapelt war, und breitete sie über den Leichnam.

Dass das die Insekten wirklich abhalten würde, bezweifelte Valeria und der Gedanke, dass zwischen ihren Essensvorräten ein Leichnam verrottete, ließ sie vor Ekel schaudern.

»Wenigstens ist er nun aus der Sonne«, stellte Rosa fest.

»Muss er nicht auch unter die Erde?«

»Ist nicht nötig.«

Valeria fragte sich, was Rosa mit dem Toten vorhatte. Ihn bei Dunkelheit wegbringen? Wohin? In den Fluss werfen, der kaum noch Wasser führte? Was immer es war – sie hoffte, dass sie nicht dabei sein musste.

»Jetzt warte doch mal!« Valeria war auf dem Weg zurück ins Haus stehen geblieben und konnte nur um ein Haar der Versuchung widerstehen, wie ein trotziges Kind mit dem Fuß aufzustampfen. »Was ist passiert, warum hast du den Mann erschossen?«

»Weil es notwendig war«, sagte Rosa, ohne zu zögern. »Er hatte eine Pistole dabei.«

»Was wollte er denn bei uns?«

»Nichts Gutes, mein Liebes, glaub mir«, sagte ihre Mutter, ehe sie die Lippen zusammenpresste, sodass ihr Mund mit den kleinen Fältchen aussah wie ein Reißverschluss.

»Und wen hast du vorhin angerufen?«

Aber Rosa ging einfach weiter und rief: »Kind, bitte! Löchere mich jetzt nicht mit Fragen, ich muss nachdenken. Wo hast du eigentlich den Pilzkorb gelassen? Egal, es ist sowieso viel zu trocken für Pilze. Nur gut, dass du vorhin nicht da warst. Ja, wirklich, *ein* Glück. Jetzt geh am besten in dein Zimmer. Ich meine, Mr Wilson hätte dir eine Hausarbeit in Englisch aufgegeben, *isn't it?«*

Der muntere, geschwätzige Tonfall, völlig untypisch für Rosa, jagte Valeria eine Heidenangst ein. »Französisch«, sagte sie automatisch, während sie ihrer Mutter hinterherstolperte. »Einen Aufsatz über Rousseau.«

»Na, dann los.«

Als ob sie jetzt auch nur ansatzweise in der Lage wäre, einen vernünftigen Gedanken zu Papier zu bringen! Valeria blieb dennoch den ganzen Nachmittag in ihrem Zimmer. Sie musste das Licht einschalten, denn die Fensterläden zu öffnen, hätte bedeutet, die Hitze hereinzulassen. Sie las in einem englischsprachigen Roman, den ihr Mrs Wilson geliehen hatte. Valeria las gern Geschichten von jungen Frauen, die in herrschaftlichen Häusern lebten. Aber heute drang nicht ein Wort der Schmonzette zu ihr durch. Stattdessen füllten sich ihre Augen immer wieder mit dem Bild des Toten, sogar dann, wenn sie sie zumachte. Dann erst recht.

So vergingen etliche Stunden. Draußen begann es zu dämmern. Plötzlich näherte sich ein Motorengeräusch.

Ein eisiger Schrecken packte Valeria. Die Polizei! Gleich würden sie Rosa mitnehmen. Sie sprang auf, hastete ans Fenster und spähte durch die Ritzen in den Läden. Es war noch schlimmer: Es war der schwarze Wagen des Toten. Er fuhr langsam auf den Hof und hielt an der Stelle, an der noch vor Stunden die Leiche seines Fahrers gelegen hatte. Der Motor wurde gedrosselt, die Tür ging auf, Rosa stieg aus. Erst da ließ Valerias Herzrasen wieder nach.

Zur üblichen Zeit rief Rosa sie zum Abendessen in die Küche. Es gab geräucherte Forelle mit Kartoffeln und Tomaten aus dem Garten. Wenigstens fragte ihre Mutter nicht, wie Valeria mit dem Aufsatz vorangekommen sei. Sie hatte in der Zwischenzeit die Läden und die Fenster geöffnet, damit die Abendluft hereinströmen konnte.

»Ein Glück, dass wenigstens die Nächte langsam wieder ein bisschen kühler werden«, meinte Rosa.

Valeria vermied es, aus dem Fenster zu sehen, wo der fremde Wagen auf dem Hof stand wie ein lauerndes Tier. Ihre Mutter hingegen schaute auffallend oft hinaus und ebenso häufig auf die Wanduhr über dem Kühlschrank. Es sei nun leider geschehen, was sie immer schon befürchtet habe, sagte sie unvermittelt, aber Valeria müsse sich nicht sorgen, sie, Rosa, habe die Situation im Griff.

Valeria nickte nur, obwohl sie die Bedeutung dieser Worte nicht einmal ansatzweise verstanden hatte. Aber aus irgendeinem Grund war sie nicht in der Lage, auch nur einen Ton zu sagen. Es war ein bisschen wie in diesen Träumen, in denen sie weglaufen wollte und ihre Beine nicht bewegen konnte. Stattdessen machte sich wieder dieses diffuse Angstgefühl in ihr breit. Trotzdem – was war sie nur für ein Monster? – verspürte Valeria auf einmal großen Hunger und wider Erwarten aß sie ihre Portion restlos auf.

Auch Rosa hatte es den Appetit nicht verschlagen. »Die gute Ersilia mag ein bisschen seltsam sein, aber ihre Fische sind eine Wucht«, bemerkte sie, während sie die Forelle aufklappte und mit chirurgischer Präzision das Rückgrat mitsamt den Gräten vom Fleisch trennte. Ersilia, der ein Fischteich hinter dem Dorf gehörte, besaß einen winzigen Hund mit herausquellenden Froschaugen, dem sie Kleider anzog. Einmal hatte sie Rosa gebeten, den Hund zu malen, und Rosa war der Bitte widerstrebend nachgekommen. Als Valeria das fertige Werk gesehen hatte – ein wirres Geschlinge in Rot- und Grüntönen mit gelben Einsprengseln –, hatte sie im Geist Ersilias Forellen und Rosas Lieblingsseife für alle Zeiten abgeschrieben. Doch Ersilia war in Begeisterung ausgebrochen. Rosa, so ihre Worte, habe das Wesen und die Seele ihres Hundes erkannt und eingefangen.

Dies hatte Valeria in ihrem Verdacht bestärkt, dass Ersilia einen an der Waffel hatte. Rosa hingegen meinte dazu, Ersilia habe genau verstanden, was abstrakte Malerei bedeute. »Denn die Welt ist nicht so, wie wir sie sehen.«

Inzwischen war es dunkel geworden. Nur die Lampe über der Haustür brannte, eine trübe Funzel, deren Schein nach wenigen Metern von der Nacht verschluckt wurde. Sie waren beim Abwasch.

»Mama, was passiert denn jetzt mit dem Mann?«, wagte Valeria einen neuen Vorstoß, doch da wurde die Küche plötzlich in ein grelles Licht getaucht. Ihre eigenen Schatten huschten über die Wände, Valeria schrie auf.

»Kein Grund zur Aufregung«, sagte Rosa. »Geh in dein Zimmer und rühr dich nicht.«

Es hatte freundlich und bestimmt geklungen, ohne die geringste Spur von Besorgnis.

Valeria gehorchte, eilte nach oben und stellte sich im Dunkeln ans Fenster. Neben dem schwarzen Wagen hatte ein weiterer, ähnlicher, angehalten. Zwei Männer in Sweatshirts und Sneakers stiegen aus. Der eine schien etwas jünger zu sein, er trug eine Baseballkappe, der andere war klein und dick. Kaum ausgestiegen, zündete er sich eine Zigarette an. Im Schein des aufflammenden Feuerzeugs sah Valeria ganz kurz sein Gesicht. Ein Mann in den Vierzigern, feist, klein und rundlich. Sie hatte ihn nie zuvor gesehen.

Rosa trat auf den Hof und sprach mit den beiden, aber sie redeten leise, Valeria konnte nur undeutliche Brocken verstehen. Dann verschwanden alle drei aus ihrem Blickfeld.

Minuten verstrichen, Valeria starrte wie hypnotisiert nach draußen. Im Lack der zwei Wagen spiegelte sich das Mondlicht.

Schatten näherten sich. Ihre Mutter und hinter ihr die Männer, die den Toten trugen, scheinbar mühelos, als wäre er ein Leichtgewicht. Rosa stand jetzt im Lichtkreis der Hoflampe. Was hatte sie da für ein Bündel auf dem Arm? Ah, die Plane, mit der die Leiche zugedeckt gewesen war. Eine Heckklappe wurde geöffnet, Rosa legte die Plane auf den Boden des Kofferraums und die zwei Besucher beförderten den Toten mit Schwung hinein, so achtlos, als wäre er ein Stück Wild. Oder Abfall. Mit einem dumpfen Laut wurde die Klappe geschlossen. Es folgte ein kurzer Wortwechsel und am Ende reichte der Dickere Rosa etwas Kleines, Weißes. Ein Päckchen, einen Brief? Türen schlugen zu, Motoren wurden angelassen, kaltweiße Lichtstrahlen irrlichterten über Mauern und Sträucher, als die zwei Wagen nacheinander wendeten und davonfuhren. Schließlich glommen nur noch die Rücklichter durch die Nacht wie gefährliche rote Raubtieraugen. Doch auch sie verschwanden.

Valeria beugte sich nach vorn und sog die kühle Nachtluft in ihre Lungen. Ihr war, als hätte sie seit Stunden die Luft angehalten. Der Knoten, der den ganzen Nachmittag um ihren Magen geschlungen gewesen war, löste sich langsam auf. Zurück blieb nur ein vages, ungutes Gefühl, das zu ergründen Valeria sich sträubte.

Es war ein schöner Sommerabend. Der Mond kletterte über die Wipfel der Zypressen und die Silhouette der Bergkette zeichnete sich wie ein Scherenschnitt gegen den indigoblauen Himmel ab. Eine Nachtigall sang, der Igel raschelte im Gebüsch hinter dem Hühnerstall, Grillen zirpten und ein Waldkauz schrie. Alles war wie immer.

Valeria hörte ihre Mutter nach ihr rufen und ging zu ihr hinunter. Eine Minute später brach ihre Welt in Stücke.

2.

Nach Rom? Und was machen wir da?«

Rosa, die im Wohnzimmer auf dem Sofa saß, nahm einen Schluck aus ihrem Weinglas. Dann schüttelte sie den Kopf. »Nicht *wir*. Du. Du fährst nach Rom. Gleich morgen früh.«

Ein eisernes Band schloss sich um Valerias Brust.

»Ich bringe dich morgen früh nach Assisi, dort fährt der *Frecciabianca* direkt zum Bahnhof Termini. Alessandro holt dich dort ab.«

»Wer?«

»Alessandro. Dein Vater. Du erinnerst dich doch noch an ihn?«

»Nein.«

»Red keinen Unsinn. Es ist ja nur bis ... nur für eine Weile.«

»Eine Weile?«

»Ein, zwei Monate vielleicht.«

Zwei Monate? Eine Ewigkeit!

»Hat es mit diesem toten Mann zu tun. Schickst du mich deshalb weg?«

Sie sah, wie Rosas Gesicht versteinerte.

War es das? Eindeutig, so wie Rosa reagierte.

»Ich möchte, dass du etwas ... Abstand gewinnst«, sagte Rosa.

»Bitte, Mama, ich werde nie mehr darüber sprechen, aber lass mich hier!«

»Du bist siebzehn. Es wird es höchste Zeit, dass du etwas anderes zu sehen bekommst. Es wird dir guttun, mal rauszukommen, in eine große Stadt.«

Das waren ja ganz neue Töne! Als Mr Wilson Rosa neulich vorgeschlagen hatte, Valeria nach Assisi aufs Gymnasium zu schicken, damit sie dort das Abitur machen könne, wäre sie ihm fast an die Kehle gegangen.

»Warum kommst du denn nicht mit?«, fragte Valeria verzweifelt. Ihr Zuhause war doch hier, schon immer gewesen. Was zum Teufel sollte sie in Rom?

»Ich kann hier nicht weg, ich habe ja bald meine Ausstellung, da ist noch so viel zu tun, du hast ja keine Ahnung.«

»Aber ...«, begann Valeria, »... ich kann nicht alleine nach Rom fahren. Ich weiß doch gar nicht, was man tun muss, im Zug und ... und ...« Die Zunge blieb ihr am Gaumen kleben und schien auch nicht mehr ans Gehirn angeschlossen zu sein. Ihr war klar, dass sie gerade alles andere als erwachsen klang. Sie hatte Angst, einfach nur Angst. Sie und Rosa waren zwar schon einige Male verreist, aber immer *zusammen*. Valeria war noch nie alleine irgendwo gewesen. Vor allen Dingen war sie noch nie in ihrem Leben länger als ein paar Stunden von Rosa getrennt gewesen. Noch vor einer Viertelstunde hatte sie angenommen, dass dieser tote Mann im Hof wohl für alle Zeiten zu den schlimmsten und furchterregendsten Erfahrungen ihres Lebens zählen würde. Aber die Aussicht, längere Zeit von Rosa getrennt zu sein und quasi ins Ungewisse reisen zu müssen, stellte alles in den Schatten.

Mit herablassender Geduld erwiderte Rosa: »Aber natürlich kannst du das. Du bist doch ein intelligentes Mädchen.«

Mr Wilson behauptete das auch immer. Valeria konnte eine Logarithmusfunktion zeichnen und mit ihrem Lehrer über Seneca diskutieren, notfalls sogar auf Lateinisch. Sie las Bücher in Englisch und Französisch und sie hätte auf Anhieb einen Vortrag über das Ökosystem Wald halten können. Aber auf das, was ihre Mutter nun von ihr verlangte, hatte sie niemand vorbereitet.

»Alessandro freut sich schon auf dich. Und seine Frau und die beiden Kinder auch.«

Als Alessandro fortgegangen war, war Valeria acht oder neun Jahre alt gewesen, sie wusste es nicht mehr genau. Seither hatten sie und ihre Mutter kaum noch von ihm gesprochen und in letzter Zeit überhaupt nicht mehr. Er war der Sohn der verrückten Ersilia, welche sich jedoch Valeria gegenüber ganz und gar nicht wie eine Großmutter benahm. Verrückt eben.

Alessandro dagegen war sehr nett gewesen, dennoch hatte er Valeria nicht besonders gefehlt. Oder falls doch, dann erinnerte sie sich nicht mehr daran. In den ersten Jahren hatte sie deswegen hin und wieder ein schlechtes Gewissen gehabt. Was war sie für eine Tochter, die ihren Vater nicht vermisste? Aber auch das hatte bald nachgelassen. Irgendwann war sie schließlich zu der Ansicht gelangt, dass man sich um einen Vater, der nie zu Besuch kam und auch nie etwas von sich hören ließ, nicht grämen musste.

»Was ist mit Mr Wilson?«, fiel Valeria ein. »Nächste Woche fängt der Unterricht wieder an.«

Ihre Mutter legte den Kopf schief und sah sie mit gespielter Nachsicht an. Sie klang jedoch ungeduldig, als sie antwortete: »Mr Wilson ist dein Privatlehrer, den *ich* bezahle. Deshalb fängt der Unterricht an, wenn ich es sage.«

Das Verhältnis zwischen Rosa und Valerias Hauslehrer war zurzeit nicht das beste. Er setzte ihrer Tochter mit seinen Zukunftsplänen für sie Flausen in den Kopf, hatte Valeria ihre Mutter neulich zu ihm sagen hören und befürchtet, es würde wieder dasselbe passieren wie damals, als Mr Wilson angeblich ein halbes Jahr lang krank war, nachdem er sich mit Rosa gestritten hatte. Sie hätte Mr Wilson nicht erwähnen sollen, erkannte Valeria im Nachhinein. Sie musste aufpassen, sonst würde Rosa noch wütend werden. Es war schrecklich, wenn das passierte. Dann wurde sie stumm und starr wie Holz und ihr Gesicht zu einer reglosen Maske. Im ganzen Haus konnte man dann diese Spannung fühlen, als wäre die Luft elektrisch aufgeladen, und diese Spannung war schlimmer als jedes zornige Wort.

Aber jetzt lächelte Rosa bereits wieder und sagte so gezwungen unnatürlich, als würde sie es irgendwo ablesen: »Geh jetzt rauf, Liebes, pack deine Sachen und dann leg dich schlafen. Morgen müssen wir früh raus.«

Vom Tag drang noch der Duft der Sonne aus dem Gebälk. Der Vollmond schien durchs Fenster, so hell, dass Valeria den gezackten Riss in der Decke erkennen konnte. Er stammte von dem starken Erdbeben, das die ganze Gegend erschüttert hatte, wenige Jahre bevor Valeria zur Welt gekommen war. Sie selbst konnte sich nur an leichte

Beben erinnern, bei denen die Gläser im Schrank geklirrt hatten. Das Bauernhaus, in dem sie und ihre Mutter lebten, war über dreihundert Jahre alt und hatte schon so manches Beben überstanden. Valeria hatte sich stets sicher gefühlt zwischen den dicken Mauern, mit denen sich das Gebäude an den Berghang schmiegte, als sei es vor Urzeiten daraus hervorgewachsen.

Nach Rom. Die Worte hingen im Raum wie etwas Schweres, Erdrückendes. Sie lag mit offenen Augen da. Da war eine tiefe, existenzielle Angst, die ihr die Luft abschnürte, die wuchs und wuchs, bis es ihr vorkam, als bestünde sie nur noch aus Angst. *Nach Rom.* Weg von hier. Allein, ohne Rosa. Zu einem Vater, an den sie sich kaum erinnerte.

Es war jedoch nicht die Zugfahrt, vor der sie sich fürchtete, und auch nicht Alessandro, sondern die Gewissheit, dass sich ihr Leben ab sofort verändern würde. Sie hätte nicht sagen können, woher sie es wusste, aber sie wusste es. Vielleicht würde sie nie mehr zurückkommen, und selbst wenn doch – es würde nicht mehr so sein wie vorher.

Draußen schrie erneut ein Waldkauz und in Valeria wuchs das Bedürfnis, ebenfalls zu schreien oder irgendetwas Dramatisches zu tun. Sie war kurz davor, von Panik überrollt zu werden, als plötzlich Luisa im Zimmer stand. Ihr Profil hob sich vor dem Fenster scharf gegen das Mondlicht ab, sie hatte die Arme verschränkt und trug einen dicken Pullover, als herrsche tiefer Winter. Jetzt wandte sie Valeria ihr Gesicht zu. Sie war älter geworden, natürlich war sie das, genau wie Valeria selbst, sie war ja ihre Schattenschwester. So hatte Valeria sie immer genannt.

»Was ist mir dir los?«, fragte Luisa mit ihrer glockenhellen Stimme, in der immer ein Hauch von Spott mitschwang. »Du benimmst dich wie ein Kleinkind.«

Valeria, die steif dagelegen und den Atem angehalten hatte, richtete sich auf. »Luisa«, flüsterte sie, während sie von einem warmen Glücksgefühl durchströmt wurde. »Du bist wieder da. Endlich!«

»Was du nicht sagst.« Sie lächelte, aber dann sagte sie streng: »Sei doch froh, dass du von hier wegkommst. Weg von *ihr*. Sie ist eine Mörderin.«

»Sei still!«, schrie Valeria. »Das ist nicht wahr!«

»Und ob«, meinte Luisa gelassen. »Du weißt es doch genau. Eine Mörderin und eine Lügnerin. Warum sagt sie dir nicht, was los ist und wer der Kerl ist, den sie erschossen hat? Schickt dich einfach nur weg!« Luisa schnaubte verächtlich und strich sich eine Locke aus der Stirn. Dann meinte sie etwas milder: »Na, wenigstens ist es Rom. Es hätte schlimmer kommen können.«

»Aber ich will nicht allein nach Rom!«, rief Valeria erbost.

Wolken trieben Schatten über den Mond, Luisas Umriss verschmolz mit der Dunkelheit.

»Luisa?«

Keine Antwort. Valeria wartete. Aber im Grunde wusste sie, dass Luisa bereits weg war, denn sie spürte sie nicht mehr. Stattdessen hörte sie Schritte vor der Tür, ihre Mutter kam ins Zimmer gestürmt und knipste das Licht an. Mit ihrem langen Nachthemd und dem offenen lockigen

Haar sah sie aus wie die Maria Magdalena auf dem Gemälde, das in der Dorfkirche über dem Seitenaltar hing.

Eine Mörderin.

»Was ist passiert? Mit wem redest du?«

Rosas Blick war hellwach und ihre Stimme klar. Demnach hatte auch sie noch nicht geschlafen.

»Ein Albtraum«, antwortete Valeria. Noch angestachelt von Luisas Worten setzte sie aufmüpfig hinzu. »Wundert dich das etwa?«

Rosa seufzte nur und drückte ihr einen Kuss auf die Stirn. »Schlaf jetzt«, sagte sie und ging wieder hinaus.

Valeria rollte sich ein wie ein Embryo und schloss die Augen. Luisas Besuch hatte ihr gutgetan. Die übergroße Angst war nun einer fiebrigen Aufregung gewichen. Was wahrscheinlich ganz normal war vor einer Reise.

»Valeria! Aufstehen!«

Sie blinzelte, streckte sich. Fahles Licht sickerte ins Zimmer. Was sollte denn das, es war doch noch viel zu früh? Die Sonne hatte es noch nicht einmal über den Bergkamm geschafft. Mit dem nächsten Wimpernschlag brach die Erinnerung an die gestrigen Ereignisse über Valeria herein wie ein Schwall kaltes Wasser. Ihre Mutter mit der Flinte auf der Treppe, die glasigen Augen des Toten im Hof, das schwarze Blut auf seiner Brust, auf den Steinen, die Fliegen ...

»Valeria, beeil dich! Der Zug wartet nicht auf uns.«

Nach Rom. Das ganze Ausmaß ihres Elends war plötzlich wieder präsent. Trotz der Bleigewichte an Armen und Beinen stand Valeria auf, wusch sich, zog sich an. An

Frühstück war nicht zu denken, ihr Magen war wie zugeschnürt, sodass Rosa schließlich zwei Panini mit Käse belegte und diese für später einpackte.

Fieberhaft suchte Valeria nach Worten, um ihre Mutter doch noch umzustimmen. Irgendein Argument musste es doch geben, etwas, das ihr gestern nicht eingefallen war, eine magische Formel, die sie erlösen würde.

Stattdessen kamen ihr nur Luisas Worte von gestern Nacht in den Sinn. *Eine Mörderin. Eine Lügnerin.*

Sollte sie ihrer Mutter sagen, dass Luisa zurückgekommen war? Aber Valeria wusste noch zu gut, wie Rosa das letzte Mal reagiert hatte: Es sei ja ganz amüsant, wenn eine Sechsjährige eine imaginäre Schwester habe, der man einen eigenen Teller und eine Zahnbürste hinstellen müsse, hatte Rosa eingeräumt, aber bei einem Teenager sei das doch einigermaßen besorgniserregend. Dabei hatte Rosa jedoch weniger besorgt, sondern vielmehr gereizt geklungen und auch so ausgesehen.

Von da an war Luisa verschwunden gewesen, geradeso, als hätte sie Rosas Worte gehört. Vier Jahre war das nun her, damals war Valeria dreizehn gewesen. Und nun war sie zurückgekommen.

Die Welt ist nicht so, wie wir sie sehen. Rosas Worte. *Ja,* dachte Valeria, *und Luisa ist der beste Beweis dafür.* Dennoch erschien es ihr im Augenblick ratsamer, den Mund zu halten. Denn wenn sie sich recht erinnerte, hatten Luisa und ihre Mutter immer schon ein wenig auf Kriegsfuß gestanden.

»Bist du so weit?«

»Ich muss mich noch von den Hühnern verabschieden.«

»Sei nicht albern!«

Rosa stand exakt an der Stelle, an der gestern der Tote gelegen hatte, und klapperte mit den Autoschlüsseln. Die Entschlossenheit stand ihr ins Gesicht geschrieben. Jetzt konnte man nur noch hoffen, dass der betagte Landrover nicht anspringen würde, wie es bisweilen vorkam. Mit der ganzen Kraft ihrer Gedanken beschwor Valeria ihre Wunschvorstellung herauf: ihre Mutter, fluchend über den Motorraum gebeugt, Kleid und Hände ölverschmiert, während in Assisi der *Frecciabianca* ohne Valeria abfuhr. Aber wie zum Hohn startete der Wagen, kaum dass der Schlüssel das Schloss berührt und Rosas Sandalette das Gaspedal durchgedrückt hatte. Ihr blaues Sommerkleid blieb unbefleckt und weder Flüche noch Klagen über englische Autos kamen über ihre Lippen, die sie heute kirschrot geschminkt hatte.

Das Letzte, was Valeria von ihrem Zuhause sah, war der Falke, der den Wagen spielerisch umsegelte, als dieser die Serpentinen hinabfuhr. Aus seiner Perspektive musste ihr Unglück lächerlich wirken: eine Siebzehnjährige, die in einem Auto sitzt und für ein paar Wochen zu ihrem Vater nach Rom fährt. *Die schönste Stadt der Welt*, wie Mr Wilson zu schwärmen pflegte. Ja, wenn man es so betrachtete ... Wenn man die Sache mit dem erschossenen Mann vor der Haustür und ein paar andere Nebensächlichkeiten ignorierte, dann hatte Luisa vielleicht doch recht: Valeria sollte froh sein, von hier wegzukommen und ein Stück von der Welt da draußen zu sehen.

Schließlich verlor sie auch den Falken aus den Augen. Stocksteif saß sie da und schaute zum Seitenfenster hinaus, damit Rosa nicht sah, wie sie versuchte, die Tränen wegzublinzeln.

Offenbar war Rosa Tomaso über Nacht auf die Idee gekommen, ihrer Tochter das Ganze als Bildungsreise zu verkaufen. Während der Wagen die Kurven nahm und über die Schlaglöcher holperte, schwärmte sie, wie lebendig und interessant Rom doch sei, und zählte wie eine Reiseführerin all die Monumente und Museen auf, die Valeria sich dort unbedingt ansehen müsse. Sie ging sogar so weit, sich selbst anzuklagen: dass Valeria bislang noch nie in Rom gewesen sei, sei ein geradezu unverzeihliches Versäumnis, an dem sie, Rosa, die Schuld trage.

Valeria hörte sich den ganzen Stuss mit wachsender Fassungslosigkeit an und verweigerte bockig jeden Kommentar. Die Lippen versiegelt, betrachtete sie das graue Band der Straße, die umgepflügten Felder und die überreifen Sonnenblumen, die aussahen wie schwarze Skelette mit herabhängenden Köpfen. Ein unsichtbares Gewicht lastete auf ihr und ließ sie nur schwer atmen. Ihr Leben lang hatte Valeria in Rosas Bannkreis gelebt, hatte sie bewundert und beinahe jede Minute an ihrer Seite verbracht. Rosa war für sie das Maß aller Dinge gewesen, ihr Wort war Gesetz. Erst als Valeria älter geworden war, mit zwölf oder dreizehn, hatte sie angefangen, allein Spaziergänge zu unternehmen oder hin und wieder mit Gleichaltrigen einen Nachmittag im Dorf zu verbringen. Aber noch nie hatte sie ohne Rosa irgendwo anders übernachtet. Allein die Vorstellung war beklemmend. Und nun schickte Rosa sie von einem Tag auf den anderen für unbestimmte Zeit fort.

»Möchtest du ein Lakritzbonbon? Vielleicht hilft es ja, damit du die Zähne wieder auseinanderbekommst.«

Endlich reagierte Valeria und fuhr ihre Mutter wütend an: »Wenn du unbedingt reden willst, dann erklär mir doch mal so einiges: Wer war der Typ, den du erschossen hast? Was hat er dir getan? Und warum muss ich jetzt von einem Tag auf den anderen nach Rom? Darüber würde ich mich wirklich gerne mit dir unterhalten. Alles andere kannst du dir sparen, auch die Lakritze!«

Daraufhin war es Rosa, die für den Rest der Fahrt stumm blieb. In Schweigen gehüllt erreichten sie den Bahnhof von Assisi. Dorthin fuhren sie sonst, wenn Rosa zu der Ansicht gelangte, man müsse wieder einmal unter die Leute. Meist fiel dieses Bedürfnis mit dem Zeitpunkt zusammen, an dem sie neue Leinwände, Pinsel und Farben brauchte. Bei der Gelegenheit bekam auch Valeria neue Hefte, Bücher und Kleidung.

Stumm vor sich hin starrend standen sie schließlich auf dem Bahnsteig, zwischen ihnen, wie eine Barriere, Valerias große Sporttasche. Die Lautsprecher kündigten die Einfahrt des Zuges an. Wieder spürte Valeria diesen Angstknoten in ihrem Innern.

»Sei nett zu Alessandro«, brach Rosa das Schweigen. »Du darfst ihm nicht böse sein, weil er sich nie gemeldet hat. Es ist nicht seine Schuld, ich hatte ihn darum gebeten. Ich nahm an, das sei besser für dich.«

Urplötzlich schlug Valerias Angst in Wut um. Wie um alles in der Welt kam ihre Mutter zu dem Schluss, es wäre besser für Valeria, wenn man ihr den Vater vorenthielt, um ihn dann nach Jahren wie ein Kaninchen aus dem Hut zu zaubern, wenn er einem nützlich erschien? Valeria hatte schon eine scharfe Antwort auf der Zunge, aber da kam neben ihnen der Zug kreischend zum Stehen. Also warf sie Rosa nur einen zornigen Blick zu und wandte sich ab.

Die Türen öffneten sich, eine Schar deutsch sprechender Pilger und ein paar Einheimische stiegen aus. Rosa griff in ihre Handtasche und drückte Valeria einen Briefumschlag in die Hand. Den solle sie Alessandro aushändigen. Valeria steckte ihn in ihre gehäkelte Handtasche, die sie sich um die Schulter gehängt hatte, dann griff sie nach ihrer Sporttasche und stieg ohne ein Wort des Abschieds in den Zug. Rosas ausgetreckte Arme blieben leer.

»Wiedersehen mein Kind. Du wirst sehen, Rom wird dir gefallen!«

Da war er wieder, dieser aufgesetzt lebhafte Tonfall, allerdings unterlegt mit einem Hauch von Verzweiflung.

Valeria antwortete nicht. Es kostete sie eine schier übermenschliche Anstrengung, sich nicht nach ihrer Mutter umzudrehen, aber Rosa sollte ruhig wissen, wie elend Valeria sich fühlte. Nein, nicht nur wissen. Rosa sollte sich ebenso elend fühlen wie sie. Der Kloß in Valerias Hals wurde größer. Sie betrat den Waggon, suchte nach der Nummer ihres Sitzplatzes, fand ihn und setzte sich hin. Der Platz neben ihr war leer, im ganzen Waggon saß nur ein knappes Dutzend Leute. Ein Pfiff, die Türen schlossen sich, sanft setzte sich der *Frecciabianca* in Bewegung. Valeria schielte durch das Fenster. Rosa stand auf dem Bahnsteig und winkte zaghaft mit der rechten Hand, die linke schirmte die Augen gegen das Sonnenlicht ab. Wie verloren und verletzlich sie auf einmal wirkte. Ihr Anblick versetzte Valeria einen Stich und der Impuls, ihr zuzuwinken, gewann die Oberhand. Aber ob Rosa das sehen konnte, war fraglich, denn der Zug war schon zu weit weg und wahrscheinlich spiegelten die Scheiben. Als ihre Mutter nur noch ein kleiner blauer Punkt war, sank Valeria zurück in den Sitz und ließ die schweren Tränen laufen, die sich hinter ihren Augenlidern angesammelt hatten. Sollte es jemand sehen, so war ihr das herzlich egal.

Als keine Tränen mehr kamen, trocknete sie ihre Augen und Wangen, schnäuzte sich und zog den Umschlag aus ihrer Handtasche. Er war nicht beschriftet und er sah anders aus als die Briefumschläge, die Rosa normalerweise für ihre Korrespondenz benutzte. Er fühlte sich an, als wären Geldscheine darin. Ein ganzes Bündel musste das sein.

Plötzlich hatte Valeria wieder die Szene von gestern Abend vor Augen. Hatte nicht einer der beiden Männer, die die Leiche fortgeschafft hatten, ihrer Mutter etwas in die Hand gedrückt?

Valeria überkam die bizarre Vorstellung, gerade verkauft worden zu sein. Sie schwor sich hoch und heilig, ihrer Mutter während der Dauer ihrer Verbannung nach Rom nicht zu schreiben, keine einzige Zeile! Und anrufen würde sie sie auch nicht und nicht ans Telefon gehen, sollte Rosa bei Alessandro anrufen. Es sei denn, Rosa wollte ihr sagen, dass sie wieder nach Hause kommen dürfe.

Zweieinhalb Stunden später fuhr der Zug am Bahnhof Roma Termini ein. Valeria, der die Fahrt erstaunlich kurz vorgekommen war, stieg aus. Der Bahnsteig und die

Bahnhofshalle wimmelten vor Menschen, dass es einem schwindelig werden konnte. Die Kakofonie ihrer Stimmen, vermischt mit den Lautsprecheransagen, erfüllte die Luft. Valeria presste ihre kleine Handtasche fest an sich, denn bekanntermaßen war Rom voll von Taschendieben. Während sich der Bahnsteig leerte, hielt sie auf Zehenspitzen Ausschau nach Alessandro. In ihrer Erinnerung war er ein hochgewachsener Athlet mit blauen Augen und langen braunen Locken, die in einen kleinen Zopf mündeten. Wo war er nur? Hatte er sie vergessen, hatte er es sich anders überlegt, hatte Rosa sie am Ende angelogen, nur um sie loszuwerden?

Valeria war kurz davor, in Panik zu geraten, als ein fremder Mann auf sie zustürmte, sie umarmte, ihr zwei Wangenküsse aufdrückte und rief: »Nicht zu glauben, die Maulbeerprinzessin ist eine richtige Dame geworden!«

Maulbeerprinzessin. Das Wort war wie ein Code und es beschwor ein lange vergessenes Bild herauf: Sie, in ihrem Lieblingssommerkleid und mit einer Krone aus Blumen und Lorbeerzweigen hoch oben im Maulbeerbaum sitzend, und unten, auf dem Hof, ihre Lakaien. Rosa hatte meist nach kurzer Zeit den Dienst quittiert, aber Alessandro hatte eine Engelsgeduld bewiesen und sich ganze Nachmittage lang herumscheuchen lassen. *Sehr wohl, Eure Majestät, noch einen Schokoladenkeks, stets zu Diensten, Eure Majestät ...*

Die Erinnerung an diese Szenen hinterließ ein warmes Gefühl, irgendwo in ihrem Inneren. Sie lächelte und gelangte zu der Erkenntnis, dass acht Jahre einem Menschen ganz schön zusetzen konnten. Alessandros Zopf war ab, die Locken waren stellenweise ergraut und hatten sich arg gelichtet. Über dem Gürtel der Jeans wölbte sich ein kleiner Bauch und außerdem schien Alessandro geschrumpft zu sein. Nur seine blauen Augen waren noch dieselben. Schade, dass ich die nicht geerbt habe, dachte Valeria, deren Pupillen braungrün waren, genau wie die von Rosa.

Alessandro schien sich aufrichtig über ihre Ankunft zu freuen, sein Lächeln war herzlich und offen. »Willkommen in der Ewigen Stadt!«, rief er. »Wir müssen uns beeilen, mein Wagen steht im Parkverbot.«

Als sie im Auto saßen, wollte er wissen, ob die Fahrt angenehm gewesen sei, ob sie Rom denn schon kenne, wie es Rosa gehe. Valeria gab einsilbige Antworten: ja – nein – gut. Sie war ziemlich abgelenkt durch Alessandros Fahrweise und die der zigtausend anderen Auto- und Mopedfahrer um sie herum, die allesamt durch die Stadt jagten, als gebe es kein Morgen. Sollten sie jemals heil ankommen, würde Valeria sich bestimmt nie wieder zu Alessandro ins Auto setzen. Erwartete er eigentlich, dass er sie »Vater« oder »Papa« nannte? Soweit sie sich erinnerte, hatte sie ihn immer bei seinem Namen genannt. Fürs Erste vermied sie die direkte Anrede. Ohnehin redete die meiste Zeit er: von seinen Kindern, der sechsjährigen Chiara und dem dreijährigen Moreno, von Adriana, seiner Frau, und von seinem Job, irgendwas beim staatlichen Fernsehsender RAI. Valeria verstand nicht alles, verzichtete aber darauf nachzufragen. Sie wollte nicht dumm erscheinen und außerdem wünschte sie inständig, er würde die Hände am Steuer lassen, anstatt sie zum Reden zu benutzen. *Lieber Gott, lass diese Höllenfahrt endlich vorbei sein.*

Nun seien sie gleich da, verkündete Alessandro nach einer halben Stunde halsbrecherischer Raserei, die sie wie durch ein Wunder unbeschadet überstanden hatten. Sie fuhren durch einen Vorort mit Wohnblocks, Supermärkten, Parkplätzen und Lagerhallen. Valeria studierte die Leuchtschriften.

»Ich habe eine Bitte ...«, begann Alessandro verlegen. »Chiara ... Sie weiß nicht, dass du ... also, sie hat bis gestern noch nichts von deiner Existenz gewusst. Ich glaube nicht, dass sie versteht ...«

»Schon gut«, sagte Valeria. Damit wäre die Frage der Anrede also auch schon geklärt, dachte sie ein wenig eingeschnappt.

Sei nett, ermahnte sie sich an Rosas Stelle. *Es ist nicht seine Schuld.*

Sie hielten vor einem quadratischen Haus mit flachem Dach. Es stand in einer Reihe mit anderen, nahezu identischen Häusern entlang der Straße. Die Gebäude waren durch Garagen miteinander verbunden, sodass es aussah wie eine Kette aus großen und kleinen Würfeln. Auf der anderen Straßenseite bot sich ein ähnliches Bild.

Das also war Rom.

Alessandro stieg aus, nahm ihre Tasche, durchquerte mit drei Schritten den Vorgarten. Nachdem er die Tür aufgeschlossen hatte, rief er mit übertriebener Fröhlichkeit: *»Amore,* wir sind da!«

Amore war im Obergeschoss gewesen und kam nun die Stufen herab wie ein Filmstar eine Showtreppe.

»Das ist Adriana, meine Frau.«

Adriana. Stark geschminktes Spitzmausgesicht, perfekte Fingernägel, knallrotes Kleid. Eine Kaskade blondierten Haars floss ihr über die Schultern, an den Ohren baumelten Gehänge aus Metall, die an Fischköder erinnerten.

Alessandro drückte ihr einen Kuss auf die Wange. Seine Haltung hatte plötzlich etwas Unterwürfiges.

»Du bist also Valeria«, sagte Adriana und die Winkel ihres pinkfarbenen Mundes zogen sich an unsichtbaren Schnüren nach oben, während der Rest des Gesichts von diesem Lächeln unberührt blieb. Ihre Augen, zwei harte schwarze Kiesel, taxierten Valeria wie ein streunendes Tier, das ihr Mann irgendwo aufgelesen und ins Haus geschleppt hatte.

3.

Drei Wochen war Valeria nun schon in Rom. Die Ferienzeit ging zu Ende und die Stadt wurde mit jedem Tag voller. *Noch voller!,* dachte Valeria. Hätte jemand sie gefragt, wie sie Rom fand, so hätte sie spontan geantwortet: laut. Auch heiß und staubig, aber vor allen Dingen laut.

Es war Nachmittag und Valeria betrachtete gedankenverloren die Horde papageienbunt gekleideter Kleinkinder, die auf dem Spielplatz des Parks herumtobten. Immer wieder fanden sie einen Anlass zum Brüllen: aus Begeisterung, aus Protest oder aus keinem ersichtlichen Grund. Auf den Bänken ringsherum saßen ihre Mütter und Großmütter und riefen den Kleinen Anweisungen, Ermahnungen und leere Drohungen zu. Gleichzeitig schnatterten sie entweder miteinander oder in ihre Mobiltelefone. Hunde kläfften, Jogger hechelten vorbei. Den Hintergrund der Geräuschkulisse bildete das permanente Rauschen des Straßenverkehrs, durchbrochen von Autohupen und dem Knattern der Roller und Mopeds, deren Abgaswolken bis in den Park geweht wurden. Sogar die Vögel lärmten hier mehr als zu Hause; Spatzen zankten sich krakeelend um die Krümel unter den Bänken, Krähen räumten Papierkörbe aus und verteidigten krächzend ihre Beute, Möwen bettelten klagend um Futter.

Adriana hatte vorgeschlagen, in den Park zu gehen, der

nicht weit von ihrer Straße entfernt lag. Wegen »der Ruhe und der frischen Luft«.

Sehnsüchtig dachte Valeria an zu Hause. Zugegeben, auch dort war es selten völlig still. Vom Tal drangen Hundegebell und Glockengeläut herauf, die Hühner gluckten und knarzten vor sich hin oder verkündeten euphorisch gackernd, dass sie gerade ein Ei gelegt hatten, und die Zikaden konnten unter manchen Bäumen einen solchen Krach machen, dass man sein eigenes Wort nicht mehr verstand. Und wenn Rosa erst die Motorsense anwarf, war es endgültig vorbei mit dem Frieden. Aber dennoch war das kein Vergleich zu dem permanenten Lärmteppich, der den ganzen Tag über dieser Stadt lag.

Im Haus zu bleiben, hätte jedoch auch nichts gebracht. Die Wände des Würfels waren lächerlich dünn, nirgendwo entging man dem Gekeife Adrianas, dem Quengeln und Toben der Kinder und erst recht nicht dem Fernseher. Das riesige Monstrum, das im Wohnzimmer an der Wand hing, lief quasi ständig. Zu Beginn ihres Aufenthaltes hatte auch Valeria viele Stunden davor verbracht, weil sie nicht gewusst hatte, was sie sonst mit sich anfangen sollte.

Inzwischen hielt sie sich lieber in dem kleinen, schlauchförmigen Gästezimmer auf, in dem sie untergebracht war. Dies geschah hauptsächlich, um Adriana aus dem Weg zu gehen. Die Launen der Hausherrin waren unberechenbar: Mal war sie die Freundlichkeit in Person, aber schon im nächsten Augenblick konnte sie sich über irgendeine Kleinigkeit mordsmäßig aufregen, herumkreischen und mit den Türen knallen. Ihre Tochter, die sechsjährige Chiara, war in vielen Dingen eine Miniatur ihrer

Mutter: ein altkluges, vorlautes Gör, das sich pausenlos mit ihrem Aussehen beschäftigte und die Posen der Stars aus dem Fernsehen vor dem Spiegel nachahmte. Betrat man ihr Zimmer, wurde man von einer rosaroten Flutwelle fortgerissen. Valeria kam dennoch gut mit ihr aus, denn sie verfügte über ein wirksames Druckmittel: Chiara liebte es, wenn Valeria ihr vorlas oder Geschichten erzählte, während sie selbst dabei einem pinkfarbenen Pony die Mähne kämmte. Um in diesen Genuss zu kommen, war sie bereit, gegenüber Valeria ihre Launen zu zügeln. Valeria wiederum lernte von Chiara, wie man sich die Nägel lackierte und wie man Fertiggerichte in der Mikrowelle zubereitete. Dann war da noch der dreijährige Moreno: ein zum Anbeißen süßer Wonneproppen mit großen blauen Augen und hellen Wuschellocken. Aber auch er konnte sich lautstark bemerkbar machen, ganz besonders, wenn er sich mit seiner Schwester in die Wolle kriegte. Und das kam mehrmals am Tag vor.

An Valerias erstem Sonntag in Rom hatte Alessandro mit ihr eine Stadtrundfahrt in einem Touristenbus unternommen. Erwartungsgemäß war Valeria überwältigt gewesen vom Übermaß an Zeugnissen der Geschichte und von all dem Prunk in den Museen und Kirchen, allen voran natürlich dem Petersdom. Aber am meisten faszinierte sie die Stadt als solche: der Glanz der vielen Geschäfte, das Gewusel in den Straßen, das Meer von Häusern mit Abertausenden von Fenstern, und dahinter Menschen, so viele Menschen, die alle auf einem Fleck lebten. Natürlich hatte Valeria gewusst, dass Rom über drei Millionen Einwohner hatte, aber bisher war das für sie nur eine abstrakte Zahl gewesen. Mittendrin zu leben und ein Teil dieser Masse zu sein, war verstörend und faszinierend zugleich. Auch wenn es ihr schwerfiel, es zuzugeben: Ein bisschen begann Rom ihr tatsächlich zu gefallen.

Seit der Stadtrundfahrt hatte sie Alessandro jedoch nur noch wenig zu Gesicht bekommen, so als hätten sich mit diesem gemeinsamen Ausflug seine Vaterpflichten erfüllt. Er schien viel zu arbeiten, verließ das Haus früh am Morgen und kam oft spät nach Hause. Dann fielen Adriana und Chiara plappernd über ihn her, während ihm deutlich anzusehen war, dass er eigentlich nur seine Ruhe wollte. Waren Valeria und ihr Vater doch einmal allein, hatten sie sich nicht viel zu sagen.

»Habt ihr immer noch Hühner?«

»Ja.«

»Bringt meine Mutter noch immer ihre Forellen vorbei?«

»Ja. Und Seife.«

Valeria fragte sich, wie viel Alessandro wusste. Rosa würde ihm doch wohl kaum von dem Mann erzählt haben, den sie erschossen hatte. Aber was hatte sie ihm dann gesagt? Irgendeinen Grund für Valerias überstürzte Reise hierher musste sie ihm doch genannt haben. Sie wagte jedoch nicht, Alessandro danach zu fragen.

Denn da war noch etwas anderes: Sosehr Valeria auch in sich hineinhorchte, sie verspürte keine innere Verbindung zu ihrem Vater und auch nicht zu Chiara oder Moreno, ihren Halbgeschwistern. Das machte sie traurig. Traurig und gleichzeitig wütend auf Rosa, die nach Valerias Meinung dafür verantwortlich war.

Trotz der vielen neuen Eindrücke, die Rom für sie bereithielt, war Valerias Heimweh vom ersten Tag an stetig gewachsen, bis sie kurz davor gewesen war, ihre Mutter anzurufen, um sie anzuflehen, wieder nach Hause kommen zu dürfen. Doch ausgerechnet an diesem Abend war Alessandro früher als sonst von der Arbeit gekommen und hatte für Valeria ein Geschenk dabei: seinen alten Laptop, den er für sie hergerichtet hatte. Es ginge nicht an, hatte er gemeint, dass ein Teenager komplett hinterm Mond lebe.

Seitdem war Valeria damit beschäftigt, das World Wide Web zu entdecken. Es war kein völliges Neuland. Sie und Mr Wilson hatten mit dessen Computer gelegentlich im Internet nach Ergänzungsmaterial für den Unterricht gesucht. Aber unter der Aufsicht ihres Lehrers war die Sache naturgemäß nicht allzu reizvoll gewesen und der gute Mr Wilson war selbst eher ein staunender Gast in der digitalen Welt. Doch Alessandros Bemerkung hatte etwas in ihr ausgelöst. Sie hatte beschlossen, den Aufenthalt in Rom als Chance zu betrachten, sich mit einigen grundlegenden Dingen des modernen Lebens vertraut zu machen. Vielleicht würden aus den »ein, zwei Monaten« ja noch mehrere werden. Dann müsste sie wohl oder übel ab dem Herbst hier zur Schule gehen. Eine geradezu ungeheuerliche Vorstellung. Aber immerhin *vorstellbar.* Zumindest nicht mehr ganz so beängstigend wie noch vor Wochen.

Sogar Adriana hatte zwischenzeitlich die Vorteile von Valerias Aufenthalt zu schätzen gelernt, besonders, seit sie wieder angefangen hatte, halbtags in der Redaktion einer Zeitschrift zu arbeiten, deren Hauptanliegen es war, Klatsch über Prominente zu verbreiten. Denn Valeria ließ sich hervorragend als Haushaltshilfe und Babysitterin einsetzen: *Mein Gott, du kannst tatsächlich Brot backen? – Ach bitte, lies doch den Kindern was vor, ich brauche nur* eine *Minute Ruhe!* Gegenüber den Nachbarinnen hatte Adriana sogar behauptet, Valeria sei ein Au-pair-Mädchen. Es müsse ja nicht die ganze Welt von Alessandros früherem Fehltritt erfahren, hatte Adriana Valeria erklärt. Es mache ihr doch nichts aus?

»Nein«, hatte Valeria geantwortet.

Wem würde es schon etwas ausmachen, als Fehltritt bezeichnet zu werden?

Normalerweise schickte Adriana Valeria mit den Kindern allein in den Park, denn sie verließ das Haus nur, um entweder zu arbeiten oder ihrer Lieblingsbeschäftigung nachzugehen, dem »Shoppen«. Daher fragte sich Valeria, warum sie heute mitgekommen war.

Beide saßen angespannt auf der schattigen Bank und sahen Chiara beim Schaukeln zu. In ihrem weiten Kleid flog das Kind wie ein rosa Schmetterling vor und zurück. Moreno hockte derweil im Sandkasten und buddelte ein Loch.

»Wie ist das eigentlich so, das Leben in den Bergen?«

»Ruhig«, antwortete Valeria.

»Ich meine, wie hält man das aus, immer in dieser Einsamkeit?«

»Ich fand es nie einsam.«

»War dir nicht furchtbar langweilig?«

»Nein. Ich hatte entweder Unterricht oder ich musste im Gemüsegarten helfen, die Hühner füttern, Holz stapeln, Obst ernten und einkochen … Es gibt immer etwas zu tun.« *Ich höre mich an wie Rosa,* dachte Valeria und fügte hinzu: »Wenn es regnete, habe ich viel gelesen und außerdem war ich oft im Wald unterwegs.«

»Unterwegs? Wo denn? Alessandro hat mir erzählt, dass da weit und breit nichts ist. Das nächste Dorf ist angeblich fünf Kilometer weit weg.«

»Ja und?«, erwiderte Valeria. »Das läuft man doch in einer knappen Stunde.«

»Du bist dorthin *gewandert?«*

So, wie Adriana es sagte, hörte es sich an, als wäre es völlig abgedreht, fünf Kilometer zu Fuß zurückzulegen. Für Adriana war es das wahrscheinlich auch. Valeria erklärte, sie sei oft und gerne in der Gegend herumspaziert, habe Pilze gesammelt – oder Beeren, Kräuter und wilden Spargel – oder sich einfach irgendwohin gesetzt, um ins Weite zu schauen und dabei die Gedanken schweifen zu lassen.

»Du warst ganz allein in den Wäldern unterwegs?«, fragte Adriana mit ungläubigem Entsetzen. »Hast du wenigstens ein Handy dabeigehabt?«

»Es gibt dort kein Netz.«

Adriana riss nur stumm die Augen auf und schüttelte dann den Kopf.

Jetzt besaß Valeria ein Handy. Alessandro hatte ihr sein altes Gerät überlassen. Falls sie mal verloren gehe, hatte er mit ernster Miene gemeint, als er ihr gezeigt hatte, wie es funktionierte.

»Gab es wenigstens einen Fernseher?«, wollte Adriana wissen.

Valeria nickte, verschwieg aber, dass der Empfang nur

gut war, wenn das Wetter mitspielte. Man versäume dabei nicht viel, hatte Rosa stets betont.

»Hast du es denn nie vermisst, mit anderen Kindern ... ich meine, mit Gleichaltrigen zusammen zu sein?«

Valeria beobachtete vier junge Leute, die in einiger Entfernung auf einer Decke saßen und Eis aus Pappbechern aßen. Eines der Mädchen sah aus wie ... nein, das konnte nicht sein, sie musste sich irren. Sie schaute weg und bemerkte Adrianas fragenden Blick. »Entschuldige, was hast du gesagt?«

Adriana wiederholte ihre Frage.

»Ich treffe doch Gleichaltrige«, sagte Valeria und setzte hinzu: »Zweimal die Woche gebe ich bei uns im Dorf Nachhilfe in Französisch, Englisch und Mathe. Auch für Leute in meinem Alter. Abiturienten.«

Adriana vergaß, den Mund zu schließen.

»Glaubst du mir nicht?«, erkundigte sich Valeria. Dachte Adriana etwa, sie hätte eine geistig minderbemittelte Hinterwäldlerin vor sich, nur weil man ihr erst hatte beibringen müssen, wie man ein Handy bediente?

»Doch, doch. Ich meine nur ...« Adrianas Gesichtsausdruck wurde ernst, als sie sagte. »Weißt du, Valeria, nicht jeder, der intelligent ist, findet sich auch im Leben gut zurecht. Dafür braucht es ... Erfahrungen. Und ich frage mich, wie man so leben kann, so wie du und deine Mutter all die Jahre. Vielleicht findet sie das für sich gut, aber das kannst du doch auf die Dauer nicht wollen, oder?«

Valeria nickte, aber sie schwieg. Adriana hatte – absichtlich oder nicht – einen wunden Punkt getroffen. In den vergangenen Monaten hatte Valeria häufiger über ihr Leben nachgedacht, über ihre Zukunft. Ganz besonders, seit Mr Wilson sie immer wieder gedrängt hatte, das Abitur zu machen. Er würde sie im nächsten Frühjahr zu den Prüfungen anmelden, sie würde das locker schaffen, er habe da gar keine Bedenken. Man müsse das nur ihrer Mutter beibringen. Andererseits würde Valeria ja im nächsten Jahr achtzehn und damit volljährig. Mit dem Abitur in der Tasche könnte sie studieren, was sie wolle, hatte Mr Wilson versichert. Denn wozu hätte er sie sonst jahrelang unterrichtet? »Du bist sehr klug, dir stehen alle Türen offen.«

Aber genau darin lag das Problem. Valeria wusste nicht, was sie wollte, und das betraf nicht nur das Studienfach, sondern ihr ganzes Leben. Vielleicht hatte Adriana recht. Vielleicht musste sie wirklich mehr von der Welt sehen, um herauszufinden, was sie interessierte.

»Und was macht die Liebe?«

»Was?«, fragte Valeria, aus ihren Gedanken gerissen.

»Die Liebe«, wiederholte Adriana und knuffte Valeria in die Seite. »Los, raus mit der Sprache. Wer ist er, wie heißt er?«

Valeria sandte einen Blick in das Geäst der Platane, in deren Schatten sie sich niedergelassen hatten. Reichte es nicht, wenn sie Chiara Geschichten erzählte?

»Manchmal«, begann sie, »lassen Jäger bei uns ihre Autos stehen und gehen von da an zu Fuß auf die Pirsch. Hinterher sitzen sie dann auf der Bank, unter dem Maulbeerbaum, und trinken ein Glas Wein. Die letzten paar Mal hat einer von ihnen seinen Neffen mitgebracht. Er heißt Lorenzo und studiert in Mailand.«

»Und?«, fragte Adriana, offenbar nach einer kleinen Romanze lechzend.

»Nichts *und«*, sagte Valeria.

»Lass dir doch nicht alles aus der Nase ziehen! Ist er hübsch? Bist du verliebt in ihn?«

»Ich weiß nicht. Er ist ... ganz okay.« Valeria ärgerte sich über sich selbst und fragte sich, wieso sie überhaupt davon angefangen hatte. Um Adriana nicht zu enttäuschen? Zugegeben, sie hatte manchmal ein wenig Herzklopfen verspürt, wenn Lorenzo in seiner Jagdkluft aus dem Jeep gesprungen war. Aber müsste sich verliebt sein nicht anders anfühlen? Intensiver, deutlicher, ein Orkan der Gefühle? So, dass man nicht mehr schlafen, nicht mehr essen und an nichts anderes mehr denken konnte? Jedenfalls wurde es in den Büchern und Filmen immer so dargestellt. Valeria hatte aber nach wie vor prima geschlafen, einen gesunden Appetit an den Tag gelegt und nur ab und zu an Lorenzo gedacht.

Adriana seufzte, lehnte sich zurück und kreuzte ihre langen Beine mit den hochhackigen Sandaletten. Das Ganze höre sich ja nicht gerade nach einer alles verzehrenden Leidenschaft an, schlussfolgerte sie scharfsinnig. Aber Valeria sei ja noch so jung und habe alle Zeit der Welt.

Die nickte und hoffte, dass Adriana nun endlich zufrieden sein würde. Ihr Blick wanderte über die Sträucher und Rasenflächen des Parks. Wie sattgrün das Gras war, trotz der Hitze, die auch jetzt, in den ersten Septembertagen, noch immer über der Stadt hing wie ein feuchtwarmes Tuch. Die Clique junger Leute, die Valeria vorhin aufgefallen war, brach gerade auf. Einer der Jungs schüttelte die Decke aus, auf der sie gelegen hatten, und faltete sie zusammen, der andere sammelte die Eistüten ein und trug sie artig zum nächsten Papierkorb.

Adriana nahm jetzt ihre Diven-Sonnenbrille ab und schaute Valeria von der Seite an, mit einem Ausdruck, als hätte sich plötzlich etwas Entscheidendes an ihr verändert. »Hast du dich eigentlich je gefragt, wieso du Alessandro kein bisschen ähnlich siehst?«

Valeria, überrumpelt vom abrupten Themenwechsel, verneinte. Es war nicht ganz die Wahrheit, aber Adriana war nicht die Person, mit der sie darüber reden wollte. Außerdem gab es im Moment Interessanteres: Die vier kamen den Weg entlang. Obwohl die zwei Jungs recht gut aussahen, hingen Valerias Augen wie gebannt an einem der Mädchen. *Luisa,* durchfuhr es sie wie ein Blitz.

Nein, sie träumte nicht. Das Mädchen sah wirklich aus wie Luisa, ihre Schattenschwester. Ihr Gang war geschmeidig, ihre Haltung aufrecht, das Kinn hatte sie selbstbewusst nach vorn gereckt. Sie trug ein blau-weiß geringeltes T-Shirt, enge Jeans und flache Sneakers, an einem Schulterriemen hing eine große braune Ledertasche. Eine Studentin? Allerdings waren ja noch Ferien, fiel Valeria ein.

»Verzeih mir, Valeria, wenn ich so offen bin. Ich möchte dich natürlich nicht verletzen und eigentlich wäre das ja die Aufgabe von Alessandro. Aber du weißt ja, wie feige Männer in solchen Dingen sind ...«

Das Mädchen im Ringel-T-Shirt hatte die Sonnenbrille aufgesetzt und ging jetzt in Begleitung der anderen an

Valeria vorbei. Sie schien Valeria nicht zu bemerken, obwohl diese nur wenige Meter von ihr entfernt auf der Bank saß. Unfähig, sich zu bewegen oder etwas zu sagen, starrte sie der Erscheinung nach. Dabei versuchte sie, Adrianas Geschwätz neben sich auszublenden, während sie in Gedanken das Mädchen, das sich nun Meter für Meter von ihr entfernte, anflehte: *Dreh dich um! Dreh dich bitte, bitte noch einmal um!*

»... weiß nicht, warum dir deine Mutter dieses Märchen erzählt hat, da musst du sie selbst fragen ...«

Die vier näherten sich der Stelle, an der der Weg einen Knick machte und hinter Büschen verschwand. Nur mit Mühe widerstand Valeria dem Drang, aufzustehen und ihnen nachzulaufen.

»... wollte vielleicht nur, dass du einen Vater hast, so wie andere Kinder auch ...«

Ich sehe Gespenster, sagte sich Valeria. *Wahrscheinlich sehne ich mich nur nach einer vertrauten Person, deshalb sehe ich in einer Wildfremden meine Schattenschwester Luisa.*

Kurz vor der Wegbiegung angelangt, blieb das Mädchen unvermittelt stehen, wandte sich mit einer schnellen Bewegung um, nahm die Sonnenbrille ab und schaute Valeria direkt ins Gesicht. Für ein, zwei Sekunden begegneten sich ihre Blicke und die Welt schien den Atem anzuhalten. Valeria hörte weder das Kindergeschrei noch das Vogelgezwitscher oder das, was Adriana sagte. Dann hob das Mädchen lässig die Hand, winkte, lächelte und drehte sich mit einer kleinen, anmutigen Pirouette wieder um. Mit federnden Schritten, die kaum den Boden zu berühren schienen, folgte sie ihren Freunden, die schon weitergegangen waren.

»... und solltest den Tatsachen ins Auge sehen. Ich jedenfalls kann nicht so tun, als wärst du ... Valeria? Wo willst du hin?«

Valeria war aufgestanden und schaute wie gebannt auf die Wegbiegung, hinter der Luisa – denn es war Luisa gewesen, da bestand nicht der leiseste Zweifel – verschwunden war.

»Lauf nicht weg, bitte«, drang Adrianas Stimme zu ihr durch. »Ich wollte dich nicht verletzen, aber jemand musste dir doch reinen Wein einschenken. Valeria?«

»Ist schon gut«, sagte Valeria und setzte sich wieder hin.

4.

Die Lärmschwaden des Tages hatten sich verzogen. Schatten krochen über den Rasen und die Konturen der Büsche lösten sich auf und nahmen andere Gestalten an. Das zarte Blau des Himmels verwandelte sich in einen purpurnen Sonnenuntergang.

Die Kinder und ihre Mütter waren längst vom Spielplatz verschwunden, Jogger und Hundebesitzer drehten ihre letzten Runden.

Eine Clique halbwüchsiger Jungs hockte auf den Bänken und Spielgeräten. Sie rauchten und steckten kichernd die Köpfe über ihren Handys zusammen. Kalt leuchtende Vierecke in der Dämmerung. Zwischendurch glotzten sie zu Valeria hinüber, die auf der anderen Seite des Spielplatzes saß, auf ihrer angestammten Bank unter der Platane. Sie sollte nach Hause gehen, ehe es dunkel wurde. Adriana und Alessandro hatten sie mehrmals davor gewarnt, sich bei Dunkelheit im Park aufzuhalten. Aber was hieß denn schon dunkel?

So nachtschwarz wie in den umbrischen Bergen wurde es in der Stadt sowieso nie. Und was bedeutete überhaupt *nach Hause?* Hier war nicht ihr Zuhause. Genau genommen hatte sie gar keines mehr.

Plötzlich war die Einsamkeit da, wie ein alter, ungebetener Freund. Sie hatte es neulich vor Adriana nicht zugeben wollen, aber es hatte Tage gegeben, da vermisste sie – ja, wen oder was eigentlich? Freunde. Irgendwelche Freunde, so wie diese Jungs da drüben Freunde hatten, mit denen man herumalbern konnte. Zwar kannte Valeria die wenigen Jugendlichen aus dem Dorf und diese kannten sie, weil sie einigen von ihnen Nachhilfe gegeben hatte. Aber Valeria war immer eine Außenseiterin gewesen. *Das Mädchen vom Berg* hatte nie richtig dazugehört.

Die Tatsache, dass Alessandro nicht ihr Vater war, hatte Valeria nicht allzu sehr schockiert. Ein Teil von ihr war sogar froh darüber gewesen, denn jetzt wusste sie wenigstens, dass sie ihrer inneren Stimme trauen konnte, die zu Alessandro stets hartnäckig geschwiegen hatte. Wirklich erschüttert hatte sie dagegen die Lüge ihrer Mutter. Wenn Rosa schon bei etwas so Wichtigem gelogen hatte, was durfte man ihr dann überhaupt noch glauben? Und wer war in Wirklichkeit ihr Vater, warum machte sie daraus ein Staatsgeheimnis? Valeria hätte gerne mit jemandem darüber geredet – ausgenommen Adriana oder Alessandro. Mit Mr Wilson vielleicht oder, noch besser, mit Mrs Wilson. Die hätte bestimmt einen guten Rat aus den Zeitschriften, die sie stapelweise las, für sie gehabt. Oder wenigstens ein paar tröstende Worte bei einer Tasse Tee. Ob sie die beiden wohl jemals wiedersehen würde?

Ein frischer Luftzug wehte über die Rasenfläche. Eigentlich angenehm nach der Hitze des Tages, dennoch zog Valeria ihre Strickjacke enger um den Körper. Die Jungs hatten angefangen zu tuscheln und schauten jetzt immer öfter zu ihr rüber. Zeit, den Rückweg anzutreten. Es war sowieso idiotisch, hier jeden Abend zu sitzen und auf dieses Mädchen zu warten, das Luisa so irritierend ähnlich sah. Seit drei Tagen machte sie das, sehr zum Ärger von Adriana, die die quengelnden Kinder wieder allein ins Bett bringen musste, und auch Alessandro hatte schon seine Besorgnis geäußert. »Es ist gefährlich für ein junges Mädchen, sich so spät noch im Park herumzutreiben.«

Nein, es machte keinen Sinn. Luisa konnte sich überall zeigen, wenn sie nur wollte, und zwischen ihrem letzten und dem vorletzten Besuch hatten immerhin ganze vier Jahre gelegen. Außerdem war dieses Mädchen, das Valeria gesehen hatte, gewiss nur irgendeine Studentin gewesen, die ihr zugewinkt hatte, weil auch sie die große Ähnlichkeit zwischen ihnen bemerkt hatte. *Luisa! Was für ein Blödsinn!*

Weiter kam sie nicht mit ihren Grübeleien, denn nun lösten sich drei der Jungs aus der Gruppe und schlenderten betont lässig über den Spielplatz und zu Valeria hinüber. Vorneweg ging ein kräftiger, sommersprossiger Teenager, vierzehn oder fünfzehn vielleicht, mit rötlichem Stoppelhaar und einem Kinn wie ein Nussknacker. Die Hände in die Seiten gestützt, baute er sich vor ihr auf. »He, du! Willst du ficken?«

Valeria starrte ihn fassungslos an, und während seine Eskorte in Gelächter ausbrach, wurde ihr bewusst, dass außer ihr und diesen Jungs kein Mensch mehr im Park war. Was jetzt, wie reagieren?

Noch während Valeria fieberhaft überlegte – *antworten, und wenn ja, was, oder lieber rasch weglaufen?* –, machte der Rothaarige Anstalten, sich neben sie auf die

Bank zu setzen. Doch dazu kam es nicht. Ein pfeilförmiger Schatten stürzte vom Himmel herab. Der Rothaarige schrie gellend auf, sein Körper krümmte sich zusammen und er schlug die Hände vor sein Gesicht. Zwischen den Fingern quoll Blut hervor. Noch ein Schrei ertönte, doch der kam dieses Mal aus der Luft: ein lang gezogener Laut, der Valeria sehr vertraut war. Deutlich erkannte sie den Umriss des Falken vor dem rötlichen Stadthimmel. Der Raubvogel schien Spaß an der Sache zu haben, er flog noch einen weiteren Angriff, der sein Opfer ein paar Haarbüschel kostete, ehe er im Schatten einer Baumkrone verschwand und unsichtbar wurde. War das möglich? Nein, das war bestimmt nur *ein* Falke gewesen, nicht *ihr* Falke. Und doch hatte er sie verteidigt. Wie ein Freund.

»Scheißvogel, ich blute wie ein Schwein«, brüllte der Verletzte. Er hatte den Rückzug angetreten, gefolgt von seinen Kumpels, die um ihn herumhüpften und mit angewinkelten Armen flatterten. Dazu gackerten sie und grölten vor Lachen, genau wie die drei, die auf der Bank geblieben waren. Ganz klar: Ihr Kumpel war ein Verlierer, ein Schwächling, er verdiente kein Mitleid und keinen Respekt mehr.

Zeit zu gehen. Valeria stand auf und im selben Augenblick sah sie Luisa. Wie aus dem Boden gewachsen stand sie an der Wegbiegung, genau an der Stelle, an der Valeria sie vor ein paar Tagen aus den Augen verloren hatte. Sie trug ein weißes Kleid, das gegen das Dunkel des Parks anleuchtete.

Valeria eilte auf sie zu. »Warte!«

Aber schon hatte die Gestalt sich wieder umgedreht und

folgte dem Weg, der zum Seitenausgang des Parks führte. Ihre Schritte wirkten leicht, fast schwebend, und Valeria hatte Mühe, ihr zu folgen. Sie sah sie durch das offene Tor gehen und nach links abbiegen. Valeria war das letzte Wegstück gerannt, erreichte das Tor und schaute sich um. Niemand war zu sehen. Verzweiflung machte sich in ihr breit. Warum hielt dieses Mädchen sie dermaßen zum Narren? Das ganze Elend der letzten Tage und Wochen, bisher mühsam unterdrückt, schien sich nun Bahn zu brechen, Tränen schossen ihr in die Augen. Dann stutzte sie.

Am Straßenrand parkte ein Auto und auf dem Rücksitz saß *sie*. Ihr Kleid leuchtete wie eine Schneewehe durch Valerias Tränenschleier. Diese wischte sich hastig über die Augen, jeden Moment darauf gefasst, dass die Tür geschlossen und der Wagen losfahren würde. Aber nichts geschah. Wartete das Mädchen auf sie?

Ihr Körper handelte nun von alleine, ging auf den Wagen zu, wie von einem Magneten gezogen. Jetzt waren es nur noch wenige Meter. *Man steigt nicht in fremde Autos,* flüsterte eine Stimme, irgendwo in ihrem Hinterkopf. Noch dazu ähnelte dieser Wagen jenem, in dem der Mann gekommen war, den Rosa erschossen hatte.

Schwarze Wagen bringen nur Unglück, Finger weg von schwarzen Wagen!

Aber die Tatsache, dass dieses fremde und doch so vertraute Mädchen darin saß, brachte Valerias Warnsystem durcheinander. Im Gegenteil, sie war erfüllt von der Gewissheit, eine andere Welt zu betreten, wenn sie in dieses Auto stieg. Sie konnte es nicht anders benennen und sie hätte es auch nicht erklären können. Sie spürte nur, dass sie gerade dabei war, die wichtigste Entscheidung ihres Lebens zu treffen. Also stieg sie ein und setzte sich neben das Mädchen im weißen Kleid. So nah war sie ihr jetzt, dass sie ihren Duft wahrnehmen konnte. Er war seltsam vertraut. Woher kannte sie diesen Duft nur? Von Rosa. Rosas Seife, die die verrückte Ersilia ihr immer mitbrachte, roch genauso, nach Orangen und Bergamotte. Noch während Valeria über diesen seltsamen Umstand nachdachte, sagte das Mädchen: »Da bist du ja. Wurde auch Zeit.« Sie streckte sich nach vorn und sagte, an den Fahrer gewandt: »Was ist, Claudio, wollen wir hier Wurzeln schlagen?« Ihre Stimme war leise und recht hell, jedoch unterlegt mit einem rauchigen Ton.

Der Angesprochene stieg aus, schloss die Tür auf Valerias Seite, die diese vor lauter Faszination zu schließen vergessen hatte, und setzte sich wieder ans Steuer. Wortlos ließ er den Motor an und fuhr los.

»Ich bin Lucia.«

Lucia. Valeria versuchte vergeblich, sich zu erinnern, wie ihre Schattenschwester zu ihrem Namen gekommen war. Der Name Luisa war einfach da gewesen, so wie Luisa selbst irgendwann einfach da gewesen war. *Luisa – Lucia.* Wie ähnlich das klang!

Im Halbdunkel des Wagens betrachtete Valeria ihr Gegenüber. Es war, als würde sie sich selbst ansehen in einem Spiegel, dessen Bild ihr nicht gehorchte. Dennoch war Lucia anders als Luisa. Was ja auch gar nicht anders sein konnte. Ihre Schattenschwester Luisa war schließlich nur ein Traumgespinst, ein Geschöpf ihrer Fantasie. Luisa war sozusagen Valerias dunkle Seite, ein Wesen, das stets ausgesprochen hatte, was Valeria kaum zu denken gewagt hatte. Hier dagegen, leibhaftig und lebendig, saß ... ihre Doppelgängerin. Ja, so nannte man das wohl. Ein Mädchen aus Fleisch und Blut, das ihr verdammt ähnlich sah. Dennoch hätte Valeria sie am liebsten kurz angefasst, nur um ganz sicher zu sein, dass diese Lucia auch tatsächlich kein Geist war. *Man kann ja nie wissen ...* Stattdessen zwickte sie sich selbst verstohlen in den Arm. Nein, kein Traum.

»Ich bin Valeria.«

Lucia lächelte und Valeria kam es so vor, als hätte Lucia ihren Namen schon gekannt.

Danach sagte keiner mehr etwas, schon gar nicht Valeria, die trotz ihrer Gewissheit, nicht zu träumen, befürchtete, ein einziges falsches Wort könnte den Zauber zerstören und sie würde sich in der nächsten Sekunde wieder in Alessandros Gästezimmerschlauch wiederfinden. So schwiegen alle drei, während sie durch das chaotische Gewirr der Stadt glitten, vorbei am Menschengewimmel auf den Gehwegen und den beleuchteten Fassaden imposanter Gebäude. Die Straßen von Rom, vor denen Valeria sich anfangs so gefürchtet hatte, waren jetzt glitzernde Schnüre, die Hupen und die Polizeisirenen bildeten die Tonspur der pulsierenden Stadt. Etwas sagte Valeria, dass sie gerade die Schwelle zu etwas Großem, Abenteuerlichem überschritten hatte. Sie genoss die Fahrt, obwohl sie sehr gespannt war, wann und wo sie enden würde. Bisweilen fiel ihr Blick auf Claudios konzentriertes Gesicht im Rückspiegel. Markante, männliche Züge, edle Nase, dunkle, schräg geschnittene Augen, die sie für Sekundenbruchteile aufmerksam musterten. Einer dieser eleganten jungen Römer, die Valeria schon häufiger aufgefallen waren.

Sie kamen jetzt schneller voran, es musste eine der mehrspurigen Ringstraßen sein. Valeria hatte keine Ahnung, in welche Richtung sie fuhren. Ihr Orientierungssinn, der draußen in der Natur hervorragend funktionierte, versagte in der Stadt umso kläglicher. Irgendwann bog Claudio ab, die Reifen rumpelten über Kopfsteinpflaster und schließlich hielt der Wagen vor einem beleuchteten Tor, das in eine hohe Mauer eingelassen war. Claudio drückte auf eine Fernbedienung und die schmiedeeisernen, mit Ornamenten verzierten Flügel glitten lautlos auseinander und wieder zusammen, nachdem der Wagen durchgefahren war. Sie folgten einem gekiesten Weg, der von kleinen Lämpchen markiert wurde. Düstere Zypressen standen Spalier wie Soldaten, Pinien reckten ihre schwarzen Äste in den glimmenden Nachthimmel.

Die Fahrt endete vor einem säulenbewehrten Palazzo. Erker, Vorsprünge, Nischen und Veranden verliehen dem Bau eine verspielte und zugleich pompöse Note. Einzig im Erdgeschoss waren die bogenförmigen Fenster erleuchtet. Für Valeria war es ein atemberaubend schöner Anblick.

Sie stiegen aus und sofort umfing Valeria eine angenehme Frische, ganz anders als in der Stadt, die ihr wie ein großer, schmutziger Backofen vorgekommen war. Es roch nach frisch gemähtem Gras, scharfer Minze und süßem Geißblatt. Eine fächerförmige Treppe führte auf ein breites Portal mit facettierten Glasscheiben zu. Darüber verströmte eine Laterne ein gelbliches Licht, umschwirrt von blass schimmernden Motten.

»Willkommen in der Villa Aurelia!« Lucia griff nach Valerias Hand und zog sie die Stufen hinauf.

Jemand musste ihre Ankunft bemerkt haben, denn die Tür wurde von innen geöffnet und sie betraten die Eingangshalle. Erneut hielt Valeria überwältigt den Atem an. Eine Treppe schwang sich in sanftem Bogen empor, an den Wänden prangten die goldgerahmten Porträts verhalten lächelnder Damen und streng blickender Herren aus vergangenen Epochen. Vor Staunen hätte Valeria beinahe die Person übersehen, die ihnen die Tür aufgemacht hatte und nun flüsterte: »Du lieber Himmel, was ist *das* denn?«

Ganz genau das hatte Valeria sich auch gerade gedacht. Das junge Mädchen schien einem der Porträts an den Wänden entstiegen zu sein. Der schwere Satin ihres langen, taillierten Kleides changierte je nach Lichteinfall zwischen Violett und Dunkelrot. Es war tief ausgeschnitten. Ein schwarzes Samtband schmiegte sich an ihren Hals, daran hing ein Kreuz aus Messing. Schwierig zu sagen, wie alt sie war, sie konnte achtzehn sein – oder achtundzwanzig. Das dichte schwarze Haar war mit einem eleganten Schwung aus dem Gesicht gekämmt und zu einem Zopf geflochten, der sich ihr Rückgrat hinabwand. Ihr Teint hatte die Farbe unreifer Oliven und die kräftigen Augenbrauen verliehen dem Gesicht eine gewisse Düsterkeit. War sie das andere Mädchen aus dem Park? Valeria war nicht sicher, zu eigenartig war deren Aufmachung und im Park hatte Valeria fast nur auf Lucia geachtet.

Die runzelte jetzt verärgert die Stirn und sagte streng: »*Sie* heißt Valeria, wir haben sie schon im Park gesehen. Valeria, das ist meine Cousine Fabiana. Ihre Familie stammt aus Palermo, dort haben sie anscheinend keine Manieren.«

»Danke. Danke vielmals«, zischte Fabiana ihrer Cousine böse zu. Etwas gemäßigter sagte sie: »Guten Abend, Valeria. Entschuldige. Es ist nur ...«

Weiter kam sie nicht, denn jetzt schlitterte ein junger Mann wie auf einer Eisbahn über das matt glänzende Marmormosaik quer durch die Halle. Vor Lucia und Valeria blieb er stehen, strich sich eine Locke aus der Stirn und starrte Valeria an, als hätte er eine Marienerscheinung.

»Heilige Scheiße!«

Lucia verdrehte die Augen mit der Miene einer resignierten Lehrerin, deren Schüler wieder einmal alles vergessen hatten, was man ihnen beigebracht hatte. »Valeria – Matteo«, erklärte sie und murmelte etwas von einem ungehobelten Büffel.

Das ließ Matteo nicht auf sich sitzen. Er grinste, ergriff Valerias Hand und hauchte die Andeutung eines Kusses auf deren Handrücken.

Noch während Valeria knallrot anlief, kam Claudio herein und fragte: »Ist noch was zum Essen da?«

Das bauchige Weinglas in der Hand versank Valeria in einer Lawine bunter Seidenkissen. War die Küche, in der sie aufgewärmte Spinatravioli mit Käsesoße und zum

Nachtisch Zabaione gegessen hatten, eher nüchtern und praktisch eingerichtet gewesen, so vermittelte der »Salon« den Eindruck leicht angestaubter Grandezza. Hinter dem riesigen Kanapee mit der kühn geschwungenen Lehne hing ein Trumm von einem Ölschinken: die Vertreibung von Adam und Eva aus dem Paradies. Der schwere Lüster, dessen Kristalle mit Spinnweben verhangen waren, zauberte regenbogenfarbige Prismen an die Wände, von denen an manchen Stellen der Putz abblätterte. Auch am Stuck hatte der Zahn der Zeit genagt und einige Fußbodenplatten waren gesprungen. Als Valerias Blick schließlich zur Decke schweifte, tauchte sie mitten hinein in eine Höllenvision: nackte Menschen mit schmerzverzerrten Gesichtern wurden von Wesen mit teuflischen Fratzen grausigen Torturen unterworfen. Dazwischen tummelten sich dämonische Gestalten, die sich mit höhnischen Gesichtern über die Qualen der Gefolterten amüsierten. Im Zentrum des Gemäldes stand eine dürre dunkle Gestalt mit einer Schnabelmaske und einem Stock in der Hand. Valeria schauderte.

»Ist dir kalt?«, fragte Matteo aufmerksam.

Valeria verneinte. Nein, es war nicht kalt, zumal im offenen Kamin ein Feuer züngelte. Er war riesig und aus Marmor, mit einer klassizistisch anmutenden Einfassung und einem breiten Sims, der von zwei grimmig blickenden Löwenhäuptern getragen wurde.

Bisweilen ertappte Valeria Claudio, Matteo und Fabiana dabei, wie deren Blicke prüfend zwischen Valeria und Lucia hin- und herwanderten. Kein Wunder, die Ähnlichkeit zwischen ihnen beiden war verblüffend: die katzenhafte Form der Augen, die hohen Wangenknochen, die gerade Nase mit den filigranen Flügeln, die herzförmige Oberlippe. Es gab jedoch, bei genauerem Hinsehen, auch Unterschiede. Lucias Brauen waren schmaler und beschrieben einen eleganten Bogen, während Valerias fast gerade waren. Valerias Haar hatte die Farbe dunkler Schokolade und war lockig und schulterlang, Lucias Haar war glatt, kinnlang und hatte einen walnussbraunen, warm schimmernden Ton. Außerdem war Lucia ziemlich dünn, was ihre Gesichtszüge schärfer hervortreten ließ. Valeria dagegen hatte in den letzten Wochen fast nur Fertiggerichte zu sich genommen. Dies – und der Mangel an körperlicher Arbeit und Bewegung – war nicht ohne Folgen geblieben: Ihre Jeans zwickte und sie kam sich neben Lucia fett und plump vor. Dieser Eindruck wurde dadurch verstärkt, dass Lucias Bewegungen ausgesprochen lebhaft und quirlig waren. Selbst wenn sie ruhig dasaß, vermittelte sie den Eindruck, als würde sie jeden Moment aufspringen. Beim Sprechen schaute Lucia ihrem Gegenüber so intensiv in die Augen, dass man ihrem Blick irgendwann unwillkürlich auswich. Passte ihr etwas nicht, neigte sie den Kopf zur Seite und runzelte die Stirn, während Valeria in solchen Situationen, genau wie Rosa, die Lippen zu einem Strich zusammenpresste. Lucias Akzent ließ vermuten, dass sie im Süden aufgewachsen war. Sie drückte sich präzise und gewählt aus und sehr oft schwang ein Hauch von Ironie in ihrem Tonfall mit, der blitzschnell in beißenden Sarkasmus umschlagen konnte.

Und wie schlagfertig sie war!

Nicht nur Lucia, auch die anderen.

Fabiana: »Claudio, wenn du nicht aufhörst, deine Zähne zu bleachen, müssen wir bald alle Sonnenbrillen tragen.«

Claudio: »Du bist nur neidisch, weil du deine Augenringe nicht bleichen kannst.«

Den Wortgefechten der vier konnte Valeria nur staunend zuhören. Argumente flogen hin und her wie Tischtennisbälle, sie benutzten Begriffe, die wie Codes einer Geheimsprache klangen, und manchmal brachen sie in Gelächter aus, ohne dass Valeria auch nur ansatzweise verstand, worum es ging. Lucias Lachen wirkte dabei immer ein wenig kontrolliert, so als würde sie das letzte Quäntchen davon zurückhalten.

Nur zu gern hätte Valeria Lucia und ihren Freunden eine Menge Fragen gestellt; wer wie alt war, was sie machten ... Und natürlich die wichtigste Frage: Warum Lucia in den Park gekommen war und sie, Valeria, hierher mitgenommen hatte. Aber dann würden Gegenfragen gestellt werden und Valeria hatte keine Lust, als naives Landei enttarnt zu werden. Sie wollte weder von Alessandro erzählen noch von ihrem Zuhause. Und am allerwenigsten von ihrer Mutter. Denn diese Wahrheit, die *ganze* Wahrheit, war ja ohnehin tabu. Sie würde erst einmal abwarten. Vielleicht ergab sich die Gelegenheit ja später noch.

Im Lauf des Abends fand Valeria immerhin heraus, dass Lucia bis vor Kurzem ein Internat in Schweden besucht hatte. Jetzt nahm sie an einigen Sommerkursen an der Uni teil und im Oktober wollte sie ein Studium der skandinavischen Literatur beginnen. Sie schien die Jüngste in der Runde zu sein, dennoch kam es Valeria so vor, als hätte Lucia hier das Sagen. Besonders Matteo und Claudio begegneten Lucia mit deutlich mehr Respekt als sie ihnen.

Irgendwann aber war es dann doch so weit: Claudio wandte sich an Valeria und stellte fest: »Du kommst nicht aus Rom, oder?«

»Umbrien«, antwortete Valeria. »Kennst du Umbrien?«

»Nein«, antwortete Claudio, der Valerias Versuch, ihn mit einer Gegenfrage abzulenken, durchschaut hatte. »Und was machst du hier?«

»Ich bin zu Besuch bei Freunden meiner Mutter. So eine Art Bildungsurlaub. Meine Mutter ist Malerin.« Wieso hatte sie das gesagt? Weil Malerin interessant klang?

»Werden diese Leute sich keine Sorgen machen, wo du bist?«, mischte sich Lucia ein.

Daran hatte Valeria auch schon gedacht. »Ja, schon möglich. Ich sollte jetzt vielleicht ...« Sie blickte ratlos von Lucia zu Claudio.

»Ich kann nicht mehr fahren«, verkündete Claudio, der quer in einem der ausladenden Sessel hing und träge seine Beine über die Armlehne baumeln ließ. Er hatte ein fast leeres Glas Rotwein in der Hand und es war nicht sein erstes.

»Schick denen doch eine SMS, dass du bei Freunden übernachtest«, schlug Lucia vor.

Bei Freunden. Valerias Herz machte einen kleinen Salto angesichts der Aussicht, noch länger in Lucias Nähe bleiben zu können. Sie fühlte sich ihr auf eine eigenartige

Weise verbunden. Es war, als hätte ihre Schattenschwester plötzlich Gestalt angenommen. Was war denn auch schon dabei, wenn sie blieb? Schließlich war Alessandro, wie sich herausgestellt hatte, nicht ihr Vater, sondern nur Rosas Exfreund, den sie obendrein dafür bezahlt hatte, dass er Valeria bei sich aufnahm. Somit waren er und Adriana genau genommen Leute, die ihr nichts vorzuschreiben hatten. Und sollten sie Rosa davon erzählen, war Valeria das auch egal. Einer Mutter, die ihre Tochter von vorn bis hinten belog und sie ohne ihr Einverständnis von einem Tag auf den anderen zu ihrem Exliebhaber in eine fremde Stadt schickte, so einer Mutter schuldete man keinen Gehorsam. Zu diesem Schluss kam Valeria binnen weniger Sekunden. Möglicherweise hatten auch die zwei Gläser Wein, die sie schon getrunken hatte, ihren Anteil daran.

Und Matteo, dessen Blick sie jetzt auffing.

»Ich habe mein Handy nicht dabei«, gestand sie, nachdem sie ihre kleine Tasche zwischen den Kissen hervorgekramt und hineingesehen hatte.

Lucia runzelte die Stirn. »Na großartig!«

»Aber ich weiß die Nummer auswendig.« Zahlen hatte sich Valeria schon immer gut merken können und für Notfälle hatte sie sich Alessandros Mobilnummer fest eingeprägt.

»Fein«, strahlte Lucia und Valeria registrierte dabei, wie rasch ihre Stimmung umschlagen konnte. Lucia streckte die Hand in Claudios Richtung und schnippte mit den Fingern. Der hob seinen wohlgeformten Hintern an und zog sein Telefon aus der Hosentasche.

»Mach du das«, bat Valeria, die befürchtete, das Smartphone nicht bedienen zu können. »Schreib, dass ich morgen wiederkomme und sie sich keine Sorgen machen müssen.«

Nachdem Lucia die Nachricht getippt und weggeschickt hatte, sagte sie: »Du kannst von mir aus hier schlafen.«

»Ja, unter dem wunderbaren Bild«, setzte Fabiana mit einem teuflischen Lächeln hinzu. Sie kauerte in den Tiefen ihres Sessels wie ein dunkler Gnom.

Unwillkürlich sandte Valeria einen Blick zur Decke. Die Nacht unter diesem apokalyptischen Gemälde verbringen? Kein schöner Gedanke, aber im Dunkeln würde sie es ja nicht sehen.

»Oder penn in meinem Zimmer, das Bett ist breit«, schlug Claudio vor.

Valeria bemerkte, wie Matteo ihr ganz leicht zuzwinkerte. Sie lächelte. Dass die anderen sie aufzogen, gab ihr das Gefühl dazuzugehören. *Bei Freunden.* Und Matteo schien sich insgeheim auf ihre Seite geschlagen zu haben. Seine beinahe schwarzen Augen waren wie Samt und hatten etwas Sanftes, genau wie seine Stimme. Er war kleiner als Claudio und einer seiner Vorderzähne stand ein wenig schief. Offenbar war er bemüht, diesen kleinen Makel zu verstecken, wodurch sein Lächeln ein wenig verkrampft wirkte. Valeria fand das rührend. Und seine schwarzen Locken, die ihm immer wieder in die Stirn fielen, hätte sie sich am liebsten um die Finger gewickelt.

»Danke Claudio, ich weiß dein Angebot zu schätzen, aber ich bevorzuge die Höllenvision«, antwortete Valeria und erntete prompt lautes Gelächter.

»Gebt ihr nichts mehr zu trinken, sie wird frech«, meinte Claudio und entblößte sein tadelloses Gebiss zu einem matten Grinsen.

»Ist der mit dem Schnabel der Tod?«, fragte Valeria, nach oben deutend.

»Fabiana, dein Stichwort.« Lucia deutete mit einer burlesken Handbewegung auf ihre Cousine.

Völlig unerwartet wurde deren Miene auf einmal hell und lebhaft. »Das ist ein Pestarzt«, sagte sie. »Man muss nämlich wissen, dass am 24. Dezember 1449 ein sogenanntes Jubeljahr anbrach, das Papst Nicolaus V. ausgerufen hatte. Um dies zu feiern, fielen Pilger aus der ganzen christlichen Welt in die Stadt ein. Der Andrang muss gewaltig gewesen sein, ein Riesengeschäft für die Wirte und die Händler, genau wie heute. Aber mit den Menschenmassen kam die Pest zurück. Die wütete damals ja immer wieder einmal in irgendeinem Landstrich und hatte hundert Jahre zuvor die Bevölkerung von Florenz nahezu ausgelöscht. Deswegen ließen sich einige römische Adelsfamilien später rechtzeitig einen Palazzo außerhalb des Zentrums bauen, als vermeintlich sicheren Rückzugsort. Und was lag näher als die Albaner Berge bei Frascati, zwanzig Kilometer südlich der Kernstadt, wo es im Sommer kühl und frisch ist und wo schon Cäsar und Brutus ihre Villen gehabt hatten? So entstand auch diese schlichte Behausung. Das Bild da oben wurde allerdings etwa zweihundert Jahre später gemalt. Vielleicht zur Mahnung an die düsteren Zeiten. Oder weil die Bewohner einen makabren Geschmack hatten.«

»Da hast du es«, sagte Lucia. »Fabiana studiert Kunst

und speziell Kirchenmalerei. Sie kennt sich aus mit Höllenvisionen.«

»Waren sie hier denn sicher vor der Pest?«, wollte Valeria wissen.

Fabiana schüttelte lächelnd den Kopf, wobei das Kreuz an ihrem Hals aufblitzte. »Nein. Zumindest nicht alle. Zumindest gibt es im Garten ein paar Gräber aus der Zeit der Pest.«

»Was, echt jetzt?«, fragte Lucia.

»Klar. Frag den Drachen, der kann sie dir zeigen«, bestätigte Fabiana.

»Hört auf, das ist gruselig«, forderte Matteo.

»Apropos düstere Zeiten ...« Claudio hielt sein leeres Glas in die Höhe. »Ich hab nichts mehr zu trinken.«

»Dann geh und hol dir was, du fauler Sack«, fuhr ihn Fabiana an.

»Ich würde ja, aber ich komme nicht mehr aus diesem Ungetüm raus«, behauptete Claudio.

»Wie ein alter Mann«, lästerte Matteo.

»Lass nur, ich gehe.« Lucia stand auf.

Es war das erste Mal, dass sie einen Finger rührte. Das Essen hatte Matteo zubereitet, während Claudio in der Küche den Tisch gedeckt hatte. Später hatte Fabiana das Geschirr abgeräumt und in die Spülmaschine geräumt und Valeria war als Einzige aufgestanden, um ihr zu helfen. Auf die Frage, ob sie zusammen die Töpfe abwaschen sollten, hatte Fabiana geantwortet, das sei nicht nötig, das würde der Drache morgen erledigen. Wer immer das sein mochte, Valeria hatte nicht nachgefragt.

»Brauchst du Hilfe?«, rief Matteo über die Schulter, wobei zu bezweifeln war, ob Lucia ihn hören konnte, denn die Küche war ganz schön weit weg. Valeria konnte sich nicht erinnern, jemals in einem so großen Haus gewesen zu sein, abgesehen von ein paar Museen.

»Garantiert kriegt sie die Flasche nicht auf«, seufzte Matteo.

»Typisch Mädchen«, grinste Claudio und verbrezelte seine Hände in einer unbeholfenen Drehbewegung.

Fabiana verdrehte die Augen und murmelte etwas von Machos.

»Wer kriegt was nicht auf?« Lucia kam mit der entkorkten Flasche zurück und verteilte Kopfnüsse an Matteo und Claudio, ehe sie Letzterem Wein nachschenkte. »Hier, du Schluckspecht.« Dann gab sie die Flasche an Matteo weiter.

Als der Valerias Glas erneut füllte, trafen sich ihre Blicke. Sie prosteten sich zu. Noch nie hatte Valeria sich so lebendig gefühlt wie gerade jetzt. Ihr war, als wäre ihr ganzer Körper von etwas Leuchtendem erfüllt, gleichzeitig empfand sie eine überschwängliche Leichtigkeit.

So wie jetzt, dachte sie, müsste das Leben immer sein. Doch ehe sie wie ein Luftballon davonschweben konnte, wandte Matteo den Blick von ihr ab und schaute mit einem Blick, den sie nur schwer zu deuten wusste, hinüber zu Lucia.

5.

Sonnenstrahlen drangen durch die Lamellen der Fensterläden und tauchten den Raum in ein Streifenmuster. Valeria schaute sich um. Wo war sie? Jedenfalls nicht in Alessandros Gästezimmer, denn dort waren die Kissen definitiv weicher. Jetzt dagegen lag ihr Kopf auf einem Sandsack, dessen Leinenbezug nach Mottenkugeln muffelte, genau wie das Laken, mit dem sie zugedeckt war.

Steif und schlaftrunken richtete Valeria sich auf. Oh Gott, und was war das nur in ihrem Kopf? Bei jeder Bewegung kullerte eine Eisenkugel in ihrem Schädel herum.

Allmählich sickerten die Erinnerungen in ihr Gedächtnis. Der Park. Lucia. Die Autofahrt, die Villa, der Abend im Salon, die Gespräche, der Wein ... Ja, davon dürfte sie ein bisschen zu viel erwischt haben. Zwar erlaubte ihr Rosa neuerdings ein Schlückchen Wein zum Essen, aber mehr war Valeria nicht gewohnt. Prüfend schaute sie an sich hinunter. Sie trug die Jeans und das T-Shirt von gestern, ihre Strickjacke hing über der Bettlade und ihre Schuhe standen artig nebeneinander auf dem Bettvorleger. Unmöglich, dass sie selbst sie so ordentlich hingestellt hatte, das tat sie nie. Brach bei ihr etwa ein verborgener Ordnungsfimmel durch, sobald sie betrunken war? Und wie war sie überhaupt hierhergekommen, in dieses Zimmer mit den schmucklosen eierschalenfarbenen Wänden und der Dachgaube? Ein schlichtes Bett, ein Nachtschränkchen und ein Schrank waren die ganze Ausstattung. *Fehlt nur noch ein Kreuz an der Wand und die Mönchszelle ist perfekt,* stellte Valeria fest. Auf dem Nachtschränkchen entdeckte sie ihre Tasche und ihre Uhr, die fünf vor elf anzeigte. Daneben hatte jemand eine noch verpackte Zahnbürste gelegt. Aber noch seltsamer war ein frischer Strauß aus Kornblumen, kleinen Rosen und Anemonen. Standen hier in allen Zimmern Blumensträuße herum? Fast kam es ihr so vor, als hätte man ihren Besuch erwartet. Wie war das möglich? Dennoch war sie dankbar, vor allen Dingen für die Zahnbürste.

Langsam, wegen der Eisenkugel in ihrem Kopf, stand sie auf und zog ihre Schuhe an. Wieso gab es hier keinen Spiegel? Na, war vielleicht besser so. Hoffentlich würde sie ein Badezimmer finden, und zwar *bevor* sie einer menschlichen Seele begegnete.

Sie schlüpfte aus dem Zimmer auf den Flur. Zwölf identische, schmale Türen gingen davon ab, sechs auf jeder Seite. Der kahle Flur und die geschlossenen Türen hatten etwas Klösterliches und zugleich Abweisendes. Valeria fröstelte. Bestimmt hatten hier im Dachgeschoss früher die Dienstboten gewohnt. Eine steile hölzerne Treppe führte nach unten, und als Valeria hinabstieg, knarrten und ächzten die Stufen, als wäre ihre Benutzung eine außerplanmäßige Zumutung.

Im ersten Stock sah es schon wesentlich freundlicher aus. Es gab nur halb so viele Türen, allesamt breit und mit Schnitzereien verziert, eine davon stand offen und ... Halleluja, ein Badezimmer! Erleichtert huschte Valeria dorthinein und sperrte hinter sich ab. Der Spiegel über dem Waschbecken bestätigte ihre Befürchtung, genauso auszusehen, wie sie sich fühlte: ziemlich derangiert.

Kurz darauf musste Valeria erkennen, dass das Leben in einem alten Palazzo auch seine Tücken hatte. Sie lieferte sich einen erbitterten Kampf mit der Dusche, deren Wassertemperatur permanent wechselte, und zwar von kochend heiß bis bitterkalt. Als Arena diente eine Badewanne, die so groß war wie ein Kahn und auf goldenen Löwentatzen stand. Wenigstens ließen nach dem letzten kalten Guss die Kopfschmerzen nach und das Abtrocknen mit einem kratzigen Handtuch brachte ihren Kreislauf vollends in Schwung. In einer Schale neben dem Waschbecken lag ein ganzer Haufen Schminksachen. Valeria konnte nicht widerstehen und versuchte, ihre Augen mit schwarzem Kajalstift und einem bräunlichen Lidschatten so zu betonen, wie sie es gestern Abend an Lucia bewundert hatte. Ganz so perfekt bekam sie es zwar nicht hin, denn es fehlte ihr an Übung, aber es war erstaunlich, wie das bisschen Farbe ihr Gesicht veränderte. Sie schlang das feuchte Haar zu einem Knoten. Hätte sie jetzt noch frische Klamotten gehabt, wäre sie einigermaßen zufrieden mit sich gewesen.

Sie öffnete das Fenster, damit die Dampfwolken abziehen konnten, lehnte sich hinaus und betrachtete den Garten der Villa Aurelia oder vielmehr: den Park. Ein Netz aus weiß gekiesten Wegen spannte sich zwischen Bäumen, Bänken und Statuen über die Rasenflächen, die wiederum unterbrochen wurden von Beeten, Buschgruppen und Hecken. Ein Teich schillerte grünlich zwischen Schilf und Farnen, überschattet von einer Trauerweide. Weiter hinten blinkten die Scheiben eines Gewächshauses in der Sonne, den Gemüsegarten bewachte eine Vogelscheuche mit einem schwarzen Flattergewand. Pinien, Zypressen, Zedern und ein Kastanienbaum überragten die Mauer, an der sich Efeu emporrankte. In der Nähe des Tors, durch das sie gestern Abend gefahren waren, bemerkte Valeria ein kleines, von Kletterpflanzen überwuchertes Haus. Jenseits der Mauer verlief die Straße und dahinter erstreckten sich andere Gärten mit ähnlichen Villen, deren Dächer durch die Bäume schimmerten.

Diese vier Freunde – oder deren Eltern – mussten ganz schön reich sein, um hier wohnen zu können. Valeria wurde schlagartig klar, dass sie in eine fremde Welt eingedrungen war, in der sie nichts verloren hatte. Das Gefühl war nicht neu, denn so ähnlich hatte sie sich auch gefühlt, als Alessandro sie in sein Zuhause gebracht hatte. Nein, sie gehörte weder hierher noch zu Alessandro. Aber auch nicht mehr in das Haus ihrer Mutter. Nicht, nachdem die sie fortgeschickt hatte.

Sie war heimatlos, sie gehörte nirgendwohin. Ihr Leben war ein weißes Blatt Papier. *Vogelfrei,* dachte Valeria. Ihr machte es nur Angst.

Ein scharrendes Geräusch erregte ihre Aufmerksamkeit. Zwischen den Orangenbäumen fegte ein Mann heruntergefallene Blätter zusammen. Er trug eine Schirmmütze, daher konnte Valeria sein Gesicht nicht erkennen. War das Matteo? Beim Gedanken an ihn musste Valeria plötzlich lächeln, ohne genau zu wissen, warum. Der Mann lehnte nun den Laubrechen gegen einen Baum und schaufelte mit den Armen die Blätter in einen Korb. Als er damit fertig war, nahm er seine Kappe ab. Nein, das war nicht Matteo. Der Gärtner? Jetzt wischte er sich mit dem Unterarm über die Stirn, hielt aber mitten in der Bewegung inne. Er hatte Valeria entdeckt.

Sekundenlang starrten sie einander an, bis Valeria vom Fenster zurückwich. *Böse Augen,* durchfuhr es sie. Aber bei nüchterner Betrachtung musste sie sich eingestehen, dass die Entfernung viel zu groß gewesen war, um den Ausdruck seiner Augen zuverlässig deuten zu können. Trotzdem hatte sein Gesicht etwas Finsteres an sich gehabt. Sie schloss das Fenster und verließ das Bad.

Im Flur blieb sie stehen und horchte. Nichts regte sich. Auch dieses Stockwerk schien wie ausgestorben zu sein. Sie schlich die breite Treppe hinab, vorbei am römischen Hochadel in Öl. Warum sie sich auf Zehenspitzen bewegte, als wäre sie eine Einbrecherin oder Spionin, war ihr selbst nicht klar. Sie war schließlich hier zu Gast. Lucia hatte sie ausdrücklich eingeladen, die Nacht über hierzubleiben, und auch die anderen hatten nichts dagegen gehabt. Da waren nur dieses Gefühl, dass sie eigentlich nicht hier sein sollte, und dazu die vage Vorstellung von irgendetwas Ungewöhnlichem, vielleicht sogar Unheimlichem, das hier vorging.

Die Treppe endete in der großen Eingangshalle, von der in zwei Richtungen Flure abzweigten. Nach rechts ging es zur Küche. Valeria folgte diesem Flur in der Hoffnung auf ein Frühstück. Kurz vor ihrem Ziel blieb sie abrupt stehen. Gedämpfte Stimmen drangen durch die geschlossene Tür.

»Es ist so typisch!« Fabiana, aufgebracht.

»... eine andere Lösung geben.« Matteo.

Wasserrauschen, das Fabianas Stimme übertönte.

»Und wie hätte ich das, bitte schön, anstellen sollen? Verdammt, sie hat uns ausgetrickst. Und wenn der Alte das erfährt, dann Gute Nacht!« Claudio, unverkennbar.

Jetzt wieder Fabiana: »Ich finde, wir sollten ...« Der Rest des Satzes ging im Schlürfen des Espressokochers unter. Es folgten ein, zwei Minuten, in denen nur Stimmengewirr und einzelne Wortfetzen – »vergiftet« – »spinnst doch!« – »bescheuerte Idee« – an Valerias Ohr drangen, welches inzwischen an der Küchentür klebte. Jetzt hörte sie Matteo rufen: »Und wie sollen wir ihr das beibringen?«

Danach redete Fabiana, aber zu leise, und auch von Claudios Antwort drang nur ein undeutliches Murmeln durch das massive Holz.

Offenbar war Lucia nicht dabei, denn einer Auseinandersetzung schweigend zuzuhören, war bestimmt nicht ihre Art. Es klang vielmehr so, als wären die anderen ziemlich sauer auf sie. Hatte es etwas mit ihr, Valeria, zu tun? Fanden sie es nicht gut, dass Lucia sie eingeladen hatte? Aber gestern Abend waren sie doch alle nett zu ihr gewesen. Besonders Matteo. Und wer, bitte schön, hatte hier wen *vergiftet?*

»Aber vorher räumst du die Schweinerei hier weg!« Fabianas nörgelnde Stimme, direkt neben Valerias Ohr. Hastig wich sie zurück und eilte so schnell und so leise wie möglich zurück in die Halle. Das war ja gerade noch mal gut gegangen. Sie überlegte, was sie machen sollte.

Lucia suchen! Vielleicht schlief sie ja noch? Valeria ging hinauf in den ersten Stock und klopfte an alle Türen, aber niemand antwortete. An eine war *La Gioconda* – auch die Mona Lisa genannt – in Postkartengröße geklebt. Valeria riskierte es und öffnete die Tür einen Spalt. Blassblaue Wände; ein Himmelbett mit gedrechselten Säulen und hellen transparenten Vorhängen dominierte den Raum, der einen Erker zur Gartenseite hin besaß. Dort stand ein zierlicher Sekretär. In der Mitte der hohen Decke prangte ein rautenförmiges Ornament aus Stuck, darunter hing ein Kronleuchter. Kaum hatte Valeria die Tür geöffnet, stieg ihr der Duft nach Orangen und Bergamotte in die Nase. Es war Lucias weißes Kleid, das diesen Duft verströmte. Es hing außen am Kleiderschrank auf einem Bügel. Von Lucia selbst war nichts zu sehen. Valeria machte die Tür leise wieder zu und ging nach unten. Blieb noch der Garten.

Sie gelangte nach draußen, ohne einem der anderen Bewohner zu begegnen, und folgte neugierig den verschlungenen Wegen. Von Nahem betrachtet bemerkte man auch hier im Garten leichte Spuren der Verwahrlosung. Der Gärtner oder wer immer der Typ auch war, den sie vorhin gesehen hatte, schien mit der Pflege des Anwesens leicht überfordert zu sein. Aber gerade weil nicht alles perfekt war, fand Valeria den Garten wunderbar.

Der Teich roch ein wenig faulig, doch als sie sich über die Wasserfläche beugte, sah sie Goldfische darin schwimmen. Unter der Trauerweide stand eine mit Moos bewachsene Bank ... was für ein herrliches, verträumtes Plätzchen! Im Weitergehen begegneten ihr Nymphen, Faune und Engel aus Stein, aber auch Ungeheuer mit Fratzen und Klauen. Sie pflückte eine Aprikose vom Baum, und während sie sie im Gehen aß, wäre sie beinahe auf eine tote Taube getreten. Sie war schneeweiß und lag mit ausgebreiteten Flügeln und aufgerissenem Brustkorb mitten auf dem Weg. Valeria, als Landkind an derlei Anblicke gewöhnt, setzte ihren Erkundungsgang jedoch gelassen fort. Dabei musste sie an ihre Sammlung von Tierskeletten denken, die sie zurückgelassen hatte. Bestimmt würde Rosa sie irgendwann wegwerfen, sie hatte sich nie für die makabre Sammlung ihrer Tochter begeistern können.

Als Nächstes entdeckte Valeria fünf schiefe, von Unkraut überwucherte Grabplatten, deren verwitterte Inschriften sich leider nicht entziffern ließen. Waren das die Pestgräber? *Ein verwunschener Garten,* dachte Valeria verzückt. Tatsächlich fühlte es sich an, als wäre an diesem Ort die Zeit stehen geblieben, und auch Valeria vergaß, warum sie hier war und dass sie doch eigentlich schon längst wieder bei Alessandro und Adriana sein müsste. Eingehüllt von Blütendüften, Zikadengezirp und Vogelgezwitscher ließ sie sich treiben. Ein grüner Rachen gähnte sie an, der sich zu einem Labyrinth aus Eibenhecken verengte. Vergnügt folgte sie den Kurven und Windungen im festen Glauben, der Irrgarten wäre bestimmt viel zu klein, um sich darin zu verlaufen. Sie vernahm ein Geräusch, so vertraut, dass sie ihm zuerst gar keine Beachtung schenkte. Erst als das laute *Zjuck-zjuck-zjuck* ein zweites Mal ertönte, hob sie den Kopf. Die grünen Wände umrahmten ein Stück Himmel, das gerade von einem Wanderfalken durchkreuzt wurde.

Jetzt hatte Valeria es eilig, das Labyrinth zu verlassen, aber so einfach, wie sie sich das gedacht hatte, war das gar nicht. Die Kreuzungen und Biegungen sahen sich zum Verwechseln ähnlich und immer wieder fand sie sich an einem kleinen Brunnen mit einem steinernen Engel wieder. Das Plätschern des dünnen Wasserstrahls klang wie ein Kichern, und als Valeria zum dritten Mal dort vorbeikam, hätte sie schwören können, dass die Putte sie zwischen ihren fetten Pausbacken hervor boshaft angrinste.

Keine Panik, schalte lieber dein Hirn ein!

Sie achtete auf den Stand der Sonne, um festzustellen, in welche Richtung sie sich bewegte, dann markierte sie jede der Abzweigungen, die sie nahm, mit herabgefallenen Pinienzapfen. Nachdem sie mehrere Varianten durchprobiert hatte, fand sie schließlich den Ausgang.

Der Falke hatte sich inzwischen im Geäst einer Zeder niedergelassen und blickte mit schräg geneigtem Kopf zu ihr herab. Als Valeria ihn ansah, hob er die Flügel und fächelte sich Luft ins Gefieder, was aussah, als würde er sie grüßen. Valeria winkte ihm zu und rief übermütig: »Na, du Schlawiner, hast du die weiße Taube auf dem Gewissen?«

»Mit wem redest du da?«

Valeria wirbelte herum und erschrak beinahe zu Tode. Da stand leibhaftig die Vogelscheuche aus dem Gemüsebeet. Sie war klein und zierlich, fast wie ein Kind. Ihr Gesicht, beschattet von einem schwarzen Kopftuch, wurde von strengen, tief eingegrabenen Furchen durchzogen, dunkle Augen brannten tief in den Höhlen.

Jetzt kam sie auf Valeria zu. Eine dürre, blau geäderte Hand schnellte unter den Rüschen ihres Ärmels hervor. Valeria wich unwillkürlich einen Schritt zurück.

»Hat *er* dich hergeholt?« Die Stimme der Alten knarrte wie trockenes Holz.

Valeria brachte vor Schreck keinen Ton heraus.

»Du musst dich in Acht nehmen! Ich an deiner Stelle würde lieber verschwinden.«

Valerias Kehle war noch immer wie zugeschnürt. Halb fasziniert, halb erschrocken starrte sie die Erscheinung an. Wovon redete sie da? Wovor genau sollte sie sich in Acht nehmen? Konnte es sein, dass die Alte sie mit Lucia verwechselte? Valeria wollte den Irrtum gerade richtigstellen, da hörte sie einen Ruf durch den Garten schallen. »Hey, hallo, wo steckst du?«

Matteo. Schon tauchte seine Gestalt hinter einem Feigenbaum auf und Valeria winkte ihm zu wie eine Schiffbrüchige. »Hier. Ich bin hier!«, rief sie und registrierte mit Schrecken, dass sie so heiser klang wie eine Krähe im Nebel. Als sie sich wieder nach der alten Frau umdrehte, ging diese bereits mit wehenden Gewändern und den raschen Trippelschritten einer Maus auf das kleine Torhaus zu, das sich im Schatten der Mauer ins Grün duckte.

Matteo war näher gekommen und wünschte ihr einen Guten Tag.

»Ciao«, sagte Valeria, deren Erleichterung nun der Verlegenheit wich. Hatte er sie in das Zimmer unterm Dach gebracht, womöglich zusammen mit Claudio? War sie noch imstande gewesen zu gehen oder hatten sie sie die Stufen hinaufschleifen müssen wie einen Sack Kartoffeln? Eine schier unerträgliche Vorstellung!

»Wo ist Lucia?«, fragte Valeria. Sie verspürte das dringende Bedürfnis, sie zu sehen. Lucia, davon war Valeria überzeugt, würde alles ins Lot bringen, sie würde all ihre Bedenken und ihre Scham mit einer ironischen Bemerkung und einem Lachen wegwischen.

Matteo legte seine Hand auf ihre Schulter. »Komm mit«, sagte er. »Wir müssen mit dir reden.«

Sie saßen am Küchentisch. Matteo, Claudio und Fabiana, die in einem schlichten Sommerkleid deutlich harmloser aussah als gestern Abend. Valeria hatte ihnen gegenüber Platz genommen und allein dadurch fühlte sie sich unwohl. *Drei gegen eine. Die Angeklagte vor ihren Richtern.* Fabiana hatte ihr auf ihren Wunsch hin eine Tasse Milchkaffee zubereitet. In der Mitte des Tisches stand ein Teller mit diversen Gebäckstücken.

»Wo ist Lucia denn nun?«, fragte Valeria erneut.

»Dazu kommen wir gleich«, antwortete Fabiana.

»Könntest du dir vorstellen, eine Weile lang hier zu wohnen?«, fragte Claudio mit einschmeichelndem Tonfall.

Valeria sah ihn an, dann schüttelte sie langsam den Kopf. So verlockend der Gedanke auch war, woher sollte sie das Geld dafür nehmen?

»Du müsstest nichts bezahlen«, fügte Claudio hinzu, geradeso, als stünden ihre Gedanken auf ihrer Stirn geschrieben. »Auch nicht fürs Essen. Für gar nichts.«

Valeria musste an eine von Mrs Wilsons Lebensweisheiten denken, wonach nichts im Leben umsonst sei.

»Du würdest uns damit einen Gefallen tun«, sagte Fabiana mit einem gezwungenen Lächeln.

»Wieso?«, fragte Valeria verwirrt.

Claudio holte tief Atem und verschränkte die Arme vor der breiten Brust. Er war unrasiert und wirkte ebenfalls ein wenig verkatert. Kein Wunder, der hatte gestern ja ordentlich gebechert, fiel Valeria ein. Aber er sah immer noch sehr gut aus, das musste sie zugeben.

»Es ist so: Die Villa gehört Lucias Vater. Sandro Bertone.« Er machte eine kurze Pause, als wollte er den Worten Zeit geben, ihre Wirkung zu entfalten wie einem Teebeutel. Aber Valeria reagierte nicht, also fuhr Claudio fort: »Er lässt uns hier wohnen, damit Lucia nicht allein ist. Lucia sollte eigentlich demnächst mit ihrem Studium beginnen, aber sie ist ...«

»Sagen wir es doch, wie es ist«, unterbrach ihn Fabiana. »Meine Cousine ist ein verwöhntes Gör mit einem reichen Vater, die alle naselang einen anderen Furz im Hirn hat.«

»Äh, ja. Das kommt ungefähr hin«, meinte Claudio. »Wie gesagt, sie sollte hier in der Villa Aurelia wohnen, solange sie in Rom studiert, aber aus irgendeinem Grund, den sie uns leider nicht mitgeteilt hat, ist sie heute Morgen verschwunden.«

»Wie verschwunden?« Valeria spürte, wie sich eine Leere in ihrem Inneren ausbreitete. »Ist ihr was passiert?«

»Nein, nein, nein«, beruhigte sie Matteo. »Ihr ist bestimmt nichts passiert.«

»Sie hat Gepäck mitgenommen«, erklärte Fabiana. »Weiß der Teufel, wo sie sich herumtreibt, vermutlich steckt ein Kerl dahinter. Es ist nicht das erste Mal, dass sie so was macht. Deshalb sollte ich als ihre Cousine ein Auge auf sie haben. Aber ich bin schließlich nicht ihr Kindermädchen, und wenn Lucia sich was in den Kopf gesetzt hat, dann hält nichts und niemand sie davon ab.« Fabiana seufzte und legte ihre Stirn in Kummerfalten.

»Sie muss uns gestern was in den Wein getan haben, damit wir möglichst lange pennen und sie in Ruhe abreisen konnte«, sagte Claudio.

Valeria mochte kaum glauben, was sie da hörte. Allerdings würde das so manches erklären.

»Wir dürfen es ihr nicht übel nehmen«, sagte Matteo. »Sie ist eben manchmal ein wenig ...«

»... exzentrisch«, beendete Claudio den Satz. »Ich wette, in ein paar Wochen kommt sie zurück und tut, als ob nichts gewesen wäre. Du musst dir keine Sorgen um sie machen.« Der Satz war an Valeria gerichtet, die ihn mit großen Augen anstarrte. »Wir haben jetzt nur ein Problem: Wenn ihr Vater merkt, dass Lucia gar nicht mehr hier wohnt, dann fliegen wir sofort hier raus. Und das wollen wir natürlich nicht. Es lebt sich nämlich recht angenehm hier, nicht wahr?« Er warf einen Blick in die Runde. Die anderen beiden nickten. »Oder gefällt es dir etwa nicht, Valeria?«

»Was? Nein. Ich meine, ja, es ist ... toll«, stammelte Valeria, deren Verstand Mühe hatte, das Gehörte zu verarbeiten.

»Und nun kommst du ins Spiel ...«, begann Matteo. »Wie du vielleicht inzwischen bemerkt hast, siehst du Lucia verdammt ähnlich. Wenn du hier wohnen könntest, bis Lucia wieder zurück ist, würde kein Mensch merken, dass sie weg ist.«

»Wer sollte es denn merken?«, fragte Valeria und setzte in Gedanken hinzu: *Hier ist doch eine eigene Welt, wer kann denn schon hinter diese Mauern schauen?*

»Zum Beispiel Giancarlo, der Gärtner«, sagte Matteo.

»Oder der Drache«, ergänzte Fabiana.

»Sie meint die alte Signora Vastano, die im Torhaus wohnt«, erklärte Matteo. »Du hast sie vorhin im Garten gesehen. Sie war früher die Haushälterin von Lucias Vater und hat ein Auge auf den Besitz, wenn keiner da ist.«

Wie reich musste Lucias Vater sein, wenn er so eine Villa leer stehen ließ?, fragte sich Valeria. Und was war mit Lucias Mutter? Sie wurde aus ihren Gedanken gerissen, als Fabiana erschrocken rief: »Was? Der Drache hat sie schon gesehen?«

»Ja, aber ich glaube, sie hat mich mit Lucia verwechselt«, sagte Valeria.

»Hoffentlich!«, stieß Fabiana hervor und erklärte: »Sie mag uns nämlich nicht. Sie würde uns sofort auffliegen lassen, wenn sie wüsste, dass Lucia weg ist.«

»Warum mag sie euch nicht?«

»Weil sie ein alter Drache ist.«

Claudio riss das Gespräch wieder an sich, indem er sich an Valeria wandte: »Also haben wir uns Folgendes überlegt: Du müsstest einfach nur in Lucias Zimmer wohnen und so tun, als wärst du sie.«

Einfach? Nichts daran war einfach. Lucia sah ihr zwar ähnlich, doch das war dann auch schon alles. Nie im Leben würde Valeria sich so geben können wie Lucia. Ihr fehlten deren lässige Eleganz, die Spritzigkeit und Wortgewandtheit – und vor allen Dingen Lucias Selbstbewusstsein. »Aber ich kenne sie doch gar nicht«, sagte Valeria. »Und was wird Lucia dazu sagen, wenn ich ...«

Claudio lachte, wobei seine blendend weißen Zähne

aufblitzten. »Du Schäfchen, was glaubst du wohl, warum du hier bist?«

Valeria sah ihn nur verständnislos an.

»Wie ich Lucia kenne, hat sie das bestimmt eiskalt eingeplant«, meinte Fabiana. »Wahrscheinlich kam ihr die Idee, als sie dich im Park gesehen hat und ihr aufgefallen ist, wie ähnlich ihr euch seht.«

»Warum hat sie mich dann nicht selbst gefragt?«, entgegnete Valeria.

Claudio schüttelte den Kopf. »Weil sie eben Lucia ist. Lucia Bertone bittet niemals jemanden um etwas, sie schafft einfach Tatsachen.«

»Und wenn ich nun etwas anderes vorhätte?«, fragte Valeria, die Lucias Benehmen – wenn es sich denn so verhielt, wie die anderen behaupteten – ganz und gar unmöglich fand.

»Hast du denn was anderes vor?«, fragte Matteo.

Valeria wusste nicht, was sie sagen sollte. Wenn sie sich nur noch erinnern könnte, was sie gestern alles über sich erzählt hatte. Aber große Teile des Abends waren für immer in einem dichten Nebel versunken. Wussten oder ahnten die anderen, dass sie gerade in einer ausweglosen Situation steckte und ihr dieser Vorschlag, so abstrus er auch war, gar nicht so ungelegen kam? Zumindest Lucia schien es geahnt und ausgenutzt zu haben.

»Du würdest uns wirklich aus der Patsche helfen, wenn du hierbleiben würdest«, sagte Claudio und klang dabei regelrecht flehend. »Oder spricht etwas dagegen?«

Oh ja, das tut es! Das Ganze stinkt zum Himmel, sagte eine Stimme in Valerias Kopf. Andererseits hatte die Aussicht, ein paar Wochen in dieser schicken Villa zu leben anstatt in Alessandros Gästezimmerschlauch, etwas sehr Verführerisches. Und schon flüsterte eine andere Stimme: *Deine Mutter hat dich belogen und weggeschickt, Alessandros Frau kann dich nicht leiden, dies ist ein Glücksfall, worauf wartest du denn noch?*

Sie fing Matteos Blick auf und die warnende Stimme in ihrem Kopf verstummte. Zögernd nickte sie. »Okay, wenn ihr meint, dass das geht.«

»Super! Du bist die Beste!« Claudio klatschte in die Hände. Die anderen atmeten erleichtert auf.

»Was ist mit den Leuten, bei denen du bis jetzt gewohnt hast?«, fragte Matteo. »Nicht dass die dich von der Polizei suchen lassen.«

»Ich schicke ihnen eine Nachricht.«

»Sag ihnen aber nicht, wo du bist«, mahnte Claudio.

»Warum denn nicht?«, fragte Valeria, in deren Kopf erneut die Alarmglocken schrillten.

»Womöglich kreuzen die hier auf und dann kriegt der Drache das mit und alles war umsonst«, erklärte Fabiana.

Das klang plausibel, aber dennoch war Valeria nicht ganz wohl bei der Sache. Was sollte sie Alessandro sagen, damit er sich keine Sorgen machte? Damit er nicht ihre Mutter informierte?

»Kriegst du das hin?«, fragte Matteo und blickte sie gespannt an.

Sie nickte. Ihr würde schon was einfallen.

»Dann lass uns zur Tat schreiten«, sagte Fabiana und stand auf.

»Zur Tat?«, wiederholte Valeria verdutzt.

»Du siehst Lucia zwar ähnlich, aber ein paar Kleinigkeiten müssen wir schon noch anpassen«, urteilte Fabiana.

»Muss das sein?«

»Keine Sorge, du wirst davon nicht hässlicher«, grinste Claudio.

»Kann ich erst noch was essen?« Valeria wollte nach einem Gebäck aus Blätterteig und Aprikosenmarmelade greifen, das sie schon die ganze Zeit anlachte, aber Fabiana zog rasch den Teller weg. »Nichts da. Wenn du wie Lucia aussehen willst, ist ab sofort Diät angesagt. Du bist nämlich ganz schön moppelig, meine Liebe. Und nur zur Information: Lucia isst zum Frühstück Magerjoghurt mit ein paar Früchten und trinkt dazu zwei kleine *caffè*. Ohne Zucker.«

6.

Claudio und Matteo wurden von Fabiana losgeschickt, um Besorgungen zu machen, unter anderem ein Haarfärbemittel. In der Zwischenzeit griff Fabiana erbarmungslos zur Schere. Bei jeder ihrer Locken, die auf dem glänzenden Mosaikboden des Badezimmers landete, musste Valeria sich zusammenreißen, um nicht aufzuschluchzen. Worauf hatte sie sich da nur eingelassen? Mit dem Kürzen der Haare war es indessen noch längst nicht getan. Nachdem Matteo und Claudio zurückgekommen waren, ging es an die Farbe. »Es reicht, wenn wir ein paar Strähnen heller machen«, meinte Fabiana. »Lucia hat öfter mal die Farbe gewechselt, es wundert bestimmt niemanden, wenn du etwas dunkler bist.«

Das Mittel stank und brannte scharf in den Augen.

»Wir müssen uns was für deine Brauen einfallen lassen, mit denen kann man ja Schuhe bürsten«, urteilte ihre Foltermagd und begann, Valerias Brauen mit einer Pinzette zu bearbeiten. Die Tränen, die der Schmerzgeplagten dabei über die Wangen liefen, wischte Fabiana kommentarlos mit einem Handtuch weg.

Schlimmer kann es nicht werden, tröstete sich Valeria, aber da irrte sie sich. Das Enthaaren der Beine mit heißem Wachs entlockte ihr Schreie, die sogar Claudio veranlassten, an die Badezimmertür zu klopfen und zu fragen, ob alles in Ordnung sei. Obwohl Fabiana dies bejahte, steckte er den Kopf zur Tür herein und grinste, als er sah, was vor sich ging.

»Tür zu«, riefen Fabiana und Valeria im Chor.

Nachdem auch diese Prozedur überstanden war, bekam Valeria gezeigt, wie Lucia sich schminkte.

»Läuft sie auch im Haus geschminkt herum?«, fragte Valeria.

»Ja. Ohne Make-up fühlt sie sich nackt, behauptet sie immer.«

Valeria schaute aufmerksam zu, welche Farben, Tuben und Pinsel Fabiana verwendete. Zum Glück hatte sie bereits eine erste Lektion von Chiara und Adriana erhalten, sonst hätte sie sich bestimmt vor der Wimpernzange erschreckt, mit der Fabiana ihre Wimpern traktierte, ohne dass Valeria hinterher einen nennenswerten Unterschied bemerkt hätte.

»Diese alte Dame aus dem Garten ...«, begann Valeria nervös.

»Der Drache?«

»Wie spreche ich sie an?«

»Signora Vastano. Oder nur Signora.«

»Wie gut kennt sie Lucia?«

»Nun ja, sie kennt sie bestimmt schon von klein auf.«

»Oje!« Valeria sank der Mut. Das würde nie gut gehen. Es sei denn, die Alte wäre halb blind.

»Aber in den letzten Jahren war Lucia kaum hier. Sie ist im Ausland zur Schule gegangen und in den Ferien ...« Fabiana unterbrach sich. »Keine Ahnung, was sie in den Ferien gemacht hat, jedenfalls war sie nicht hier. Und die

Signora ist eine Angestellte. Also niemand, mit dem Lucia viel gesprochen hätte.«

»Und der Gärtner?«

»Giancarlo. Ich weiß nicht mal, ob Lucia überhaupt seinen Namen kennt, und ich glaube nicht, dass sie je ein Wort mit ihm gesprochen hat. Schau mal nach oben, damit ich die unteren Wimpern tuschen kann.«

Valeria gehorchte wiederstrebend. Sie fand diese Nähe, die durch das Schminken entstand, beklemmend. Manchmal streifte sogar Fabianas Atem ihre Wangen.

»Aber der Garten ist sowieso das Reich des Drachen«, erklärte Fabiana. »Sie sagt Giancarlo, was er zu tun hat, wir kümmern uns nicht darum. Lucia interessiert sich eh nicht sonderlich für den Garten.«

Wie kann man sich für einen so tollen Garten nicht interessieren?, fragte sich Valeria und wollte wissen, ob der Gärtner auch hier wohnte.

»Nein. Er kommt nur zwei, drei Mal die Woche her.«

Valeria war erleichtert, das zu hören. Das würde es einfacher machen, ihm aus dem Weg zu gehen. »Was ist eigentlich mit Lucias Mutter?«, fragte sie.

»Die ist gestorben, als Lucia zehn war.«

»Woran?«

»Autounfall«, sagte Fabiana kurz angebunden, während sie mit einem Pinsel Rouge auf Valerias Wangen verteilte.

»Wie schrecklich.«

Fabiana sagte nichts dazu.

»Hat Lucia noch Geschwister?«

»Nein.«

»Was ist, wenn Lucias Vater seine Tochter besuchen kommt? Den werden wir wohl nicht täuschen können.«

»Ich glaube kaum, dass der kommt. Die zwei haben kein besonders herzliches Verhältnis zueinander. Und wenn Lucia schlau ist – und das ist sie –, dann schickt sie ihm ab und zu eine SMS, die ihn glauben lässt, sie wäre hier.«

»Er muss irrsinnig reich sein«, sagte Valeria nachdenklich. »Ich meine, diese Villa, die Angestellten ... und er wohnt nicht mal darin! Das ist doch pervers, oder?«

»Mhm.«

Valeria sah Fabiana neugierig an. »Womit verdient er denn so viel Geld?«

»Das weiß niemand so genau.« Das Thema schien Fabiana nicht zu behagen, Valeria erkannte es an ihren verkniffenen Lippen. Also ließ sie es dabei bewenden und fragte stattdessen: »Claudio und Matteo sind auch Studenten, oder?«

Fabiana zögerte kurz, ehe sie die Frage bejahte. Offensichtlich ging ihr Valerias Fragerei auf den Keks. Aber schließlich musste sie doch Bescheid wissen, wenn sie Lucia spielen sollte

»Und was studieren sie?«, setzte Valeria unbarmherzig ihr Verhör fort. *Der muss man aber auch alles aus der Nase ziehen!,* dachte sie.

»Wirtschaft«, sagte Fabiana. »Jetzt sei still, ich trage den Lippenstift auf. Mach das immer mit diesem kleinen Pinsel hier. Und vorher ziehst du die Konturen mit dem Stift nach.«

Was für ein Aufwand! Und das sollte sie nun jeden Tag machen? Wozu denn, wenn sie gar nicht ausging?

Zum Glück verkündete Fabiana gerade in diesem Moment, dass sie fertig seien. »Komm mit, Lucia!«

Zusammen gingen sie in Lucias Zimmer. Fabiana öffnete den Kleiderschrank und sofort strömte der vertraute Duft nach Orangen und Bergamotte heraus, der Valeria unwillkürlich an ihre Mutter denken ließ. Was sie wohl hierzu sagen würde? Dass ihre Tochter offensichtlich verrückt geworden war! Jedenfalls etwas in der Art.

»Mal sehen, was sie dagelassen hat«, murmelte Fabiana. »Wie es aussieht, das meiste.«

Das blau-weiße Ringel-T-Shirt, in dem Valeria Lucia zum ersten Mal im Park gesehen hatte, lag zuoberst auf einem Stapel anderer T-Shirts.

»Findest du das nicht seltsam, dass sie so wenig mitgenommen hat?«, fragte Valeria.

»Nein, gar nicht.« Fabiana zuckte mit den Schultern. »Lucia geht für ihr Leben gern shoppen.«

»Hm, okay ... aber ...«, Valeria betrachtete grübelnd den Kleiderstapel. »Was glaubst *du* denn, wo sie hin ist?«

»Meine Güte, ich weiß es nicht.«

»Könnt ihr sie nicht einfach anrufen und sie fragen?«

»Denkst du, wir sind noch nicht auf die Idee gekommen?«, antwortete Fabiana patzig. »Ihr Handy ist ausgeschaltet. Lucia ist nicht der Typ, der das gemeine Fußvolk in ihre Pläne einweiht oder sich für etwas rechtfertigt.«

»Seid ihr zwei denn keine Freundinnen?«, wunderte sich Valeria.

»Wir sind Cousinen«, antwortete Fabiana und es klang geradeso, als schlösse dieser Umstand eine Freundschaft von vornherein aus. Sie fügte hinzu: »Wir haben uns in den letzten Jahren nicht so oft gesehen, sie war ja fast immer in Internaten. Aber dieser alte Kasten ist groß genug für alle und ich gehöre schließlich zur Familie.«

Der letzte Satz hatte trotzig und stolz zugleich geklungen. *Die arme Verwandte,* dachte Valeria. Sie kannte diesen Typus aus Mrs Wilsons Romanen. Sie waren entweder jung und schön und am Ende stellte sich heraus, dass sie die wahren Erbinnen der Schlösser und Gutshäuser waren, oder es waren verkniffene, von Neid zerfressene Wesen, die der jungen, schönen Romanheldin mit ihren Intrigen das Leben zur Hölle machten. Valeria war nicht sicher, zu welcher Kategorie Fabiana gehörte – immer vorausgesetzt, das Leben hielt sich an Romanvorlagen.

Fabiana unterbrach ihre Gedankengänge: »Mit den Hosen wird es wohl noch ein Problem geben, also zieh am besten etwas weitere Kleider an, solange es noch nicht kalt ist. Welche Schuhgröße hast du?«

»37.«

»Passt. Kannst du auf hohen Absätzen gehen?«

Valeria schüttelte den Kopf.

»Dachte ich mir. Dann musst du es üben. Lucia mag hohe Absätze. Im Haus läuft sie aber auch oft ohne Schuhe oder in Flipflops herum – du musst dir übrigens unbedingt noch die Zehennägel lackieren, in einem kräftigen Rot!«

»Von mir aus«, meinte Valeria achselzuckend.

»Aber vorher stellst du deine Füße in Seifenwasser und rubbelst dir diese rissige Hornhaut runter. Deine Fußsohlen sehen ja aus wie die vom Yeti.«

Valeria wusste nicht, ob sie lachen oder beleidigt sein

sollte. Ihr fiel keine passende Retourkutsche ein, also schwieg sie und wünschte sich, Fabiana würde sie endlich allein lassen, damit sie mal durchatmen und sich erholen konnte. In Zukunft würde sie lieber Matteo über Lucia ausfragen. Er schien zugänglicher zu sein und Lucia zu mögen. Obwohl ... Sie erinnerte sich an den eigenartigen Blick, mit dem er Lucia gestern Abend bedacht hatte. War er in sie verliebt, aber sie nicht in ihn? Gut möglich. Ob er sie, Valeria, wohl mochte ...? Das laute Knurren ihres Magens holte sie aus ihren Träumereien zurück. Kein Wunder, das Mittagessen war ausgefallen und auf dem Schreibtisch hatte sie gerade eine Schale mit zwei Pfirsichen darin entdeckt. Immerhin.

Valeria stutzte. »Lucia hat ja nicht einmal ihren Laptop mitgenommen!«, wunderte sie sich und erneut beschlich sie der Verdacht, dass da etwas ganz und gar nicht stimmte. Dass man sie belog, was Lucia anging. In letzter Zeit schien es sich alle Welt zum Hobby gemacht zu haben, sie zu belügen.

»Doch, hat sie«, widersprach Fabiana. »Das ist der alte. Der Akku taugt nichts mehr, aber sonst ist er o.k. Du kannst dich jetzt ein bisschen ausruhen. Um sieben, wenn es nicht mehr so heiß ist, wollte Claudio joggen gehen.«

»Was hat das mit mir zu tun?«, fragte Valeria, Böses ahnend.

»Er wird mit *dir* joggen, *Lucia«,* grinste Fabiana und kniff sie dabei in die kleine Rolle, die sich über dem Bund ihrer Jeans wölbte. »Die Laufschuhe stehen unterm Bett.« Mit diesen Worten verschwand sie.

Endlich!

Valeria drehte den Schlüssel der Zimmertür herum. Erschöpft ließ sie sich auf Lucias Himmelbett fallen und schloss die Augen. Sie hatte Kopfschmerzen von all den kosmetischen Torturen und vielleicht auch vor Hunger. Ja, Hunger! Sie stand wieder auf und verschlang die beiden Pfirsiche. Sie schmeckten wunderbar süß und sie hätte noch ein Kilo davon essen können, aber immerhin ging es ihr danach schon ein wenig besser. Sie warf einen Blick aus dem Fenster. Der Garten döste in der Spätnachmittagshitze. Kein Mensch war darin zu sehen und auch weit und breit keine Spur vom Falken.

Als Nächstes nahm sie sich Lucias Bücherregal vor. Offenbar hatte Lucia ein Faible für Skandinavien und speziell für nordische Mythologie. Das war immerhin besser als bei Alessandro und Adriana, wo es nur Unmengen von Klatsch- und Modezeitschriften gegeben hatte.

Sie nahm das weiße Kleid von der Stuhllehne. Ob es wohl passte?

Wie schon befürchtet war es sehr eng in der Taille. Valeria musste den Bauch einziehen und wagte kaum zu atmen aus Angst, die Nähte könnten platzen. Neben dem Kleiderschrank gab es eine Frisierkommode mit einem Spiegel. Solange Fabiana an ihr herumgezupft und -gepinselt hatte, hatte Valeria kaum Zeit gefunden, ihr neues Ich in Ruhe zu betrachten. Jetzt setzte sie sich auf den Schemel vor die Kommode und schaute sich prüfend an.

Der Bogen, den ihre Augenbrauen nun beschrieben, ließ ihr Gesicht eleganter erscheinen. Ihre Wangenknochen wurden durch das Rouge hervorgehoben, dazu das veränderte Haar ... Hals und Nacken fühlten sich so leer an. Aber auch freier. Sie reckte das Kinn auf jene arrogante Weise, die sie bei Lucia beobachtet hatte, und ihr stockte der Atem. Es war, als würde Lucia sie aus dem Spiegel heraus ansehen. Auch diesen Blick kannte Valeria nicht von sich selbst. Das war Lucia. Valeria verspürte Unbehagen. Diese Verwandlung war unheimlich. Als hätte Lucia von ihr Besitz ergriffen. Wo war die alte Valeria geblieben? Sie streckte die Zunge heraus und grinste breit. *Aha, geht doch.* Aber eines musste man Fabiana wirklich lassen: Sie hatte ganze Arbeit geleistet.

Valeria zog das Kleid wieder aus und hängte es sorgfältig auf einen Bügel. Sie fand eine graue Jogginghose, die ungehindertes Atmen erlaubte, und setzte sich an den Sekretär. Sie musste ja noch eine Nachricht an Alessandro schreiben. Auch wenn er sie angeschwindelt hatte, was seine Vaterschaft betraf, so hatte er es dennoch verdient, nicht im Ungewissen gelassen zu werden.

Der Laptop hing am Netz, verlangte jedoch nach einem Passwort. Mist.

Aber sie konnte ja wenigstens schon mal den Text entwerfen.

Auf dem Bleistift herumkauend saß sie da und überlegte. Noch nie war ihr ein Text so schwergefallen. Dann schrieb sie, radierte, schrieb, radierte, immer wieder, bis sie endlich ihre Nachricht fertig hatte:

Lieber Alessandro, liebe Adriana,

bitte entschuldigt, dass ich mich nicht von euch verabschiedet habe. Ich habe im Park ein paar Freunde ge-

funden, Studenten, die außerhalb von Rom wohnen. Sie haben mich eingeladen, ein paar Wochen bei ihnen zu verbringen. Ich werde die Zeit nutzen, um über einige Dinge nachzudenken. Ihr wisst schon ... Bitte sagt meiner Mutter noch nicht, dass ich nicht mehr bei euch wohne, sie würde sich nur aufregen. Mir geht es wirklich prima, es ist sehr schön hier.

Danke für alles, grüßt die Kinder von mir.

Grüße von der Maulbeerprinzessin

Sie legte den Stift hin, zufrieden mit sich. Die Nachricht klang vernünftig und erwachsen, sodass sie sich keine Sorgen zu machen brauchten. Falls sie das überhaupt getan hatten. Im Grunde ging sie Alessandro doch gar nichts an. Und Rosa? Hoffentlich sagte Alessandro ihr nichts, sie würde ... aber Valeria war sich gar nicht mehr so sicher, wie ihre Mutter reagieren würde. Würde sie sich Sorgen machen oder wäre es ihr egal? Beim Gedanken an Rosa wurde Valeria traurig, aber es war nur ein kurzer Schatten, der rasch vorbeizog, und mit ihm verschwand auch der leichte Kopfschmerz, der sie den ganzen Tag über begleitet hatte.

Vielleicht sollte sie Lucias Sachen durchsuchen, um doch noch einen Hinweis zu entdecken, wohin sie verreist war. Was hatte Fabiana noch gesagt? Das hat sie bestimmt *eiskalt geplant.* Wenn Lucia einen Plan gehabt hatte, hinter dem möglicherweise noch mehr steckte als von Fabiana behauptet, dann hatte sie vielleicht irgendwo eine Nachricht für ihre Doppelgängerin hinterlassen. Nichts wünschte sich Valeria im Augenblick mehr als ein paar persönliche Worte von Lucia, die ihr bestätigten, dass sie das Richtige tat.

Zuerst durchsuchte sie die Schubladen des Sekretärs, aber die waren fast leer, es fanden sich nur ein paar Stifte, Büroklammern und ein Handyladekabel. Erstaunlich wenig. Wenn Valeria da an die überquellenden Schubladen voller Krimskrams in ihrem Zimmer daheim in Umbrien dachte ... Aber sie hatte ihr ganzes Leben in diesem Haus verbracht, klar, dass sich da was ansammelte. Schließlich fand sie noch etwas Brauchbares, ganz hinten in der Schublade: einen Müsliriegel. Gierig riss sie die Verpackung auf und biss hinein. Er war hart und schmeckte auch schon etwas alt, aber Valeria aß ihn trotzdem, in kleinen genüsslichen Bissen, als wäre er eine Delikatesse. Man konnte ja nicht wissen, wann man hier wieder etwas zu essen bekam, und womöglich würde es dann nur Salat sein. Nachdem ihr Magen beruhigt war, merkte sie, wie eine angenehme Müdigkeit von ihr Besitz ergriff. Ihre Recherchen hatten keine Eile, sie sollte sich wirklich etwas ausruhen. Sie musste ja später noch joggen gehen. Keine sehr verlockende Aussicht. Sie gab sich der flauschigen Umarmung des Himmelbetts hin, auf dem statt der üblichen Laken und Wolldecken eine mit Federn gefüllte Bettdecke ausgebreitet war.

Valeria wurde klar, dass es an der Zeit war, sich, was Lucia betraf, von ein paar Illusionen zu verabschieden. Gestern Abend hatte Valeria sie noch uneingeschränkt bewundert, weil sie so selbstbewusst und schlagfertig gewesen war, aber jetzt musste Valeria sich eingestehen, dass ihr vieles von dem, was sie über Lucia gehört hatte, nicht besonders gefiel. Wenn es stimmte, dann war Lucia Bertone ein verwöhntes Biest und gewohnt, dass alle nach ihrer Pfeife tanzten. Sogar dann, wenn sie gar nicht da war. Vielleicht wurde man so, wenn man seine Mutter früh verlor und dann nur noch einen reichen Vater hatte.

Aber vielleicht waren sie sich ja doch ähnlicher, als es schien. Wie zwei Seiten derselben Medaille. *Die Maulbeerprinzessin und die Erbsenprinzessin,* dachte Valeria lächelnd und war in der nächsten Sekunde auch schon eingeschlafen.

7.

Sie wurde wach, als jemand gegen ihre Tür hämmerte. Hektisch sprang sie auf und drehte den Schlüssel herum. Draußen standen Claudio und Matteo in Sportklamotten. Letzterer starrte Valeria mit offenem Mund an. Valeria fuhr sich ein wenig befangen durchs Haar, wobei sie sich im selben Moment wunderte, dass es sich anders anfühlte als sonst.

»Wow!«, stieß Matteo hervor und blickte sie genauso verblüfft an wie gestern Abend in der Eingangshalle.

Claudio, der sie so kritisch musterte, als stünde sie zum Verkauf, meinte schließlich: »Nicht schlecht, wirklich.«

Valeria lächelte.

»Es ist sieben, bist du noch nicht fertig?«

Claudios Frage hatte ungeduldig geklungen und irgendetwas in Valeria begann zu rebellieren. Lässig parierte sie seinen Blick mit jenem verärgerten Stirnrunzeln, das sie am Vorabend bei Lucia beobachtet hatte, und erwiderte in einer, wie sie stolz feststellte, perfekten Imitation von Lucias Tonfall: »Seh ich so aus?«

Claudios Augenbrauen schnellten nach oben, aber dann lächelte er süßsauer und sagte mit sichtlich erzwungener Geduld: »Wie lange brauchst du noch?«

»So lange, wie es eben dauert.«

Man sah Claudio an, dass ihn die Antwort wurmte,

aber Matteo kam ihm zuvor und sagte zu Valeria, sie solle sich ruhig Zeit lassen, sie würden unten auf sie warten. »Übrigens: Du siehst toll aus«, fügte er hinzu.

Valeria gönnte ihm ein Lächeln und schloss die Tür mit Nachdruck. Dann lehnte sie sich gegen die Wand und strahlte übers ganze Gesicht.

Du siehst toll aus. Sie schwebte durchs Zimmer, während sie nach Lucias Sportsachen suchte. Ein ärmelloses gelbes Shirt erschien ihr geeignet, denn bestimmt würde ihr beim laufen ganz schön heiß werden. Dazu eine knielange schwarze Gymnastikhose – perfekt. Allerdings erhöhte die Auswahl der Kleidung keineswegs die Vorfreude, im Gegenteil. Joggen, ausgerechnet! Valeria konnte ohne große Mühe sechs Stunden bergauf und bergab wandern, aber Laufen war so gar nicht ihr Sport. Sie hatte es ein paar Mal versucht, doch ihre alte Heimat war viel zu bergig dafür. Und sie mochte es einfach nicht.

Laufschuhe, sie brauchte Laufschuhe. Unterm Bett, fiel Valeria ein. Das hatte Fabiana vorhin gesagt. Woher wusste sie das eigentlich so genau?

Stimmt, da stand tatsächlich ein Paar Sportschuhe, recht weit hinten, vielleicht waren sie beim Putzen zurückgeschoben worden. Valeria musste sich auf den Bauch legen und unter das Bett kriechen, um die Schuhe herauszufischen. Staubmäuse kitzelten sie in der Nase, sie musste niesen und stieß dabei mit dem Kopf gegen den Lattenrost.

»Aua, verdammt!«

Sie bekam die Schuhe zu fassen und zog sie unter dem Bett hervor. Dabei entstand ein schleifendes Geräusch und mit den Schuhen kam ein Stück Papier zum Vorschein. Es musste heruntergefallen sein, als sie beim Niesen gegen den Rost gestoßen war.

Es war eine Ansichtskarte. Offensichtlich hatte sie zwischen den Stäben des Lattenrosts gesteckt. Sie zeigte kahle Berge und eine Art Springbrunnen, nein eher eine Wasserfontäne, die direkt aus dem Boden kam. Merkwürdig ... Auf der Rückseite stand ein Text in einer vollkommen fremden Sprache. Und nicht nur das, zwischen den gewohnten Buchstaben befanden sich auch noch sehr seltsame, die Valeria nicht einmal ansatzweise entziffern konnte. Auf der Karte waren keine Briefmarken und keine Adresse, also musste sie in einem Umschlag gesteckt haben. Oder Lucia hatte sie selbst geschrieben? War das ihre Handschrift? Es blieb keine Zeit, das zu überprüfen, denn von draußen drangen auf dem Marmor widerhallende Schritte an ihr Ohr. Schon klopfte es erneut an der Tür und sie hörte Claudio maulen, wo sie denn nun bleibe.

»Muss nur noch die Schuhe anziehen«, rief Valeria. Sie schob die Karte rasch wieder zwischen die Stäbe des Lattenrostes.

Klack.

Etwas war heruntergefallen. Sie tastete den Boden ab und bekam einen kleinen, länglichen Gegenstand zu fassen. Ein USB-Stick, an dem noch ein Rest Tesa klebte! Sie hatte bei Alessandro schon mal so einen gesehen. Wieso in aller Welt versteckte Lucia diese Postkarte und den Stick unterm Bett? Was da wohl drauf sein mochte ...

Erneut hämmerte es gegen ihre Tür. »Ich komm ja

schon«, brüllte sie, warf den Stick in die Schublade des Sekretärs und schnürte sich die Schuhe zu.

Die zurückliegenden Wochen, die von Faulenzerei und einem Übermaß an Junkfood geprägt gewesen waren, rächten sich in der folgenden Stunde aufs Bitterste. Von Seitenstechen geplagt hechelte Valeria Claudio und Matteo hinterher, die leichtfüßig wie die Gazellen liefen, während Valerias Schuhsohlen wie nasse Tücher aufs Pflaster klatschten.

Matteo riet ihr, beim Atmen zu zählen und so ihren eigenen Rhythmus zu finden. Valeria hätte ihn lieber allein gefunden, denn die Nähe ihrer beiden Mitläufer brachte sie aus dem Tritt.

Einmal und nie wieder! Es muss auch andere Möglichkeiten geben abzunehmen.

Zu allem Übel ging es jetzt eine Anhöhe hinauf. Valeria streikte und verfiel ins Gehen. »Ihr könnt vorlaufen, ich komm dann schon«, keuchte sie, aber die beiden gaben sich auf lästige Weise ritterlich und verlangsamten ebenfalls das Tempo. Matteo wich ihr nun gar nicht mehr von der Seite. Ab und zu wandte er sich ohne jeden ersichtlichen Grund um, was Valeria eigenartig vorkam. Aber sie hatte keine Zeit, darüber nachzudenken oder ihn zu fragen, zu sehr war sie damit beschäftigt durchzuhalten. Sie schämte sich für ihre mangelnde Kondition. Bestimmt sah ihr Kopf aus wie eine Tomate. Von wegen, *du siehst toll aus*. Lucia hatte beim Joggen garantiert eine bessere Figur abgegeben. Sie würde wahrscheinlich bei allem, was sie tat, eine bessere Figur als Valeria abgeben.

Es begann schon zu dämmern, als sie oben auf dem Hügel ankamen. Dort befand sich ein kleiner Park mit Bänken am Rand der Wege.

»Fünf Minuten Pause«, sagte Claudio gnädig.

Valeria sank auf die erstbeste Bank und versuchte, die Stiche in ihrer Lunge zu ignorieren. Allerdings musste sie zugeben, dass ihre Qual mit einer spektakulären Aussicht belohnt wurde. Vor ihnen lag der Lichterteppich von Rom im Dunst der Abenddämmerung und dahinter, am Horizont, glänzte das Meer wie rotes Gold im Schein der untergehenden Sonne. Ihr war, als würde sie das Rauschen der Wellen hören, aber vermutlich war es nur das Blut, das in ihren Adern kochte, weil sie kurz vor einem Infarkt stand.

Das Meer. Jedes Jahr Anfang Juni, wenn die Hauptsaison noch nicht begonnen hatte, waren Valeria und Rosa für eine Woche ans Meer gefahren. Bis zur Adriaküste war es nur eine Fahrt von knapp zwei Stunden gewesen, aber es hatte sich immer wie eine große Reise angefühlt. Schon das Kofferpacken hatte Valeria geliebt. Stets hatten sie in demselben kleinen, aber feinen Hotel in der Nähe von Senigallia gewohnt und den Tag am Strand verbracht. Rosa immer mit einem mondänen Sonnenhut und einer großen dunklen Sonnenbrille. Zu Hause, im Garten, hatte sie nie Sonnenhüte oder eine Sonnenbrille auf, und als Valeria sie einmal danach gefragt hatte, hatte sie gemeint, am Meer sei die Sonneneinstrahlung besonders intensiv, dort müsse man sich besonders vor Falten schützen. Abends gingen sie in verschiedenen Restaurants Fisch essen. Am Meer müsse man einfach Fisch essen, behauptete Rosa immer, und anschließend bummelten sie durch die Stadt oder schlenderten Eis essend an der Promenade entlang und beobachteten die Menschen. Valeria, die unterm Jahr selten so viele Menschen auf einmal zu sehen bekam, hatte sich jedes Jahr auf ihren Strandurlaub gefreut. Und noch Wochen danach, wenn sie schon längst wieder zurück in den Bergen waren, hatte sie noch das Wellenrauschen hören können, wenn sie im Bett lag und die Augen schloss.

Valeria und Matteo saßen auf der Bank und genossen die Aussicht, während Claudio im dürrbraunen Rasen Liegestütze und Sit-ups machte.

»Angeber«, murmelte Matteo, der ihn aus dem Augenwinkel beobachtete, so leise, dass es nur Valeria hören konnte. Sie tauschten einen verschwörerischen Blick und ihr Herz schlug ein wenig schneller. Sein Oberarm berührte wie zufällig den ihren, während sie andächtig zusahen, wie der rote Feuerball im Meer versank.

»Wunderschön«, hauchte sie, als nur noch ein schwacher rosa Schimmer über dem Wasser glomm. Ihr fiel ein, dass sie noch nie die Sonne im Meer hatte untergehen sehen. Da die Adriaküste im Osten lag, kannte sie nur Sonnenaufgänge über dem Meer.

»Mhm«, sagte Matteo und seufzte.

»Kommst du aus Rom?« Valeria sah ihn forschend von der Seite an, wobei sie etwas nervös ein kleines Stück von ihm abrückte, sodass es keine Berührung mehr zwischen ihnen gab.

»Neapel.« Er sah sie ebenfalls an und schüttelte dann den Kopf, als würde ihn irgendetwas aus der Fassung bringen.

»Was ist?«

»Es ist verrückt«, stellte er fest. »Wie du eben den Kopf gehalten hast – genau wie sie.«

Valeria schwieg. Der Zauber des Augenblicks war vorbei. Musste er jetzt von Lucia anfangen?

»Kennst du das Passwort von Lucias altem Computer?«, fragte sie. Unwillkürlich hatte sie dabei geflüstert.

»Nein. Aber Claudio kann dir das Ding sicher wieder herrichten.«

»Was kann ich?« Claudio hatte seine Übungen beendet und dehnte, auf einem Bein stehend, seinen Oberschenkel, während er sich an der Lehne der Bank festhielt und einen Geruch nach frischem, sauberem Sportlerschweiß verströmte.

»Du kannst doch sicher Lucias alten Laptop wieder flottmachen«, sagte Matteo.

»Wozu brauchst du den?«, wandte sich Claudio, noch immer auf einem Bein herumhüpfend, an Valeria. Und weil das höchst albern aussah, fiel es ihr nicht schwer, mit einem herausfordernden Lucia-Lächeln zu antworten: »Zum Beispiel, um eine Mail zu verschicken. Damit die Freunde meiner Mutter nicht die Polizei alarmieren.«

Claudio kam wieder auf beide Beine. In seinem Adonisgesicht zuckte ein Muskel. »Ich kümmere mich darum«, sagte er. Dann klatschte er in die Hände und rief mit erzwungener Fröhlichkeit: »Los, aufstehen, ihr Luschen. Runter wird gelaufen!«

Valeria erhob sich betont langsam. Irgendetwas hatte Claudio an sich, das sie zum Widerstand reizte. Zweifellos betrachtete er sich seit Lucias Verschwinden als Chef der Truppe. Aber das konnte er sich abschminken. Er hatte es nicht anders gewollt – jetzt war *sie* Lucia!

Eine erste Bewährungsprobe ihrer neuen Identität erwartete sie gleich nach ihrer Rückkehr. Durstig wie ein Kamel nach einer Wüstendurchquerung stürzte Valeria in die Küche. Dort, am Herd, stand Signora Vastano und rührte in einem großen Topf. Einem ersten Impuls gehorchend wollte Valeria wieder rückwärts zur Tür hinausgehen, aber die Signora, die über ihrem schwarzen Kleid eine karierte Schürze trug, hatte sie schon bemerkt. Zum Glück bewegte sie sich nicht mehr allzu rasch, so dauerte es ein, zwei Sekunden, bis sie sich umgedreht hatte. Genug Zeit, damit Valeria sich nach dem ersten Schreck wieder fangen konnte.

»Guten Abend, Signora«, sagte sie, wobei sie die etwas höhere Stimmlage von Lucia imitierte.

»Salve«, murmelte die Signora. Aus dem Topf stieg ein verführerischer Duft nach Minestrone auf. Valeria lief das Wasser im Mund zusammen, am liebsten hätte sie sich gleich einen Teller davon genommen. Aber sie wagte es nicht. Sie nahm ein Glas aus dem Schrank und füllte es am Wasserhahn. Ihre Hand zitterte, aber das konnte man auch der Anstrengung zuschreiben.

»Nachts in der Gegend herumrennen, verrückt ist das, verrückt!«, krächzte Signora Vastano missbilligend.

»Ganz meine Meinung«, murmelte Valeria. Sie war erleichtert, denn die Alte schien nichts zu merken. Wohl wissend, dass sie beobachtet wurde, trank sie ihr Glas rasch, aber nicht zu hastig aus und bremste sich gerade noch, als sie im Begriff war, es in die Spülmaschine zu stellen. Signora Vastano war zwar alt, aber sie war eine Angestellte. Bestimmt hätte Lucia sie auch so behandelt. Gestern hatte Lucia den ganzen Abend keinen Finger gerührt, und zwar mit der Selbstverständlichkeit von einer, die es gewohnt war, dass andere für sie arbeiteten. Selbst den Wein hatte sie wohl nur geholt, weil sie ihn bei der Gelegenheit mit dem Schlafmittel versetzen konnte. Also stellte Valeria das leere Glas auf die Spüle.

»Der schwarze Wagen war wieder da«, sagte Signora Vastano.

Valeria schluckte und sofort hatte sie wieder die schrecklichen Bilder vor Augen. Wahrscheinlich würde das bis ans Ende ihrer Tage auch so bleiben. »Wovon reden Sie?«, würgte sie hervor. Ihr war gerade ein wenig schlecht geworden.

Mit ihrer Klauenhand warf die Signora eine großzügige Prise getrockneter Kräuter in den Topf. »Keiner rührt sich. Sitzen da wie die Leichen.«

Der Schrecken fuhr Valeria in die Glieder wie ein glühendes Eisen. Was faselte die Alte da von Autos und Leichen? *Schwarze Wagen und Leichen!* Konnte es sein, dass diese Frau wusste, was am letzten Abend zu Hause bei Rosa geschehen war? Nein, unmöglich. Woher denn? Dazu müsste sie schon eine Hellseherin sein. Oder waren Valeria die Schuldgefühle auf die Stirn geschrieben, sichtbar für die, die das zweite Gesicht hatten? Aber nein, so etwas gab es nicht! Auch wenn die verrückte Ersilia manchmal so tat, als hätte sie übersinnliche Kräfte und könne Dinge voraussehen. Humbug war das, von vorn bis hinten. Altweibergeschwätz.

»Okay, sie sitzen also da wie die Leichen. Wen genau meinen Sie denn damit?«, fragte Valeria, wobei sie sich um einen Lucia-Tonfall bemühte – gleichmütig, leicht spöttisch und vor allen Dingen: unerschrocken. Sie war allerdings nicht sicher, ob es ihr wirklich gelungen war.

Signora Vastano sah sie auf eine Weise an, bei der Valeria ganz mulmig wurde. Sie griff nach dem Messer. »Verschwinde, solange du noch kannst.« Dann wandte sie sich wieder um und hackte in atemberaubender Geschwindigkeit einen Büschel Petersilie klein.

Valeria floh aus der Küche, rannte den Flur entlang und die Stufen hinauf. Ihr Herz klopfte wild.

Mochte die Signora auch ein wenig verrückt sein, ihre Suppe schmeckte köstlich. Danach gab es mit Ricotta und Steinpilzen gefüllte Canneloni, von denen Fabiana, diese Tyrannin, Valeria aber nur eine sehr kleine Portion zugestand. Auch den Brotkorb stellte sie außer Reichweite von Valeria. Die war drauf und dran, ihr zu sagen, was sie sie mal könne, aber sie beherrschte sich. Es erschien ihr nicht klug, sich Fabiana zur Feindin zu machen.

»Noch etwas Salat, Lucia?«

Valeria reagierte erst, als Claudio ihr die Schüssel unter die Nase hielt, und auch dann brachte sie nur ein Nicken zustande.

»Ich halte es für sicherer, wenn wir dich Lucia nennen. Man weiß ja nie, wer einen gerade hört«, erklärte Claudio. »Jetzt, wo du ihr wirklich schon fast aufs Haar gleichst, fällt es ja auch nicht schwer«, fügte er hinzu und blickte dabei Fabiana an, über deren Gesicht ein Lächeln huschte.

»Von mir aus«, sagte Valeria.

Matteo lobte sie dafür, dass sie beim Joggen so gut durchgehalten hatte – obwohl das ja genau genommen nicht ganz stimmte.

»Das wird schon, du wirst sehen, in einer Woche läufst du die Strecke doppelt so schnell«, prophezeite Claudio.

Valeria brachte es nicht fertig, ihm zu sagen, dass er sie mal kreuzweise könne. Eigentlich war es ja gar nicht sooo schlimm gewesen und die Aussicht von dem Hügel war wirklich grandios. Im Grunde hatte Claudio recht: Sie brauchte Bewegung, besonders, wenn sie in Lucias Kleidung passen wollte. Und hier, am Rand der Stadt, wo sie nicht stundenlang durch die Berge streifen konnte, war joggen wohl die einzige Alternative.

Nach dem Essen, als sie alle noch einen Kaffee tranken, fragte sie Claudio noch einmal nach Lucias Laptop.

»Dazu bin ich noch nicht gekommen, aber du kannst meinen nehmen, wenn du jemandem was mailen möchtest.«

Das gefiel Valeria nicht, aber was blieb ihr anderes übrig? Es wurde allerhöchste Zeit, Alessandro eine beruhigende Nachricht zu schicken. Hoffentlich hatte er noch nicht ihre Mutter angerufen. Oder gar die Polizei. Nein, so wie sie ihn kannte, würde er zuerst Rosa um Rat fragen. Und die würde ihm garantiert die Hölle heißmachen. Valeria bekam ein schlechtes Gewissen. In was für eine unmögliche Lage hatte sie Alessandro nur gebracht?

Claudio holte seinen Laptop, setzte sich mit ihr in den

Salon und fragte sie nach ihrer E-Mail-Adresse. Dann tippte er ein bisschen herum und meinte schließlich, jetzt müsse sie nur noch ihr Passwort eingeben.

»Welches Passwort?« Valeria hatte keine Ahnung, was er meinte. Auf Alessandros Laptop war alles schon eingerichtet gewesen, sie hatte nur ein Symbol anklicken müssen, um eine Mail schreiben zu können. Allerdings hatte sie außer einer Probemail an Alessandro niemandem geschrieben. Wem auch? Mr Wilson vielleicht, aber sie kannte dessen Adresse nicht.

»Das Passwort zu deinem E-Mail-Konto.«

»Keine Ahnung. Ich weiß nicht … ich hatte bis jetzt keinen Computer«, gestand Valeria.

Claudio starrte sie ungläubig an. »Mann, dich haben sie ja wirklich hinterm Mond großgezogen«, bemerkte er kopfschüttelnd. Aber er lächelte dazu, als sei das etwas Erfreuliches.

Hinterm Mond. Claudio klang ja schon wie Alessandro! Es wurde wirklich allerhöchste Zeit, dass sie sich mit den Segnungen des Informationszeitalters vertraut machte.

Claudio richtete ihr ein neues Konto ein und forderte sie auf, ein Passwort einzugeben. »Und merk es dir dieses Mal!«, mahnte er und schaute demonstrativ das Deckengemälde an, während sie zweimal *Schattenschwester* eintippte.

»Ich geh inzwischen mal Holz holen. Kommst du klar?«

»Ja. Danke.«

Sie war sich nicht sicher, was sie von Claudio halten sollte. Manchmal war er ganz nett, dann wieder benahm er sich wie ein Arsch. In diesem Moment war sie einfach nur froh, allein zu sein. Schnell schrieb sie die Mail an Alessandro und schickte sie weg.

Die Abende waren kühler geworden. Normalerweise würden Valeria und Rosa jetzt Feigen und Äpfel ernten und dörren und Marmelade und Saft zubereiten aus den Früchten des Maulbeerbaums. Im September hatten sie immer alle Hände voll zu tun.

»Meinst du, es gibt Stress, weil du hier bist?«, fragte Claudio, der inzwischen wieder hereingekommen war und den Korb mit Holz vor dem Kamin ablud.

»Glaub ich nicht«, sagte Valeria. »Im Grunde ...«

»Was?«

»Nichts.«

Im Grunde sind sie doch alle froh, dass sie mich los sind.

An diesem Abend ging Valeria früh in ihr Zimmer. Ihr Zimmer? Lucias Zimmer. *Nein, jetzt ist es mein Zimmer,* dachte sie. Sie war ja nun Lucia, Claudio höchstpersönlich hatte sie dazu erklärt. Egal, wessen Zimmer es auch war, sie mochte den Raum, besonders dieses breite Himmelbett. Aber noch fühlte sie sich darin wie ein Eindringling. Etwas in ihr war der Meinung, dass sie nicht hierhergehörte. Dass sie sich etwas anmaßte, was ihr nicht zustand.

Um sich abzulenken, schnappte sie sich eines der Bücher vom Regal: Sagen aus Island in englischer Sprache. Es konnte bestimmt nicht schaden, wenn sie ihr Englisch ein wenig trainierte, entschied Valeria und schlug das Buch auf. Direkt auf der Innenseite des Buchdeckels stand links oben *Lucia Bertone* in energischen schwarzen Buchstaben. Schon auf der nächsten Seite stutzte sie, und zwar dort, wo das Impressum mit näheren Angaben zum Buch war. Da waren wieder diese seltsamen Buchstaben ...

Die Ansichtskarte klemmte noch immer unter dem Bett, aber Valeria war zu müde, um jetzt darunterzukriechen und sie hervorzuholen. Das musste sie auch nicht, denn sie war sich ganz sicher: Es waren dieselben Zeichen. Sie erkannte dieses seltsame ð wieder, ebenso das æ und das Þ. Eine Ansichtskarte auf Isländisch also.

Das passte: Zuletzt hatte Lucia ein Internat in Schweden besucht und dort bestimmt etliche Isländer kennengelernt. Einer oder eine von ihnen hatte ihr wohl diese Karte aus der Heimat geschickt. Denn Lucia selbst hatte sie nicht geschrieben, die Handschrift auf der Karte war eine ganz andere als die in dem Buchdeckel. Aber warum war sie versteckt gewesen? Hatte Lucia noch sehr viel mehr zu verbergen, als die anderen ahnten? Und selbst wenn – Valeria nahm nicht an, dass jemand in diesem Haus Isländisch lesen und verstehen konnte, also hätte Lucia die Karte doch ruhig offen herumliegen lassen können. Seltsam. Aber war nicht ausnahmslos alles, was irgendwie mit Lucia zu tun hatte, seltsam? Das fing ja schon mit ihrer allerersten Begegnung an: Was hatte Lucia eigentlich an jenem Tag in diesen kleinen, unbedeutenden Park geführt, der am anderen Ende von Rom lag? Und woher hatte Lucia gewusst, dass Valeria wieder dorthin kommen würde?

8.

Die Sonne hatte sich an diesem Tag nur kurz sehen lassen und war gegen Mittag hinter schweren grauen Wolkenbänken verschwunden. Es sah nach Regen aus. Valeria war das egal. So konnte sie sich in ihr Zimmer zurückziehen, zusammen mit dem Laptop, den Claudio ihr nach dem Frühstück samt Passwort überreicht hatte.

»Ich hoffe, du machst keinen Unsinn damit«, fügte er noch hinzu.

»Was für Unsinn denn?«, fragte Valeria beleidigt und fragte sich tatsächlich, was er damit meinte.

Sie schloss die Tür ab und schaltete den Laptop an. Sie brauchte eine Weile, bis sie begriff, dass er vollkommen leer war. Keine Dateien von Lucia, keine Mails, keine Fotos, nichts. Also ging Valeria auf ihr eigenes Mailkonto: Sie hatte eine Mail. Von Alessandro.

Valeria, wo bist du??? Wir machen uns schreckliche Sorgen. Bitte ruf mich an! Dringend! Alessandro.

Meinte Claudio das mit Unsinn? Befürchtete er, sie würde jemandem ihren derzeitigen Aufenthaltsort mitteilen? Was das anging, konnte er ganz beruhigt sein. Dass Alessandro hier aufkreuzte, womöglich in Begleitung seiner schrecklichen Frau oder – noch schlimmer – ihrer Mutter, nein, daran hatte Valeria wirklich kein Interesse. Sie war beinahe erwachsen, sie hatte zwei Nachrichten geschickt, die besagten, dass es ihr gut ging, was regten sie sich auf? Sie schrieb dennoch zurück – und schwor sich, dass es das allerletzte Mal war –, sie wisse schon, was sie tue, niemand müsse sich um sie sorgen. *Ihr habt mich alle angelogen, lasst mich bitte in Ruhe!*

Dann schloss sie das Programm, denn soeben war ihr wieder der USB-Stick eingefallen, der im Schreibtisch lag. Tatsächlich waren einige Dateien darauf. Es mussten Videos sein.

Irgendwie schaffte Valeria es, den ersten kleinen Film zu öffnen: Zu sehen war ein ganzer Haufen junger Leute, die sich in verschiedenen Sprachen unterhielten. Man verstand ein paar englische Brocken, das andere war vermutlich Schwedisch. Es war laut und es wurde viel gelacht und offensichtlich auch viel getrunken. Ein blonder Junge war besonders oft im Bild. Lucias Freund?

Die Aufnahme stammte vermutlich von einer Party an Lucias früherer Schule. Anscheinend hatte Lucia das Video gemacht, denn sie selbst war – wie Valeria enttäuscht feststellen musste – nirgends darauf zu sehen. Valeria öffnete das zweite Video. Dieses Mal hatte jemand anderer gefilmt. Man sah eine große Küche, in der fünf Leute zusammen etwas kochten. Zwei Jungs und drei Mädchen, Lucia war auch dabei. Sie schienen Spaß zu haben, jedenfalls lachten sie oft. Lucia hatte eine weiße Küchenschürze an und eine Kochmütze auf dem Kopf. Sie redete – war das Schwedisch oder Isländisch? – und gestikulierte mit dem Messer in der Hand. Man sah sie Wein trinken und einmal hielt sie einen silbrigen Fisch an der Schwanzflosse in die Höhe und lachte dazu in die Kamera. Wieder war der blonde Typ dabei, der dieses Mal Teig mit einem Nudelholz bearbeitete. Als er merkte, dass die Kamera auf ihn gerichtet war, hob er den Kopf und lächelte verhalten. Am Ende prostete Lucia der Person zu, die filmte, ehe die Aufnahme abbrach.

Beim dritten Video saß Lucia in einem engen schwarzen Kleid auf einem Sofa und unterhielt sich mit dem blonden Jungen, der jetzt aber einen Anzug trug. Auf dem Tisch stand ein kleiner Blumenstrauß. Sie sahen aus, als würden sie zu einem Ball gehen. Er hatte den Arm um sie gelegt und einmal küsste er sie, wobei Lucia versuchte, das Filmen des Kusses mit der ausgestreckten Hand in Richtung Kamera zu verhindern. Danach kicherte sie, blickte über die Schulter ihres Freundes und nannte den, der filmte, auf Englisch einen kindischen Idioten. Es kam ein weiteres Mädchen dazu, auch sie in einem schicken Kleid. Lucia und das Mädchen warfen sich in eine aufreizende Pose, dann zeigten beide dem Kameramann den ausgestreckten Mittelfinger und danach wurde der Bildschirm schwarz.

Mehr gab es nicht, nur diese drei unspektakulären Szenen aus Lucias Internatsleben. Und die hatte sie geglaubt, verstecken zu müssen? Warum? Durfte niemand wissen, dass sie einen Freund hatte? War sie zu ihm gefahren? Valeria wusste nicht, ob sie enttäuscht sein sollte über die Harmlosigkeit der Videos oder erfreut darüber, dass es sie überhaupt gab. Denn immerhin boten die Filme Anschauungsmaterial, um typische Gesten von Lucia einzustudieren.

Aber da war noch etwas anderes. Dieser blonde Junge.

Valeria hielt das Video, auf dem sie gemeinsam kochten, an der Stelle an, an der der Blonde in die Kamera lächelte. Es kam ihr so vor, als drücke sein verhaltenes Lächeln noch etwas anderes aus, etwas Geheimnisvolles, das sie nicht benennen konnte ...

Die nächsten Tage regnete es häufig. Valeria nutzte die Zeit und arbeitete an der Perfektion ihrer Verwandlung. Sie verbrachte gefühltermaßen Stunden vor dem Spiegel, den Laptop mit den Videos neben sich, um Lucias Gesten und Gesichtsausdrücke zu imitieren. Es klappte immer besser, die anderen drei waren schwer beeindruckt. Besonders Matteo, den sie des Öfteren dabei ertappte, wie er sie mit einem kaum unterdrückten Lächeln unverwandt ansah.

Zum Joggen kamen sie wegen des schlechten Wetters nicht mehr, was Valeria nicht bedauerte. Sie ließ sich stattdessen von Fabiana ein paar Yogaübungen zeigen. Yoga gefiel ihr besser als die Rennerei. Sie fand noch mehr Übungen im Internet und bat Claudio, ihr eine Yogamatte zu besorgen. Ein Wunsch, den dieser auch prompt erfüllte.

Daran, dass sie nun konsequent Lucia genannt wurde, gewöhnte Valeria sich erstaunlich rasch. Und nach einer Woche, in der sie fast nur Gemüse und Kaffee zu sich genommen hatte, hatte sie schon ein Kilo abgenommen.

»Na ja, kein Grund zur Euphorie, aber immerhin«, meinte Fabiana gnädig.

Vielleicht hätte sie noch mehr Gewicht verloren, wenn ihr Matteo nicht ab und zu einen Schokoriegel zugesteckt hätte. Um diese kleinen Gaben war Valeria heilfroh, besonders, wenn sie abends hungrig im Bett lag und Lucias Bücher las. Sie las bis spät in die Nacht und allmählich fand sie Gefallen an diesen deftigen nordischen Mythen.

Und dann war da noch Matteo. Binnen weniger Tage war es zwischen ihnen zu einer Gewohnheit geworden, nach dem Abendessen zusammen im Salon zu sitzen oder, wenn es ausnahmsweise einmal nicht regnete, auf der Terrasse, die sich an die Küche anschloss und die von Kräuterbeeten umrahmt wurde. Matteo gefiel es, wenn Valeria von ihrem früheren Leben erzählte. Er hörte ihr aufmerksam zu und machte zum Glück keine Bemerkungen von wegen »hinterm Mond« oder dergleichen. Er stellte auch keine Fragen. Zumindest keine unangenehmen, so wie Adriana es getan hatte. Valeria erzählte bereitwillig von sich. Denn Matteo sollte begreifen, dass Valeria Tomaso ein eigenständiger Mensch war, mit einer eigenen Vergangenheit und einem eigenen Charakter. Nicht nur eine Lucia-Kopie. Da sie jedoch manchmal den Verdacht hatte, dass Matteo im Grunde in Lucia verliebt war, war sie dennoch bemüht, sich die eine oder andere Geste Lucias zu eigen zu machen und dieser dadurch immer ähnlicher zu werden. In ihren klaren Momenten war Valeria durchaus bewusst, wie widersprüchlich dieses Verhalten im Grunde war. Aber es war einfach zu verlockend, immer wieder die Videos zu studieren und dann zum Beispiel die Wirkung von Lucias Lächeln an den anderen auszuprobieren. Vor allen Dingen an Matteo. Wenn sie etwas verwunderte oder amüsierte, zog sie inzwischen schon fast, ohne es zu wollen, eine Augenbraue hoch und kräuselte die Mundwinkel, genau wie Lucia. Je öfter sie Lucia in den Videos sah, desto besser beherrschte sie ihre Rolle. Manchmal kam es ihr fast so vor, als verhielte es sich umgekehrt, als würde Lucia sie beherrschen.

Matteos schwarze Samtaugen hingegen drängten sich immer öfter in ihre Gedanken und sie ertappte sich bei dem Wunsch, er möge sich in sie verlieben. Sie war siebzehn Jahre alt, wurde es da nicht höchste Zeit, dass sich jemand in sie verliebte?

Und wie ist es mit mir? Bin ich in ihn verliebt?

Jedenfalls verspürte sie in Matteos Gegenwart eine gewisse Anspannung und ihr Herz schlug jedes Mal ein bisschen schneller, wenn sie ihn sah.

Es kam jetzt häufiger zu Berührungen zwischen ihnen. Mal strich seine Hand über die ihre, die auf der Armlehne des Sessels lag, ein andermal legte er ihr die Hand auf die Schulter, während er eine Tür für sie aufhielt. Dies geschah jedoch nie in Gegenwart der anderen beiden und Matteo wusste es immer so anzustellen, dass den Berührungen der Charakter des Zufälligen, Flüchtigen und Beiläufigen anhaftete. Als würde er es nicht wagen ...

Wie es wohl wäre, wenn er sie küsste? Nachts vor dem Einschlafen wünschte sie sich nichts mehr als das. Natürlich könnte ja auch ich ihn küssen, dachte sie dann. Warum denn nicht? Lucia würde das sicher tun.

Aber ich bin nun einmal nicht Lucia. Ich bin nicht wie sie, ich bin ... von hinterm Mond. In Mrs Wilsons Romanen jedenfalls musste der Junge das Mädchen zuerst küssen und nicht umgekehrt, *basta!*

Valeria fand es ziemlich aufregend, in so einer alten Villa wie dieser zu leben. Es dauerte Tage, bis sie sich auskannte und sich nicht mehr verirrte. Wann immer sie sich unbeobachtet fühlte, streifte sie herum und besah sich die Räume, die Mosaike, die Gemälde, die Möbel. Ab und zu erhaschte sie einen Blick in Fabianas Zimmer. Es lag schräg gegenüber und war längst nicht so üppig ausgestattet wie Lucias, was ihre Theorie von der armen Verwandten bestätigte. Nie forderte Fabiana Valeria auf hereinzukommen. Irgendwann zog Valeria daraus die Konsequenz und machte es genauso.

Auch Matteos Zimmer am Ende des langen Flurs war eher karg eingerichtet. Bett, Schrank, Tisch und Stuhl, das war's. Keine Bilder, keine Poster, nichts Persönliches. Nicht einmal Bücher, was sie für einen Studenten seltsam fand. Alles in allem sah das Zimmer aus, als hätte er nicht vor, allzu lange zu bleiben. Claudios Zimmer lag gleich daneben. Auch er schien es minimalistisch zu mögen. Allerdings hatte Valeria erst ein Mal im Vorbeigehen kurz hineinsehen können. Wann immer Claudio aus dem Haus ging – eigentlich *ging* er nie, sondern fuhr stets mit dem Wagen –, war es abgeschlossen. Wenn er im Haus war, wagte Valeria nicht nachzusehen, ob die Tür vielleicht unverschlossen war, und einen längeren Blick ins Innere zu werfen, denn Claudio hatte die Eigenschaft, plötzlich dort aufzutauchen, wo man ihn am wenigsten vermutete. Und nichts wäre peinlicher gewesen, als ausgerechnet von ihm beim Herumschnüffeln entdeckt zu werden.

»Claudio studiert doch das Gleiche wie du, oder?«, fragte sie Matteo.

Es war der erste schöne Abend nach einer Woche mit viel Regen und sie saßen in der Abenddämmerung im Garten, auf der steinernen Bank bei dem kleinen Teich.

»Ja genau, Wirtschaft«, sagte Matteo.

»Aber müsst ihr denn nie zur Uni?«

»Es sind immer noch Semesterferien.«

Seinem Gesicht und seiner Einsilbigkeit nach zu urteilen, gefielen ihm Valerias Fragen nicht. Diese Erfahrung machte Valeria hier immer wieder: Fragen kamen nicht gut an. Noch vor Kurzem hätte sie vielleicht einen Rückzieher gemacht, aber sie hatte sich verändert: Je mehr sie sich Lucias Gestik, Mimik und Sprache aneignete, desto selbstsicherer wurde sie. Manchmal war ihr, als würde sie wie Lucia denken. Vorbei waren die Zeiten, wo sie sich von einer verkniffenen Miene oder einer schroffen Antwort hatte einschüchtern lassen. Und überhaupt: Sie, Valeria, hatte Matteo bereitwillig von ihrem Leben erzählt, also mussten doch im Gegenzug auch mal ein paar Fragen erlaubt sein.

»Ich sehe euch zwei nie mit einem Buch«, fügte Valeria hinzu, denn ihr war wirklich aufgefallen, dass nur Fabiana ab und zu lesend anzutreffen war.

»Wir haben Computer«, kam es kurz angebunden.

»Woher kennt ihr Lucia eigentlich?«, wollte Valeria wissen.

»Über eine Webseite von der Uni. *Mitbewohner gesucht.* So kam ich hierher.«

»Also kanntet ihr euch vorher auch nicht, du und Claudio?«

»Nein.«

»Es kam mir immer so vor, als wärt ihr schon länger Freunde.«

»Wir sind keine Freunde, wir sind … Kollegen. Studienkollegen.«

Valerias Instinkt sagte ihr, dass sie gerade nach Strich und Faden angelogen worden war.

»Hast du eine Ahnung, wo Lucia sein könnte?«

»Nein.«

Der eigenartige Ausdruck in seinen Augen versetzte Valeria einen Stich. Was lief da zwischen den beiden? Die Versuchung war groß, ihm zu erzählen, dass Lucia höchstwahrscheinlich einen Freund hatte, einen großen blonden, gut aussehenden Schrank von einem Kerl. Wie er das wohl finden würde? Aber Valeria spürte mehr, als dass sie es wusste: Diese Information war wichtig und wertvoll. Lucia hatte die Videos und die Karte sicherlich nicht ohne Grund versteckt. Diesen Trumpf sollte sie also lieber im Ärmel behalten. Bestimmt, grübelte sie, war Lucia zu diesem Jungen gereist. Nach Schweden oder nach Island, falls die Postkarte von ihm stammte. Das würde auch erklären, warum sie ihre Sachen dagelassen hatte. In Skandinavien war es kalt, dort brauchte man ganz andere Kleidung als hier in Rom.

Wenn ich nur wüsste, was auf der Karte steht!

Matteo hatte derweil offenbar beschlossen, den Spieß umzudrehen, denn nun begann er seinerseits, Fragen auf sie abzufeuern: »Weißt du, was ich seltsam finde?«

»Was denn?«

»Warum hattest du eigentlich einen Hauslehrer, warum bist du nicht auf eine normale Schule gegangen?«

Valeria wich seinem forschenden Blick aus und fixierte ein Büschel Schilf, das sich im Wind sanft raschelnd hin und her bog.

»Weil ... weil wir so weit weg wohnten. Ich meine, von der Schule. Von der nächsten Stadt.«

»Aber warum habt ihr eigentlich dort gewohnt?«

»Weil es da schön ist. Und Rosa braucht Ruhe zum Malen.«

»Rosa?«

»Meine Mutter.«

Valeria hörte selbst, wie unglaubwürdig das klang. All diese Dinge hatte sie bis vor Kurzem nie infrage gestellt. Sie lebten in einem Bauernhaus in den Bergen, Punkt. Dies war Valeria wie eine unabänderliche Tatsache erschienen, so als wären sie Bäume, die man dorthin gepflanzt hatte. Die setzte man ja auch nicht einfach um. Aber so war es ja nicht. Sie waren Menschen, keine Bäume. Und Menschen passten sich an. Sie zogen dorthin, wo es Arbeit gab, so wie Alessandro. Sie zogen in Orte, in denen es Schulen für ihre Kinder gab. Dort oben zu wohnen, war Rosas Entscheidung gewesen, mehr nicht. Was hatte ihre Mutter davon abgehalten, ins Dorf zu ziehen, als Valeria alt genug war für die Schule? Oder in eine Stadt, in der es ein Gymnasium gab? Wieso hatte Valeria in der Einöde aufwachsen müssen?

»Eigentlich weiß ich das gar nicht«, murmelte Valeria.

Matteo hatte sich zu ihr umgewandt und plötzlich streckte er seine Hand aus und berührte mit dem Handrücken ihre Wange, ganz sachte nur. Valeria überlief es heiß und kalt in fliegendem Wechsel.

Jetzt, dachte sie. *Jetzt wird er mich gleich küssen.* Aber stattdessen stand Matteo auf und reichte ihr die Hand. »Komm mit rein, es wird kühl«, sagte er.

Ernüchtert verzichtete Valeria darauf, seine Hand zu ergreifen. Aber er legte den Arm um ihre Schulter und so gingen sie langsam auf den erleuchteten Eingang der Villa zu.

Aus dem Dunkel des Gartens heraus folgte ihnen ein aufmerksames Augenpaar. Aber davon ahnten beide nichts.

9.

Als das Wetter wieder besser wurde, zog es Valeria unweigerlich in den Garten. Mochte auch Lucia sich nicht dafür interessiert haben, sie tat es, und es war ihr egal, wenn ihr Verhalten in diesem Punkt von dem Lucias abwich. Valeria hatte den Garten vom ersten Moment an geliebt, sie konnte sich stundenlang dort aufhalten. Mit einem Buch auf einer Bank oder herumwandernd und in Gedanken. Sehr oft in Gedanken. Die Saat des Zweifels hatte zu keimen begonnen, nicht erst seit dem Gespräch mit Matteo, aber seine Fragen hatten wie ein Dünger gewirkt.

Warum hatten sie in dem alten Bauernhaus gewohnt, in zwar schöner Lage, doch mit schlechtem Fernsehempfang und ohne Internetanschluss? Vielleicht, weil es billig war?

War es das?

Gehörte das Haus eigentlich Rosa? Valeria wusste nicht einmal das ganz sicher. Es war, seit sie denken konnte »ihr Haus« gewesen. Okay, vielleicht gehörte es Rosa, vielleicht konnte sie es sich nicht leisten, woanders zu wohnen. Denn einen Käufer für das abgelegene Haus zu finden, wäre sicherlich nicht einfach.

Nein, Quatsch, verwarf Valeria ihren Gedanken. Es lag nicht am Geld. Sie und ihre Mutter hatten zwar bescheiden gelebt, aber eher mangels Gelegenheit, Geld auszugeben, nicht weil keines da war. Wäre sie arm gewesen, hätte Rosa nicht zehn Jahre lang einen Hauslehrer für ihre Tochter beschäftigen können. Valeria wusste zwar nicht, wie viel Lohn Mr Wilson für seinen Unterricht bekam, aber bestimmt tat er es nicht für ein Taschengeld.

Nein, ihr Leben in Abgeschiedenheit musste andere Gründe haben. War es, weil Rosa Ruhe und die Natur um sich herum zum Malen brauchte? Wäre sie eine schlechtere Malerin gewesen, hätten sie im Dorf gelebt? Was Valeria auch schon zur nächsten Frage führte: Wie hatte Rosa ihren Lebensunterhalt verdient? Lange Zeit hatte Valeria geglaubt, ihre Mutter wäre eine berühmte Malerin, deren Bilder viel Geld einbrachten. Aber so war es ganz und gar nicht. Rosa Tomaso war nicht berühmt.

Neulich, bei Alessandro, hatte sie ihren Namen gegoogelt und es waren nur ein paar magere Zeitungsmeldungen herausgekommen, die auf Ausstellungen in Kleinstädten hinwiesen, in denen ein paar von Rosas Werken zusammen mit denen anderer Künstler zu sehen waren. Nein, Rosa Tomasos Bilder hingen nicht in den großen Galerien von Ancona, Bologna, Florenz oder Rom, sondern wenn überhaupt irgendwo, dann in kollektiven Ausstellungen in der Provinz und in Geschäften, die ansonsten Kunsthandwerk verkauften und wo die von Rosa bevorzugten abstrakten Motive das touristische Publikum eher verstörten als zum Kauf bewegten. Ab und an durfte sie in neu eröffneten Restaurants oder in schicken Boutiquen ausstellen. Wurde dort tatsächlich einmal ein Bild verkauft, dann hatte Rosa tagelang gute Laune. Aber dies geschah beileibe nicht jede Woche, nicht einmal jeden Monat, und die Preise, die ihre Werke erzielten, bewegten sich im unteren dreistelligen Bereich. Nichts also, wovon man zwei Leute ernähren und einen Privatlehrer anstellen konnte, das war selbst Valeria in ihrer Weltfremdheit inzwischen klar geworden. Einer anderen Beschäftigung als dem Malen war Rosa, seit Valeria denken konnte, niemals nachgegangen, abgesehen von der Arbeit im Haus und im Obst- und Gemüsegarten. Wovon hatten sie beide dann eigentlich gelebt?

Es war bestürzend für Valeria zu realisieren, was sie alles *nicht* wusste: Wer ihr Vater war, wovon ihre Mutter lebte, warum sie den Mann erschossen und sie danach weggeschickt hatte. Wer die zwei Männer gewesen waren, die wie auf Bestellung gekommen und die Leiche weggeschafft hatten.

Die Leiche ... Tagsüber dachte Valeria nicht mehr so oft an dieses Erlebnis. Es war wie eine dunkle Höhle, an der man vorbeigeht, ohne hineinzusehen. Aber in manchen Nächten wurde sie noch immer von diesen beklemmenden Bildern heimgesucht.

»Der Sommer schleicht sich langsam davon. Das sind die Letzten.«

Die Stimme von Signora Vastano dicht hinter ihr ließ Valeria herumfahren. Ihr Spaziergang hatte sie bis zum Gemüsegarten geführt, wo sie gedankenverloren die Tomatensträucher betrachtet hatte, an denen noch vereinzelt Früchte hingen.

»Ist wohl eine späte Sorte«, entschlüpfte es Valeria, ehe ihr einfiel, dass Lucia mit dem Garten nichts am Hut hatte und auf keinen Fall mit Signora Vastano über Tomaten fachsimpeln würde.

»Zweite Ernte. Hier, probier!« Die Signora, wie immer ganz in Schwarz gekleidet, pflückte in rasender Geschwindigkeit eine Handvoll kleiner Tomaten und ließ sie in Valerias offene Hände gleiten. Valeria steckte eine davon in den Mund. »Köstlich! Das ist wirklich ein toller Garten«, meinte sie anerkennend. Vermutlich war das schon wieder ein Fehler, aber Valeria brachte es einfach nicht fertig, diese alte Dame von oben herab zu behandeln, wie Fabiana es ihr nahegelegt hatte.

»Mancher Lockvogel hat einen goldenen Käfig«, antwortete die Signora.

Sie schien wirklich ein bisschen durcheinander zu sein. Valeria beschloss, auf ihr wirres Gerede gar nicht erst einzugehen, sondern lobte erneut den Geschmack der Tomaten.

»Deine Mutter hat den Garten auch geliebt«, sagte die Alte.

Valeria wollte schon »Rosa?« sagen, bremste sich aber im allerletzten Moment. Hier war natürlich von Lucias Mutter die Rede, die bei einem Autounfall gestorben war.

Verdammt, ich kenne nicht einmal ihren Vornamen!

»Wirklich?«, sagte sie, da ihr nichts Besseres einfiel.

»Was für eine schöne Frau. Fast ein Jahr lang war sie hier.«

Da die Villa ihrem Mann gehörte, war das doch wohl nichts Besonderes, oder? Um nicht antworten zu müssen, steckte Valeria sich eine weitere Tomate in den Mund. Am besten wäre es, das heikle Gespräch jetzt mit einer Ausrede abzubrechen. Andererseits könnte sie von der Signora vielleicht etwas Interessantes erfahren. Wenn schon die anderen immer so geheimnisvoll taten …

»Du bist hier zur Welt gekommen, wusstest du das?«, erkundigte sich die Signora.

»Mhm.« Schnell noch eine Tomate in den Mund geschoben. Notfalls würde sie die ganzen Sträucher leer essen.

»Das war auch so ein heißer Sommer. Sie hat mir leidgetan mit diesem riesigen Bauch! Sie hat oft ihren Kopf und die Arme unter den Brunnen gehalten.«

»Den im Labyrinth?«, fragte Valeria, obwohl es eigentlich keinen anderen Brunnen gab.

»Labyrinth! Dieses alberne Gestrüpp war damals noch ganz niedrig.« Die alte Frau senkte ihre Stimme zu einem Flüstern, als sie fragte: »Warum bist du hier?«

Vorsicht jetzt, ermahnte sich Valeria und hielt sich an ihrem Mantra fest: *Ich bin Lucia, ich bin Lucia!*

»Um zu studieren?«, sagte sie mit einem leicht herablassenden Lucia-Lächeln.

»Studieren«, wiederholte die Signora und es klang, als würde sie ihr nicht glauben. Sie schaute sich verstohlen um, als könnten heimliche Lauscher hinter den Beerensträuchern hocken. Aber da war niemand. Nur der Falke kreiste über ihnen, Valeria hatte ihm vorhin schon zugewinkt.

»Du musst weg von hier«, raunte die Signora kaum hörbar.

»Wieso sagen Sie das?«

»Weil sie dich sonst töten.«

»Mich töten?« Valeria sah die alte Frau verblüfft an. »Wer? Und warum denn überhaupt?«

Ihr Blick wurde so finster, dass Valeria automatisch ein Stück zurückwich. »Weil Krieg ist, mein Kind!«

Krieg? Wovon redete die alte Frau denn da? Bekanntlich tauchten bei alten, verwirrten Menschen lange verschüttete Erinnerungen wieder lebhaft an die Oberfläche, während sie gleichzeitig nicht mehr wussten, was sie vor einer Stunde zu Mittag gegessen hatten. Und die Signora war bestimmt alt genug, um den Zweiten Weltkrieg bewusst erlebt zu haben. So, wie sie aussah, war sie sogar alt genug für den Ersten.

»Ich habe sie gesehen. Der schwarze Wagen. Darin sitzen sie mit ihren Pistolen und lauern.« Die Signora streckte ihren dürren Arm mit der geballten Faust in Richtung Tor aus, als wollte sie jemand Unsichtbarem drohen.

Hätte Valeria nicht vor wenigen Wochen eigenhändig die Leiche eines erschossenen Mannes vom heimischen Hof geschleift, hätte sie die Alte für komplett verrückt erklärt. Aber die Leiche war real gewesen, ebenso wie die Männer, die gekommen waren, um sie abzuholen. Konnten diese Männer etwas mit dem Wagen zu tun haben, von dem die Alte immer wieder sprach?

Die Signora legte eine Hand muschelförmig vor den Mund und wisperte: »Geh in der Nacht. Aber nicht durchs Haupttor.«

»Gibt es denn noch eines?«, fragte Valeria und ärgerte sich im nächsten Moment furchtbar über sich selbst. *Mist, verfluchter! Wenn es ein zweites Tor gibt, dann kennt Lucia es doch!*

Die Signora schien den Ausrutscher nicht bemerkt zu haben. Sie wies mit einer kaum sichtbaren Bewegung ihres spitzen Kinns auf das Gebäude und nuschelte in bester Agentenmanier in ihren Kragen: »Die Pforte. Auf der Nordseite, hinter dem Weinlaub.«

»Gut.« Valeria nickte. »Aber wer sind denn nun die Männer in dem schwarzen Wagen?«

Doch statt einer Antwort wandte sich die Signora abrupt ab und ging in Richtung Torhaus. Das hatte einen Grund. Schritte knirschten auf dem Kiesweg und Fabiana kam auf sie zu, ein Messer in der Hand.

»Ich habe euch vom Badfenster aus gesehen und dachte, ich hol dich mal lieber da weg, ehe die Alte noch was merkt.« Fabiana stakste im Gemüsebeet herum und schnitt dann zwei Salatköpfe und ein paar Zucchini ab.

»Schon okay, sie hat nichts gemerkt.«

»Was hat sie denn gesagt?«

»Etwas von Männern in einem schwarzen Wagen, die draußen auf der Straße auf mich warten würden.« Es war ein Versuchsballon, um Fabianas Reaktion zu beobachten. Zudem bestand ja immerhin die Hoffnung, dass Fabiana wusste, was das zu bedeuten hatte, und es ihr erklärte.

»Oje«, meinte die nur und winkte ab. »Die Tassen in ihrem Schrank werden wirklich jeden Tag weniger.«

»Komm, gehen wir raus und sehen nach!«

Fabiana sah sie an, als hätte sie ihr etwas Ungeheuerliches vorgeschlagen. »Ich ... ich wollte uns jetzt aber gerade einen Salat machen ...«

»Und ich will sehen, ob auf der Straße jemand herumlungert. Der Salat läuft nicht weg«, sagte Valeria in einem sehr bestimmten Tonfall. *Lucia wäre stolz auf mich!*, dachte sie.

»Meinetwegen, wenn dir dann wohler ist«, lenkte Fabiana ein. »Ich muss aber zuerst die Fernbedienung holen.«

»Ich warte am Tor auf dich«, sagte Valeria und schaute Fabiana nach, die rasch davonging. In diesem Moment wurde Valeria bewusst, dass sie die Villa und das Grundstück noch nie allein verlassen hatte. Sie hatte sie überhaupt erst ein einziges Mal verlassen, um mit Matteo und Claudio zu joggen.

Verrückt – gerade erst war sie der Abgeschiedenheit der umbrischen Berge entronnen und nun war sie schon wieder in einer abgeschotteten Umgebung gelandet. Sie hatte lediglich das einsame Gehöft in den Bergen gegen eine luxuriöse Renaissancevilla mit einem riesigen Garten eingetauscht. Dabei hatte sie doch ihren Aufenthalt in Rom dazu nutzen wollen, das ganz normale Leben kennenzulernen. Aber dies alles hier war das krasse Gegenteil von normal. Noch dazu lebte sie nicht einmal ihr eigenes Leben, sondern das von Lucia.

Ich sollte einfach gehen. Aber wohin? Zu Alessandro, zu Rosa? Nein. Ersteres war wenig verlockend und Rosa hatte sie belogen und weggeschickt. Zudem hatten die seltsamen Andeutungen der Signora Valerias Neugier geweckt. Nur wenn sie hierblieb, würde sie Lucias Geheimnisse ergründen können. Und dass es die gab, davon war Valeria mehr als überzeugt.

Doch im Grunde war sie immer noch eine Fremde hier – sie wusste ja nicht einmal, wo der Toröffner aufbewahrt wurde. Gab es denn keine andere Möglichkeit, das Tor zu öffnen? Sie suchte nach einem Knopf oder einem Schalter, aber sie fand nichts. Ärgerlich trat sie gegen das Gitter. Es bewegte sich keinen Zentimeter. Die schweren eisernen Flügel waren mit Stiften im Boden verankert. Keine Chance, da durchzuschlüpfen.

Ein goldener Käfig.

Umso wichtiger war es, nach dem versteckten Tor auf der Nordseite zu suchen. Aber allein und unbeobachtet.

Sie hörte Schritte auf dem Kies knirschen, aber es war nicht Fabiana, die wiederkam, sondern Claudio.

Fabiana, du hinterhältiges Biest! Jetzt durfte sie sich mit diesem arroganten Schnösel rumschlagen. Weiß der Teufel, was Fabiana ihm erzählt hatte.

Doch immerhin hatte er den Toröffner in der Hand und erkundigte sich mit besorgter Miene, was denn los sei.

»Nichts. Ich wollte nur mal vor die Tür gehen.«

»Warum?«

»Warum nicht? Bin ich etwa eine Gefangene?«

»Was redest du denn da für einen Scheiß?«

»Gut, dann gib mir das Ding.«

Claudio reichte ihr die Fernbedienung. Sie drückte auf den grünen Knopf und die Torflügel schwangen auf.

Sie ging auf das Tor zu, gefolgt von Claudio. »Danke, ich schaffe das allein«, sagte Valeria.

»Ich will mir nur kurz die bösen schwarzen Männer ansehen, die dir auflauern.« Er trat auf den Gehweg, wobei er seine Augen mit der Hand beschirmte und sich leicht vornübergebeugt nach beiden Seiten umwandte, als wäre er in einem albernen Theaterstück.

Valeria war ihr Benehmen nun doch etwas peinlich. Es musste auf Claudio ziemlich kindisch wirken.

Die am Straßenrand geparkten Autos waren Lieferwagen oder gehörten Handwerkern, wie man an den Aufschriften erkennen konnte, dazwischen Kleinwagen, die vermutlich dem Personal gehörten, das in den Villen beschäftigt war. Deren Eigentümer hatten es nicht nötig, ihre Wagen auf der Straße stehen zu lassen. In keinem der Wagen saß jemand. Weit und breit keine schwarze Limousine.

»Beruhigt?«, fragte Claudio.

»Ja«, sagte Valeria kleinlaut.

»Dann komm wieder rein, wir essen gleich.«

»Nein!« *Benimm dich einfach wie Lucia,* sprach sie sich selbst Mut zu. »Ich mache jetzt nämlich einen kleinen Spaziergang.«

Claudio zuckte mit den Achseln: »Gut, aber glaub bloß nicht, dass wir mit dem Essen auf dich warten.«

»Dann wünsche ich einen guten Appetit.« Valeria hob trotzig ihr Kinn und ging die Straße entlang bis zur Gabelung. Die Sonne schien, aber es war nicht mehr die sengende Sommersonne, sondern ein mildes, angenehmes Herbstlicht. Links ging es zum Park, den Weg kannte sie schon. Also versuchte sie die andere Richtung.

Allmählich gelangte sie aus dem Villenviertel hinaus und überquerte eine stark befahrene Straße. Auf der anderen Seite war eine Siedlung mit etwas bescheideneren Häusern. Es gab einen Supermarkt, ein Fischgeschäft, einen Kiosk, einen Friseur und ein Café. Valeria bedauerte, dass sie kein Geld dabeihatte. Es wäre schön gewesen, in dem Café etwas zu trinken und irgendeine Süßigkeit zu essen. Das würde sie bei nächster Gelegenheit nachholen, Diät hin oder her. Davon hatte sie langsam ohnehin die Nase voll. Heute Morgen hatte sie das weiße Kleid anprobiert und es hatte nur noch ein klein wenig gekniffen.

Drei ältere Frauen mit vollen Einkaufstaschen kamen ihr entgegen und Valeria wünschte ihnen automatisch einen guten Tag. Sie war es von zu Hause her gewohnt, dass man die Menschen, die man traf, höflich grüßte, auch dann, wenn man sie nicht kannte. Was jedoch in ihrem Dorf selten vorgekommen war. Allerdings hatte man sie in Rom deswegen schon ein paar Mal komisch angesehen. »Wir sind hier nicht auf dem Dorf. Man kann unmöglich jeden grüßen, da würde man gar nicht mehr fertig werden«, hatte Adriana ihr erklärt. »Im Gegenteil, die Leute denken dann bloß, du willst sie anbetteln oder ausrauben.« Die Frauen jedoch grüßten überrascht zurück, zwei lächelten sogar, nur die dritte blickte sie etwas misstrauisch an. Valeria entnahm ihrer Unterhaltung und den vollen Taschen, dass sie vom Markt kamen. Ein Markt! Den musste sie sich unbedingt ansehen. Sollte sie die drei Damen fragen, wo der Markt war?

Die Frauen waren an einer Bushaltestelle stehen geblieben und stellten ächzend ihre schweren Taschen ab.

Eine Bushaltestelle?! Valeria drehte sich auf dem Absatz um, ging ebenfalls zu der Haltestelle und studierte den Fahrplan. Tatsächlich, hier fuhr wochentags jede Stunde ein Bus. Nur wohin? Der Name der Endstation sagte ihr gar nichts.

Sie wandte sich an eine der Frauen. »Verzeihung, fährt dieser Bus nach Rom?«

Die Angesprochene gab freundlich Auskunft. Um in die Innenstadt zu fahren, müsse man einmal umsteigen, erklärte sie.

Valeria war hocherfreut. Sie war also doch nicht von der Außenwelt abgeschnitten, sie könnte von hier aus in die Stadt fahren. Genau das, beschloss Valeria, während sie langsam weiterschlenderte, würde sie in den nächsten Tagen auch tun. Bis auf ein paar touristische Highlights während der Stadtrundfahrt mit Alessandro hatte sie bisher ja kaum etwas von Rom gesehen. Hatte nicht Fabiana erzählt, Lucia würde so gern einkaufen gehen? Vielleicht könnte sie sich auch ein paar neue Sachen kaufen. Hosen, die passten, einen warmen Pullover für den Herbst ... Nur, von welchem Geld? Wenn sie sich recht erinnerte, waren in der Geldbörse in ihrer Handtasche noch ungefähr fünfzig Euro. Damit würde sie nicht weit kommen. Sie würde die anderen um Geld bitten müssen. Der Gedanke gefiel Valeria gar nicht. War es nicht schon großzügig, dass sie umsonst in der Villa leben durfte? Sie konnte doch nicht auch noch verlangen, dass man sie neu einkleidete. Andererseits: Wenn es stimmte, dass Lucia das alles geplant hatte, dann musste sie doch auch an das Geldproblem gedacht haben ...

Valeria war so in ihre Überlegungen vertieft, dass sie den schwarzen Wagen, der sich ihr näherte, erst bemerkte, als er mit quietschenden Reifen vor ihr bremste. Vor Schreck setzte ihr Herz ein paar Schläge aus. Die Fahrertür wurde geöffnet, Matteo sprang heraus.

»Los, steig ein!« Er keuchte, so als wäre er gerannt, dabei hatte er doch nur im Wagen gesessen.

»Ich wollte aber …«

»Steig ein«, befahl Matteo ungewohnt harsch. Er ging um den Wagen herum, öffnete die Beifahrertür und machte Anstalten, Valeria am Arm zu packen. Ein böser Blick von ihr hielt ihn in letzter Sekunde davon ab.

»Bitte«, sagte er. »Steig ein. Ich erkläre es dir.«

»Da bin ich ja mal gespannt«, sagte Valeria und ließ sich auf den Beifahrersitz gleiten.

»Nun?«, fragte sie, als Matteo wieder losgefahren war.

»Ich habe mir Sorgen gemacht. Du kennst dich hier nicht aus, du hast kein Handy dabei, nicht mal deine Tasche …«

Valeria funkelte ihn wütend an. »Herrgott, was für ein Aufstand! Ich hab doch nur einen Spaziergang durch das Viertel gemacht. Zu Hause laufe ich stundenlang in den Bergen herum, auch ohne Handy. Und da gibt es immerhin Wölfe.«

»Die gibt es hier auch«, murmelte Matteo.

»Was?«

»Vergiss es.«

»Sag mal, wo fahren wir eigentlich hin?« Sie hätten schon längst bei der Villa ankommen müssen – die Straße, auf der Matteo nun fuhr, schien in die Stadt zu führen.

Jetzt lächelte Matteo. »Ich dachte, du hättest vielleicht Lust auf Shopping. Ich finde, du brauchst unbedingt ein paar neue Klamotten.«

Seine Worte hatten zur Folge, dass Valerias Groll dahinschmolz wie Butter in der heißen Pfanne. Offenbar konnte Matteo Gedanken lesen. »Ich habe aber kein Geld«, sagte sie zögernd.

Matteo stieß einen kleinen Lacher aus. »Brauchst du auch nicht. Lucia hat Geld. Wir nehmen ihre Kreditkarte.« Er zog sie aus der hinteren Tasche seiner Jeans und reichte sie Valeria.

»Wo hast du die her?«

»Sie hat auf Lucias Schreibtisch gelegen, wir haben sie am Morgen nach ihrem Verschwinden dort gefunden. Meinst du, du kriegst die Unterschrift hin?«

»Schon möglich, aber das werde ich nicht tun! Ich bin doch keine Diebin.«

Matteo seufzte hörbar, ähnlich wie Claudio, wenn Valeria mal wieder etwas gesagt hatte, das seine Geduld strapazierte. »Was glaubst du, warum Lucia eine von ihren Kreditkarten dagelassen hat? Wenn der alte Bertone sieht, dass wochenlang keine Abbuchungen von teuren Boutiquen drauf sind, dann fängt er wirklich an, sich Gedanken zu machen.«

»Meinst du?«

»Ja, glaub mir. Wir *müssen* was kaufen. Viel und teuer.«

Valeria lächelte. So seltsam der Tag begonnen hatte, so erfreulich war die Wendung, die er nun nahm.

10.

Im ersten Laden, in den Matteo sie schleppte, hingen lauter Sachen von der Art, wie Valeria sie auch in Adrianas Modezeitschriften gesehen hatte. Als Valeria die Preisschilder las, wurde ihr ganz anders. Ein Pullover für neunhundert Euro? Eine Jeans für dreihundert und ein ganz normales T-Shirt für hundertfünfzig? Das war doch vollkommen irrsinnig. Valeria warf Matteo einen fragenden Blick zu und schüttelte den Kopf hinter dem Rücken der Verkäuferin. Sie war mager wie ein Skelett und so stark geschminkt, dass sie praktisch bunt war. Aber Matteo nickte nachdrücklich und schickte sie mit den Sachen in die Umkleidekabine.

»Sitzt super«, meinte er, als sie in Designerjeans und einem tiefblauen T-Shirt wieder herauskam. »Gefällt's dir auch?«

Valeria nickte. Die Jeans sah eigentlich ganz normal aus, aber am Körper fühlte sie sich besser an als jede Jeans, die sie jemals getragen hatte. Als wäre sie extra für sie gemacht worden. Sie sah im Spiegel, wie der Schnitt ihre Figur betonte, und sie fühlte sich darin ... sexy. Das Blau des T-Shirts war von einer ungewöhnlichen Intensität, fast wie das Blau auf den Gemälden in der Villa Aurelia. Fabiana hatte ihr erklärt, dass das Blau in der Renaissance die kostbarste Farbe gewesen war, weil man es aus dem Halbedelstein Lapislazuli gewann. Da man die Steine auf dem Seeweg – *ultra marin* – aus Afghanistan importieren musste, nannte man es Ultramarinblau. Wegen seiner Kostbarkeit sei dieses Blau für die ganz besonderen Figuren auf den Bildern reserviert gewesen, insbesondere für die Muttergottes. Ein T-Shirt in der Muttergottesfarbe also.

Matteo meinte, Valeria solle die Sachen gleich anlassen, und wies die Verkäuferin an, die Preisschilder zu entfernen und die alten Sachen einzupacken. »Man wird besser bedient, wenn man schon teure Klamotten trägt«, flüsterte er Valeria zu. Die nickte nervös. *Wenigstens bin ich schick angezogen, wenn ich gleich verhaftet werde.*

Die Verkäuferin steckte Valerias Sachen mit so spitzen Fingern in die schicke Tüte, als wimmelten sie von Ungeziefer. Valeria versuchte, diese arrogante Ziege zu ignorieren. Stattdessen konzentrierte sie sich darauf, *Lucia Bertone* in Lucias steiler, klarer Handschrift auf den Kreditkartenbeleg zu schreiben.

Sie hatte es zwar vorhin mit Matteo in einem Café geübt, doch ihre Hand zitterte und Valeria fand, dass dieses fahrige Gekritzel wenig mit dem Original gemeinsam hatte. Aber die Verkäuferin sah nur ganz flüchtig hin, sie war abgelenkt von Matteo, der sie anlächelte, als wolle er mit ihr flirten.

Mit klopfendem Herzen schnappte sich Valeria die Kreditkarte und die Tüte mit ihren Sachen und eilte aus dem Laden. Draußen musste sie erst einmal tief Luft holen und erst jetzt merkte sie, wie weich ihre Knie waren.

Das wäre dann also der Anfang meiner kriminellen Karriere!

»Gott, ich bin fast gestorben!«

»Sie hat überhaupt nicht hingesehen. Das tun die nie.«

»Du hast sie ja auch recht gekonnt abgelenkt«, bemerkte Valeria.

»Der Zweck heiligt die Mittel«, grinste Matteo.

»Findest du sie hübsch?«

»Du lieber Himmel, nein! Ich steh nicht auf klapperdürr und zugeschmiert.«

Valeria steckte die Karte in die Gesäßtasche ihrer neuen Jeans. Sie hatte auch noch einen Kaschmirpullover gekauft, den sie jedoch lässig um die Schultern gehängt hatte, weil es viel zu warm war, um ihn anzuziehen. Sie machte eine seltsame Beobachtung: Das Tragen dieser teuren Sachen – vor allem das Wissen darum, dass sie so teuer gewesen waren – vermittelte ihr Selbstsicherheit. Geradeso, als wäre damit auch ihr Wert gestiegen. Dabei war ihr im Grunde klar, wie albern und oberflächlich das war. Aber dennoch ... So langsam verstand sie, was manche Frauen am Shopping so sehr reizte.

»Du brauchst eine Handtasche«, stellte Matteo fest. »Eine Frau ohne Handtasche ist quasi nackt. Und andere Schuhe und eine coole Sonnenbrille. Eine Römerin, die was auf sich hält, läuft nie ohne Sonnenbrille herum.«

Das war Valeria auch schon aufgefallen. So wie überhaupt diese eleganten und schönen Frauen, die in diesem Viertel herumliefen. Und sie mittendrin, mit einer Kreditkarte ohne Limit und einem tollen Jungen an ihrer Seite. Das Leben konnte so leicht und schön sein.

»Ich brauche erst mal was zu essen, ich kippe gleich um«, antwortete Valeria gut gelaunt. »Und komm mir ja nicht mit Salat!«

Sie aßen Fisch in einer der Seitenstraßen der *Piazza Spagna*. Es war der beste Schwertfisch, den Valeria jemals gegessen hatte. Dazu tranken sie einen halben Liter Weißwein und Valeria ergriff die Gelegenheit und gönnte sich noch ein Sorbet zum Nachtisch. Es war das erste Mal seit vielen Tagen, dass sie sich richtig satt aß.

»Du hast mir immer noch nicht erklärt, warum du mir nachgefahren bist.«

»Weil ich mit dir einkaufen gehen wollte.«

»Das hätte auch Zeit gehabt, bis ich nach Hause komme. Du warst kurz davor, mich ins Auto zu zerren, gib es zu.«

Matteo seufzte. »Ja, das stimmt. Kannst du dir den Grund nicht denken?«

Valeria sah ihn nur verwirrt an.

»Lucias Vater ist nicht nur reich, er ist stinkreich. Also könnte durchaus jemand auf die Idee kommen, Lucia zu entführen. Und jetzt, wo du ihr so ähnlich siehst ...«

Ja klar. Also hatte sie doch recht gehabt: Sie war durchaus eine Art Gefangene, wenn auch nur zu ihrer Sicherheit. Ihr ging gleich noch ein Licht auf: »Du und Claudio – ihr seid nicht wirklich Studenten, oder? Ihr seid eine Art Bodyguard für Lucia.«

Matteo nickte. »Ja. Tut mir leid, dass ich dich angelogen habe. Ich weiß auch nicht, warum ich dir nicht gleich die Wahrheit gesagt habe. Tut mir echt leid«, wiederholte er.

Sie nickte. Aber ein bisschen enttäuscht war sie doch.

»Sag Claudio nicht, dass du es weißt«, bat er.

»Okay«, sagte Valeria. »Und du hast wirklich keine Ahnung, wo Lucia ist?«

»Nein. Ich weiß es echt nicht. Wahrscheinlich bei irgendwelchen Freunden aus dem Internat, weil sie keine Lust hatte, so zu leben wie ...«

»... wie ich jetzt.«

»Ja«, räumte Matteo unumwunden ein. »Aber wenn ihr Vater mitkriegt, dass sie sich heimlich aus dem Staub gemacht hat, reißt er Claudio und mir den Kopf ab.«

»Vielleicht hättet ihr es ihm lieber gleich gestehen sollen.«

»Ja, vielleicht. Das hätten wir wohl getan, wenn nicht ...«

»Wenn ich nicht gewesen wäre«, ergänzte Valeria. »Aber wieso hat mich Claudio dann heute Morgen so einfach gehen lassen?«

»Das wüsste ich auch gerne«, knurrte Matteo mit schmalen Augen und murmelte dann etwas, das sich wie *dieser verfluchte Idiot* anhörte.

»Hoffentlich kommt Lucia bald zurück«, meinte Valeria.

»Ja«, sagte Matteo und fuhr sich dabei durch seine Locken. »Das hoffe ich auch. Und gleichzeitig auch wieder nicht.«

»Wieso nicht?«

Anstelle einer Antwort lächelte er sie nur schweigend an und Valeria knetete gedankenverloren ihre Serviette. Matteo winkte dem Kellner.

»Wie wird man denn Bodyguard für die Tochter eines reichen Mannes?«

Matteo zuckte zusammen. »Weiß auch nicht. Irgendwie halt.«

Offenbar war das wieder eine dieser Fragen, die ihm

nicht passten. Aber dieses Mal blickte Valeria ihn durchdringend an und signalisierte, dass sie sich nicht mit Ausflüchten zufriedengeben würde.

»Ich komme aus einem Nest in Kalabrien. Bei uns im Süden gibt es so gut wie keine Möglichkeit, eine vernünftige Arbeit zu kriegen. Warst du mal dort?«

Valeria verneinte. »Ist das die Gegend, wo die Mafia den Müll aus Neapel und weiß der Teufel von sonst woher verbrennen und unterpflügen lässt und die Leute reihenweise an Leukämie sterben?« Es war ihr so herausgerutscht. Vor ein paar Monaten hatte Mr Wilson ihr einen Artikel darüber zu lesen gegeben.

Matteo sah sie mit weit aufgerissenen Augen an, fast als hätten ihn ihre Worte erschreckt.

»Tut mir leid«, sagte Valeria. »Ich wollte deine Heimat nicht schlechtmachen.«

»Ist schon gut. Du hast ja recht«, murmelte er. »Ich wäre auch gern länger auf die Schule gegangen und wer weiß, vielleicht hätte ich sogar studieren können. Aber es ging eben nicht. Mein Vater war Bauarbeiter. Er stürzte vom Gerüst, unter anderem wegen der lausigen Sicherheitsvorkehrungen. Da war ich acht. Ich habe noch eine Schwester und einen jüngeren Bruder. Meine Mutter war Arbeiterin in der Textilfabrik, das heißt, sie ist es immer noch. Wie hätte sie mir eine Ausbildung finanzieren sollen? Also habe ich … habe ich halt alle möglichen Jobs angenommen, bis ich schließlich bei Bertone gelandet bin.«

Valeria wusste nicht, was sie sagen sollte.

Eine Falte hatte sich zwischen seine Augen gegraben. »Jetzt verachtest du mich.«

»Quatsch!«, rief Valeria leidenschaftlich. »Ich würde dich niemals verachten, Matteo. Es ist eine ehrliche Arbeit, oder? Auch wenn sie etwas seltsam ist.«

Matteo schwieg. Valeria war froh, als der Kellner mit der Rechnung kam. Sie war ziemlich gesalzen und wurde erneut mit Lucias Kreditkarte bezahlt. Dieses Mal war Valeria schon deutlich ruhiger, als sie Lucias Unterschrift auf den Beleg setzte. Es war, als hätte sie eine Schwelle überschritten.

Danach schlenderten sie durch die Straßen. Matteos Laune hatte sich schlagartig gebessert, so als wäre durch sein Geständnis eine Last von seinen Schultern abgefallen. Er bestand darauf, eine Münze in den Trevi-Brunnen zu werfen, auch wenn sie sich dafür erst einmal durch einen Pulk von Touristen aus der ganzen Welt quetschen mussten, die den Brunnen säumten und ebenfalls Münzen warfen oder Selfies schossen.

»Du musst dir was wünschen«, sagte Matteo.

»Ich weiß.«

Der *Fontana di Trevi* stellte seine magischen Kräfte fast augenblicklich unter Beweis, Valerias heimlicher Wunsch wurde prompt erfüllt. Denn kaum hatte sie die Münze geworfen, da nahm Matteo sie bei den Schultern und küsste sie. Valeria spürte die Weichheit seiner Lippen, die ein wenig salzig schmeckten, sie roch den Duft seiner Haut und in ihrem Inneren wurde etwas ganz warm. Wie gut, dass er sie festhielt, als sie weitergingen, denn sie hatte schon wieder die Befürchtung, dass ihre Knie jeden Moment nachgeben könnten. Sie blieben noch ein paar Mal stehen, um sich zu küssen. Valeria hatte bis jetzt nichts gesagt, nur gelächelt, und Matteo ebenfalls. Aber nach dem vierten oder fünften Kuss räusperte er sich und meinte streng: »Jetzt muss aber mal Schluss sein, wir sind schließlich nicht zum Vergnügen hier. Jetzt ist Shopping angesagt.«

Der Einkaufsbummel, den sie anschließend unternahmen, glich eher einem Raubzug. Sneakers, Pumps, zwei Handtaschen, eine Sonnenbrille, zwei Kleider, noch zwei Hosen, eine Bluse, T-Shirts ... Und alles zu aberwitzigen Preisen. Zum Schluss ließ Valeria ihren Begleiter mit einer Wagenladung Tüten vor einem großen Geschäft namens *Intimissimo* warten und erstand darin einige wunderschöne Teile fürs Darunter.

Sie schlenderten zum Parkhaus und verstauten ihre Beute im Kofferraum des Wagens. Nur die Sonnenbrille setzte Valeria gleich auf.

Als sie aus dem Parkhaus herausfuhren, fragte Matteo: »Wann warst du eigentlich zum letzten Mal am Meer?«

Es war wie in einem dieser superkitschigen Filme. Hand in Hand gingen sie barfüßig am Strand entlang und beobachteten, im warmen Sand sitzend, wie die Sonne unterging. *Kann es noch romantischer sein?*, fragte sich Valeria. Ausgeschlossen! *Dies ist der absolut schönste Tag meines Lebens!* So musste es sich anfühlen, wenn man total verliebt war. Auf einmal begann sie zu hoffen, dass Lucia sich mit ihrer Rückkehr noch eine ganze Weile Zeit lassen würde.

Matteo ließ eine Handvoll Sand durch seine Finger rieseln. »Valeria?«

Wie schön es klang, wenn er ihren Namen aussprach.

»Ja?«

»Bist du einverstanden, wenn wir vor den anderen ... also, wenn wir uns vorerst nichts anmerken lassen. Ich möchte mir nicht Claudios Lästereien und anzügliche Bemerkungen anhören müssen. Und ich weiß auch nicht, wie Fabiana es aufnehmen würde. Sie war immer neidisch auf Lucia und vielleicht ist sie das jetzt auch auf dich.«

»Klar. Verstehe ich«, sagte Valeria. Dennoch war da ein Hauch von Enttäuschung wie ein kleiner blinder Fleck auf einem glänzenden Spiegel.

Es war schon nach zehn, als sie wieder zu Hause waren. Die Villa Aurelia hob sich schwarz wie ein schlafender Koloss gegen den Nachthimmel ab, der von den entfernten Lichtern der Großstadt matt erleuchtet wurde. Matteo drückte auf die Fernbedienung, die Flügel des Tors schwangen auf und die Lampen, die die Einfahrt markierten, sprangen an.

»Sesam, öffne dich«, witzelte Matteo.

Die beiden lächelten sich an, während die Reifen über den Kies knirschten und sich das Tor hinter ihnen wieder schloss. Sie tauschten einen vorerst letzten Kuss aus und waren so mit sich selbst beschäftigt, dass sie dem unscheinbaren Lieferwagen, der gegenüber der Einfahrt parkte, keinerlei Aufmerksamkeit schenkten. Was jedoch die beiden Insassen dieses Fahrzeugs anging, verhielt es sich genau andersherum.

In der Bibliothek, die hinter dem Kaminzimmer lag, lümmelte Claudio mit einer Tüte Chips auf dem Schoß und einer Bierdose in der Hand auf dem Sofa und sah sich ein Fußballspiel an. Neben ihm kauerte Fabiana in dem großen Sessel, der sie fast verschluckte. Sie hatte ein Buch auf den Knien, schaute aber dennoch gebannt auf den Bildschirm.

Matteo blieb unter der Tür stehen. »Hey, Leute, da wären wir wieder«, verkündete er und sah rasch zu Claudio hinüber. »Wie steht's?«

»Zwei null für Latio«, meinte der kurz angebunden, den Blick starr auf den Fernseher gerichtet.

Fabiana dagegen wandte sich zu ihnen um und musterte die zahlreichen Hochglanzpapiertüten mit den aufgedruckten Labels, die Matteo und Valeria in den Händen hielten. Sie kommentierte das Ganze lediglich mit einem kurzen Hochziehen der Augenbrauen, ehe sie vorgab, sich in ihr Buch zu vertiefen. Doch mehr brauchte es auch gar nicht. Valeria bekam prompt ein extrem schlechtes Gewissen und fühlte sich wie eine Schmarotzerin. Was musste Fabiana von ihr denken? Sie schneite hier herein, lebte wie die Made im Speck und jetzt ging sie auch noch auf Kosten von Lucias Vater groß einkaufen. Dass es Matteos Idee gewesen war, änderte daran auch nicht viel. *Verdammt,* dachte Valeria. Sie hätte wenigstens daran denken sollen, Fabiana eine Kleinigkeit mitzubringen. Was war sie nur für ein egoistisches Geschöpf? War es das, was diese Lucia-Verwandlung aus ihr machte?

Sie kehrten um, durchquerten die Halle. Matteo trug die Einkäufe bis vor Valerias Zimmertür und stellte sie ab.

»Da wären wir«, sagte er erneut.

Valeria lächelte unsicher. Was sollte sie tun, falls er mit in ihr Zimmer kommen wollte?

Nein sagen natürlich!

Aber gegen einen innigen Gutenachtkuss sprach eigentlich nichts.

»Gute Nacht«, flüsterte Matteo und drückte ihr einen flüchtigen Kuss auf die Wange, ehe er, hektisch beinahe, den Gang entlanghastete und in seinem Zimmer verschwand. Vollkommen verdattert stand Valeria da und starrte ihm hinterher.

Wow, eine kalte Dusche ist nichts dagegen.

Auf der Heimfahrt hatte er sie noch an jeder roten Ampel geküsst – und manchmal auch noch bei Grün – und nun das? Sie blieb noch eine ganze Weile stehen, aber das hätte sie sich genauso gut sparen können. Matteo kam nicht noch einmal heraus. Da sich nun einmal nichts mehr tat, trug sie ihre neuen Sachen mit einem leisen Seufzer in ihr Zimmer und hängte sie neben die von Lucia in den Schrank.

Sie ging ins Bad und dann zu Bett. Allerdings fühlte sie sich kein bisschen müde, im Gegenteil, sie war hellwach und viel zu aufgekratzt, um einzuschlafen.

Irgendwann musste sie dann doch weggedöst sein ... jedenfalls bekam sie Besuch von Lucia. Plötzlich und ohne Vorwarnung war sie da, genau wie früher Valerias Schattenschwester Luisa. Sie saß in Jeans und dem ultramarinblauen T-Shirt auf der Bettkante und hielt kurioserweise eine kleine flackernde Öllampe, wie die alten Römer sie benutzt hatten, in der Hand. Der warme Schein beleuchtete ihr Gesicht mit dem herausfordernden Lächeln. »So, jetzt knutschst du also mit Matteo herum.«

»Was dagegen?«, fragte Valeria, die sich nicht scheute, ihre neu gewonnene Lucia-Courage sogar gegen diese selbst zu richten.

»Erzähl ihm nicht, was du über mich weißt!«

»Hab ich nicht vor.«

»Erzähl überhaupt nicht so viel von dir. Frag lieber mehr.«

»Wem soll ich denn Fragen stellen ... Matteo etwa?«

»Matteo, Matteo! Sei nicht so ein Schaf! Er hat dich angelogen, er wird's wieder tun. Außerdem ist er in *mich* verknallt. Dich küsst er nur, weil du mir so ähnlich siehst.«

Das war nun wirklich nicht das, was Valeria jetzt gerne hören wollte. »Du hast doch keine Ahnung«, brummte sie verärgert und fügte hinzu: »Du bist schließlich nicht *hier,* falls du das vergessen haben solltest. Wo, zum Teufel, steckst du?«

Lucias leises Lachen perlte durchs Zimmer wie helle Töne auf einem Klavier. »Streng dein Hirn doch mal ein bisschen an. Falls es vor lauter überschießenden Hormonen überhaupt noch funktioniert.«

»Lucia!« Valeria holte tief Luft und sagte dann betont langsam: »Wo bist du und wann kommst du wieder?«

»Keine Ahnung. Und du solltest besser auch verschwinden.«

»Wieso denn das jetzt? Ich denke, ich soll hier die Ersatz-Lucia geben?«

»Sprich mit Signora Vastano. Sie ist nicht so verrückt, wie alle behaupten. Ein bisschen durcheinander, aber nicht verrückt. Halte die Augen offen und traue keinem!«

11.

Valeria erwachte mit einem Glücksgefühl, das sie durchströmte, als wäre irgendwo in ihrem Innern eine Wärmequelle. Die Erinnerung an Matteos sanfte Küsse verursachte ihr eine angenehme Gänsehaut am ganzen Körper. *Matteo.* Seine eilige Verabschiedung von gestern Abend hatte sie ihm längst verziehen. Bestimmt hatte er sie nur nicht in Verlegenheit bringen wollen. Vielleicht hatte er auch befürchtet, Claudio oder Fabiana könnten sie knutschend vor der Tür vorfinden. Eine Vorstellung, der auch Valeria nichts abgewinnen konnte.

Sie ließ sich viel Zeit im Bad, wusch sich die Haare und föhnte sie, bis auch die letzte Strähne so saß, wie sie es wollte. Sie schminkte sich, und da das Wetter vielversprechend aussah, zog sie eines ihrer neuen Kleider an. Es hatte gezackte Streifen in Blau- und Grüntönen, war eng auf Taille geschnitten und ziemlich kurz.

Matteo. Sie musste immerzu an ihn denken. An den warmen Glanz seiner Augen, die manchmal so traurig aussahen. Wie er gestern, am Strand, ihre Hand gehalten hatte ... Gleich würde sie ihm begegnen und ihm heimlich zulächeln. Wahrscheinlich würde das mit dem Geheimnis nicht allzu lange funktionieren. Dieses innere Strahlen, das sie erfüllte, ließ sich nicht abstellen, man würde es ihr früher oder später ansehen.

In der Küche traf sie auf Fabiana, die heute wieder eines ihrer besonderen Gewänder trug. Dieses war weinrot und das Dekolleté mit schwarzer Spitze bedeckt. Sie schien einen ganzen Fundus solcher Kleider zu besitzen. Matteo hatte erzählt, dass sie damit Zusammenkünfte besuchte, auf denen alle so herumliefen.

Krümel auf dem Tisch und zwei benutzte Tassen zeugten davon, dass die Jungs schon hier gewesen sein mussten. Fabiana wünschte ihr förmlich einen guten Morgen und bemerkte spitz, dass Valeria gestern beim Shopping ja ziemlich zugeschlagen habe.

Die wollte sich gerade rechtfertigen, überlegte es sich dann jedoch anders: »Ja, stimmt«, sagte sie und lächelte – ganz die Lucia – von oben herab. »Das war einfacher, als noch mehr runterzuhungern.«

Fabiana schnappte nach Luft, sagte aber nichts.

Valeria registrierte dies mit gemischten Gefühlen. Einerseits war sie stolz auf sich, weil sie die Lucia-Nummer schon so gut draufhatte, andererseits ging es ihr gegen den Strich, Fabiana so mies zu behandeln. Sie ließ sich Kaffee aus der Maschine, goss einen großzügigen Schuss Milch hinein und nahm sich eines der Hörnchen, die in einem Korb auf dem Tisch standen. Allerdings brachte sie dann doch kaum einen Bissen hinunter, dazu war sie nach dem gestrigen Abend viel zu aufgedreht.

Sie wischte den Tisch ab und stellte das Geschirr in die Spülmaschine. Es war eine versöhnliche Geste an Fabiana. Sie beide würden wohl nie dicke Freundinnen werden, aber Valeria wollte Fabiana auch nicht zur Feindin. Außerdem war Valeria heute in einer Stimmung, in der sie niemandem böse sein konnte, im Gegenteil: Sie wünschte, dass jeder in ihrer Umgebung etwas abbekommen sollte von ihrem Übermaß an Glück. »Dein Kleid ist echt toll«, sagte sie voller aufrichtiger Bewunderung zu Fabiana.

Fabiana schien ihren Groll überwunden zu haben, sie lächelte und strich dabei über den matt glänzenden Stoff des Ärmels. »Es stammt von einer Opernaufführung, ich habe es bei einer Versteigerung gekauft.«

»Steht dir ausgezeichnet. Aber ist es nicht ein bisschen schade, so für zu Hause …«

»Und was ist mit dir? Bist du nicht auch ein wenig overdressed?« Es hatte nicht böse geklungen, Fabiana lächelte sogar ein wenig, so als wären sie Freundinnen, die gleich kichernd Geheimnisse über ihr Liebesleben austauschen würden.

Schade eigentlich, fand Valeria, dass sie Matteo versprochen hatte, den anderen erst einmal nichts zu verraten. Zu gern hätte sie mit einem anderen weiblichen Wesen über ihre Gefühle gesprochen, bevor sie vor lauter Glück noch platzte.

»Ja, stimmt«, räumte sie ein. »Es ist vielleicht doch ein bisschen overdressed. Aber ich weiß ja nicht, wann ich es sonst anziehen sollte.« *Gleich wird sie mich fragen, warum ich es dann gekauft habe,* dachte sie, aber Fabiana erklärte: »Ich habe einen Nebenjob als Fremdenführerin in einem Kunstmuseum. Wenn ich eines meiner Renaissancekleider trage, bekomme ich doppelt so viel Trinkgeld.«

»Verstehe.« Daher also ihre Vorträge über Kunst und Geschichte, die sie hin und wieder vom Stapel ließ.

»Manche Leute hier im Haus müssen nämlich tatsächlich arbeiten«, fügte Fabiana im Hinausgehen hinzu.

Der Hieb saß. Valeria fühlte sich beschämt, obwohl Fabiana und die anderen sie ja erst in diese Rolle als Tochter eines Superreichen gedrängt hatten. Aber es war auch nicht zu leugnen, dass sie sich immer wohler darin fühlte.

Am Küchenfenster stehend sah Valeria zu, wie Fabiana zu Claudio in den Wagen stieg, und es war ihr mehr als recht, dass die beiden fort waren. So konnte sie umso mehr Zeit mit Matteo verbringen. Wo er bloß steckte? Aber sie hatte ohnehin noch etwas vor: Die Gartenpforte auf der Nordseite zu suchen, von der Signora Vastano gestern gesprochen hatte.

Kaum hatte sich das Tor wieder geschlossen, trat auch Valeria vor die Tür. Was für ein wunderschöner Tag! Der Himmel war von einem weichen, zarten Blau, überzuckert mit einem feinen Netz aus transparenten, kleinen Wölkchen. Verträumt und menschenleer lag der Garten im milden Septemberlicht. Im Schatten der Büsche lag noch Tau auf den Gräsern und die Blätter einiger Sträucher färbten sich bereits gelb und rot. *Zeit zum Pilzesammeln,* dachte Valeria unwillkürlich. Die würden dieses Jahr zu Hause wohl stehen bleiben, denn nicht einmal Rosa kannte Valerias geheime Plätze. *Zu Hause.* Irgendetwas in ihrem Innern zog sich zusammen und sie befahl sich, an andere Dinge zu denken. An Matteos Küsse zum Beispiel, was ihr einen angenehmen Schauder über den Rücken jagte.

Sie ging nicht direkt zur Mauer am Nordrand des Grundstücks, sondern schlenderte scheinbar ziellos durch den Garten, während sie ihre Ohren spitzte und unauffällig nach allen Richtungen Ausschau hielt.

Im Garten schien niemand zu sein. Man wusste zwar nie, ob jemand hinter einem der vielen Fenster der Villa stand und sie beobachtete, aber im Moment konnten das eigentlich nur Signora Vastano oder Matteo sein. Vor der Signora musste sie ihr Vorhaben nicht verbergen, die hatte sie ja darauf gebracht. Und vor Matteo brauchte sie auch keine Geheimnisse zu haben. Aber dieser merkwürdige Traum ließ ihr keine Ruhe. Lucia, die ihr in der Nacht geraten hatte, keinem zu trauen. *Keinem.* Das schloss Matteo mit ein.

Noch immer hatte sie ihm nichts von Lucias Freund erzählt. Sie hatte die Stimmung zwischen sich und Matteo um keinen Preis verderben wollen. Außerdem war sie nicht sicher, wie er auf diese Neuigkeit reagieren würde. Aber das war es nicht allein ... Es war paradox: Sie war doch verliebt in ihn, aber dennoch traute sie ihm nicht völlig? Wie war denn das möglich? Liebe funktionierte doch nicht ohne Vertrauen, oder? Im Geiste hörte sie Lucia spotten: *Wie, du lässt dich küssen von einem, dem du nicht traust? Ganz schön abgebrüht, die Unschuld vom Lande!*

Valeria hatte keine Lust, noch mehr darüber nachzugrübeln. Außerdem sagte sie sich, sie müsse allmählich aufhören, sich von Gespenstern beeinflussen zu lassen. Denn das waren sie letztendlich doch: Lucia, Luisa ... Hirngespinste, Träume, Auswüchse ihrer überbordenden Fantasie.

Verschwindet, alle miteinander! Lasst mich in Ruhe!

Sie war jetzt an der Nordseite des Gartens angekommen, der in diesem Abschnitt schmaler war und im Schatten der Villa lag. Valeria war noch nicht oft hier durchgegangen. Ein ehemaliges Gemüsebeet wurde von Unkraut überwuchert; zwischen dem Lavendel, der die Wege überwucherte, hatten sich Disteln gemogelt, die Valeria die Beine zerkratzten. Hier auf der Rückseite haperte es anscheinend ziemlich mit der Gartenpflege. Valeria ging langsam, denn sie befürchtete, sich das neue Kleid zu zerreißen. *Warum musste ich mich auch so aufbretzeln?*, dachte sie und schalt sich selbst eine doofe, eitle Gans.

Die Mauer war hier noch stärker als im Südteil von Efeu und wildem Wein überwuchert. Valeria stakste durch borstiges, hartes Gras daran entlang. Etwa in der Mitte schimmerte es hell zwischen herabhängenden Weinranken. Valeria schob das Blätterwerk wie einen Vorhang zur Seite. Tatsächlich, die Signora hatte nicht gelogen: Da war eine kleine, unscheinbare Eisenpforte ins Mauerwerk eingelassen. Spinnweben dehnten sich zwischen den Stäben aus, in einem zappelte eine Fliege. Sie rüttelte daran. Abgeschlossen. Kein Schlüssel.

Na super, das nützt ja jetzt unheimlich viel.

Sie spähte durch die Gitterstäbe. Dahinter lief ein Weg zwischen den Mauern der Grundstücke entlang. Auf dem Kopfsteinpflaster hatte sich hellgrünes Moos angesiedelt. Das Pflaster sah aus, als stamme es noch aus der Zeit, als die Villen erbaut wurden, oder sogar aus der Römerzeit. In den Ritzen wuchs Unkraut. Anscheinend wurde dieser Weg nicht viel begangen, weder von den Bewohnern der Villa Aurelia noch von denen der anderen Villen. Ob

Signora Vastano einen Schlüssel besaß? Oder war er heruntergefallen? Sie suchte den Boden ab. Nichts. Wo wäre hier ein gutes Schlüsselversteck? Kein hohler Baum, kein Blumenkübel ... blieb noch die Mauer selbst.

Valeria tastete die Ziegelsteine unter dem wilden Wein ab, wobei sie ein paar Spinnen aufscheuchte. Vielleicht saß einer lose? Zwei Steinreihen neben der Pforte, auf Schulterhöhe, gab das Moos, das die Steine bedeckte, plötzlich nach.

Ein Hohlraum.

Valeria riss die Moosdecke vorsichtig auf der Unterseite ein und hob sie an. Beinahe hätte sie laut aufgejubelt. Da lag ein Schlüssel, groß und ziemlich rostig. Er passte! Sie musste zwar all ihre Kraft aufbieten, um ihn herumzudrehen, aber schließlich machte es *Klick* und die Pforte war offen. Die Angeln gaben einen lauten, kreischenden Ton von sich. Valeria schaute sich hastig um. Hoffentlich hatte niemand das Geräusch gehört! Sie schlüpfte durch den Spalt, trat auf den kleinen Weg hinaus und folgte ihm ein Stück. Er führte zwischen den Gärten hindurch bis zu einer belebten Straße. Valeria kehrte wieder um und machte das Tor langsam zu. Aber es quietschte dennoch furchtbar laut. Sie schloss ab und legte den Schlüssel zurück in die Mauernische, wobei sie die Öffnung wieder mit Moos bedeckte.

Zu wissen, dass sie einen Ausgang gefunden hatte, den sie jederzeit unbemerkt benutzen konnte, gab ihr ein gutes Gefühl.

Jetzt würde sie sich auf die Suche nach Matteo machen. Sie konnte es kaum erwarten, ihn zu sehen. Beschwingt bog sie um die Ecke und wäre fast gegen Giancarlo geprallt. Valeria entschlüpfte vor Schreck ein kleiner Schrei. Die Arme in die Seiten gestützt stand der Gärtner da und seine Blicke schienen sie zu durchbohren. Hatte er sie beobachtet? Hatte er auf sie gewartet?

Der Weg war an dieser Stelle auf beiden Seiten von hohen Lavendelbüschen gesäumt, weshalb es schwierig war, ihm auszuweichen. Könnte er vielleicht einmal seine Arme einfahren?

Ich bin Lucia und er ist der Angestellte meines Vaters, rief sich Valeria ins Gedächtnis. Auch wenn ihm der vorangegangene Augenblick der Verunsicherung nicht entgangen sein dürfte.

»Permesso!«, fauchte sie. Es war die übliche Höflichkeitsfloskel in solchen Situationen, die jedoch an Höflichkeit verlor, je schärfer und zischender man sie hervorbrachte.

Aber Giancarlo rührte sich nicht von der Stelle, sondern grinste sie nur unverschämt an. Er war etwa so groß wie Matteo, hatte sehr sehnige Arme und sein Gesicht war von der vielen Arbeit im Freien braun wie eine Walnuss. Valeria schätzte sein Alter auf Mitte, Ende zwanzig.

Sein Grinsen wandelte sich langsam zu einer bösen Grimasse und noch immer bewegte er sich nicht.

Valeria versuchte, sich nichts anmerken zu lassen. »Geh mir aus dem Weg!«, sagte sie. Es sollte gebieterisch klingen, aber ihre Stimme zitterte dabei.

»Du hast mir gar nichts zu sagen.« Die Worte, in einem bedrohlich leisen Tonfall gesprochen, verfehlten ihre Wirkung nicht. Valeria wurde unsicher. Am besten, sie ließ ihn einfach stehen und nahm einen anderen Weg. Sie würde Matteo von seinem unverschämten Verhalten erzählen oder besser noch Claudio. Sie wandte sich um. Da spürte sie, wie ein Schraubstock ihren Oberarm umfasste. Sie konnte Giancarlos Schweiß riechen, als er sie nah zu sich heranzog und ihr zuflüsterte: »Spiel gefälligst nicht die Madame. Ich weiß genau, dass hier was nicht stimmt.«

»Lass mich sofort los!«, schrie ihn Valeria an.

Sein Griff lockerte sich, aber er ließ sie nicht los, sondern musterte sie zentimeterweise von oben nach unten.

Valeria wünschte, sie hätte heute Morgen nicht dieses Kleid angezogen, das mehr zur Schau stellte als verbarg. Seine Blicke fühlten sich an wie Berührungen. Berührungen, die eine eiskalte Spur auf ihrer Haut hinterließen. Mit einer energischen Bewegung riss sie ihren Arm aus seiner Umklammerung und machte ein paar schnelle Schritte in die andere Richtung, als sie ihn sagen hörte: »Was wohl der Padrone dazu sagen wird?«

Valeria blieb stehen, als wäre sie gegen eine Glaswand gelaufen. Hastig wandte sie sich um. Mit Padrone konnte nur sein Arbeitgeber, Bertone, gemeint sein. Der *padrone di casa,* der Hausherr. Valeria versuchte, sich den Schrecken nicht anmerken zu lassen, als sie sich umwandte und mit mühsam erzwungener Herablassung erwiderte: »Dass du seine Tochter belästigst? Er wird nicht begeistert sein, das kann ich dir versprechen!«

»Du bist nicht Lucia.«

Er kam näher. Jetzt war er dicht vor ihr und sie blickte in seine Augen. Sie waren so dunkel, dass man unmöglich sehen konnte, wo die Grenze zwischen Iris und Pupille verlief, was dem Blick eine unheimliche Leere gab. Seine knospenartigen Lippen verzogen sich zu einem hämischen Lächeln. »Aber du bist ja auch ein recht hübsches Ding.« Er streckte die Hand aus und berührte ihr Kinn. Dann wanderte seine Hand ihren Hals entlang, während er ganz ungeniert auf ihre Brüste starrte. »Keine Angst, ich werde nichts sagen. Wir beide finden sicherlich eine Lösung für dieses kleine Problem.«

Seine Stimme, die sonst recht hoch war für einen Mann, klang jetzt rau und die Berührung seiner Hände löste in Valeria ein Gefühl des Ekels aus, besonders, als er jetzt ihre Brust berührte und ihr endgültig klar wurde, worauf er hinauswollte.

Wie hätte Lucia sich verhalten? Aber sie war ja nicht Lucia. Und er wusste es. Sie stand da, starrte ihn an wie das Kaninchen die Schlange.

Es ist alles aus. Matteo wird in Teufels Küche kommen und ich ...

»Von welchem Problem redest du denn, Giancarlo?«

Matteo! Gott sei Dank!

Valeria trat instinktiv zurück, während Giancarlo rasch herumwirbelte. Aber er war nicht schnell genug. Noch in der Bewegung landete Matteos rechte Faust in Giancarlos Gesicht. Dabei entstand ein Geräusch, als würde man ein Hühnerbein durchbrechen. Fast gleichzeitig fuhr Matteos Linke in den Magen seines Gegners, was sich dumpfer anhörte, aber nicht weniger grässlich. Es folgten weitere blitzschnelle Schläge und schließlich klappte Giancarlo zusammen wie ein Taschenmesser. Keuchend lag er im Lavendel und hielt sich mit der einen Hand den Bauch und mit der anderen die Nase, aus der Blut hervorquoll. Matteo rieb sich mit der Linken die rechte Faust. »Geh ins Haus!«, sagte er in gebieterischem Tonfall zu Valeria.

Valeria, die auch gar nichts anderes vorgehabt hatte, bewegte sich Schritt für Schritt rückwärts und beobachtete, wie Matteo dem am Boden liegenden Giancarlo noch ein paar Fußtritte verpasste. »Da, du Drecksack«, stieß er hervor.

Valeria blieb stehen. »Hör auf!«, schrie sie. »Matteo! Es reicht! Hör auf!«

»Nur, damit er sich's merkt«, meinte Matteo mit einem kalten Lächeln. »Los, steh auf«, herrschte er den Gärtner an.

Giancarlo rappelte sich auf und schlich in gekrümmter Haltung davon wie ein geprügelter Hund.

»Lass dich hier nie wieder blicken!«, rief ihm Matteo hinterher. Dann ging er zu Valeria. »Alles okay?«, fragte er. Es war, als hätte man einen Schalter umgelegt. Jetzt war er wieder der sanfte, fürsorgliche Matteo, den sie kannte.

Valeria nickte. Sie war zu schockiert, um etwas zu sagen. Matteo deutete auf die kleinen blutigen Kratzer an ihren Beinen. »War er das?«

»Nein, nein, das ist von den Disteln«, antwortete Valeria mit dünner Stimme. »Aber er ... er weiß, dass ich nicht Lucia bin.«

»Scheiße«, murmelte Matteo. »Komm erst mal mit rein.« Er legte ihr seinen Arm um die Schulter.

Valeria schielte auf seine Hand. Sie sah das Blut auf seinen Fingerknöcheln und auf einmal ertrug sie auch

Matteos Berührung keine Sekunde länger, auch wenn sie sich sagte, dass das ungerecht war – er hatte sie schließlich gerettet. Sie streifte seinen Arm ab und ging ein paar Schritte von ihm weg. »Tut mir leid. Ich muss allein sein!« Ohne seine Antwort abzuwarten, lief sie davon. Matteo folgte ihr nicht. Sie war froh darüber.

In ihrem Zimmer zog sie sich als Erstes das Kleid aus. Nie wieder würde sie es tragen können, das wusste sie jetzt schon. Aber das änderte nichts. Sie fühlte sich schmutzig und gedemütigt. Gut, dass Matteo diesen miesen Typen ordentlich vermöbelt hatte, das hatte er wirklich verdient.

Am liebsten hätte sie gleich noch einmal geduscht, aber sie ahnte schon, dass das nichts ändern würde, also begnügte sie sich damit, ihre zerkratzten Beine abzuwaschen und einzucremen. Sie befahl sich, sich zusammenzureißen. Es war ihr ja schließlich nichts geschehen, dank Matteos Eingreifen. Sie schloss für einen Moment die Lider und hatte sofort wieder Giancarlos widerliches Grinsen vor Augen – und als Nächstes den Gewaltausbruch von Matteo. Ihr sanfter, zurückhaltender Matteo. Das war also seine andere Seite.

Wo hatte er gelernt, so zuzuschlagen? Denn es hatte etwas ... Valeria suchte nach dem richtigen Wort ... etwas Professionelles gehabt. Der blitzschnelle Angriff, die gezielten effektiven Schläge, genau dorthin, wo es wehtat: Nase und Solarplexus. Als hätte er so etwas nicht zum ersten Mal gemacht. *Natürlich hat er das nicht, du Schaf!*, schalt sich Valeria. Matteo wurde von Bertone dafür bezahlt, Lucia zu beschützen. Logisch, dass er seine Fäuste auch zu gebrauchen wusste – anderenfalls wäre er für den Posten wohl ungeeignet.

Wann hätte er aufgehört, Giancarlo zu attackieren, wenn sie ihn nicht angeschrien hätte? Oder reagierte sie übertrieben sensibel, tat sie ihm unrecht? Es war alles so schnell gegangen und er hatte sie schließlich verteidigt. Und Giancarlo war wirklich ein Dreckskerl, er hatte die Prügel verdient. Anstatt sich um Giancarlo zu sorgen und Matteo zu verurteilen, sollte sie sich lieber vor Augen halten, was passiert wäre, wenn Matteo nicht dazugekommen wäre.

Obwohl sie sich das immer und immer wieder sagte, brachte Valeria es dennoch nicht über sich, hinunterzugehen und Matteo zu begegnen. Vielleicht, sagte sie sich, hatte sie einen Schock erlitten und brauchte etwas Abstand von ihm und den Ereignissen. Abstand und Ablenkung. Sie wusste auch schon, womit.

Sie fuhr den Laptop hoch. Neulich hatte sich Claudio über die aberwitzigen Übersetzungsfehler in einer Spam-Nachricht amüsiert und den Quatsch vorgelesen. Das hatte Valeria auf eine Idee gebracht: ein Übersetzungsprogramm! Ein Übersetzungsprogramm aus dem Isländischen ins Italienische, mit dem sie den Inhalt der Postkarte entziffern konnte. Womöglich kam dabei auch nur Blödsinn heraus, aber einen Versuch war es wert.

Sie fand eines, nahm die Karte und versuchte, die isländischen Worte zu entziffern und einzutippen. Aber wo fand man diese komischen Buchstaben? Sie behalf sich, indem sie sie aus isländischen Webseiten kopierte und einsetzte. Vermutlich gab es einen einfacheren Weg, aber den kannte sie nicht und sie hatte ja Zeit. Es ging leichter als gedacht, sie kam gut voran. *Ég sakna þín svo mikið* hieß zum Beispiel: *Ich vermisse dich so sehr.*

Valerias Herz schlug vor Aufregung immer schneller, während sie sich Satz für Satz vorantastete. Dies geschah in dem sicheren Wissen, dass Lucia bestimmt nicht einverstanden wäre mit dem, was sie da tat. Vielleicht würde sie sie heute Nacht besuchen und ihr vorwerfen, sie stecke ihre Nase in Dinge, die sie nichts angingen. Aber andererseits hatte Lucia auch so manches getan, was Valeria nicht gefiel.

Zuweilen spuckte das Programm Unsinn aus, dann versuchte sie es mit einem anderen Programm oder mit kürzeren Satzteilen. So konnte sie die Worte eliminieren, die keines der Programme kannte oder die so schlecht zu lesen waren, dass sie sie höchstwahrscheinlich falsch abgeschrieben hatte. Nach einigem Hin und Her hatte sie schließlich die Botschaft bis auf wenige Worte entziffert.

Hey, meine geliebte … (hier kam ein rätselhaftes Wort, wahrscheinlich ein Kosename). *Es gibt viel zu tun hier an der Farm. Zwei Alpakas haben Kinder, ist das nicht eine Sensation? Wann kommst Du? Hast Du es wirklich …* (zwei unbekannte Worte, aber Valeria nahm an, dass es *ernst gemeint* heißen müsste). *Ich frage mich viele Male, werden unsere Pläne Realität oder bleiben es* (…?) *Träume. Ich vermisse Dich so sehr. Aber erreiche mich nur, wenn Dein Herz es haben will. Das Leben hier in* (… ein Ort?) *ist nicht ähnlich Stockholm, auch nicht wie in Reykjavík.*

Es hat Einsamkeit, aber auch sehr schön. Bald ist Winter. Wenn ich ein Polarlicht sehe, werde ich an Dich denken. Du bist Tag und Nacht in meinen Gedanken.

Dein Magnús.

PS: Das Paradies ist immer dort, wo Du es nicht erwartest.

Valeria seufzte tief. Der Text klang trotz einiger Holprigkeiten, die der Übersetzung geschuldet waren, wie aus einem von Mrs Wilsons Romanen. *Dein Magnús.* Ob das der Junge auf den Videos war? Bestimmt. Sie hätte ihn gerne kennengelernt.

Eine Farm mit Alpakas. Sie hatte das Tier erst googeln müssen. Eine Art Lama, ursprünglich aus den Anden, aus deren Fell man feinste Wolle gewinnen konnte. War Lucia der Einladung dieses Magnús gefolgt? *Aber warum hat sie die Karte nicht mitgenommen? Eine so schöne Karte würde ich immer bei mir tragen,* dachte Valeria mit einem kleinen Anflug von Neid. *Wollte sie, dass ich die Karte finde?* Oder bedeutete das, dass Lucia in Kürze zurückkehren würde?

Im Oktober begannen die Vorlesungen an den Unis. Bis dahin müsste Lucia doch wieder hier sein, wenn sie nicht einen Riesenkrach mit ihrem Vater riskieren wollte. Wobei ... Einen Besuch bei ihrem Freund hätte sie doch vor ihrem Vater nicht zu verheimlichen brauchen, oder? Aber vielleicht war Lucias Vater sehr streng oder übermäßig besorgt und hätte ihr die Reise verboten. Wollte Lucia sich einfach mal für ein paar Wochen der Aufsicht ihres Vaters entziehen? Verständlich wäre es, dieses Bewachtwerden auf Schritt und Tritt ging ja sogar schon Valeria auf die Nerven. Trotzdem war sie sauer auf Lucia. Sie hätte Valeria doch einfach in ihre Pläne einweihen können, anstatt sie vor vollendete Tatsachen zu stellen.

Sie drehte die Karte um und betrachtete erneut das abgebildete Foto.

Ein Geysir, fiel ihr ein, so nannte man diese heißen Wassersäulen, die dort aus dem Boden schossen. Sonst wusste Valeria nicht viel über Island, nur dass es dort im Winter fast immer dunkel war und im Sommer fast immer hell. Hatte nicht vor einigen Jahren ein Vulkan den Flugverkehr über Europa lahmgelegt? Ein kaltes Land hoch im Norden, aber dicht unter seiner Oberfläche glühend heiß. Irgendwie passte das zu Lucia.

Sie schrieb den Text auf ihren Schreibblock, glättete dabei die Stilbrüche und korrigierte die Grammatikfehler des Programms. Warum sie das tat, hätte sie nicht sagen können, es war schließlich kein Mr Wilson da, um ihre Arbeit zu kontrollieren, und Isländisch stand absolut nicht auf ihrem Lehrplan. Es war einfach ihre Art, sie war es gewohnt, die Dinge so gut wie möglich zu erledigen. Sie riss die Seite ab, faltete sie zusammen und legte sie ganz hinten in das Vorlesungsverzeichnis, das im Bücherregal lag. Danach surfte sie für mehrere Stunden im Internet und erfuhr interessante Dinge über Island. Sie vergaß, dass sie zu Signora Vastano hatte gehen wollen, sie vergaß sogar kurzzeitig die Sache mit Giancarlo, und als Fabiana gegen Abend an ihre Tür klopfte und ihr sagte, das Abendessen sei fertig, rief Valeria durch die Tür, sie habe keinen Hunger. Sie rechnete fest damit, dass früher oder später Matteo vorbeikommen würde, um nach ihr zu sehen, aber er kam nicht. Erstaunlicherweise war sie darüber nicht enttäuscht. Oder nur ein klein wenig. Nein, Valeria wollte nicht über Matteo nachdenken, denn immer wenn sie es tat, dachte sie automatisch auch an Giancarlo: wie er sie berührt und angesehen hatte und wie Matteo ihn zusammengeschlagen hatte. Beides war gleichermaßen schockierend und beschwor erneut dieses Gefühl des Schmutzigseins herauf. Lieber schaute sie sich im Netz Aufnahmen von Polarlichtern und Vulkanausbrüchen an. *Das Paradies ist immer dort, wo du es nicht erwartest.* Der Satz ging ihr nicht mehr aus dem Kopf. Man könnte ihn auch umdrehen. Die Villa Aurelia war ihr auf den ersten Blick wie das Paradies erschienen – aber langsam bekam dieses Paradies Risse.

Irgendwann musste sie neben ihrem Laptop eingeschlafen sein. Als sie wach wurde, war es kurz vor Mitternacht. Was hatte sie geweckt, war Lucia im Zimmer? Nein, es war niemand da, weder Traumgespinste noch reale Personen. Valeria stand auf und trat ans Fenster. Der Nachthimmel war schwarz, nur ein einzelner Stern blinkte über den Baumwipfeln.

Hunger. Das war es, was sie geweckt hatte. Ihr Magen knurrte wie ein gereizter Hund. Leise öffnete sie ihre Zimmertür und wollte gerade das Licht anschalten, als sie Stimmen hörte. Laute Stimmen, sie kamen aus Claudios Zimmer. Claudio und Matteo.

»Hab ich es nicht gesagt?«, rief Claudio und sagte danach etwas, das wie »unprofessionell« klang. Dann fielen wechselseitig Kraftausdrücke. »Scheißkerl«, verstand sie, »Arschloch« – beides kam von Matteo – und »hirnloser Idiot« – Claudio.

»Benutz wenigstens ein Mal deinen verdammten Kopf!«, brüllte Claudio, ehe er wieder leiser wurde. Sie dachte schon, die Unterhaltung wäre vorbei, als Matteo laut sagte: »Vergiss es! Ohne mich.« Er klang sehr wütend.

»Sei leise, Herrgott noch mal!«, zischte Claudio. Danach drangen nur noch zusammenhanglose Worte und Satzfetzen bis zu Valeria durch. »... immer so schlau!«, kam es anklagend von Matteo, der Name »Lucia« fiel ein paar Mal und zweimal das Wort »Marinelli«. Was war das, ein Name? Wen Claudio mit »dämliche Pute« meinte, war wiederum nicht schwer zu erraten, und Matteo rief irgendwann entrüstet: »Was kann ich dafür, dass dieser Arsch ...?« Den Rest verstand sie nicht, weil Claudio mit einem »Pscht!« dazwischenfunkte.

Ging es um den Zwischenfall mit dem Gärtner? Bestimmt machten sie sich Sorgen, dass er Bertone von ihrer Scharade erzählen würde.

Die Klinke von Claudios Zimmertür wurde heruntergedrückt, Valeria konnte gerade noch zurückweichen und ihre Tür leise schließen, als sie auch schon Schritte hörte. Es war Matteo, der noch immer leise vor sich hin fluchend in sein Zimmer ging. Valeria konnte die dunkle Wolke der Wut förmlich spüren, die ihn umgab.

Die Tür zu seinem Zimmer knallte zu.

Sollte sie ihm nachgehen und ihn fragen, worum es bei dem Streit gegangen war? Andererseits hatte sie auf einen wütenden Matteo keine Lust und womöglich würde Claudio etwas davon mitbekommen, und auf dessen nächtliche Gesellschaft konnte sie erst recht verzichten. Sie würde Matteo morgen fragen, wenn sie allein waren und er sich wieder ein wenig abreagiert hatte.

Aber würde Matteo ihr die Wahrheit sagen? Eigentlich, dachte Valeria, wurde sie, seit sie hier war, nur angelogen und außer Matteo war nicht einmal jemand besonders nett zu ihr. Fabiana hatte sich zuletzt zwar ein wenig Mühe gegeben, aber Valeria spürte nur allzu deutlich die unterschwellige Feindseligkeit, die unter der Oberfläche lauerte. Wahrscheinlich mochte Fabiana ihre reiche, verwöhnte Cousine Lucia nicht und übertrug diese Gefühle unwillkürlich auf deren Doppelgängerin Valeria. Claudio dagegen war ein eingebildeter, eitler Macho, der dennoch unter Lucias Fuchtel stand. Nun, da die Tochter seines Chefs weg war, führte er hier das Kommando und benutzte sie, Valeria, um vor seinem Auftraggeber zu verbergen, dass er Mist gebaut hatte. Dabei war er doch eigentlich auf Valerias guten Willen und ihre Mithilfe angewiesen. Da sollte man doch meinen, dass er sie behandelte wie ein rohes Ei. Ja, wenn man es genau betrachtete, hielt sie sämtliche Trümpfe in der Hand. Diese Tatsache sollte sie Claudio ruhig noch einmal in aller Deutlichkeit vor Augen führen, damit er aufhörte, sich ihr gegenüber so gönnerhaft und großkotzig zu benehmen. Denn wenn sie nicht mehr mitspielte, konnte er nur noch hoffen, dass Lucia bald wieder zurückkäme.

Aber wollte sie dieses Spiel überhaupt noch mitspielen? Oder sollte sie doch den Rat von Signora Vastano beherzigen und von hier verschwinden? Ja, zugegeben, die erste

Begeisterung über das Leben in der Villa Aurelia hatte sich inzwischen gelegt. Daran hatte auch die fulminante Shoppingtour nichts geändert. Sie war ja schließlich nicht käuflich. Oder nur ein kleines bisschen.

Valeria wollte es sich nur ungern eingestehen, aber sie hatte Heimweh. Sie wünschte inständig, sie wäre wieder in dem Haus in den Bergen. Sie wollte wieder Unterricht bei Mr Wilson haben, sie sehnte sich danach, träumend unter der Steineiche zu sitzen und mit ihrer Mutter Marmelade zu kochen und Filme auf DVD anzusehen. Sie wollte wieder ihr einfaches Leben leben, in dem alles seinen gewohnten Gang ging.

Die Bushaltestelle ... Sie könnte morgen, wenn keiner sie bemerkte, durch die rückwärtige Pforte verschwinden und in den Bus steigen, der sie zum Bahnhof Termini bringen würde.

Aber was würde dann mit Matteo geschehen? Und ganz abgesehen von den Problemen, die er dadurch wahrscheinlich bekommen würde – wollte sie sich wirklich von ihm trennen, jetzt, da doch alles gerade erst angefangen hatte? Wenn sie ging, würden sie sich gewiss nie wiedersehen. Beim Gedanken daran wurde ihr ganz klamm ums Herz. Überhaupt, wie sollte sie es anstellen? Würde sie sich offen verabschieden oder sich heimlich davonschleichen, so wie Lucia es gemacht hatte? Nein, das war erbärmlich und nicht ihr Stil.

Aber da war noch etwas anderes: Valeria wusste tief im Innern, dass sie zwar wieder nach Hause gehen konnte, denn Rosa würde sie bestimmt nicht zurückweisen. Schließlich war sie ihre Mutter, auch wenn sie sich in letzter Zeit sehr eigenartig verhalten hatte. Aber es würde dennoch nie wieder so sein wie früher. Zu viel war passiert, Valeria hatte zu viel gesehen, zu viel erfahren und vor allen Dingen: Sie selbst hatte sich in diesen Wochen verändert.

Der Hunger war ihr vergangen. Sie legte sich wieder ins Bett und ihr Gedankenkarussell drehte sich immer schneller, sie dachte an Rosa, an Matteo, an Lucia, an das versteckt gehaltene Video und diesen rätselhaften Ausdruck im Blick ihres Freundes Magnús, und über all den offenen Fragen schlief sie schließlich ein.

12.

Den ganzen Tag über suchte Valeria vergeblich nach Matteo. Zigmal klappte sie den Laptop auf und hoffte auf eine Mail von ihm, aber der Posteingang blieb leer. Kannte er überhaupt die E-Mail-Adresse, die Claudio ihr eingerichtet hatte? Wahrscheinlich nicht, fiel ihr ein. Sie kannte die seine ja auch nicht. Bis jetzt war es ja nie nötig gewesen, sich Mails zu schreiben.

Gegen Abend half sie Fabiana, das Abendessen zuzubereiten. »Claudio hat es wohl nicht so mit der Hausarbeit«, begann Valeria.

Fabiana verdrehte die Augen. »Der ist doch ein Obermacho. Er kümmert sich nur um das Auto, um sonst nichts. Eigentlich sollte ja auch der Drache kochen. Aber ich will die Alte nicht ständig im Haus haben, deswegen mache ich es lieber selber.«

»Wo ist eigentlich Matteo? Den habe ich den ganzen Tag noch nicht gesehen.« Valeria war sich nicht sicher, ob es so beiläufig geklungen hatte, wie sie es beabsichtigt hatte.

»Keine Ahnung.«

»Kommt er zum Essen?«

»Weiß ich nicht. Bei mir hat er sich nicht abgemeldet.«

»Er hatte gestern Nacht Krach mit Claudio.« Valeria wartete gespannt auf Fabianas Reaktion.

»Ja, Claudio kann manchmal ein ganz schöner Arsch sein.«

»Oh Mann, wem sagst du das!«, entschlüpfte es Valeria.

»Matteo taucht schon wieder auf. Wahrscheinlich schmollt er nur ein bisschen.«

»Schön, aber wo kann er denn sein?«, entgegnete Valeria.

Fabiana grinste: »Vielleicht ist er zu seiner Mama geflüchtet. Machen das nicht die meisten Kerle, wenn sie ihre Wunden lecken müssen?«

Zu seiner Mutter nach Kalabrien? Valeria hielt das für unwahrscheinlich. *Er hätte mir wenigstens Bescheid geben können,* dachte sie eingeschnappt. *Schließlich hat er mit Claudio Krach, nicht mit mir.* »Kannst du mir seine E-Mail-Adresse geben?«

Fabiana ließ ein paar quälende Sekunden vergehen, ehe sie sagte: »Ja, sicher.« Sie kritzelte sie auf einen Notizblock und Valeria wäre am liebsten sofort nach oben gerannt, um ihm zu schreiben. Aber sie beherrschte sich und steckte den Zettel in die Hosentasche.

Matteo erschien auch nicht zum Essen. Valeria fragte Claudio geradeheraus, ob er wisse, wo Matteo sei. Aber der schüttelte nur den Kopf und meinte, er sei schließlich nicht dessen Kindermädchen.

Zurück in ihrem Zimmer schrieb Valeria sofort eine Nachricht an Matteo: *Wo bist du, wann kommst du wieder? V.*

Sie hätte ihm gerne mehr geschrieben, aber ein Instinkt riet ihr, vorsichtig zu sein. Immerhin war es Claudio gewesen, der das Mailkonto für sie eingerichtet hatte. Sie hatte zwar inzwischen herausgefunden, wie man das Passwort änderte, und dies auch getan, aber dennoch traute sie der Sache nicht völlig. Es würde sie nicht wundern, wenn Claudio einen Weg gefunden hätte, heimlich mitzulesen. Vielleicht lag es an Lucias Warnung oder auch an dem, was sie gestern Nacht gehört hatte, aber inzwischen traute Valeria keinem der Bewohner der Villa mehr so richtig. Und Claudio am allerwenigsten. Aber auch Matteo würde ihr ein paar Dinge erklären müssen. Wenn er nur endlich wieder auftauchen würde!

Das Hochfahren des Laptops und das Aufrufen des Mailprogramms war das Erste, was Valeria am nächsten Morgen tat. Keine Antwort von Matteo. Dafür traf sie Claudio in der Küche. Er sah aus, als wäre er auf dem Sprung, jedenfalls trug er seine helle Lederjacke und das Mäppchen mit den Wagenschlüsseln lag auf dem Tisch. Claudio war häufig unterwegs, fast jeden Tag, und Valeria fragte sich, was er eigentlich trieb und wohin er ständig fuhr.

Er lächelte sie freundlich an. »Guten Morgen, meine Schöne!«

»Guten Morgen«, wünschte Valeria, die sein Lächeln automatisch erwidert hatte. Wenn er wollte, konnte Claudio sehr charmant sein und objektiv betrachtet sah er wirklich sehr gut aus, besser noch als Matteo. *Bestimmt hat er eine Freundin,* spekulierte sie. *Na ja, wohl eher mehrere.* Sie nutzte die gute Stimmung und fragte ihn erneut nach Matteo.

»Der muss was erledigen.«

»Für wen, für euren Boss Bertone?«

Claudio wandte sich um und betrachtete sie über seine Tasse hinweg, als wäre sie ein lästiges Insekt. Valeria spürte ihr Herz klopfen, aber sie war froh, dass es jetzt raus war. Sie hatte ja ohnehin einmal Klartext mit Claudio reden wollen.

Der seufzte nur und murmelte etwas von einem geschwätzigen Waschweib.

»Habt ihr euch deswegen gestritten, du und Matteo? Weil er mir die Wahrheit gesagt hat?«

»So, so. Hat er das«, meinte Claudio kryptisch. Dann trank er seinen Kaffee aus und stellte die Tasse neben die Spüle.

»Was meinst du damit?«, fragte Valeria irritiert.

»Du denkst, ich bin hier der Buhmann, was?« Er hob abwehrend die Hände, als hätte Valeria protestiert – was sie nicht hatte. »Doch, doch, so ist es, ich weiß es. Ja, denk das ruhig. Aber glaub mir, dein Matteo ist auch kein Heiliger.«

»Was muss er denn erledigen und wann kommt er wieder?«, insistierte Valeria.

Claudio legte seine Stirn in bekümmerte Falten. »Keine Ahnung, Süße, ehrlich.«

»Wieso steht der Wagen hier, braucht er den nicht für seine *Erledigung?*«, bohrte Valeria nach.

»Du stellst zu viele Fragen, Kleine.«

»Ich bin nicht deine Kleine und auch nicht deine Süße! Deine Machonummer zieht bei mir nicht.« *Bravo, Valeria, eine echte Lucia-Antwort!* »Und ohne Matteo bleibe ich nicht hier.«

Claudio verzog keine Miene. Er nahm den Autoschlüssel und ging zur Tür. Dort blieb er kurz stehen und fragte: »Soll ich das Tor gleich offen lassen oder musst du noch packen?«

Valeria vergaß, den Mund zu schließen. Mit dieser Antwort hatte sie nicht gerechnet. Wie saublöd stand sie denn jetzt da! Man sollte wirklich nur Drohungen aussprechen, die man auch wahr macht, dachte sie. Das hatte sich schon im Umgang mit Alessandros verzogenen Gören bewährt und es galt erst recht für Typen wie Claudio.

Sie schenkte sich ebenfalls einen Kaffee ein. Die Tasse in der Hand blickte sie nachdenklich aus dem Fenster. Was jetzt? Mit Signora Vastano sprechen und dabei noch mehr Informationen aus der alten Dame herauskitzeln? Allerdings gab es da ein Hindernis ...

Sie wusste, dass ihre Angst völlig irrational war, denn Matteo hatte Giancarlo ja nicht nur verprügelt, sondern auch hinausgeworfen. Und Valeria hatte gestern, wann immer sie aus dem Fenster gesehen und nach Matteo Ausschau gehalten hatte, keine Spur des Gärtners entdeckt und heute früh auch nicht. Dennoch hatte sie Angst davor, den Garten zu betreten. Schon beim Gedanken daran sah sie sofort wieder Giancarlos Gesicht vor sich und spürte seine Hände, die sie anfassten ... Doch wenn sie mit Signora Vastano sprechen wollte, blieb ihr wohl nichts anderes übrig, es sei denn, sie wollte warten, bis die Signora wieder einmal in die Villa kam. Aber das konnte Tage dauern.

Nein, so geht das nicht! Valeria gab sich einen Ruck. Sie musste sich überwinden, anderenfalls wäre sie wirklich eine Gefangene – eine Gefangene ihrer eigenen Angst. *Also los, raus mit dir in den Garten, und zwar sofort!* Valeria war in diesem Moment, als würde Rosa zu ihr sprechen. Aber es half.

Sie kehrte noch einmal zurück in ihr Zimmer und hängte sich ihre gehäkelte Handtasche um, die ihr in Wirklichkeit lieber war als die neuen Designerdinger, die sie mit Matteo zusammen gekauft hatte. Und wenn sie schon unterwegs war, so könnte sie doch die geheime Pforte nutzen und einen kleinen Spaziergang machen. Zum Beispiel zu dem Café bei der Bushaltestelle. Bei der Signora könnte sie auch hinterher noch vorbeischauen. Oder vielleicht würde sie sogar den ganzen Tag irgendwo verbummeln. Alles war besser, als stundenlang im Haus herumzutigern und auf ein Lebenszeichen von Matteo zu warten.

Es kostete sie dennoch einiges an Mut, den schmalen Weg zwischen den Lavendelbüschen einzuschlagen, und als sie an der Stelle angelangt war, an der sie auf Giancarlo getroffen war, beschleunigte sie ihre Schritte. Aber es war, wie erwartet, kein Mensch zu sehen. Nur der Falke flog von einer Pinie auf und zog eine Schleife über ihrem Kopf. »Wo warst du gestern, als ich dich gebraucht hätte?«, murmelte Valeria und warf einen vorwurfsvollen Blick nach oben.

Der Schlüssel lag nach wie vor hinter seinem Moosvorhang. Valeria öffnete die Pforte, schloss hinter sich wieder ab und steckte den Schlüssel ein. Geschafft. Erleichtert setzte sie ihre Schritte auf das grobe Pflaster. Je näher sie der Straße kam, desto weniger Unkraut wuchs auf dem Weg. Vielleicht benutzten die Bewohner der anderen Häuser den Durchgang ja doch ab und zu.

Sie war schon fast am Ende, als sie hinter sich Schritte hörte. Laute, schnelle Schritte, die von den Mauern rechts und links widerhallten. Hastig fuhr sie herum, verlor dabei fast das Gleichgewicht und taumelte gegen einen Busch. Eine Gestalt kam auf sie zugerannt. Was jetzt? Zum Weglaufen war es zu spät. Schon war der Fremde auf ihrer Höhe, ein Mann in Trainingshosen und Sweatshirt, gefolgt von einem kleinen weißen Hund. Als die beiden an ihr vorbeiliefen, wünschte der Jogger keuchend einen guten Morgen. Valeria war noch viel zu erschrocken, um zurückzugrüßen. Schon war der Mann vorn an der Straße und bog nach rechts ab. Bestimmt wollte er in den Park. Der Hund markierte die Mauer an der Ecke und wetzte dann seinem Herrchen hinterher, dessen Schweißfahne noch zwischen den hohen Mauern hing, die die Gärten umgaben.

Das Café neben der Bushaltestelle war klein und gut besucht. Es war Samstag und auf den Straßen des Viertels war mehr los als beim letzten Mal. Valeria bezahlte an der Theke einen Cappuccino und zwei mit Creme gefüllte Eclairs und nahm beides mit nach draußen, wo gerade ein Tisch frei geworden war. Niemand schien sie zu beachten. Die Gäste um sie herum unterhielten sich, lasen Zeitung oder waren mit ihren Handys beschäftigt. Es machte Spaß, die Passanten zu beobachten, und für ein paar Minuten vergaß Valeria ihre Sorge um Matteo und um sich selbst und ihre Zukunft. Wie gut es sich anfühlte, unter ganz normalen Menschen zu sein. Menschen, die joggen gingen und einkauften, die Kinderwagen schoben, Bus fuhren und in Cafés saßen. Und noch besser war es zu wissen, dass diese ganz alltägliche Welt nur wenige Meter hinter der geheimen Pforte anfing und Valeria sie jederzeit betreten konnte.

Aber nach einer Weile kam sie doch wieder ins Grübeln. Wieso hatte Claudio so cool reagiert? Er hatte sie im Grunde aufgefordert zu gehen. Bluffte er? Rechnete er damit, dass sie aus Trotz das Gegenteil von dem tat, was er sagte? War sie so einfach zu durchschauen und zu manipulieren? Ein anderer Gedanke streifte sie wie ein Blitz, eine viel einfachere Erklärung für Claudios Benehmen: Vielleicht hatte er eine Nachricht von Lucia erhalten, dass sie bald zurückkommen würde. Wurde ja ohnehin Zeit, falls sie es mit ihrem Studium ernst nahm. Lucia kam zurück und sie, Valeria, wurde nicht mehr gebraucht. Hätte er ja einfach mal sagen können, dieser Idiot.

Aber selbst wenn das so ist, dachte Valeria, *werde ich trotzdem so lange hierbleiben, bis sie wiederkommt. Ich hätte da nämlich noch ein Hühnchen mit ihr zu rupfen ...* Sie schnaubte in ihren Cappuccino und lächelte grimmig vor sich hin.

Valeria hatte von Natur aus ein Gespür dafür, wann sie angestarrt wurde, und gerade war ihr so. Und tatsächlich: Zwei junge Männer, die ein paar Tische weiter entfernt saßen, hatten die Köpfe in ihre Richtung gewandt und schauten rasch weg, als Valeria zu ihnen hinsah. Bildete sie sich etwas ein? Valeria tat, als würde sie trinken, aber sie schielte dabei zu den beiden hinüber. Die Männer schauten schon wieder zu ihr her, sie wusste es, obwohl beide dunkle Sonnenbrillen trugen. Der eine hatte ein schmales Gesicht, das an ein Wiesel erinnerte, der andere sah ganz gut aus, nur seine Lippen waren zu voll, was dem Gesicht etwas Weichliches verlieh.

Warum starrten die sie so an? *Vielleicht finden sie mich einfach hübsch,* dachte Valeria beinahe trotzig. Ein junges Mädchen allein in einem Café – es war doch ganz natürlich, dass sie angegafft wurde. Das war ihr ja sogar schon zu Hause im Dorf passiert. Nur kannte man dort jeden, der einen anstarrte.

Valeria fühlte sich auf einmal nicht mehr so wohl wie gerade eben noch. Sie wünschte, Matteo käme vorbei, so wie beim letzten Mal. Sollte sie lieber gehen? Nur weil zwei Typen sie anglotzten?

Nein, kommt nicht infrage!

Sie durfte nicht zulassen, dass diese Giancarlo-Geschichte sie zu einem hysterischen Wesen machte. Um beschäftigt zu wirken, griff sie nach der Zeitung, die jemand auf einem freien Stuhl liegen gelassen hatte. Sie schlug sie auf und hob sie in die Höhe, sozusagen als Sichtschutz, und damit es auch echt aussah, blätterte sie darin herum. Das übliche Kaleidoskop tat sich auf: Wirtschaftskrise, Flüchtlinge, Kriege, korrupte Politiker ...

Auf Seite drei des Lokalteils war ein Gesicht abgebildet, das Valeria sofort erkannte.

Es war ein wenig aufgequollen und die Augen waren geschlossen, aber es bestand kein Zweifel ... Ihr Herz begann zu rasen, während sie den Artikel überflog. Die Leiche des auf dem Foto abgebildeten Mannes war gestern aus dem Tiber gefischt worden. Da der Körper Stichwunden aufwies, gingen die Ermittler von einem Gewaltverbrechen aus. Die Identität des Mannes konnte noch nicht festgestellt werden. Personen, die den Mann erkannten, wurden gebeten, sich bei der Polizei zu melden.

Valeria klappte die Zeitung zu. Für ein paar Sekunden saß sie fassungslos und wie belämmert da, doch dann stand sie, einem Impuls nachgebend, ruckartig auf, rannte über die Straße und den Gehweg entlang, wobei sie im Zickzack den Passanten auswich, die ihr erstaunt nachsahen.

***

Für die zwei jungen Männer, die Valeria vor dem Café beobachtet hatten, kam deren Aufbruch vollkommen überraschend. Der eine, dessen Spitzname *furetto* lautete, sprang ebenfalls auf und rannte ihr nach, wurde aber durch den anfahrenden Bus, der gerade die Haltestelle passiert hatte, ausgebremst. Als er endlich den gegenüberliegenden Gehweg erreicht hatte, sah er Valeria im Slalom zwischen den anderen Fußgängern davonlaufen. Er nahm die Verfolgung auf. Doch urplötzlich war das Mädchen verschwunden, so als hätte sie der Erdboden verschluckt. Er blieb stehen, fluchte und kehrte dann langsam zurück an den Tisch, wo sein Bruder auf ihn wartete, ihn einen Versager nannte und ebenfalls ein paar saftige Flüche ausstieß.

***

Atemlos kam Valeria an der Pforte an. Sie holte den Schlüssel hervor und hatte Mühe, das Schloss zu treffen, so sehr flatterten ihre Hände. Erst als sie das kleine Eisentor wieder hinter sich verriegelt hatte, lehnte sie sich keuchend gegen die Mauer.

Grässliche Bilder gingen ihr durch den Kopf.

Stichwunden.

Giancarlo.

Und dann tauchte ein schrecklicher Gedanke auf: War das die Sache, die Matteo noch *erledigen* musste? War Matteo deshalb ohne eine Nachricht verschwunden, weil er Giancarlo ermordet hatte und auf der Flucht war?

Halt! Keine voreiligen Schlüsse! Es konnte genauso gut jemand ganz anderes gewesen sein ...

Was war zum Beispiel mit Claudio? Er kam und ging in einer Tour, sie hatte gestern nicht so sehr auf ihn geachtet, weil sie sich auf Matteo konzentriert hatte. Und Claudio würde sie so eine Tat, wenn überhaupt, viel eher zutrauen als Matteo.

Sie versuchte, sich an das Wenige zu erinnern, was sie während des Streits der beiden aufgeschnappt hatte. Irgendwann hatte Matteo gerufen: *Vergiss es, ohne mich!* Das war deutlich zu hören gewesen. War er womöglich deswegen verschwunden?

Wenn er sich doch nur melden würde, verdammt noch mal! Dieses Schweigen und Abtauchen machte ihr Angst. Denn falls ... *falls* Claudio tatsächlich ein Mörder war, dann ... dann müsste Matteo sie doch wenigstens vor ihm warnen.

Er würde doch nicht ernsthaft zulassen, dass sie ahnungslos mit so jemandem unter einem Dach lebte? Womöglich würde Claudio dafür sorgen, dass auch sie im Tiber landete, falls er zu dem Schluss gelangte, sie könnte ebenfalls eine Gefahr darstellen ... Vielleicht stand für ihn ja nicht nur der Job als Bodyguard bei diesem Padrone auf dem Spiel, sondern weitaus mehr.

Valeria löste sich von der Mauer und ging grübelnd in Richtung Haus. Dabei drängte sich ihr der makabre Gedanke auf, dass sie nun wenigstens nicht mehr befürchten musste, dass ihr Giancarlo irgendwo auflauerte.

Vielleicht war alles ganz anders. Dieser Giancarlo war ein zwielichtiger Typ mit einem schlechten Charakter, das hatte er ja deutlich bewiesen. So einer konnte in allerlei kriminelle Geschäfte mit ebenso kriminellen Personen verwickelt sein. Vielleicht hatte sein Tod überhaupt nichts mit den Bewohnern der Villa zu tun.

Das glaubst du doch selber nicht!

Nein, das tat sie nicht wirklich. Man konnte es zwar nicht völlig ausschließen, aber da waren Giancarlos Drohung, der heftige Streit, das Lügengespinst um Lucia ... Und das alles sollte nichts mit Giancarlos Tod zu tun haben?

Sie verspürte den Wunsch, sich in ihrem Zimmer zu vergraben und über all das gründlich nachzudenken. Vielleicht, dachte sie und öffnete die kleine Eisenpforte zum hinteren Teil des Grundstücks, sollte sie ebenfalls verschwinden, anstatt hier wie Dornröschen auf Matteo zu warten.

Stimmen drangen vom anderen Ende des Gartens zu ihr. Sie erkannte die von Claudio und Fabiana, aber da waren auch zwei Männerstimmen, die sie noch nie gehört hatte.

Die Polizei!

Bestimmt suchten sie nach Matteo. Oder nach ihr? Vielleicht hatte Rosa sie ja doch als vermisst gemeldet. Was jetzt? Was, wenn man sie hier fand? Sie duckte sich hinter einen ausladenden Lorbeerstrauch und linste dann vorsichtig zwischen den Blättern hindurch. Vor dem Eingang zum Torhaus standen Claudio und Fabiana, beide mit ernsten Mienen und hängenden Schultern. Wo waren die Männer, deren Stimmen sie gehört hatte? Litt sie nun schon an Halluzinationen? Warum standen Fabiana und Claudio so reglos da und starrten Löcher in den Boden?

Erst jetzt bemerkte Valeria den großen, kastenartigen Wagen, der gleich hinter dem Tor in der Einfahrt parkte. Eine Ambulanz!

Valeria ließ alle Vorsicht fahren und näherte sich dem Häuschen der Signora. Sie traf genau in dem Augenblick ein, als dort die Tür aufging und zwei Männer in weißen Anzügen herauskamen. Sie hatten beide Alukoffer bei sich.

»Tut mir leid«, sagte der eine bedauernd zu Claudio. »Wir konnten nichts mehr tun. Warten Sie auf den Notarzt, damit dieser den Tod feststellen und einen Bestatter anrufen kann.«

Valeria wurde eiskalt bei diesen Worten.

Jetzt hatte Fabiana sie bemerkt und wandte sich zu ihr um. »Die Signora ist tot«, sagte sie.

»Was ... wie ...«, stotterte Valeria, »was ist denn passiert? Wie ist sie gestorben?«

»Keine Ahnung. Ich habe mich gewundert, weil ich sie schon seit gestern nicht mehr gesehen habe. Also bin ich nachsehen gegangen und da lag sie, in der Küche, auf dem Fußboden. Sie war wohl gerade dabei, ihre Seifen zu machen. Na, wenigstens ist sie bei ihrer Lieblingsbeschäftigung gestorben.«

»Seifen«, wiederholte Valeria.

»Ja, sie hat immer diese Seifen gemacht. Lucia hat sie gern benutzt, mir waren sie zu aufdringlich.« Fabiana sah mitgenommen aus, auch wenn sie jetzt die Achseln zuckte und murmelte, die Frau wäre ja auch schon ziemlich alt gewesen, da könne so etwas schnell gehen. Immerhin nannte sie die Signora jetzt nicht mehr den Drachen.

»Was hatte sie denn? Einen Herzinfarkt?«, fragte Valeria, immer noch ganz verdattert.

»Das wird uns hoffentlich der Notarzt sagen«, mischte sich Claudio ein. »Wir warten hier auf ihn. Geh ruhig wieder ins Haus. Der Anblick ist sicher nicht schön.«

Wieder ins Haus. Offenbar war ihr Abstecher in die Nachbarschaft unbemerkt geblieben. Jetzt klang Claudio regelrecht fürsorglich, als er hinzufügte: »Oder willst du sie noch mal sehen?«

»Was? Nein ... nein, will ich nicht«, stammelte Valeria. »Ich kannte sie doch kaum«, fügte sie hinzu.

Sie merkte, wie ihr die Tränen kamen. Warum war sie so traurig, sie hatte die alte Frau doch tatsächlich kaum gekannt. Und die Signora ihrerseits hatte Valeria überhaupt nicht gekannt, weil sie sie nämlich für Lucia gehalten hatte. Es war auch nicht wirklich Trauer, was Valeria empfand, es war vielmehr ein diffuses Gefühl des Verlorenseins in diesem Dschungel der Lügen und Intrigen. Als hätte ihre einzige Verbündete sie nun im Stich gelassen. Aber wieso, fragte sich Valeria, musste die Signora ausgerechnet heute sterben? Sie hätte doch noch so viele Fragen an die alte Dame gehabt. Warum hatte sie die nicht schon viel früher gestellt? Im nächsten Moment schalt sie sich eine Egoistin. Sie konnte der alten Frau doch nicht ernstlich übel nehmen, dass sie gestorben war!

Claudios Aufforderung nachkommend ging sie langsam in Richtung der Eingangstreppe. Sie kramte in ihrer Handtasche nach einem Papiertaschentuch, um sich die Nase zu putzen, als ihr etwas Metallenes zwischen die Finger kam. Der Schlüssel zur Pforte. Den sollte sie vorsichtshalber lieber zurück in sein Versteck bringen, nur für den Fall, dass Fabiana oder Claudio dieses Schlupfloch ebenfalls kannten und benutzten. Nicht dass jemand ihn womöglich vermisste und dadurch auf dumme Ideen kam ...

Sie schaute sich um. Ihre Mitbewohner standen mit dem Rücken in ihre Richtung und sahen dem Rettungswagen nach, der gerade wendete und durch das Tor wieder hinausfuhr. Valeria eilte den Weg entlang, der parallel zum Westflügel der Villa verlief, und witschte um die Ecke. Jetzt konnte man sie vom Torhaus aus nicht mehr sehen. An der Pforte angekommen schob sie die Weinranken beiseite und hob den Moosfetzen vorsichtig hoch. Etwas Weißes blitzte in der Mauernische, etwas, das vorhin, als sie den Schlüssel herausgenommen hatte, garantiert noch nicht da gewesen war. Es war ein zusammengefaltetes Stück Papier. Valerias Puls begann zu rasen, denn noch bevor sie es auseinandergefaltet hatte, wusste sie, dass es eine Nachricht von Matteo war.

Liebe Valeria, pack Deine Sachen und sei um Mitternacht genau hier. Heute oder wann immer Du das liest. Verlass auf keinen Fall das Grundstück, auch nicht mit Claudio. Gefahr!!! Schreib mir keine Mail und sag kein Wort zu Fabiana, sie ist eine Schnüfflerin. Ich denke so sehr an Dich. Sei vorsichtig. M.

Die Schrift war krakelig, eine typische Jungsschrift. Sie faltete den Zettel wieder zusammen und steckte ihn in die Tasche ihrer Jeans.

Mit hochroten Wangen eilte sie in Richtung Haus.

Matteo!

Er musste den Brief deponiert haben, als sie im Café gesessen hatte. Sie hatten sich womöglich nur ganz knapp verfehlt. So ein Mist!

Valeria fragte sich auf einmal, wie er wohl an die Mauernische gelangt sein mochte. Denn sie hatte die Pforte doch hinter sich abgeschlossen. Konnte man die Nische von außen, durch das Gitter hindurch, erreichen? Möglicherweise. Vielleicht war Matteo ja auch über die Mauer geklettert. Sie war fast drei Meter hoch, aber zwischen den Backsteinen gab es tiefe Ritzen, wo der Mörtel herausgebrochen war, und an manchen Stellen waren die Steine bröckelig oder fehlten ganz, sodass ein Tritt entstand. Für einen, der so trainiert und kräftig war wie Matteo, war die Mauer sicherlich kein unüberwindliches Hindernis.

Vielleicht war er aber auch ganz »offiziell« hier gewesen. Ja, warum eigentlich nicht? Er hatte zwar Krach mit Claudio, aber der war schließlich nicht der Herr des Hauses, auch wenn er sich immer so aufführte. Wichtig war doch nur, dass Matteo sich endlich gemeldet hatte.

In ihrem Zimmer warf sie sich aufs Bett, nahm den Zettel aus der Tasche und drückte einen Kuss auf das Papier. Der letzte Satz, dass er *so sehr* an sie denke, verursachte ihr Gewissensbisse. Wie hatte sie auch nur eine Sekunde lang glauben können, Matteo habe etwas mit dem Tod von Giancarlo zu tun? Nein, er war kein Mörder. Im Gegenteil, er machte sich Sorgen um sie, er warnte sie ausdrücklich vor Claudio und bestätigte Valerias Verdacht, dass der ihre Mails mitlas.

Aber warum sollte es gefährlicher sein, aus dem Haus zu gehen – mit oder ohne Claudio –, als mit einem Mörder unter einem Dach zu wohnen? Sie war doch heute Morgen auch schon ausgegangen und nichts war passiert.

Vielleicht übertrieb er es ein wenig mit der Vorsicht. So wie neulich, als er sie schier mit Gewalt von der Straße weggeholt hatte, ehe er mit ihr einkaufen gefahren war. Sie lächelte bei der Erinnerung an diesen Tag. Es war jetzt ein Uhr mittags. Noch elf Stunden, dann würde sie ihn wiedersehen.

Die nächste Stunde verbrachte sie am Fenster und beobachtete, was drüben am Torhaus vor sich ging. Ein Notarztwagen fuhr vor, ohne Sirene und Blaulicht, der Arzt stieg aus und ging ins Haus der Signora, gefolgt von Claudio. Nach einer Viertelstunde kamen die beiden wieder heraus, gingen zum Wagen des Notarztes, wo Claudio etwas auf einem Klemmbrett unterschrieb. Den Totenschein? Wo war Fabiana, etwa drinnen, bei der Leiche der Signora? Das große Tor stand offen, und kaum war der

Notarztwagen hinausgefahren, traf auch schon der Wagen eines Bestattungsinstituts ein. Der lange schwarze Wagen mit den getönten Scheiben, der Gedanke an die tote Signora, das alles weckte Erinnerungen und beschwor unschöne Bilder herauf: die Leiche, die in der Mittagshitze im Hof gelegen hatte, das tote Fleisch, das sie berührt hatte, als sie und Rosa den Mann weggeschleppt hatten, und die Männer, die mitten in der Nacht gekommen waren, um ihn abzuholen. Fast so wie diese Bestatter jetzt.

Die zwei Männer zogen einen einfachen Sarg aus dem Heck ihres Wagens und trugen ihn ins Haus. Valeria überlief ein Schauder, sie wandte sich ab. Sie wollte nicht sehen, wie man den Sarg wieder heraustrug. Irgendwie schien sie in letzter Zeit den Tod geradezu magisch anzuziehen. Nur war jetzt keine Rosa da, die ihr sagte, was sie zu tun hatte.

13.

Noch sechs Stunden. Zeit, sich Gedanken zu machen, was sie mitnehmen wollte. Möglichst wenig. Als Erstes vergewisserte Valeria sich, dass sie die Kreditkarte von Lucia noch hatte. Sie empfand zwar nach wie vor Skrupel, sie zu benutzen, aber wie sollte sie sonst irgendwohin kommen?

Irgendwohin ... wohin?

Hatte Matteo einen Plan, wie es weitergehen sollte, oder wollte er einfach nur, dass sie aus der Villa und aus dem Dunstkreis von Claudio verschwand? Valeria seufzte, denn sie ahnte es schon: Letztendlich würde ihr nichts anderes übrig bleiben, als zu Rosa zurückzukehren. Zumindest vorerst.

Sie stand vor dem Bücherregal und stutzte. Sie wusste ganz genau, dass sie die Übersetzung der Postkarte von Magnús ganz hinten in das Vorlesungsverzeichnis gelegt hatte, und zwar so, dass nichts davon herausschaute. Jetzt lag es in der Mitte und eine Ecke blitzte hervor.

War Fabiana hier gewesen? *Kein Wort zu Fabiana, sie ist eine Schnüfflerin.* Ja, da mochte Matteo wohl recht haben. Und zutrauen würde Valeria es ihr auch. Irgendwie war sie ihr doch andauernd auf den Fersen und tauchte auf, wenn man es nicht erwartete. Aber es waren ja Lucias Geheimnisse, die Fabiana erschnüffelt hatte, nicht die ihren, und jetzt, da sie im Begriff war, die Villa zu verlassen, konnte ihr das auch egal sein.

Noch einmal las sie den übersetzten Text der Karte.

Wenn ich ein Polarlicht sehe, werde ich an Dich denken. Du bist Tag und Nacht in meinen Gedanken.

Dagegen war Matteos Zettel doch eher schlicht, fand Valeria, obwohl sie sich vor Augen hielt, dass dieser Vergleich unfair war. Matteos Zettel sollte schließlich keine Liebeserklärung sein, sondern eine Warnung und eine Anweisung.

Und warum nicht beides?, flüsterte der kleine unsichtbare Teufel auf ihrer Schulter.

Sie verbat sich derlei Gedankenspiele, nahm Lucias Sporttasche aus dem Schrank und legte ein paar von den neuen Sachen hinein. Die hochhackigen Schuhe ließ sie stehen, mit denen hatte sie sich nie anfreunden können, ebenso die teuren Handtaschen. Den Stick mit den Videos, die Karte von Magnús und ihre Übersetzung steckte sie in ihre eigene Handtasche.

Um sich möglichst normal zu verhalten und kein Misstrauen zu wecken, aß Valeria mit Claudio und Fabiana zu Abend. Niemand hatte Lust gehabt, etwas zu kochen, deshalb gab es nur eine Fertiglasagne, wie seinerzeit bei Alessandro, die sie nun schweigend in sich hineinschaufelten.

»Hat einer von euch was von Matteo gehört?«, fragte Valeria möglichst beiläufig in die Stille hinein.

»Hat er deine Mail nicht beantwortet?«, fragte Fabiana und man hätte beinahe meinen können, ihre Anteilnahme wäre echt.

»Nein«, sagte Valeria und gab sich alle Mühe, dabei nicht zu nervös in Claudios Richtung zu schauen. Sie versuchte, sich einzureden, dass sie keine Angst vor ihm hatte. Aber so ganz gelang es ihr nicht.

Erneut herrschte Schweigen am Tisch.

»Oh, oh, was für eine Grabesstimmung hier doch herrscht«, bemerkte Claudio.

»Es ist ja auch jemand gestorben«, versetzte Fabiana und fügte nachdenklich hinzu: »Schon komisch. Ich konnte die Alte nie leiden, aber jetzt, wo sie tot ist ...«

Valeria lächelte ihr zu. *Seltsam,* dachte sie. *Kurz bevor ich gehe, wird sie mir fast noch sympathisch. Trotz allem.*

»Ja, da kommt man schon ins Grübeln«, sagte Claudio und stopfte sich eine Ladung Lasagne in den Mund. Valeria bezweifelte, dass ihn der Tod der Signora auch nur im Entferntesten berührte. »Hatte sie eigentlich Angehörige?«, fragte Valeria.

»Eine Schwester und einen Neffen«, sagte Fabiana. »Die Telefonnummer der Schwester habe ich in ihrem Notizbuch gefunden, ich habe sie aber noch nicht erreicht.«

»Wir müssen es Bertone sagen«, meinte Claudio, nachdem er den Bissen mit einem halben Glas Rotwein hinuntergespült hatte.

»Wirklich?«, fragte Fabiana und wirkte beunruhigt.

»Da werden wir nicht drum herumkommen, sie war schließlich seine Angestellte«, entgegnete Claudio.

»Scheiße, du hast recht. Ich hoffe nur, dass er nicht zur Beerdigung kommen will.«

»Was?!« Claudio ließ die Gabel sinken und blickte Fabiana erschrocken an. »Wieso sollte er das denn wollen?«

»Na ja, mein Onkel kennt die Alte schon ewig, sie hat ihr Leben lang für die Familie gearbeitet. Es könnte gut sein, dass er ein sentimentales Bedürfnis verspürt ...«

»Wenn er herkommt, sind wir im Arsch«, stellte Claudio fest und legte die Gabel hin. Der Appetit war ihm offensichtlich gerade vergangen. Auch Fabiana schob ihren Teller zurück.

Geschieht euch ganz recht, wenn euch die Muffe geht, dachte Valeria.

Claudio hatte sich wieder gefangen und gönnte Valeria jenes charmante Lächeln, das er immer aufsetzte, wenn er etwas von ihr wollte. »Falls der Alte wirklich hier aufkreuzen sollte, dann sind deine Qualitäten als Schauspielerin gefragt.«

Valeria spielte die Entsetzte, was ihr in seiner Gegenwart nicht allzu schwerfiel. »Was? Wie stellst du dir das vor? Der Mann wird doch wohl seine eigene Tochter noch erkennen?«

»Da bin ich mir nicht so sicher«, entgegnete Fabiana. »Er hat sie in den letzten Jahren kaum gesehen, und wenn doch, dann haben sie nicht allzu viel miteinander geredet. Er weiß so gut wie nichts von ihr und sie verstehen sich auch nicht besonders gut, schon seit Jahren.«

Valeria tat, als würde sie zögern. »Also ich weiß nicht ...«, murmelte sie.

»Du machst das schon, *Lucia*«, meinte Claudio. »Du hast in letzter Zeit sehr viel dazugelernt.«

Die Ironie war nicht zu überhören.

Claudio rieb sich nervös mit beiden Händen das Gesicht, ehe er seufzte: »Vielleicht haben wir ja auch Glück und er spart sich das.«

»Hoffen wir es«, heuchelte Valeria. Es war wirklich allerhöchste Zeit zu verschwinden! Sie nahm einen Schluck Rotwein, lächelte Claudio und Fabiana aufmunternd zu und empfand dabei nicht den Hauch eines schlechten Gewissens.

Nach dem Abendessen setzte sich Valeria zu Fabiana und Claudio vor den Fernseher. Es lief irgendeine amerikanische Krimiserie. Nach außen hin ruhig, aber innerlich angespannt, beobachtete Valeria, wie die beiden Rotwein tranken. Gerade hatte Fabiana eine zweite Flasche geöffnet. Sehr gut, das würde ihnen hoffentlich zu einem tiefen Schlaf verhelfen. Valeria selbst hatte sich den ganzen Abend an einem einzigen Glas festgehalten, was aber anscheinend niemandem aufgefallen war. Sie trank ohnehin selten mehr. Hoffentlich gingen die beiden noch vor Mitternacht zu Bett. Bei Fabiana konnte man ziemlich sicher sein, sie begann meistens gegen elf Uhr zu gähnen und zog sich dann in ihr Zimmer zurück. So war das auch heute und kurz nach ihr verabschiedete sich Valeria ebenfalls. Claudio zappte noch herum. Bei ihm war nicht abzusehen, wann er ins Bett ging. Oft schlief er vor dem Fernseher auf dem Sofa ein, wachte dann irgendwann gegen drei oder vier Uhr morgens auf und ging – nach einem Abstecher zum Kühlschrank – in sein Bett.

Einen Wecker gab es in Lucias Zimmer nicht und vor lauter Angst, womöglich einzuschlafen und Mitternacht zu verpassen, vermied Valeria es, sich aufs Bett zu legen, sondern verbrachte die Zeit am Schreibtisch. Sie las und surfte im Netz, ohne dass sie auch nur ein Wort wirklich zur Kenntnis nahm. Nur noch eine knappe Stunde. Alles war vorbereitet, ihre Sachen gepackt. Die Zeit dehnte sich wie Kaugummi. Sollte sie jetzt schon aufbrechen und lieber vor der Pforte warten? Aber was, wenn sie Claudio begegnete? Ja, zugegeben, sie hatte Angst vor ihm, seit sie das Foto des toten Giancarlo in der Zeitung gesehen hatte. Was würde geschehen, wenn er sie bei ihrer Flucht überraschte? Würde er sie gewaltsam am Gehen hindern? Jetzt, da vielleicht der Besuch von Bertone drohte und Lucia noch nicht wieder da war, könnte ihm ja eingefallen sein, dass er sie doch noch brauchte. Und wenn sie sich weigerte? Würde er sie umbringen, so wie er vielleicht Giancarlo umgebracht hatte, als der seine Pläne durchkreuzt hatte? Angestrengt horchte sie und lauerte auf seine Schritte auf dem Flur. Wenn er doch nur endlich in sein Zimmer ginge! Verdammt, er war sicher wieder auf dem Sofa eingedöst. Das machte die Sache riskant, denn sie musste die Treppe hinunter und durch die Halle: Es gab keinen anderen Weg hinaus und für Claudio keinen anderen Weg in sein Zimmer.

Lucia, dachte Valeria, *hatte schon gewusst, warum sie uns allen ein Schlafmittel in den Wein getan hatte.* Offenbar überließ sie nichts dem Zufall.

Viertel vor zwölf. Sie musste es jetzt einfach riskieren. Wild entschlossen packte sie den Laptop in ihre Sporttasche. Der würde ihr vielleicht noch nützlich sein und Lucia würde den Verlust schon verschmerzen können. Sie zog sich den dunklen Mantel an, der in Lucias Schrank hing. Er war zu warm für diese Jahreszeit, aber mit ihm wäre sie draußen im Garten quasi unsichtbar. Als sie die Hand auf die Türklinke legte, merkte sie, wie die Furcht ihr fast die Luft abschnürte. *Los jetzt! Du schaffst das!* Sie hängte sich die Tasche um die Schulter, öffnete vorsichtig ihre Zimmertür und huschte auf den Flur.

Vom Treppenabsatz her fiel ein Streifen Licht auf den Steinboden. Die beiden Wandlampen, die die Treppe beleuchteten, wurden auch in der Nacht angelassen. Kurz vor den Stufen hielt sie inne und lauschte. Alles ruhig. Sollte Claudio die Tür der Bibliothek öffnen, so blieb ihr vielleicht immer noch Zeit, wieder umzukehren und die Treppe hinaufzurennen. Vorsichtig machte sie sich an den Abstieg. Ihr Schatten ergoss sich über die Marmorstufen und in ihrer Einbildung folgten ihr die Ahnen auf den Gemälden entlang der Treppe mit ihren missbilligenden Blicken. Eigentlich hatte sie bei ihrem Abstieg hin und wieder anhalten und lauschen wollen, aber einmal in Bewegung hielt sie es einfach nicht mehr aus. Sie wollte jetzt nur noch raus aus dieser Villa. So rasch es auf leisen Sohlen möglich war, eilte sie die Treppen hinab und hastete durch die Halle zur Eingangstür.

Der Schlüssel steckte von innen, das hatte sie vorhin, als sie zu Bett gegangen war, noch überprüft. Sie wollte ihn gerade herumdrehen, als sie ein Geräusch hörte, das ihr durch Mark und Bein ging. Zu Tode erschrocken fuhr sie herum. Nichts war zu sehen. Ihr Herz hämmerte ihr fast schmerzhaft gegen die Brust. Claudio? Hatte er sie durchschaut, lauerte er ihr irgendwo auf? Da war es wieder, das Geräusch! Es war ein Grunzen, ähnlich dem der Wildschweine in ihrer Heimat. Doch dieses Mal erkannte sie, woher das Geräusch rührte, und hätte beinahe laut aufgelacht. Claudio schnarchte. So laut, dass es durch die Tür und durch die Gänge der Villa hallte.

Lautlos drehte sie den Schlüssel herum und huschte durch die Tür. Der Bewegungsmelder schaltete die Lampe an, deren gelblicher Schein Valeria erfasste, als sie die Außenstufen hinabrannte und sich dann in den Schatten einer Zypresse flüchtete. Dort blieb sie stehen, bis sich ihre Augen an die Dunkelheit gewöhnt hatten.

Es musste sich im Lauf des Abends zugezogen haben, Mond und Sterne hielten sich verborgen und entsprechend finster war es im Garten. Wieso hatte sie nicht an eine Taschenlampe gedacht? Im Schatten der Villa, der sich scharf wie ein Scherenschnitt gegen den Nachthimmel abhob, folgte sie dem Kiesweg, der am Westflügel entlangführte. So müsste sie ungehindert bis zur Rückseite gelangen. Auf der Nordseite musste sie sich dann irgendwie durch das Gestrüpp bis zur Pforte vorarbeiten. Hoffentlich würde sie die überhaupt finden. Vorsichtig tastete sie sich Schritt für Schritt voran und achtete darauf, dass sie stets den Kies unter ihren Füßen spürte. Wie laut ihre Schritte in der Dunkelheit waren! Besonders dann, wenn sie ins Stolpern geriet, was einige Male passierte. Besser, sie hielt sich neben dem Weg, auch wenn sie dabei ein paar Pflanzen zertrampelte. Wen juckte das noch? Die alte Signora Vastano würde ihren Garten nie wiedersehen. Obwohl ... vielleicht weilte ihr Geist ja noch irgendwo hier, zwischen den Büschen und Beeten. Ein seltsamer Gedanke, gruselig und tröstlich zugleich, denn es war bestimmt ein guter Geist. Langsam tastete Valeria sich voran. Der Gurt der Sporttasche schnitt ihr in die Schulter, sie war schwerer geworden als gedacht. Jetzt hatte sie das Ende des Westflügels erreicht und bog um die Ecke. Hier irgendwo war die Stelle, wo Giancarlo ... *Lass das!* Nein, sie wollte jetzt nicht mehr daran denken.

Wieso eigentlich, fragte sie sich, musste sich Matteo zu dieser dramatischen Uhrzeit mit ihr verabreden? Am Tag wäre alles viel einfacher gewesen. Hoffentlich kam er auch. Nicht dass sie mitten in der Nacht allein auf der Straße stand wie bestellt und nicht abgeholt. Würde sie dann umkehren? Nein, auf gar keinen Fall! Nie wieder wollte sie die Villa Aurelia betreten. Wenn Matteo nicht kam, würde sie bis zum Morgengrauen warten und dann mit dem Bus nach Rom und von dort aus nach Hause fahren.

Aber erst einmal musste sie überhaupt so weit kommen. Sie verließ den Kiesweg und arbeitete sich Schritt für Schritt durch den verwilderten Teil des Gartens, der schon bei Tag nicht einfach zu durchqueren war. Immerhin konnte sie den Umriss der Mauer schon erahnen. Ein Schrei gellte durch die Nacht. Valeria fuhr zusammen. Doch es war nur ein Käuzchen, dessen Ruf von der Mauer widerhallte.

Da! Was war das?

Am Fuß der Mauer funkelte ein kleines Licht. Eine Taschenlampe! Das musste Matteo sein, der hinter der Pforte auf sie wartete. Valeria hätte ihm am liebsten etwas zugerufen, aber sie bremste sich gerade noch. Stattdessen beeilte sie sich jetzt noch mehr. *Matteo.* Gleich würde er sie in die Arme schließen und von hier wegbringen. Vielleicht würden sie in der Stadt in eine Bar gehen und auf Valerias Flucht anstoßen. Dieser Gedanke trieb sie voran. Dornige Ranken zerrten an ihrer Jeans, sie achtete nicht darauf, und falls sie sie verletzten, spürte sie es nicht. Unbeirrt ging sie weiter, schützte nur mit einer Hand ihr Gesicht vor herabhängenden Zweigen und Ranken. Nur noch wenige Meter, dann hatte sie es geschafft.

Schwer atmend kam sie an der Pforte an, die von außen schräg angestrahlt wurde.

»Matteo?«

»Pscht!«, kam es von der anderen Seite.

Ja, er hatte recht. Jetzt nur nichts riskieren.

Sie tastete nach der Nische. Der Schlüssel lag nach wie vor darin. Matteo richtete den Lichtstrahl auf das Schloss, was es ihr leichter machte aufzuschließen. Laut knarzend bewegte sich das kleine Tor. Valeria schlüpfte hindurch. Sie wurde geblendet von der Lampe, die mitten in ihr Gesicht schien.

»Nimmt das Ding weg, ich kann gar nichts sehen!«, flüsterte sie.

Ein Arm legte sich von hinten um ihren Körper.

Wie kann das sein, dachte Valeria verwirrt und erschrocken, *wo Matteo doch vor mir steht und mich anleuchtet?* Doch ehe sie dieses Rätsel lösen konnte, presste sich etwas Weiches gegen ihr Gesicht. Verzweifelt wehrte sie sich, versuchte, den Lappen von ihrem Gesicht zu zerren und um Hilfe zu rufen. Vergeblich. Dann gehorchten ihr ihre Hände nicht mehr und das Letzte, was sie spürte, war, wie ihr die Knie wegsackten.

14.

Ihr Kopf schmerzte und sie hörte Stimmen. Leise, flüsternde Stimmen. Valeria schlug die Augen auf. Der Schimmer einer schwachen Lampe fiel auf eine nackte Wand.

Wo war sie, wer flüsterte da?

Sie war vollkommen orientierungslos und automatisch bekam sie Angst. Allmählich konnte sie mehr von ihrer Umgebung erkennen. Es musste ein Keller sein. Es gab kein Fenster und nur eine Tür aus Metall. Niemand war zu sehen. Da waren nur diese flüsternden Stimmen. Unmöglich, sie zu erkennen oder zu verstehen, was sie sagten. Waren sie hinter der Tür? Was war passiert? Sie saß auf einer Matratze, die einen muffigen Geruch verströmte, und neben ihr lag eine Decke, die auch nicht besser roch. Sie hatte noch immer Lucias Mantel an und das war auch gut, denn in dem Raum war es kühl. In einer Ecke stand ihre Tasche. Sonst war der Raum leer. Aber er roch komisch. Nach Motoröl?

Schlagartig kehrte die Erinnerung zurück: ihr nächtlicher Aufbruch, das lockende Licht einer Taschenlampe hinter der Pforte. Und dann die Arme, die sie gepackt hatten, und der Lappen in ihrem Gesicht ...

Ich bin entführt worden!

Was Matteo befürchtet hatte, war tatsächlich geschehen. *Jemand hat mich nachts zu der Pforte gelockt, mit einer vermeintlichen Nachricht von Matteo, und dann ...* Weiter konnte sie nicht denken, denn sie wurde von Panik überwältigt. Ihr Schrei blieb ihr im Hals stecken, sie bekam keine Luft und alles, was sie hervorbrachte, war ein heiseres Röcheln.

Atmen, ruhig atmen! Und dann nachdenken!

Aber das war gar nicht so leicht. Die Gedanken wirbelten nur so in ihrem Kopf herum. Wer hatte sie hierherverschleppt? Wer immer sie für Lucia hielt, schickte ihr doch keine Nachricht, die an sie gerichtet war und angeblich von Matteo stammte.

Die Entführer mussten also wissen, wer sie war.

Demnach kamen eigentlich nur Fabiana und Claudio infrage. Aber wozu das Ganze? Und wo hatten sie sie hingebracht, in einen der Kellerräume der Villa? Es fiel Valeria schwer, klar zu denken, denn noch immer hämmerte es von innen gegen ihre Schädeldecke, was jeden komplexen Gedankengang blockierte. Was immer man ihr verabreicht hatte, um sie bewusstlos zu machen, es hatte üble Nachwirkungen. Aber vielleicht dämpfte es auch ein wenig ihre Angst, die womöglich sonst noch viel größer gewesen wäre.

Wenigstens haben sie mich netterweise nicht gefesselt.

Sie stand auf. Jede Bewegung strengte sie an, ihre Beine waren schwach und zitterten.

Sie schaffte es bis zu der Tür und hieb mit den Fäusten dagegen.

»Hallo? Ihr da draußen!« Ihr eigenes Gebrüll löste prompt eine erneute Kopfschmerzattacke aus, aber sie musste wissen, was los war. Sie *hatte* doch eben Stimmen gehört.

Eine ganze Weile passierte nichts. Valeria klopfte, trat noch ein paar Mal gegen die Tür und machte sich durch Rufe bemerkbar. Als sie kurz davor war, vor Wut und Verzweiflung in Tränen auszubrechen, hörte sie, wie ein Riegel zurückgeschoben wurde. Sie wich zurück. Da war sie wieder, die Angst.

Eine Gestalt huschte herein und Valeria stieß einen verblüfften Schrei aus. Der Besucher hatte eine Clownsmaske vor dem Gesicht. Sie wich dem Typen aus, bis es nicht mehr ging, weil sie mit dem Rücken gegen die Wand stieß. Der Clown kam auf sie zu. Er hatte eine Rolle Klebeband und eine ausgeschaltete Taschenlampe in der Hand.

»Hinsetzen«, kam es dumpf hinter der Maske hervor und dabei deutete er mit der Taschenlampe auf die Matratze.

Es war nicht Claudios Stimme. Außerdem war Claudio deutlich größer.

Valeria gehorchte und setzte sich auf die Matratze. Der Typ beugte sich zu ihr hinab, dann griff seine Hand nach ihrem Kinn, während er ihr mit der anderen ein Stück Paketband über den Mund streifte.

Valeria wollte es sofort wieder herunterreißen, aber er hielt ihre Hand fest und sagte hinter seiner Maske: »Nur für das Foto.«

Seine Stimme klang blechern und hatte einen starken süditalienischen Akzent. Valeria begriff und nickte. Der Clown knipste die Lampe an und befahl ihr, sich damit selbst ins Gesicht zu leuchten. Dann trat er ein paar Schritte zurück und machte Fotos mit seinem Handy.

Kaum war er fertig, riss Valeria sich das Klebeband vom Mund und fragte zornig: »Was habt ihr mit mir vor?«

Aber der Typ antwortete nicht. Fast fluchtartig ging er auf die Tür zu, und ehe Valeria wieder aufstehen konnte, hatte er sie von außen geschlossen und Valeria hörte, wie der Riegel vorgeschoben wurde.

Der Auftritt des Typen mit der Clownsmaske hatte, nach dem ersten Schrecken, vor allen Dingen eines in ihr ausgelöst: eine mordsmäßige Wut. Mit den Fäusten hämmerte sie gegen die Stahltür und schrie dazu aus vollem Hals: »He, ihr feigen Scheißkerle! Redet gefälligst mit mir! Was soll das, wo bin ich? Und außerdem muss ich mal aufs Klo! Macht die Tür auf, verdammt noch mal!« Es war, als hätte man eine Feder losgelassen. Sie konnte sich nicht erinnern, jemals in ihrem Leben eine solche brennende, alles zerfressende Wut empfunden zu haben. Erst als sie ihre ganze Wut herausgeschrien hatte, kauerte sie sich erschöpft auf die Matratze und ließ ihren Tränen freien Lauf. Aber sie weinte nicht lange, ein paar Minuten nur, dann riss sie sich wieder zusammen. Heulen brachte gar nichts, sagte sie sich, und wer immer die Typen hinter der Tür waren, sie sollten sie nicht so aufgelöst zu sehen bekommen.

Wie ging es jetzt weiter? Sie würden Lucias Vater das Foto schicken, zusammen mit einer Lösegeldforderung. Der würde natürlich glauben, man hätte seine Tochter entführt, das Lösegeld zahlen und mit den Erpressern einen Ort der Übergabe vereinbaren. Dem Mann stand also eine böse Überraschung bevor.

Hatte Lucia gewusst, in welcher Gefahr sie schwebte? Hatte sie sich deshalb nach Island verdrückt und sie, Valeria, als Lockvogel dagelassen?

Lockvogel. Dieses Wort hatte auch Signora Vastano benutzt.

Der Riegel klickte, die Tür wurde geöffnet. Valeria stand auf. Der Raum hinter ihrem Gefängnis war in helles Licht getaucht, weshalb sie nur die Silhouette desjenigen sah, der jetzt im Türrahmen stand. Aber das genügte ihr schon.

»Matteo.« Ihre Stimme klang kalt und sie wunderte sich, wie ruhig sie auf einmal war. Denn in dieser Sekunde wurde ihr klar: Sie hatte es gewusst. Seit sie hier drin, ohne Fesseln und Knebel auf dieser Matratze aufgewacht war, hatte sie es tief im Innern gewusst. Sie hatte es nur nicht wahrhaben wollen und den Gedanken nicht zugelassen.

»Valeria«, sagte er leise. »Es tut mir leid.«

In ihrer Stimme bebte noch etwas von ihrer Wut nach, als sie antwortete: »Mir auch.«

Seine Augen suchten ihren Blick.

»Lass es mich erklären.«

»Ich glaube, ich habe es schon verstanden.« Valeria spürte erneut, wie der Zorn in ihr hochstieg, aber nun richtete er sich gegen sie selbst. Wie hatte sie nur hereinfallen können auf seine Komplimente, seine Samtaugen, seine falschen Küsse? *Ich denke so sehr an dich!* Von wegen! Wahrscheinlich hatte er die ganze Zeit nur ans Geld gedacht. Ein Krimineller war er, ein Entführer, ein Erpresser. Und sie war ihm in die Falle gegangen. Wie himmelschreiend dämlich von ihr!

Matteo trat zurück und wies auf seinen Kumpel, der noch immer seine Clownsmaske aufhatte.

»Er bringt dich nach oben.«

»Nach oben?«

»Du wolltest doch aufs Klo.«

»Stimmt.« Sie zog den Mantel aus und folgte dem Clown eine steile Treppe hinauf.

Jetzt begriff sie auch, woher der Geruch nach Motoröl stammte. Der Keller gehörte zu einer Autowerkstatt. Sie sah die Werkzeuge an den Wänden hängen und die Grube, über der ein Wagen stand. Das breite Rolltor war heruntergelassen, ebenso die Jalousien an den zwei Fenstern, aber an den Seiten waren Lichtstreifen zu sehen. Es musste Tag sein. Und zwar Sonntag. Sonst wäre hier wohl auch Betrieb. Also konnte sie höchstens noch einen Tag und eine Nacht hierbleiben – es sei denn, Matteos Komplize wäre der Besitzer der Werkstatt und hätte keine Angestellten.

Hinter einer Glaswand lag ein kleines Büro und daneben gab es eine Tür, auf die der Clown jetzt deutete. Valeria ging hinein und machte die Tür zu. Es gab weder einen Schlüssel noch einen Riegel in der winzigen Toilette. Sie hatte kein Fenster und es war nichts darin, was sie als Waffe hätte verwenden können. Nicht einmal ein Spiegel hing über dem Waschbecken. Männer!

Also erledigte sie nur, was zu erledigen war, trank etwas Wasser aus dem Hahn über dem kleinen Waschbecken, spülte sich den Mund aus und ging wieder hinaus. Im Grunde konnte sie es auch kaum erwarten, mit Matteo zu sprechen. Dem würde sie nämlich gleich die Meinung sagen, und zwar so, dass ihm Hören und Sehen verging!

Sie stiegen die Treppe hinab, der Clown ging hinter

ihr. Der Vorraum zum Keller war ein Lager für Ersatzteile und Reifen. Ob sich darunter potenzielle Waffen befinden könnten? Würde sie es fertigbringen, Matteo mit einer Stoßstange niederzuschlagen? Und dann war ja da immer noch der andere.

Matteo saß an einem kleinen, verschrammten Holztisch, der umringt war von vier Stühlen. Sein Gesicht schimmerte blassgrün im Schein der Neonröhre, die an der Decke angebracht war.

»Alles in Ordnung?«, fragte er und klang dabei wie ein miserabler Schauspieler in einem miserablen amerikanischen Film.

»Es ging mir nie besser«, antwortete Valeria eisig. Sie warf einen Blick auf den Tisch, auf dem eine angebrochene Flasche Rotwein, ein paar Dosen Cola und ein Stapel Plastikbecher standen, dazwischen lagen angebrochene Tüten mit Chips und Pistazien. »Gemütlich habt ihr es hier. Eine richtige kleine Räuberhöhle.«

»Lass uns allein«, sagte Matteo zu seinem Komplizen. Der zögerte, aber dann zuckte er die Schultern und stieg die Treppe hinauf.

»Du könntest uns Kaffee besorgen. Und was Vernünftiges zu essen«, rief ihm Valeria nach. »Ruf am besten den Pizzaservice!«

Der Typ brummte etwas Unverständliches und machte die Tür zu.

»Valeria, es tut mir leid, wirklich …«

»Das sagtest du schon«, unterbrach ihn Valeria, die merkte, wie sie unwillkürlich in ihre Lucia-Rolle zurückfiel. Als Lucia war das alles viel besser zu ertragen, als

Lucia wusste sie, was sie zu sagen hatte. Valeria, die naive Gans, war beschämt und gedemütigt worden, nicht aber Lucia. Lucia war klug und tough und schlagfertig. Lucia verliebte sich nicht in die falschen Typen. Lucia würde im Handumdrehen fertig werden mit diesem Hobbygangster.

Matteo sah sie an, mit seinen dunklen, sanften Augen. Sein Lächeln entgleiste. »Mir ist klar, was du jetzt denkst. Aber ich ... es war nicht alles gelogen, Valeria, bitte, das musst du mir glauben!«

»Wenn du mit mir geschlafen hättest, wärst du jetzt tot«, hörte Valeria sich sagen.

Matteo biss sich auf die Lippen und nickte. Er wirkte schuldbewusst. Seine Schauspielerei war wirklich gekonnt.

»Wer ist der komische Clown?«

»Enzo, seinem Onkel gehört die Werkstatt. Ein alter Kumpel, wir kennen uns seit unserer Kindheit.«

»Und jetzt seid ihr also Komplizen bei der Entführung der Tochter eines reichen Mannes, die aber gar nicht seine Tochter ist.«

Matteo seufzte und fragte dann: »Darf ich es dir erklären, ohne dass du mich ständig unterbrichst?«

»Ja, eine Erklärung wäre wohl angebracht«, sagte Valeria.

Er goss eine Dose Cola in zwei Plastikbecher. Anscheinend würde es eine längere Erklärung werden. »Oder willst du lieber Rotwein?«

»Nein danke.« Valeria bemerkte gegen ihren Willen wieder einmal, was für schöne Hände er hatte. Sie musste daran denken, wie er sie berührt hatte ...

Schluss damit! Womöglich hat dieser miese Kerl mit seinen schönen Händen Giancarlo getötet!

Matteo begann mit der sonderbaren Frage an Valeria, was sie wirklich über Lucias Vater wisse.

»Was ich *wirklich* weiß?«, wiederholte sie verwundert. »Ich weiß gar nichts über den Mann.«

»Was hat dir Signora Vastano erzählt?«

»Nichts. Nur wirres Zeug. Sie ist übrigens gestern gestorben.«

»Was?« Er schien überrascht zu sein. »Das ist schade. Ich hab sie gern gehabt.«

»Und Giancarlo haben sie erstochen aus dem Tiber gefischt, aber das weißt du ja sicher. Vielleicht warst du es ja selbst.«

Matteos Gesicht verfinsterte sich. »Das war ich nicht, das musst du mir glauben!«

»So, muss ich.« Sie trank von der lauwarmen Cola. »Okay. Du wolltest mir was erklären.«

»Lucias Vater ist Sandro Bertone. *Der* Sandro Bertone.« Er schaute Valeria erwartungsvoll an, aber die reagierte nur mit einem Achselzucken.

»Wenn wir von ihm reden, nennen wir ihn den Padrone.«

Padrone. Hatte nicht auch Giancarlo von seinem Arbeitgeber als dem Padrone gesprochen? Valeria begann zu kapieren. »Du meinst ... er gehört zur Mafia?«

»Er gehört nicht zur Mafia, er *ist* die Mafia. Zumindest im Süden«, erklärte Matteo und fügte hinzu: »Nur nennen wir es nicht so.«

Valeria hatte es die Sprache verschlagen und sie hatte zu zittern begonnen. Die Mafia. Ja, das erklärte so manches. Das erklärte *alles*. Sie merkte, wie es ihr vor Angst den Magen umdrehte. Ihr wurde übel. Während sie keuchend nach Luft rang, fuhr Matteo fort: »Als Lucia aus dem Internat zurückkam, wollte er, dass sie bei ihm lebt, auf seinem Landsitz bei Neapel. Aber Lucia hat behauptet, sie könne das, was sie studieren wolle, nur in Rom studieren. So kamen wir alle nach Frascati, in die Villa Aurelia. Claudio und ich sollten auf Lucia aufpassen und Fabiana war angeblich da, damit sie Gesellschaft hatte. In Wirklichkeit sollte sie den Padrone auf dem Laufenden halten. Da du offenbar wirklich nicht weißt, wer Sandro Bertone ist, sagt dir der Name Marinelli wohl auch nichts, oder?«

»Ich nehme an, das sind ebenfalls Mafiosi oder wie auch immer ihr euch nennt.«

Er nickte und erklärte: »Es gab im Frühjahr eine Schießerei, bei der Emilio, der älteste Sohn des Clanchefs Cesare Marinelli, getötet wurde. Angeblich von Bertones Leuten, ich weiß nicht, ob es stimmt, ich war nicht dabei.«

»Du prügelst dich lieber, was?«, warf Valeria ein.

Matteo sah sie nur stumm an.

»Was ist?«

»Manchmal klingst du so sehr wie Lucia, dass es unheimlich ist.«

»Ach ja? Das war doch wohl der Plan, oder?«, höhnte Valeria voller Bitterkeit.

»Hör auf. Sei lieber froh, dass du nicht so bist wie sie.«

»Erzähl weiter!«

»Bertone hatte Angst um Lucia. Blutrache, *vendetta,* du verstehst? Deshalb wurden Claudio und ich beauftragt, auf Lucia aufzupassen.«

Schwarze Wagen und Leichen. Valeria fielen die kryptischen Bemerkungen von Signora Vastano wieder ein. »Und trotzdem habt ihr mich seelenruhig draußen herumspazieren lassen«, brach es aus ihr heraus.

»*Ich* habe dich nicht herumspazieren lassen«, erinnerte sie Matteo. »Ich war auch gegen das Joggen.«

»Aber du hast mir nichts von diesen Marinellis gesagt!«

Erneut wirkte er zerknirscht. »Claudio hatte gemeint, es wäre besser, wenn du es nicht wüsstest. Er hatte Angst, dass du dann abhaust. Leider habe ich zu spät begriffen, was Claudio tatsächlich vorhatte ...« Er schwieg einen Moment, ehe er fortfuhr: »Claudio ging es gar nicht darum, dass du Lucias Rolle spielst, bis sie wieder zurückkommt. Claudio wollte, dass die zwei übrigen Marinelli-Brüder *dich* umbringen, weil sie dich für Lucia halten. Danach hätte Lucia mit einem ihrer falschen Pässe irgendwo außerhalb Italiens relativ unbehelligt leben können. Der alte Cesare Marinelli hätte seine Rache gehabt oder es wenigstens geglaubt und Claudio hätte beim Padrone gut dagestanden. Deshalb hat er dich an jenem Tag ohne Begleitung rausgehen lassen. Als ich das mitgekriegt habe, bin ich dir sofort nachgefahren, weißt du nicht mehr? Ich Trottel hätte da schon Verdacht schöpfen sollen. Aber es dämmerte mir erst, als Claudio und ich uns wegen Giancarlo gestritten haben.«

»Hat Claudio ihn umgebracht?«, fragte Valeria atemlos. Ihr war noch immer ganz flau.

Matteo zuckte mit den Achseln. »Keine Ahnung. Er hat es von mir verlangt, aber ich habe mich geweigert. Also werden es andere getan haben. Claudio hat mittlerweile eine Position erlangt, bei der er sich nicht mehr selbst die Finger schmutzig machen muss.«

Valeria starrte ihn fassungslos an, während sie sich fragte, was Claudio schon alles getan haben musste, um diese »Position« zu erlangen. Claudio. Wie charmant er ab und zu sein konnte und dann wieder ein echter Arsch. Sie hatten ihre kleinen Kämpfe gehabt, aber sie hatten auch zusammen gelacht, besonders bei den Mahlzeiten. *Ich habe mit einem Mörder am Tisch gesessen.*

Valeria konzentrierte sich wieder auf die Gegenwart: »Diese Marinelli-Brüder – wie sehen die aus?«

»Roberto hat ein Gesicht wie ein Frettchen, so nennt man ihn auch: *il furetto.* Luca hat eher so ein Babyface und Lippen wie ein Kamel.«

Die Typen aus dem Café in Frascati. So nah waren sie mir also schon. »War Fabiana in Claudios wirklichen Plan eingeweiht?«, fragte sie.

»Möglich. Ich bin nicht mehr dazu gekommen, sie zu fragen.«

»Und Lucia hat von den Marinellis gewusst?«

»Ja, natürlich.«

»Aber dann ...« Valeria schnappte nach Luft, so ungeheuerlich war der Gedanke, der ihr gerade durch den Kopf ging. »Dann war es *ihr* Plan, dass ich statt ihrer getötet werde! Und Claudio war ihr ... ihr Komplize.«

Matteo starrte sie an. »Nein, das glaube ich nicht. Wahrscheinlich wollte sie einfach nur weg.«

War ja klar, dass er Lucia verteidigen würde, grollte Valeria.

»Wenn Lucia *einfach nur weg*gewollt hätte, dann wäre sie einfach nur gegangen«, widersprach sie. »Wozu brauchte sie dann mich? Nein, sie hat mich in eine tödliche Falle gelockt. *Sie* ist in den Park gekommen und hat mich in den Wagen gelotst. Ich möchte nur wissen, wie sie mich gefunden hat. So viel Zufall kann es doch gar nicht geben, oder?«

Matteo zuckte die Achseln. »Was wir sicher wissen, ist, dass Claudio es so plante.«

Valeria gab es auf. »Und wie ist dein Plan?«, fragte sie ihn. »Warum sitzen wir hier in diesem Kellerloch?«

»Es tut mir leid, das alles. Aber ich wusste nicht ...« Er unterbrach sich, fuhr sich in einer für ihn typischen Geste durch seine dunklen Locken. Valeria war ziemlich sicher, dass er im Moment gerade die Wahrheit sagte, aber sie wandte den Blick ab.

Jetzt nur nicht schwach werden! Er ist ein Lügner und Entführer.

»... ich wusste nicht, wie ich sonst da rauskommen sollte«, hörte sie ihn leise sagen.

»Wo rauskommen?«

»Aus allem. Meinem verkorksten Scheißleben. Denkst du etwa, man kann bei der ... *Firma* einfach kündigen, wenn man keine Lust mehr hat?«

Valeria schwieg.

»Ich möchte noch einmal von vorn anfangen. Denn wenn ich überhaupt eine Chance habe, dann nur wenn ich weit weg gehe. Und dazu brauche ich Geld.«

»Dann war das mit uns also alles nur gespielt von dir, damit du mich entführen kannst, damit ich dir vertraue?«

»Nein!« Er schüttelte heftig den Kopf. »Nein, wirklich

nicht. Das alles ... hat sich einfach so ergeben. Vor allem wollte ich, dass du in Sicherheit bist.«

Valeria verspürte das Bedürfnis, ihm zu glauben, gelangte dabei jedoch zu der Erkenntnis, dass es keinen Menschen auf der Welt gab, dem sie noch vertrauen konnte. Alle, wirklich alle, hatten sie belogen und hintergangen. Ganz zu schweigen von Fabiana, dieser Schlange, und Claudio, der sie ans Messer liefern wollte, nur um sich bei seinem Padrone einen Bonus zu verschaffen. Die ganze Welt schien nur noch aus Lügnern und Betrügern zu bestehen, es würde sie nicht wundern, sollte sich im Nachhinein sogar Mr Wilson als Beteiligter irgendeines Komplotts erweisen und Mrs Wilson als skrupellose Intrigantin.

»Und das hier nennst du also ›in Sicherheit?‹«, fuhr Valeria ihn an und machte dabei eine umfassende Armbewegung. »Anstatt mich zu betäuben und wegzuschleppen, hättest du mich ja auch fragen können, ob ich freiwillig mitspiele.«

Matteo sah sie mit einem traurigen Hundeblick an, dem Valeria jedoch widerstand. »Und, hättest du?«

»Tja, das werden wir wohl nie erfahren.« Am liebsten hätte sie ihn angebrüllt, wie mies sie sein Benehmen fand. Aber sie beherrschte sich und fragte: »Weiß euer Padrone schon von meiner Entführung?«

»Wir haben ihm gerade das Foto geschickt.«

»Wie viel habt ihr verlangt?«

»Zwei Millionen.«

»Sauber!«

»Das ist für ihn nicht gar so viel, glaub mir.«

»Was ist, wenn er rauskriegt, dass du dahintersteckst?«

»Dann bin ich tot. Aber ich bin lieber tot als mein Leben lang ein Sklave der Firma.«

»Werde nur nicht melodramatisch«, hörte Valeria ihr Alter Ego Lucia aus sich sprechen.

Matteo biss die Zähne zusammen, sodass die Muskeln seiner Kiefer hervortraten. »Du hast doch keine Ahnung, wovon ich rede!«

Da mochte etwas dran sein. »Wie konnte es denn überhaupt passieren, dass du bei der Mafia gelandet bist?«, fragte Valeria etwas sanfter.

»Passieren? Mein Arsch gehört denen schon, seit ich ein Kind war.«

Valeria schaute ihn mit gerunzelter Stirn an.

»Meine Mutter bekam nach dem Unfall meines Vaters jeden Monat Geld, zusätzlich zu ihrer kleinen Witwenrente. Es stammte angeblich aus einem Sozialfonds ...«

»Aber in Wirklichkeit von der Mafia«, erriet Valeria.

»Ja. Die Firma ... Es ist nicht alles schlecht. Sie hilft den Leuten auch, wenn sie in Not sind. Niemand spricht darüber – die berühmte *omertá* –, aber du weißt es, du wächst damit auf. Und du weißt auch, dass sie eines Tages auf dich zukommen werden.« Er trank einen Schluck Cola. »Um die Wahrheit zu sagen: Ich konnte den Tag kaum erwarten. Was hätte ich denn sonst tun sollen, arbeitslos rumhängen? Es fängt meistens harmlos an, oft sind diese Jobs noch nicht einmal illegal. Nach und nach steigst du in den Drogenhandel ein, erst als Bote, dann als Dealer. Oder du karrst Flüchtlinge zur Tomatenernte oder in illegale Fabriken. Wenn du dich bewährst, kommen andere

Aufträge ... So arbeitest du dich nach oben. Ein Zurück gibt es nicht.«

»Hast du schon einmal jemanden getötet?«, fragte Valeria und sezierte ihn dabei mit ihrem Blick.

»Nein.«

Sie glaubte ihm. Sie wollte ihm einfach glauben. »Was passiert, wenn jemand sich weigert, das zu tun?«

»Es hat erst mal keine unmittelbaren Folgen. Aber man wird eben immer zum Fußvolk gehören. Es sei denn, man hat andere Talente, die der Firma nützlich sind.«

»Und Claudio?«

»Der ...«, sagte Matteo gedehnt, »... der stolziert nicht umsonst herum wie ein Gockel.« Er schaute ihr in die Augen. »Ich meine es ernst, Valeria. Komm doch einfach mit. Wir fliehen zusammen. Nach Thailand, dort soll es schön sein. Wir machen eine Strandbar auf oder ein kleines Restaurant.«

Valeria wurde bei seinen Worten ganz schwindelig. »Du willst mit mir durchbrennen?« Ohne darüber nachzudenken, legte sie ihre Hand auf die seine, die die Coladose umklammerte, ehe sie sich einen Augenblick später besann, ihre Hand zurückzog und sagte: »Dafür ist es jetzt zu spät.«

Matteo ließ den Kopf hängen und sagte leise: »Ist es, weil ich dich nicht vorher gefragt habe?«

»Ja. Auch. Das alles macht mir *Angst,* verdammt noch mal! Ist das so schwer zu verstehen? Außerdem zeigt es mir, dass du keinen Respekt vor mir hast. «

»Das stimmt nicht!«, protestierte Matteo, aber es klang in Valerias Ohren nicht überzeugend.

Mit Lucia hätte er das nicht gemacht. Das hätte er nicht gewagt. »Außerdem klappt das doch nie. Lucias Vater hat sicher schon mit Claudio gesprochen und der hat ihm mit Sicherheit alles über dich und mich haarklein erzählt.«

»Vielleicht, vielleicht auch nicht«, meinte Matteo. »Immerhin müsste Claudio dem Padrone dann auch beichten, dass Lucia schon seit ein paar Wochen verschwunden ist.«

»Claudio kann doch nicht annehmen, dass euer Padrone milder gestimmt sein wird, wenn er ihn erst noch zwei Millionen für das falsche Mädchen hinblättern lässt? Nein, sie werden denken, ich wäre deine Komplizin. Sie werden mich töten und dich auch.«

Ein Schweigen entstand. Für einen Augenblick verhakten sich ihre Blicke und Valeria hätte trotz des flauen Gefühls in ihrem Magen beinahe vergessen, wie sehr er sie enttäuscht hatte und dass er noch immer ihr Entführer war.

Dann verdüsterte sich Matteos Miene und er rief: »Kapier doch: Dies ist die einzige Chance für mich, aus dieser ganzen Scheiße rauszukommen. Ich muss sie wahrnehmen, auch wenn sie noch so gering ist.«

»Nein, Matteo, das ist keine Chance, das ist glatter Selbstmord. Aber noch kannst du das Schlimmste verhindern. Nimm das mit der Lösegeldforderung zurück, vielleicht lassen sie dich dann in Ruhe. Wir können Geld mit Lucias Kreditkarte abheben. Du nimmst es und verschwindest damit und ich fahre zurück zu meiner Mutter. Oder – vielleicht könntest du ja mitkommen und dich dort verstecken.«

Sie unterbrach sich, erschrocken über sich selbst.

Was rede ich da? Sie werden Matteos Spur verfolgen und uns alle töten, ihn, mich und Rosa. Warum will ich ihm überhaupt helfen? Ich bin wirklich nicht ganz dicht. Habe ich denn gar nichts dazugelernt?

Plötzlich zuckte Matteo zusammen. Von draußen hörte man ein Krachen, etwas fiel scheppernd um und jetzt sprang die Tür auf und zwei Männer stürmten die Treppe herab.

15.

Valeria stieß einen Schrei aus, Matteo sprang auf, sackte jedoch mitten in der Bewegung zusammen, als der, der vorangestürmt war, einen Schlagstock auf seinen Schädel niedersausen ließ. Der andere packte Valeria an den Oberarmen, riss sie vom Stuhl hoch und zerrte sie in Richtung Treppe. Sie wandte den Kopf, um zu sehen, was mit Matteo los war, doch der Mann hielt sie mit schmerzhaftem Griff umklammert und bugsierte sie die Stufen hinauf, ohne auf ihr Stolpern und ihre Gegenwehr zu achten. Er war untersetzt, fast schon ein wenig dick, aber ziemlich breitschultrig und er schien Bärenkräfte zu besitzen. Oben an der Treppe angekommen, bemerkte Valeria einen dürren Typen mit kinnlangen, strähnigen Haaren. Lässig an den Türrahmen gelehnt beobachtete er das Geschehen mit unbewegter Miene. Seine rechte Hand lag auf dem Griff einer Waffe, die in seinem Gürtel steckte.

Valeria rief Matteos Namen, doch es kam keine Antwort. Der Dicke schubste Valeria quer durch die Werkstatt, vorbei an Enzos verrenktem Körper, der bewegungslos auf dem Beton lag. Die Clownsmaske war ihm in den Nacken gerutscht, Blut lief ihm über die Stirn und schlängelte sich in feinen Rinnsalen über den ölbefleckten Boden. Wie jung sein Gesicht aussah, fast noch kindlich.

War er tot?

Valeria, geschockt von dem Anblick, hatte keine Möglichkeit, sich zu vergewissern, denn der Mann, der sie noch immer festhielt, manövrierte sie auf den Hof der Werkstatt, vorbei an überquellenden Mülltonnen und vier ausgeweideten Autowracks. Mitten auf dem Hof parkten zwei dunkle Wagen. Obwohl sie von der plötzlichen Helligkeit geblendet wurde, konnte sie in einem der beiden Wagen deutlich Claudios Silhouette hinterm Steuer ausmachen.

»Du mieser Scheißkerl!«, brüllte sie aus Leibeskräften. Sie war sicher, dass er es gehört hatte, auch durch die geschlossene Scheibe. Er wandte nicht einmal den Kopf. Wahrscheinlich bekam er das öfter zu hören.

Der andere Wagen war ein dunkelgrauer Van mit getönten Scheiben, dessen Seitentür der Dicke jetzt aufschob. Er bat Valeria einzusteigen. Ja, er sagte tatsächlich *bitte,* was Valeria in Anbetracht der Situation absurd fand. War wohl ein kleiner Witzbold. Er war älter als die anderen, vielleicht Anfang vierzig, und sah mit seinem gutmütigen Mondgesicht gar nicht so aus, wie man sich einen Mafioso vorstellte. Valeria realisierte, dass ihr im Augenblick nichts anderes übrig blieb, also kam sie der höflichen Aufforderung nach. Mit einem Rums ging die Schiebetür wieder zu.

Im Wagen sitzend starrte sie aus dem Fenster, hinüber zu Claudio. Wegen der getönten Scheiben des Vans konnte der sie vermutlich nicht mehr sehen, aber Valeria wünschte sich dennoch aufrichtig, dass ihre Blicke töten könnten.

Der Mann, der Matteo niedergeschlagen hatte, betrat

den Hinterhof. Er war etwa Ende zwanzig, hatte kurz geschorenes Haar und eine Narbe am Kinn. Er hatte Valerias Sporttasche dabei, die er jetzt durch die Hecktür in den Kofferraum des Vans pfefferte. Dabei hörte Valeria, wie er zu dem Dicken sagte: »Fahrt schon los, wir kümmern uns um die beiden Idioten.«

Nun kam auch der mit den strähnigen Haaren heraus, der vorhin nur alles beobachtet hatte. Mondgesicht setzte sich hinters Steuer, Fettsträhne daneben. Mit dezent quietschenden Reifen fuhren sie los.

»Lass den Scheiß, Celeste«, knurrte der andere. »Willst du, dass uns die Bullen anhalten?«

Nachdem Celeste vom Gas gegangen war, telefonierte der Typ mit der Shampoo-Phobie. Valeria spitzte die Ohren.

»Vittorio hier. Wir haben sie. – Die zwei haben wir auch. – Ja, sie ist okay.« Er drehte sich um und grinste Valeria an, während er ins Telefon sagte: »Sie freut sich schon, wieder nach Hause zu kommen.« Danach legte er auf.

Wieder nach Hause? Hielten die Typen sie für Lucia? Hatte Claudio sie denn nicht aufgeklärt?

Sie gab sich Mühe, nicht zu hysterisch zu klingen, als sie fragte: »Was ist mit Matteo und Enzo, sind sie tot?«

Der Dicke, Celeste, warf ihr im Rückspiegel einen Blick zu. »Noch nicht.«

»Noch nicht?! Was soll das denn heißen?«, entfuhr es Valeria.

Der Gefragte zuckte mit den Achseln und meinte: »Das muss der Padrone entscheiden.«

Immerhin, versuchte Valeria, sich zu trösten, lebten sie noch und es gab einen Aufschub. Vielleicht ließ der *Padrone* Gnade walten. Andererseits war der Mann sicherlich nicht der Boss eines Mafiaclans geworden, weil er für seine Barmherzigkeit und Güte bekannt war.

Um die Mittagszeit hielten sie an einer Autobahnraststätte. Valeria blieb im Wagen sitzen, während Celeste draußen stand und rauchte und Vittorio Pizza und Getränke besorgen ging. Der Dicke tat, als würde er genüsslich vor sich hin qualmen, dabei ließ er Valeria aber nicht aus den Augen. Das Verhältnis zwischen Lucia und ihrem Vater schien nicht das beste zu sein, da er ihr offenbar misstraute und befürchtete, sie würde bei der erstbesten Gelegenheit abhauen.

Tatsächlich hatte Valeria genau dies vor: aus dem Wagen zu springen und davonzulaufen, wenn der Dicke mal einen Moment nicht hinschaute. Schnell rennen konnte der doch bestimmt nicht. Aber wohin sollte sie fliehen? Quer über die Autobahn? Nein, zu gefährlich. Aber sie könnte in die Raststätte laufen und um Hilfe rufen.

Jetzt!

Ihr Aufpasser war abgelenkt, er starrte einer Frau auf den Hintern, die gerade ihren Fiat betankte. Ganz langsam zog Valeria an dem Hebel, der die Tür öffnete – und verfluchte im nächsten Augenblick die Erfindung der Kindersicherung.

Vittorio Fettsträhne kam zurück und Valeria stürzte sich auf die Thunfischpizza, die er ihr nach hinten durchreichte. Wieder unterwegs, trank sie noch eine Dose pappsüßen

Eistee, ehe sie wegdöste. Als sie die Augen wieder aufmachte, zeigte die Anzeige am Armaturenbrett 15.20 Uhr.

»Gut geschlafen?«, fragte Celeste, dessen Schweinsäuglein sie im Rückspiegel prüfend musterten.

Valeria gab keine Antwort. Ihr Nacken schmerzte und ihre Laune war auch schon mal besser gewesen. Könnten diese Typen sie nicht mal mit einem Namen ansprechen, damit klar wurde, ob die Kerle sie für Lucia hielten oder nicht? Trieben sie vielleicht absichtlich ein Spielchen mit ihr? Sie schwieg eine geraume Weile, aber schließlich fragte sie: »Wie habt ihr mich eigentlich gefunden?«

Vittorio stieß ein unangenehmes Lachen aus. »Weil Idioten am Werk waren.«

Er wandte sich zu Valeria um und erklärte: »Im Prinzip war die Werkstatt kein schlechtes Versteck. Blöd für Matteo war nur, dass Claudio diese Werkstatt kannte. Matteo selbst hat sie ihm empfohlen, als die Karre mal streikte. Claudio plaudert gerne mit den Leuten und er hat dabei mitgekriegt, dass der Neffe des Besitzers, dieser Enzo, ein alter Kumpel von Matteo ist. Daran hat er sich wieder erinnert, als der Padrone ihn angerufen hat. Tja, Pech für Matteo.«

»Selber schuld, wenn man so dämlich ist«, urteilte Celeste.

Da konnte Valeria ihm leider nicht widersprechen. Sie wüsste nur zu gern, was Claudio dem Padrone sonst noch alles erzählt hatte.

»Ich möchte jedenfalls nicht in seiner Haut stecken«, grinste Vittorio.

»Auf keinen Fall«, pflichtete Celeste ihm bei.

Valeria überlief es kalt. Matteos Schicksal schien besiegelt und ja, er war wirklich selbst daran schuld. *Genau wie ich!* Sie hatte sich blenden lassen von der Aussicht, in der prächtigen Villa Aurelia zu leben, sie war nur zu bereitwillig in die Lucia-Rolle geschlüpft, hatte das Geld von Lucias Vater mit vollen Händen ausgegeben und dabei Augen und Ohren verschlossen vor all den Dingen, die ihr hätten seltsam vorkommen müssen. Hätte sie nur mal ihr Hirn eingeschaltet, anstatt Matteo anzuschmachten! Als Ergebnis von alldem saß sie nun mit zwei Mafiosi in dieser Mafiosikarre und würde in Kürze dem Obermafioso übergeben werden. Wie würde der wohl auf die falsche Tochter reagieren?

Valeria lehnte den Kopf an die Scheibe und betrachtete die ausgedörrte Landschaft, die an ihr vorbeizog. Noch nie hatte sie sich so sehr nach den grünen Hügeln Umbriens zurückgesehnt wie in diesem Moment. Sie überlegte fieberhaft, was sie Sandro Bertone sagen sollte, um sich zu rechtfertigen. Falls sie überhaupt Gelegenheit dazu bekommen sollte. Vielleicht wäre Bertone so enttäuscht und wütend, dass er sie, die Betrügerin, sofort erschießen lassen würde – oder auf welche Weise er und seine Leute sonst ihre Feinde zu beseitigen pflegten. Womöglich würde in wenigen Stunden ihre Leiche zusammen mit denen von Matteo und Enzo auf einer der wilden Müllkippen Kalabriens landen oder – der Klassiker – im Fundament eines Betonpfeilers. Aber falls sie die Chance bekommen sollte, sich und vielleicht auch Matteo verteidigen zu dürfen, dann wäre es sicher nicht schlecht, sich einen Plan zurechtzulegen ...

Ähnlich wie die Villa Aurelia war auch der Wohnsitz von Sandro Bertone von einer hohen Backsteinmauer umgeben. Allerdings war diese noch ein Stück höher und wurde von Stacheldraht und Kameras gekrönt. Auch hier gab es einen weitläufigen Garten, der jedoch rein gar nichts Geheimnisvolles und Verwunschenes hatte. Er bestand größtenteils aus einer Rasenfläche, deren saftiges Grün unnatürlich gegen die braunen trockenen Felder der Umgebung anleuchtete. Mittendrin stand ein protziger, zweistöckiger Bau, der es mit dem Charme der alten Villa Aurelia nicht einmal ansatzweise aufnehmen konnte. Zwar gab es auch hier Säulen und Erker und der Sockel aus großen Natursteinquadern vermittelte ein rustikales Ambiente, doch wirkten die vergitterten Fenster im Erdgeschoss nicht besonders einladend. Auf der Südseite des Gebäudes glitzerte ein riesiger Pool zwischen hohen Palmen.

Es hätte auch der gut gesicherte Landsitz irgendeines Filmstars in Kalifornien sein können, dachte Valeria. Nur fürchtete der Bewohner vermutlich keine Paparazzi. Auf der Westseite befand sich ein lang gestreckter, einstöckiger Bau, der ebenfalls vergitterte Fenster hatte. Von irgendwoher ertönte Hundegebell aus mehreren Kehlen. Dem Klang nach schienen es größere Kaliber zu sein. Ehe Vittorio das Tor geöffnet hatte, hatte er mit irgendjemandem telefoniert und gefragt, ob die Hunde eingesperrt seien. Den Gedanken, von hier zu fliehen, hakte Valeria im Geist schon mal ab.

Sie hielten direkt vor dem Eingang, Vittorio öffnete die Wagentür und Valeria stieg aus.

Die Eingangstür stand weit offen, zwei schwere Flügel aus geschnitztem Holz, auf alt getrimmt oder vielleicht sogar wirklich alt. Vittorio machte eine auffordernde Geste und Valeria ging die drei Stufen hinauf.

Die Höhle des Löwen, dachte sie und schaute sich wachsam um. Granit glänzte an den Wänden und auf dem Fußboden der Eingangshalle, in der kaum Möbel standen. Dunkle, geschlossene Holztüren; eine Marmortreppe führte nach oben. Kein Mensch war zu sehen. Hatte Bertone ihre Ankunft denn nicht mitbekommen? Warum kam er nicht her, um seine Tochter zu begrüßen? Kein gutes Zeichen.

Vittorio war ihr gefolgt, jetzt stellte er ihre Tasche neben Valeria auf den Fußboden und rief laut: »Signora Merli?«

Eine der Türen ging auf. Mit klackernden Absätzen näherte sich eine reichlich aufgetakelte Frau, die Valeria sehr an Adriana erinnerte, nur war diese hier etwa Anfang fünfzig. Doch sie schaute Valeria auf dieselbe abschätzige Weise an, wie Alessandros Frau es bei Valerias Ankunft in Rom getan hatte. Das alles war etwa einen guten Monat her und doch kam es Valeria vor, als wären seither Jahre vergangen. War das die Frau von Sandro Bertone, die Nachfolgerin von Lucias Mutter? Aber dann würde sie wohl nicht »Signora Merli« gerufen werden. War sie eine Art Hausdame? Vittorio schien jedenfalls in der Rangordnung weit unter ihr zu stehen, denn er murmelte einen Gruß und ging rasch wieder hinaus. Sein Verhalten erinnerte Valeria an einen Hund, der unerlaubterweise die Küche betreten hatte und sich nun eilig davonmachte.

»Guten Tag«, sagte Valeria förmlich.

Die Frau erwiderte den Gruß und rang sich ein aufgesetztes Lächeln ab. »Bist du hungrig?«, fragte sie. Ihre Stimme klang dunkel und rauchig.

Valeria schüttelte den Kopf.

»Möchtest du dich ein wenig frisch machen?«

»Ja, das wäre schön«, sagte Valeria. Sie nahm ihre Tasche und folgte der Dame die Treppe hinauf. Oben angekommen bog Signora Merli nach rechts ab, ging den Flur entlang und dann durch eine weitere massive Holztür, die von einem Mädchen aufgehalten wurde.

Das Mädchen war nicht viel älter als Valeria und es hatte den Anschein, als hätte sie den ganzen Tag nichts anderes getan, als hier zu warten, um ihnen die Tür aufzuhalten – und dann so rasch wie eine Maus zu verschwinden. Signora Merli blieb auf der Schwelle stehen und ließ Valeria an sich vorbeigehen. »Läute, wenn du etwas brauchst.«

Valeria nickte und wandte sich um. »Wo ist er?«, fragte sie, um eine falsche Anrede zu vermeiden. Nur für den unwahrscheinlichen Fall, dass diese Frau sie für Lucia hielt.

»Unterwegs. Er kommt heute Abend zurück, aber es wird spät werden«, antwortete Signora Merli, ehe sich die Tür mit einem dezenten Klacken hinter ihr schloss.

Valeria stand in einem kleinen Flur, von dem zwei Türen abgingen. Die rechte führte in ein geräumiges Badezimmer aus weißem Marmor. Flaschen mit allerlei Lotionen und Cremedosen standen auf der Ablage.

Als Valeria in den Spiegel sah, zuckte sie unwillkürlich

zurück. Ein struppiges Gespenst blickte ihr entgegen. Ihr Gesicht kam ihr ungewohnt schmal vor, sie hatte violette Schatten unter den Augen, das Haar stand wirr wie Draht um ihren Kopf. Kein Wunder, dass diese Signora Merli sie vorhin so komisch angesehen hatte. Nein, sie glich Lucia überhaupt nicht mehr, jedenfalls nicht der Lucia, die Valeria kennengelernt hatte. *Wir sind uns so ähnlich wie ein Straßenköter einem Salonpudel.*

Sie wusch sich die Hände und das Gesicht mit der Seife, die in der Schale auf dem Waschbecken gelegen hatte – und die nach Orangen und Bergamotte duftete.

Lucias Duft, durchfuhr es Valeria. Lucias und Rosas. Aber wie um alles in der Welt sollte Rosa an Signora Vastanos Seife kommen? Sie bezog sie doch von der verrückten Ersilia. Offenbar war das Seifenmachen ein beliebtes Hobby älterer Damen und Orangen und Bergamotte ausgesprochen beliebte Ingredienzien.

Sie öffnete die andere Tür. Vor ihr lag ein riesiges Zimmer, abgeteilt durch eine offene Regalwand, in deren Fächern kleine Skulpturen und Vasen standen. Hinter dem Regal lag der Schlafbereich – breites Bett, riesiger Schrank, Frisierkommode, Spiegel – und davor das Wohn- und Arbeitszimmer, ausgestattet mit Sofalandschaft, Schreibkonsole, Fernseher. Alle Möbel waren aus einem rötlichen Holz, das edel glänzte. Es gab einen offenen Kamin und einen kleinen Balkon, von dem aus man den Pool und den Garten überblickte. Auf dem Couchtisch hatte man eine Schale mit Obst und einen Krug mit Orangensaft für sie hingestellt. War das Lucias Zimmer? Das Ganze wirkt eher wie eine sehr großzügige Hotelsuite. Sie öffnete die

Tür zum Balkon und trat hinaus. Im Garten war niemand zu sehen und der Pool war glatt wie ein Spiegel. *Clean und steril,* dachte Valeria. Kein Wunder, dass Lucia hier nicht leben wollte, trotz Palmen und Pool. Dies war kein Zuhause, dies war ein luxuriöser Hochsicherheitstrakt.

Valeria musste an das alte Haus in den umbrischen Bergen denken, in dem sie groß geworden war, und ihr Herz zog sich zusammen vor lauter Sehnsucht danach und, ja, auch nach Rosa. Sollte sie lebend hier herauskommen, würde sie ihrer Mutter verzeihen und sofort dorthin zurückkehren.

Sie vernahm ein Motorengeräusch. Claudios Wagen passierte gerade das Tor, fuhr weiter bis zu dem Nebengebäude auf der Westseite und hielt davor an. Claudio und Narbengesicht stiegen aus, öffneten die hinteren Türen und zerrten Matteo und Enzo heraus. Matteos Haar war blutverklebt und ein Auge war zugeschwollen, das konnte Valeria sogar auf die Distanz feststellen. Entsetzt schnappte sie nach Luft.

Sein Kumpel Enzo sah ähnlich ramponiert aus. Keiner der vier bemerkte Valeria. Mit gesenkten Köpfen verschwanden Matteo und Enzo im Schlepptau von Claudio und Narbengesicht in dem Gebäude.

Immerhin, sie lebten. Vittorio hatte also die Wahrheit gesagt. Der Gedanke, dass Claudio hier war, gefiel Valeria allerdings gar nicht.

Sie ging hinüber in das schicke Badezimmer. Wenn sie heute Abend noch Lucias Vater treffen sollte, wäre es sicher nicht schlecht, einigermaßen gepflegt auszusehen.

Wenig später lag sie in der Wanne, umgeben von duftenden, knisternden Schaumbergen. Nach all dem, was sie in den letzten Stunden erlebt hatte, kam ihr dies völlig absurd vor. Oder träumte sie etwa? Trotz des sich aufdrängenden Gedankens, dass dies vielleicht ihr letztes Bad sein könnte, stellte sich ein wohliges Gefühl ein, das, ausgehend vom Körper, auch auf ihren Geist übergriff. Für ein paar Minuten lag sie völlig entspannt in der Wanne und war kurz davor einzudösen.

Doch das schlechte Gewissen holte sie allzu rasch wieder ein. Da drüben war Matteo, den womöglich Folter und Tod erwarteten, und sie aalte sich hier in einem Schaumbad? Könnte sie doch nur irgendetwas für ihn tun! Und durfte sie selbst sich wirklich in Sicherheit wiegen, nur weil man sie in diesem Luxusapartment untergebracht hatte, oder war das ein gefährlicher Trugschluss? Offenbar schien Sandro Bertone bis jetzt noch zu glauben, dass sie seine Tochter wäre, denn anderenfalls wäre man sicher ganz anders mit ihr umgesprungen. Aber warum hatte Claudio es ihm verschwiegen? Erwartete er etwa, dass sie ihre Lucia-Rolle weiterspielte, vor Lucias Vater und den Augen dieser Signora Merli? Das würde sie nie durchstehen. Und doch, sagte sich Valeria, musste sie es versuchen. Matteo zuliebe und um ihre eigene Haut zu retten. Hatte Claudio, dieser raffinierte Mistkerl, dies womöglich einkalkuliert und deshalb den Mund gehalten? Was für eine Ironie: Womöglich hing nicht nur ihr und Matteos Leben davon ab, wie gut sie ihre Rolle spielte, sondern auch das Wohlergehen von Claudio, den sie inzwischen als ihren Erzfeind betrachtete.

Sie tauchte unter und gab sich der Vorstellung hin,

dass das Badewasser Zauberkräfte hätte und sie ganz einfach als Lucia wieder auftauchte. Lucia, die die richtigen Worte und die richtigen Gesten fand, um alle zu täuschen, so lange, bis sie und Matteo in Sicherheit waren.

Als ihr die Luft ausging, kam sie wieder an die Oberfläche.

Matteo und ich. Der Gedanke hatte plötzlich einen unangenehmen Beigeschmack. Sie wünschte, es wäre nie etwas zwischen ihnen geschehen. War sie wirklich verliebt in ihn gewesen? Auf jeden Fall war sie einsam gewesen, verwirrt und enttäuscht von ihrer Mutter. Matteo war ein hübscher Kerl mit einem gewissen Charme und er war als Einziger in der Villa richtig nett zu ihr gewesen. War es nicht geradezu logisch, dass sie ihm nachgelaufen war wie ein Welpe dem erstbesten Menschen, der ihm einen Leckerbissen zuwarf?

Langsam kühlte das Wasser ab und der Schaum war schon fast verschwunden. *Genauso ist es mit meinen Gefühlen,* dachte Valeria. Abgekühlt. Das Strohfeuer gelöscht, die Seifenblasen zerplatzt.

Aber müsste ich nicht traurig sein? Was ist nur los mit mir?

Sie stieg aus der Wanne, cremte sich ein und föhnte sich die Haare glatt. Der Badezimmerschrank war voller Schminkzeug, bis jetzt der einzige Hinweis darauf, dass dies hier tatsächlich Lucias Apartment war. Sie legte Make-up auf, so wie Fabiana es ihr beigebracht hatte. Danach fühlte sie sich schon gleich viel besser als vorher, so als wären mit dem ablaufenden Badewasser auch ihre Verzagtheit und ihre Zweifel weggeschwemmt worden.

Das Gefühl, sauber und gepflegt zu sein, verlieh ihr Sicherheit. Im Schrank neben dem Bett hingen jede Menge Klamotten und Valeria probierte einige Sachen an. Ein mohnrotes Kleid stach ihr ins Auge. Es passte sogar. Demnach war Lucia nicht immer so ein Hungerhaken gewesen wie zuletzt. Das Kleid würde sie anlassen, um darin Lucias Vater gegenüberzutreten. Sie beschloss, einen Rundgang durch das Haus zu machen. Es wäre ja auch fatal, wenn jemand merken sollte, dass sie sich hier gar nicht auskannte. Sie schlüpfte in ein Paar Sandaletten aus bunten Lederzöpfen, die nicht allzu hochhackig waren, und stakste damit zur Tür. Sie war verschlossen. Einen Schlüssel gab es nicht, aber neben der Tür war ein Tastenfeld mit Ziffern in die Wand eingelassen. Sie tippte minutenlang darauf herum, aber nichts geschah. Schließlich unternahm sie einen letzten Versuch mit ihrem Geburtsdatum 1606. Das hatte Rosa während ihrer Strandurlaube immer in den Hotelsafe eingegeben. »Kann man sich am besten merken.« Die Tür sprang auf. Valeria stand einen Moment wie vom Donner gerührt da. Wie konnte das sein? Ein Riesenzufall? Oder bedeutete das, dass man hier genau wusste, wer sie war?

Sie hielt sich nicht länger mit Spekulationen darüber auf, sondern ging so leise, wie es mit diesen Schuhen möglich war, über den Flur und die Treppe hinab. Sollte sie jemandem begegnen, würde sie einfach sagen, sie hätte Hunger. Was nicht ganz gelogen war.

Eine Tür stand halb offen und gab den Blick frei in ein Wohnzimmer mit einem offenen Kamin, einer ledernen Couchlandschaft, auf der eine Fußballmannschaft bequem Platz gefunden hätte, und einem riesigen Fernseher. Valeria ging hinein. Der Raum besaß eine L-Form, im kürzeren Teil befand sich eine Art Bibliothek mit einem Schreibtisch und einem Ohrenbackensessel. Alles war sauber und aufgeräumt, nichts lag herum. Wurde hier überhaupt *gelebt?* Und wenn ja, von wem?

Auf dem Kaminsims stand eine silbergerahmte Fotografie. Sie zeigte eine lächelnde Frau von Mitte dreißig, die auf eine etwas nichtssagende Weise hübsch war. Das musste Lucias verstorbene Mutter sein. Valeria suchte nach Ähnlichkeiten. Vielleicht die Nase?

»Aber das hat sie mir mit keinem Wort gesagt!«

Valeria stockte vor Schreck das Blut in den Adern. Claudios Stimme, eindeutig, sie kam vom Flur her. Schon war das Quietschen seiner Sohlen zu hören. Valeria hechtete hinter die Couch. Keine Sekunde zu früh. Eine Bodendiele knirschte, als Claudio das Zimmer betrat.

»Bitte glaub mir, ich hätte da nie mitgespielt, wenn ich geahnt …« – »Jaja, ich war ein Idiot, ich hab Mist gebaut, es tut mir leid. Aber ich …«

Ganz vorsichtig spähte Valeria an der Couch vorbei. Claudio hatte sich offenbar zum Telefonieren in dem Ohrenbackensessel niedergelassen. Sie sah nur seine Beine, die Jeans in den Sneakers mit den drei Streifen.

»Nein, ich schwöre dir, das weiß ich nicht. Sie hat mich doch auch ausgetrickst.« – »Ja, sie ist oben.« – »Von mir jedenfalls nicht.« – »Ja, natürlich.« – »Die sind drüben, im Bau und die Hunde sind draußen.« – »Also, wenn es nach mir ginge …« – »Okay, gut. Nein, ich unternehme nichts, bis du da bist. Bis morgen dann.«

Claudio stand auf. Sie hörte seine Schritte auf den Dielen und einen leisen Fluch. Seinem beflissenen Tonfall nach hatte er mit dem Padrone telefoniert. Und der schien ziemlich sauer auf Claudio zu sein, der anscheinend Lucia alles in die Schuhe schieben wollte. Aber wusste der Padrone schon, dass sie nicht Lucia war? Jedenfalls hatte es so geklungen, als würde er heute gar nicht mehr kommen. Valeria wusste selbst nicht genau, ob sie deswegen nun erleichtert sein sollte oder nicht.

Egal, nichts wie weg hier. Vielleicht holte Claudio sich nur etwas zu trinken, ehe er es sich hier drin stundenlang vor dem Fernseher gemütlich machte, wie es seine Gewohnheit war. Valeria verspürte keinerlei Lust, ihm zu begegnen, auch wenn er vielleicht die eine oder andere ihrer Fragen hätte beantworten können. Sie rappelte sich auf und eilte über den Flur in Richtung Treppe.

Diese verflixten Schuhe! Ihr Klappern auf dem Steinboden tönte durch die ganze Villa. Aber ... das waren ja gar nicht nur ihre Schritte!

Nein, das waren die von Signora Merli, die gerade die Treppe herunterkam und über ihr Handy irgendwem Anweisungen gab. Hatte sie bemerkt, dass Valeria nicht in ihrem Zimmer war, und suchte nach ihr? Wohin jetzt? Valeria sah sich hektisch um. Hinter ihr befand sich eine Tür, durch die sie kurzerhand schlüpfte. Sie machte sie hinter sich zu und absolute Dunkelheit umfing sie.

Draußen hörte sie das anschwellende und wieder verklingende Stakkato von Signora Merlis Absätzen. Wo war denn nun gleich wieder die Türklinke? Ihre Hände strichen über Holz und eine raue Wand. Als sie kurz davor war, in Panik zu geraten, fand sie einen Lichtschalter. Sie knipste ihn an und erschrak. Noch einen Schritt und sie wäre eine steile Treppe aus Beton hinabgestürzt.

Da sie nun schon einmal hier war, ging sie so lautlos wie möglich die Treppe hinunter, an deren Fuß es zwei Türen gab. Die linke führte in einen prall gefüllten Vorratskeller, der sicherlich einer mehrmonatigen Belagerung standgehalten hätte. Es gab auch ein Regal mit Schokolade und Keksen, der Abend war also gerettet. Der rechte Keller war ein aus Natursteinen gemauertes Gewölbe, voll mit Weinregalen. Am Ende des Weinkellers war noch eine Tür, die Valeria, neugierig geworden, jetzt öffnete. Sie fand den Lichtschalter neben der Tür. Neonlampen flackerten auf und tauchten alles in ein kaltes Licht: Der Raum hatte glatte Wände, war sehr viel kleiner und ganz offensichtlich kein Weinkeller.

Valeria blieb der Mund offen stehen, als sie sah, was sich darin befand. An der Wand gegenüber der Tür hing ein großflächiges Gemälde, das Valeria sofort erkannte.

Ihre Mutter hatte es gemalt.

Sie erinnerte sich an dieses spezielle Bild sehr gut, weil es der Anfang von Rosas roter Phase gewesen war, die vor ungefähr drei Jahren begonnen und etwa ein Jahr lang gedauert hatte. Es zeigte zwei identische, gesichtslose Gestalten, es konnten Vögel sein oder auch Engel, die aus einem Wald mit lauter roten und violetten Bäumen hervortraten. Wenn man länger hinsah, erkannte man in der Struktur der Baumrinden Gesichter. Oder vielmehr Fratzen. Fratzen und böse Tiergesichter. Valeria hatte sich schon damals vor dem Bild gegruselt und war froh gewesen, als es eines Tages verschwunden war.

Valeria sah sich genauer in dem Raum um. An den Seitenwänden hingen ebenfalls Gemälde, dicht an dicht. Sie musste gar nicht erst nach der verschlungenen Signatur RT in der rechten unteren Ecke suchen. Sie erkannte auch so, dass sie von Rosa Tomaso gemalt worden waren. In der Mitte des Raums befand sich ein langes hölzernes Gestell und darin standen noch mehr Bilder, verhüllt von weißen Tüchern. Valeria zog die vorderen herunter. Auch diese Bilder trugen die Signatur RT, allerdings hätte Valeria diese Werke nicht unbedingt ihrer Mutter zugeordnet. Sie folgten unterschiedlichen Stilrichtungen, etliche waren gegenständlich. Neben einigen Porträts gab es auch Aktzeichnungen von Männern und Frauen. Es mussten frühe Werke sein, die möglicherweise noch aus der Zeit vor ihrer Geburt stammten.

Wie kamen Rosas Bilder ausgerechnet hierher, warum lagerten sie versteckt im Keller? Hatte Bertone sie bei dem Galeristen gekauft, der regelmäßig vorbeikam und Rosas Bilder abholte? Aber warum so viele? Oder aber ... ihre Mutter und Bertone kannten sich!

Valeria erinnerte sich an Rosas Telefonat, nachdem sie den Mann erschossen hatte. *Du bringst das in Ordnung, und zwar sofort!*, hatte sie gerufen, Valeria wusste es noch ganz genau. Dann waren die beiden Männer gekommen und hatten die Sache in der Tat »in Ordnung« gebracht, schnell und professionell. Wer anders als Leute von der Mafia würde spätabends vorbeikommen und eine Leiche abholen, so als wäre das gar nichts Besonderes? Höchstens noch offizielle Leichenbestatter. Valeria kniff die Augen zusammen, so krampfhaft versuchte sie, sich an die zwei Männer zu erinnern. Viel hatte sie nicht von ihnen gesehen, es war ja dunkel gewesen. Aber der eine, der dickere mit der Zigarette ... das könnte Celeste gewesen sein, ja er war es, ganz bestimmt. Celeste, fiel ihr wieder ein, hatte Rosa auch den Umschlag mit dem Geld überreicht, den Rosa ihr tags darauf für Alessandro mitgegeben hatte. War das Geld in dem Umschlag von Bertone gekommen, hatte Rosa an jenem Tag mit ihm telefoniert? Was in aller Welt kannte ihre Mutter denn für Leute?

Valeria verspürte das dringende Bedürfnis, diesen Raum zu verlassen. Sie würde Rosa anrufen, heute noch oder morgen. Es gab wahrhaftig einigen Gesprächsbedarf! Sie breitete die heruntergezogenen Laken wieder über die Bilder. Dabei rutschte jedoch ein anderes Tuch von einem Bild herab. Valeria hob es auf und zog das Bild aus dem Gestell, um es wieder einzupacken. Als sie das Motiv sah, stutzte sie und dann lief es ihr eiskalt den Rücken hinunter.

Das Bild war in Grautönen gehalten wie eine Schwarz-Weiß-Fotografie. Es zeigte sie selbst in doppelter Ausführung, etwa im Alter von drei oder vier Jahren. Oder sie und – Lucia? Eines der Mädchen stand im Vordergrund, im Licht, sie trug ein helles Kleid. Das andere Mädchen befand sich schräg dahinter, im Schatten des ersten, die Kleidung war dunkler und auch das Gesicht lag im Schatten. Dennoch erkannte Valeria ihre eigenen kindlichen Gesichtszüge wieder. *Die Schattenschwester!*

Aber das, was sie schaudern ließ, war etwas anderes:

Über das Gesicht der vorderen Gestalt waren zwei sich kreuzende, dicke blutrote Linien gesprüht worden. Jemand, und bestimmt nicht Rosa, hatte nachträglich das Gesicht durchgestrichen. Mit voller Absicht und voller Hass.

16.

Ein Sonnenstrahl drang durch den Spalt in der Gardine und blendete Valeria. Sie fuhr in die Höhe.

Matteo, durchzuckte es sie wie ein Stromschlag. Hoffentlich war ihm noch nichts geschehen, während sie nach ihrer nächtlichen Entdeckung irgendwann erschöpft eingeschlafen war!

Sie trug noch immer das rote Kleid und der Lippenstift und das Make-up hatten den weißen Kopfkissenbezug versaut. Sie hatte also Sandro Bertones Ankunft verpasst. Oder war er gar nicht gekommen? War er womöglich hier gewesen und hatte sie schlafend vorgefunden? Ihr Blick fiel auf ihre gehäkelte Handtasche, die über der Stuhllehne hing und zwischen all den eleganten Sachen aussah wie ein Fremdkörper aus einer anderen Welt. Darin war ihr Pass, der eindeutig besagte, dass sie nicht Lucia war. Vorsichtshalber legte sie die Tasche ganz unten in ihre Sporttasche, die sie noch gar nicht ausgepackt hatte. *Lohnt sich womöglich gar nicht mehr,* dachte sie in einem Anflug von Sarkasmus.

Sie dachte an das Telefonat, das sie am Abend zuvor belauscht hatte, an Rosas Bilder im Keller ... Ja, es gab vielleicht sogar eine Erklärung für all das, aber die war so unglaublich ...

Ihr Blick schweifte über den Garten und den Pool. Ein

Schatten glitt über die Wasserfläche, Valeria hob den Blick zum blauen Himmel. Ein Falke kreuzte ihr Blickfeld und verschwand dann über dem Dach. Valeria beschloss, sein Auftauchen als gutes Zeichen zu interpretieren.

Ein dumpfes Brummen ließ sie zusammenzucken. Erst als sich das Geräusch wiederholte, erkannte sie, dass es das Telefon war. Sie hob ab.

»Ja?«

»Guten Morgen. Dein Vater erwartet dich um neun Uhr auf der Terrasse am Pool zum Frühstück.« Die Stimme von Signora Merli klang, als hätte sie sie über Nacht im Eisfach aufbewahrt.

»Wie spät ist es jetzt?«, fragte Valeria.

»Acht.«

Sie ging ins Bad, schaufelte sich kaltes Wasser ins Gesicht und entfernte die Schminke. Das war ohnehin viel zu viel gewesen, was hatte sie sich nur dabei gedacht? Abrupt hielt sie inne und schaute sich an. Ihr Gesicht war schmaler geworden und sie war blass. Da war ein neuer Ausdruck in den Augen. Nicht dass sie Falten bekommen hätte oder so, aber sie sah verändert aus ... Sie ähnelte Lucia noch mehr als bisher. Oder spann sie sich da etwas zurecht? Wahrscheinlich sah sie einfach nur mitgenommen aus.

Sie begnügte sich mit Wimperntusche und Lipgloss und zog die Augenbrauen ein wenig nach, um ihnen den typischen rasanten Lucia-Schwung zu verpassen. Auch das rote Kleid erschien ihr unpassend für ein Frühstück. Also Jeans und das blaue T-Shirt, das sie mit Matteo zusammen ausgesucht hatte.

In der Nähe des Pools gab es eine überdachte, von Wein und Kletterrosen umrankte Laube, angenehm schattig und wohltemperiert. Ein blütenweißes Tischtuch spannte sich über den runden Tisch. Darauf stand alles, was man für ein ausgedehntes Frühstück brauchte. Sandro Bertone wartete bereits auf sie. Er legte die Zeitung weg, stand auf und nahm seine Sonnenbrille ab, als er Valeria herankommen sah. Er trug Jeans und helle Leinenschuhe. Sein weißes Hemd wölbte sich ein klein wenig um die Taille herum. Er besaß volles, grau meliertes Haar, das ihm in Wellen aus der hohen, gefurchten Stirn gekämmt war. Der Blick seiner bernsteinfarbenen Augen war sanft und freundlich, besonders jetzt, als er Valeria anlächelte.

Dies also war der Padrone, vor dem sie alle zitterten.

Auf Valeria wirkte er eher wie ein freundlicher Eisverkäufer. Ein Eisverkäufer mit Löwenaugen, dachte sie, obwohl sie nicht ganz sicher war, was die Augenfarbe von Löwen betraf. Aber was hatte sie eigentlich erwartet? Einen bewaffneten Finsterling, dem die Niedertracht aus jeder Pore drang? Der Mann saß schließlich in seiner Eigenschaft als Vater hier, er wollte mit seiner Tochter frühstücken, die man gerade ihren Entführern entrissen hatte, und das Lächeln würde ihm sicher gleich vergehen.

Je näher Valeria der Laube kam, desto langsamer wurde sie. Wie sollte sie ihn überhaupt nennen, wie nannte Lucia ihn? Papa?

Ausgeschlossen! Sie brachte das Wort nicht über die Lippen und begnügte sich mit einem leisen *Buongiorno.*

Nein, es war unmöglich! Ganz und gar unmöglich, sie

würde das nicht durchstehen, das wusste sie in dem Moment, in dem er auf sie zukam, ihr zwei Küsse auf die Wangen drückte und sie umarmte. *Wie ein Vater.*

»Ich bin sehr froh, dass es dir gut geht.« Seine Stimme war volltönend, ohne dabei laut zu sein. Danach hielt Sandro Bertone Valeria mit ausgestreckten Armen vor sich und musterte sie von oben bis unten. Valeria fühlte sich auf einmal schäbig und klein. Im Geiste bereitete sie ihre schonungslose Beichte vor. Der Mann wirkte nicht wie ein Ungeheuer, er würde vielleicht Gnade walten lassen, wenn sie ihm alles, wirklich alles, erzählte.

War sie nun endgültig durchgeknallt? Vor ihr stand ein brutaler, skrupelloser Mafiaboss, auf dessen Konto wer weiß wie viel Leid und wie viele Tote gingen, und sie erkor ihn zu ihrem Beichtvater, weil sie ihn *sympathisch* fand.

»Was für ein hübsches Mädchen aus dir geworden ist!«, sagte er lächelnd.

Valeria wurde immer unsicherer. Etwas in ihr wünschte sich, er möge sie lieber unumwunden zur Rede stellen. Stattdessen goss er ihr Kaffee ein und forderte sie auf, sich zu setzen und etwas zu essen. Sie griff nach einem Hörnchen und riss ein kleines Stück davon ab.

»Es tut mir leid, dass ich gestern nicht hier war, um mich persönlich um dich zu kümmern«, sagte Bertone und seufzte: »Geschäfte. Immer Geschäfte.«

Valeria wollte lieber gar nicht wissen, was für Geschäfte das waren. Was Matteo angedeutet hatte, reichte ihr schon. Offenbar konnte Bertone auch jetzt noch nicht ganz davon lassen, denn neben dem Krug mit dem Orangensaft lag eine dünne Mappe und obenauf ein Handy. Allzeit bereit.

»Dabei sollte es doch nur eines geben, was wichtig ist, und das ist die Familie, nicht wahr?« Er sah sie fragend an.

Valeria nickte und rutschte unruhig auf ihrem Stuhl hin und her. Sie fühlte sich wie bei einem besonders ausgeklügelten Verhör und wurde das Gefühl nicht los, dass er sie längst durchschaut hatte und nun sein grausames Spiel mit ihr trieb. Ein Löwe, der die Antilope noch ein bisschen herumjagt, aus Spaß und weil er es kann. Vielleicht würde er sie so lange mit Small Talk umgarnen oder ihr hinterhältige Fragen stellen, bis sie sich selbst verriet. Um nicht stumm und steif wie eine Schaufensterpuppe dazusitzen, trank sie von ihrem Kaffee und würgte das Hörnchen zur Hälfte hinunter.

»Ich hoffe, diese Kerle haben dich wenigstens einigermaßen anständig behandelt.«

»Sehr anständig«, versicherte Valeria. »Ich möchte auch nicht, dass sie ... dass ihnen etwas passiert.«

Seine Stimme blieb gefährlich leise, als er sagte: »Diese Jungs, die ohne mich noch immer im Dreck sitzen würden, haben mein Vertrauen missbraucht, mich belogen und hintergangen und zu guter Letzt wollten sie von mir Lösegeld erpressen. Was also schlägst du vor, das ich mit ihnen machen soll?«

Jegliche Freundlichkeit war nun aus seinem Blick gewichen. Valeria bekam eine Ahnung von der dunklen Seite dieses Mannes.

»Du könntest sie anzeigen«, entschlüpfte es Valeria, die

erst begriff, was für einen himmelschreienden Unsinn sie daherredete, als es schon zu spät war.

Für einen Moment wirkte Sandro Bertone verblüfft, dann brach er in herzhaftes Gelächter aus. »Anzeigen«, wiederholte er, während er noch immer lachte. »Der war gut.«

Valeria senkte den Kopf und studierte ausgiebig das Muster auf ihrer Papierserviette.

»Wie hat dir die Villa Aurelia gefallen?«, fragte er und wischte sich ein paar Lachtränen aus den Augen.

»Sie ist wunderschön. Aber es tut mir sehr leid, dass Signora Vastano gestorben ist.«

Er nickte betrübt, dann schlug er ein Kreuz über seiner Brust und meinte: »Gott hab sie selig!«

»Gott hab sie selig«, wiederholte Valeria und bekreuzigte sich ebenfalls.

»Deine Mutter liebte die Villa. Sie hat fast drei Jahre darin gelebt, wusstest du das?«

Oh, Mist, von wem redet er jetzt?

Ehe Valeria antworten konnte, tat er es zum Glück selbst.

»Nein, das weißt du natürlich nicht. Ich habe sie dort besucht, sooft ich konnte. Ich hätte *sie* heiraten sollen, trotz aller Widerstände. Aber ich war ein Feigling! Ich hatte damals nicht den Mut, mich der Familie zu widersetzen, und die hatten längst eine andere Frau für mich ausgesucht. Maria und ich haben uns gegenseitig respektiert, aber geliebt habe ich immer nur eine Frau.« Er trank einen Schluck Kaffee und lächelte traurig. »Und das war eure Mutter Rosa.«

Geschockt starrte Valeria Bertone an, während er gelassen weiterplauderte: »Als Rosa schwanger wurde, verlangte sie von mir, Maria zu verlassen. *Sie oder ich!* Aber das hätte Krieg bedeutet zwischen unseren Familien. Ich habe versucht, Rosa das zu erklären ...« Er seufzte und winkte ab. »Ich hoffte, sie würde sich wieder beruhigen. Aber ein paar Wochen nach eurer Geburt war sie plötzlich verschwunden, mit euch Kindern natürlich. Signora Vastano steckte dahinter, dieser raffinierte alte Rochen. Ihr Neffe, dieser Alessandro, hat Rosa und euch beide nach Umbrien verschleppt, in das Dorf seiner Mutter.«

Sandro Bertone, der ihr gerade auf so zartfühlende Weise eröffnet hatte, dass er ihr Vater war, hielt inne. Sein Blick ruhte auf Valeria, in deren Kopf sich die Gedanken nur so jagten.

Die Seife. Die Seife war die Verbindung. Signora Vastano stellte die Seifen her und schickte sie ihrer Schwester, der verrückten Ersilia. Alessandros Mutter.

»Aber ... Aber warum lebte dann Lucia bei Ihnen ... also, ich meine, bei dir und ich bei Rosa?«

Bertone holte tief Atem. »Es hat fast drei Jahre gedauert, ehe ich euch fand. Aber als ich Rosa wiedersah, war sie nur noch ein Schatten ihrer selbst. Die frühere Rosa, die ich gekannt und geliebt hatte, war eine strahlende, selbstbewusste Frau gewesen, voller Esprit und Charme. Jetzt sah sie aus wie eine Bäuerin. Sie, die immer gerne durch die Bars gezogen ist, hockte nun auf diesem abgelegenen Hof in den umbrischen Bergen, züchtete Hühner und Bohnen und wühlte im Dreck. Sie hat Ferienwohnungen geputzt und euch dorthin mitgeschleppt, weil ihr nichts anderes übrig blieb. Natürlich kam sie bei alledem kaum noch zum Malen. Und selbst wenn, wer hätte ihre Bilder kaufen sollen –, die Bauern?« Er lachte verächtlich.

Valeria gefiel es gar nicht, wie er über ihr Zuhause sprach, aber sie schwieg und ließ ihn lieber reden, jetzt wo es endlich Antworten gab auf all die Fragen, die sie seit Wochen quälten.

»Ich habe Rosa gebeten zurückzukehren«, fuhr Bertone fort. »Ihr hättet in der Villa in Frascati leben können oder wo immer sie gewollt hätte. Aber Rosa kann sehr stolz und eigensinnig sein, das weißt du ja sicher. Ich habe sie angefleht, ich wollte ein besseres Leben für meine Töchter. Aber Rosa hielt mir entgegen, dass ihre Kinder bei ihr wenigstens *sicher* aufwachsen würden. Um euch nicht in Gefahr zu bringen, sollte außerdem niemand wissen, wer euer Vater ist.«

Seine Rede geriet ins Stocken und Valeria ahnte, dass jetzt der heikle Teil kommen würde.

Als er weitersprach, klang seine Stimme rau wie Sandpapier. »Ich habe keine Ruhe gegeben und sie so lange bearbeitet, bis sie sich schließlich einverstanden erklärte, mir wenigstens eine von euch mitzugeben. Das war das Äußerste, wozu ich sie bewegen konnte. Dafür musste ich ihr hoch und heilig versprechen, dass ich von da an keinen Kontakt mehr mit ihr und später auch mit dir aufnehmen würde.« Er verstummte und sein Blick verlor sich irgendwo über der türkisfarbenen Wasserfläche des Pools.

Valeria starrte ihn an, unfähig, ein Wort zu erwidern.

»Über einen Galeristen, der mir noch einen Gefallen schuldete, habe ich all die Jahre ihre Bilder gekauft, sodass Rosa nicht mehr putzen gehen musste und du einen Privatlehrer bekommen hast. Hin und wieder habe ich Rosa angerufen und sie hat mir versichert, dass es dir gut geht und dass du glücklich bist.«

»Warum Lucia?«, fragte Valeria. »Hast du sie ausgesucht?«

»Nein, ich habe sie nicht ausgesucht.«

»Was dann? Habt ihr eine Münze geworfen oder was?« Valeria sah ihn forschend an.

»Nein. Es war Rosa«, sagte er mit aufrichtigem Bedauern in der Stimme. »Ich weiß wirklich nicht, wie sie das entschieden hat.«

»Und dann?«, fragte Valeria.

»Ich brachte Lucia zu mir nach Hause. Damals wohnten wir noch nicht hier draußen, sondern näher an der Stadt und am Meer. Meine Frau Maria konnte keine Kinder bekommen und ich dachte ...« Er unterbrach sich erneut, schüttelte den Kopf. »Es war ein Fehler. Ich hatte ja so wenig Ahnung von Frauen ... Als Lucia zehn war, starb Maria und ein Jahr später meldete ich Lucia auf einem Internat an. Seither haben wir den Draht zueinander fast völlig verloren.«

»Wusste Lucia, dass Maria nicht ihre leibliche Mutter war?«

»Anfangs nicht. Ich wollte damit warten, bis sie achtzehn ist, aber vor zwei Jahren fand Lucia das hier.«

Er schlug die Mappe auf und reichte sie Valeria über den Tisch. Fotos von ihr. Auf zweien war sie vielleicht vier, fünf und noch recht pausbäckig. Eines war am Strand gemacht worden, sie lachte und trug ein buntes Kleid, das

Rosa kurz zuvor einem Strandhändler abgekauft hatte. Damals war sie zwölf gewesen, sie erinnerte sich noch gut daran. Ein anderes Foto zeigte sie auf der Schaukel unter dem Maulbeerbaum, mit neun oder zehn. Brauner Pony, schüchterner Blick. Darunter lagen ihre Geburtsurkunden: am 16. Juni in Rom geboren. *Mutter: Rosa Elena Tomaso, Vater: Sandro Alfredo Bertone.*

»Lucia ist zwanzig Minuten älter«, sagte Bertone lächelnd.

»Hat sie jemals Kontakt zu Rosa aufgenommen?«

»Nein. Lucia ist ... sie interessiert sich letztendlich wenig für andere.«

Oder erst dann, wenn sie ihr nützlich sein können, dachte Valeria. »Warum bist du nicht mal bei mir vorbeigekommen, als ich etwas älter war?«, fragte sie.

»Ich hatte Rosa versprochen, es nicht zu tun.«

Diese Ausrede war Valeria nicht einmal eine Antwort wert.

Er sah sie einen Moment lang schweigend an. »Ich hatte vor, mich zu deinem achtzehnten Geburtstag bei dir zu melden«, sagte er schließlich.

»Ach, tatsächlich?«

»Du bist mir böse, ich weiß. Aber deine Mutter hatte schon auch recht: Du warst bei ihr in Sicherheit. Jedenfalls glaubte ich das.«

»Ja, bis zu dem Tag, an dem Lucia und Claudio mich von diesen Marinellis umbringen lassen wollten.« Jetzt bekam auch das erlauschte Telefonat von gestern einen Sinn. Bertone musste ziemlich sauer auf Claudio sein. *Geschieht ihm recht!*

Er schüttelte den Kopf. »Was mich wundert, ist, dass du bei diesem Doppelgänger-Unsinn mitgemacht hast.«

Es hatte freundlich geklungen, nicht vorwurfsvoll. Sie schluckte. »Seit wann weißt du es?«

»Seit Claudio mir sagte, dass Matteo dich entführt hat.«

Valeria senkte beschämt den Blick. »Ich war … ich wusste nicht, wohin. Rosa hatte mich weggeschickt und es klang so harmlos und verlockend. Es tut mir auch leid, dass ich so teuer eingekauft habe.«

Er winkte ab. »Hauptsache, dir ist nichts passiert. Claudio hätte mich von Anfang an einweihen müssen. Nicht auszudenken, wenn diese Lockvogel-Nummer funktioniert hätte. Aber er wird seine Strafe bekommen.«

»Es war auch Lucias Plan«, erinnerte ihn Valeria. »Und im Unterschied zu Claudio wusste sie, dass ich deine Tochter bin.«

Valeria dachte an das Bild mit ihrem durchgestrichenen Gesicht. *Sie hasst mich. Warum hasst sie mich so sehr?*

»Auch sie wird nicht ungeschoren davonkommen«, versicherte Bertone ernst. »Es ist meine Schuld, dass sie so geworden ist. Ich hätte sie besser erziehen sollen.«

»Jemand hätte ihr zumindest beibringen sollen, dass man seinen Verwandten keine Killer auf den Hals hetzt.«

Er lächelte wehmütig. »Du hast den Humor deiner Mutter, das ist gut.«

Humor? Valeria war das bitterernst gewesen. »Was ist mit Rosa?«, fragte sie. »Bist du sicher, dass diese Marinellis nur mich töten wollten?«

»Ja«, antwortete er mit Überzeugung. »Rosa ist nicht in

Gefahr, und wie man außerdem gesehen hat, kann sie gut auf sich aufpassen.«

»Wer war der Mann, den sie erschossen hat?«, fragte Valeria.

»Ein Handlanger der Marinellis.«

Ein Handlanger. *So einer wie Matteo,* dachte Valeria. Ein Angestellter auf Lebenszeit, ein Leibeigener, dessen Leben nicht viel wert war.

Er seufzte. »Der Marinelli-Clan hat uns schon immer Probleme gemacht. Zuletzt eskalierte die Sache und bei einer Schießerei – die im Übrigen die Marinellis angezettelt hatten – wurde der älteste Sohn von Cesare Marinelli getötet: Emilio. Er war achtundzwanzig und sozusagen der Kronprinz. Der alte Cesare Marinelli hat daraufhin öffentlich geschworen, seinen Sohn zu rächen. Er hat noch zwei Söhne, Robert und Luca. Die tun alles, was der Alte sagt.« Er griff nach ihrer Hand und drückte sie kurz. »Aber ich bin trotz allem froh, dass wir uns jetzt kennengelernt haben.«

Valeria lächelte, obwohl sie das gar nicht wollte.

Mein Vater.

»Ich mache mir jedoch große Sorgen um Lucia. Angeblich weiß keiner von diesen Idioten, die auf sie aufpassen sollten, wo sie steckt.«

»Aber ich«, sagte Valeria. »Vielleicht.«

In seine Augen kam Leben. »Wo ist sie?«

»Ich habe da nur so eine Ahnung ...«

»Egal, raus damit.«

»Nein.«

»Nein?«, wiederholte er gefährlich leise.

Vermutlich hatte ihm zuletzt jemand widersprochen, als man noch mit Lira bezahlte. Aber Valeria hatte jetzt keine Angst mehr vor ihm. Er war ja schließlich ihr Vater. Und Familienbande galten in Mafiakreisen anscheinend noch mehr als im restlichen Italien. Wenn man einmal davon absah, dass Lucia in dieser Hinsicht aus der Art schlug.

»Wenn ich Lucia finde, versprichst du mir dann, dass Matteo und Enzo nichts geschieht?«

Bertones Blick drohte, sie zu erdolchen. »Was fällt dir ein, mir Bedingungen zu stellen?«, zischte er.

Nicht nachgeben jetzt! Er will mich nur einschüchtern. Er ist mein Vater, er wird mir nichts tun!

»Weil ich es kann«, sagte Valeria und sah ihm fest in die Augen.

Der Löwe gab einen Knurrlaut von sich. »Gut, du hast mein Wort. Den beiden wird nichts geschehen. Und jetzt sag mir, was du weißt.«

Valeria schüttelte den Kopf. »Ich möchte sie selbst finden. Sie ist mir noch ein paar Antworten schuldig. Wenn ich sie aufgetrieben habe, sage ich dir Bescheid. Wenn sie dort ist, wo ich vermute, ist sie nicht in Gefahr.«

»Du hast auch Rosas Dickkopf geerbt«, stellte er fest, aber Valeria bemerkte, wie sich dabei ein Lächeln in seine Mundwinkel stahl.

»Ich brauche Geld, Bargeld.«

»Wie viel?«

»Dreitausend Euro. Was übrig bleibt, gebe ich dir zurück.«

»Mach dir darüber keine Gedanken.«

»Versprich mir, dass deine Leute nicht hinter mir herspionieren.«

Es war ihm anzusehen, dass ihm dieses Zugeständnis schwerfiel, aber schließlich sagte er: »Also gut. Ich vertraue dir.« Er stand auf und drückte ihr einen Kuss auf die Stirn. »Du gehörst ja schließlich zur Familie.«

Valeria rang sich ein Lächeln ab. *Familie.* Klang irgendwie schön. Hatte aber auch etwas Bedrohliches.

»Enttäusche mich nicht«, sagte er, ehe er verschwand.

***

Der Koffer lag auf dem Bett. Fabiana nahm ein paar Schritte Anlauf, warf sich mit ihrem ganzen Gewicht auf ihn und versuchte dann, auf dem Bauch liegend, die Schnallen zu schließen. Es klappte nicht. Er war einfach zu voll, ihre Gewänder nahmen zu viel Platz weg. Sie bräuchte noch einen dritten Koffer. Und dazu eine dritte Hand. Oder sie müsste ein paar von ihren Gewändern hierlassen. Sie fluchte. Tränen der Wut rannen ihr über die Wangen, sie wischte sie mit dem Ärmel ihres Sweatshirts ab. Diese gottverdammte Lucia, der Teufel soll diese Schlampe holen!

Jedes Jahr in den Sommerferien hatte ihre Mutter sie zu Onkel Sandro nach Neapel geschickt. »Die arme Lucia, sie hat gar keine Geschwister, sie braucht jemanden zum Spielen, sei nett zu ihr«, hieß es und später: »Die arme Lucia, ihre Mutter ist gestorben, sei nett zu ihr.«

Sei nett zu ihr! Das hätte man lieber mal diesem Biest eingeschärft. Sie hatte ein Zimmer voller Spielzeug, doch sobald Fabiana eines davon anfasste, wurde es ihr von Lucia entrissen, sogar dann, wenn es ganz unten in der Kiste gelegen hatte und Lucia schon gar nicht mehr gewusst hatte, dass sie es besaß. Später hatte Lucia sich Spiele ausgedacht. Prinzessin und Dienstmädchen. Keine Frage, wer das Dienstmädchen war. Als sie zwölf oder dreizehn waren, verwendete Lucia in Gegenwart ihres Vaters ordinärste Schimpfwörter, und als dieser seine Tochter entsetzt zurechtwies, behauptete Lucia, die hätte sie alle von ihrer Cousine gelernt. Fabiana war ein gutes Jahr älter als Lucia, aber sie hatte es dennoch nie geschafft, sich gegen ihre Cousine zu behaupten. Gegen so viel Bosheit kam man einfach nicht an.

Mit vierzehn hatte Fabiana sich strikt geweigert, ihrer Cousine noch einmal in den Ferien Gesellschaft zu leisten, und so hatten sie sich ein paar Jahre lang nicht gesehen. Aber dann kam dieses Angebot von Sandro Bertone. Sie »durfte« in der Villa Aurelia leben und ihre einzige Aufgabe bestand darin, ihrem Onkel zu berichten, was in der Villa vorging. Vor allen Dingen darüber, was Lucia tat, wollte er Bescheid wissen: mit wem sie sich traf, ob sie sich an die Anweisungen zu ihrer Sicherheit hielt. Letzteres war das Allerwichtigste, hatte der Padrone ihr eingeschärft.

Sie hatte sich im Großen und Ganzen daran gehalten. Nur die Sache mit der isländischen Postkarte hatte sie ihm vorenthalten. Ihr Instinkt hatte ihr geraten, diese Information als Ass im Ärmel für sich zu behalten. Für Notfälle. Auch jetzt hatte sie es ihrem Onkel verschwiegen, denn was würde es ändern? Er würde sie höchstens noch anblaffen, warum sie es ihm nicht früher gesagt hatte, und hier ausziehen müsste sie so oder so.

Natürlich hatte Fabiana schon geahnt, dass das Zusammenleben mit Lucia kein Zuckerschlecken werden würde. Und ganz ungefährlich war es auch nicht, wegen der Sache mit den Marinelli-Brüdern. Aber die Bitte ihres Onkels abzulehnen, war keine Option. Fabianas Familie hatte in den letzten Jahren ziemliches Pech gehabt. Ihr Vater hatte sich bei einigen Geschäften verspekuliert, ihr Bruder hatte sich mit einem Kilo Kokain im Koffer erwischen lassen und ihre Mutter war vor zwei Jahren an Brustkrebs erkrankt. Sandro Bertone hatte ihrem Vater mit einem großzügigen »Kredit« ausgeholfen und ihrem Bruder einen guten Anwalt besorgt, sodass er mit zwei Jahren Haft davongekommen war. Für seine Schwester Isabella, Fabianas Mutter, hatte Sandro Bertone den Aufenthalt und die Operationen in einer teuren Spezialklinik in der Schweiz bezahlt. Seit einem Jahr war ihre Mutter wieder gesund. Ihre ganze Familie stand in seiner Schuld, sie hatte gar keine Wahl. Und es hatte für sie ja auch Vorteile gehabt. Ehe Fabiana in die Villa Aurelia gezogen war, hatte sie zusammen mit ein paar Chaoten im Zentrum von Rom in einer WG gelebt. Die Lage war nicht schlecht gewesen, aber ihr Zimmer feucht, winzig und dunkel. Ein Loch.

Nun konnte Fabiana also wieder dorthin ziehen. Fabiana kam sich vor wie eine Marionette, die man nach Belieben aus dem Kasten holte und wieder in der Versenkung verschwinden ließ, wenn man sie nicht mehr brauchte.

Das alles war nur Lucias Schuld. Nachdem ihre Cousine diese Valeria angeschleppt hatte und am nächsten Morgen verschwunden war, hatte Fabiana ihren Onkel darüber informieren wollen. Aber davon hatte Claudio sie abgehalten und ihr seinen Plan erläutert ...

Im Nachhinein betrachtet war es natürlich Wahnsinn gewesen. Sie hätte da nie mitmachen sollen. Aber Claudio ... Fabiana war kein Mädchen, das viele Verehrer hatte, sie war empfänglich für ein paar Komplimente und ein Lächeln. Sie hatte sich von Claudios Charme einwickeln lassen.

Jetzt war ihr Onkel natürlich sauer auf sie. Er hatte sie zwar nicht direkt rausgeworfen, aber er hatte ihr eröffnet, dass er die Villa verkaufen wollte. In einer halben Stunde würde der Makler die Schlüssel in Empfang nehmen, sie hatte extra das Tor offen gelassen.

Klack. Jetzt hatte sie es doch noch geschafft. Die eine der beiden Schließen war eingerastet, jetzt würde sie auch noch die andere ...

Ein Geräusch ließ sie zur Tür blicken und gleich darauf schrie sie erschrocken auf. Die zwei Typen, die da standen, waren ganz bestimmt keine Immobilienmakler. Denn die hatten im Allgemeinen keine Pistolen in der Hand.

Der eine kam nun auf sie zu, er hatte ein schmales Gesicht, das irgendwie an eine Ratte oder ein Wiesel erinnerte. Im selben Moment fiel Fabiana ein, dass Roberto Marinelli den Spitznamen *il furetto – das Frettchen* trug.

Zu Tode erschrocken riss sie die Hände nach oben und flehte: »Bitte, tut mir nichts. Ich bin nicht Lucia Bertone, ich bin nur ...«

»Wir wissen, wer du bist«, sagte der andere, der mit den weichen Wulstlippen und den runden Augen. *Babyface.* So nannte man ihn. Luca Marinelli.

»Wir tun dir nichts. Du musst uns nur sagen, wo wir deine Cousine finden.«

»Das wüsste ich auch gerne«, antwortete Fabiana verzweifelt.

Das Frettchen steckte die Pistole weg und zog stattdessen ein Messer hervor. »Was meinst du, Luca, womit soll ich anfangen ... Ohren oder Nase?«

Luca grinste. »Lieber zuerst ein paar Finger.«

»Ganz wie du willst.«

Schon hatte Roberto ihr Handgelenk umfasst und ihre Handfläche auf den Koffer gedrückt.

»Nein!«, schrie Fabiana. »Lass mich los! Ich sag euch alles, was ich weiß.«

»Dann lass mal hören«, sagte Roberto, ohne ihre Hand loszulassen. Die Messerklinge näherte sich bedrohlich ihren Fingern.

»Sie ist in Island«, brach es aus Fabiana heraus. »Sie hat dort einen Freund. Er war mit ihr im Internat in Stockholm und bei dem ist sie jetzt.«

»Und wie heißt der Glückliche?«

»Magnús.«

»Und hat er auch einen Nachnamen?«

»Den kenne ich nicht. Ehrlich. Ich habe nur eine Postkarte von ihm gefunden, darauf stand kein Nachname.«

»Tja, das ist schlecht, ganz schlecht«, meinte Roberto. Die Klinge hatte sich auf ihren kleinen Finger herabgesenkt und ritzte bereits die Haut.

»Warte!«, keuchte Fabiana. »Er züchtet Alpakas.«

»Das ist nicht viel, was du uns bietest«, meinte Luca, der in der Tür stehen geblieben war und schmatzend Kaugummi kaute.

»Nicht viel?«, wiederholte Fabiana. »So etwas findet man doch raus. Alpakas sind selten in Island. Oder ... oder besorgt euch die Namensliste aus dem Internat. Oder das Jahrbuch, da stehen die Namen der Absolventen von diesem Jahr drin. Bitte, ich weiß wirklich nicht mehr!« Fabianas Stimme überschlug sich vor Angst.

Roberto hielt Fabiana das Messer an die Kehle. »Pass auf: Wir lassen dich am Leben ...«

»Aber wir schneiden dir den kleinen Finger ab, damit du weißt, dass wir es ernst meinen«, grinste Luca.

»Nein!«, kreischte Fabiana. »Bitte! Bitte tu das nicht! Ich werde nichts sagen, ich schwöre es euch beim Leben meiner Mutter. Ich kann Lucia nicht ausstehen. Ich hoffe, ihr findet sie und tötet sie, wirklich, das hoffe ich. Ich bin auf eurer Seite. Ich werde nichts sagen. Wenn ihr mir einen Finger abschneidet, dann wird meine Familie wissen, dass ihr da wart! Dann wird mein Onkel mir Fragen stellen ...«

»Auch wieder wahr«, meinte Roberto. »Du bist ein kluges Mädchen. Aber sollte ich jemals den Eindruck bekommen, dass du deinem Onkel was von unserem Besuch hier erzählt hast, dann schneidet Luca dich in Streifen, und zwar ganz, ganz, langsam, hast du das verstanden? Das macht er nämlich für sein Leben gern. Und denk auch an deine kranke Mama ... wäre ja schade, wenn ihr was passiert, nach allem, was sie durchgemacht hat.«

Fabiana nickte. »Du kannst dich auf mich verlassen. Ich sage nichts.«

»Besser wär's«, meinte das Frettchen. Dann holte er mit dem Messer aus und stach zu. Fabiana schrie und zog ihre Hand zurück, die Roberto im allerletzten Moment losgelassen hatte.

Das Frettchen lachte und zog die Messerklinge aus dem Kofferdeckel. Noch immer lachend verschwanden die beiden, ohne sich weiter um Fabiana zu scheren.

Vollkommen außer sich ließ sie sich aufs Bett neben ihren Koffer sinken, zitternd, weinend und, wieder einmal, Lucia inbrünstig verfluchend.

17.

Lucia stand am Fenster und fror. Dabei war es warm im Zimmer, der Ofen bullerte vor sich hin und ein dicker Pullover aus Alpakawolle umhüllte sie. Dennoch konnte sie nicht aufhören zu zittern. Es lag nicht an der Raumtemperatur. Nein, die Kälte fraß sich von innen nach außen, durch ihre Eingeweide, durch ihre Knochen, ihr Fleisch, die Haut.

Sie sah Magnús zu, wie er Heuballen vom Anhänger in die Futterraufe wuchtete. Er trug nur ein Sweatshirt, auf dem die drei Jahre alten Konzerttermine der norwegischen Metal Band *Cor Scorpii* aufgedruckt waren, doch er schien so gut wie nie zu frieren – sein Körper konnte scheinbar unendliche Energiereserven speichern. Sie sah ihm gern bei der Arbeit zu. Ihr gefielen das Spiel seiner Muskeln und diese ruhigen und sparsamen Bewegungen, die trotzdem nicht plump wirkten. Genauso, dachte sie, war auch sein Wesen. Ruhig und klar wie ein Bergsee. Er war ein Mensch, dem man vertrauen konnte, jemand, der seine Versprechen hielt, komme, was da wolle. Ein Mann zum Anlehnen, wenn es stürmisch wurde.

Aber ein besonders guter Unterhalter war er nicht.

Lucia glaubte nicht, dass das Schicksal irgendwo festgeschrieben stand, zuallerletzt in den Sternen. Nein, es waren bewusste Handlungen und noch mehr Zufälle, die entschieden, wohin das Leben einen trug. Und Lügen. Eine solche Verkettung von Handlungen, Zufällen und Lügen hatte dazu geführt, dass Lucia nun hier stand, zwischen Bergen und Lavafeldern.

Schon frühzeitig hatte sie die Richtung bestimmt. Der Wechsel in ein schwedisches Internat war von ihr selbst eingefädelt worden, auch wenn ihr Vater bis heute glaubte, es sei seine Idee gewesen. Sie hatte sich dort wohlgefühlt, was nicht zuletzt auch mit Magnús zu tun gehabt hatte. Sie mochte seine souveräne Ruhe und diese nordische Wortkargheit. Ganz anders als die gockelnden Italiener mit ihren Minderwertigkeitskomplexen.

Als sie Magnús näher kennengelernt hatte, hatte er wissen wollen, warum sie sich für Skandinavien interessierte.

»Weil es das Gegenteil von Italien ist«, hatte sie geantwortet.

Sie war sofort hellhörig geworden, als er eines Tages von der Alpakafarm seines Bruders erzählt hatte. Alpakas züchten in Island, das hatte ziemlich abgefahren geklungen und das Außergewöhnliche hatte Lucia schon immer angezogen. Ganz im Stillen hatte sie begonnen, Pläne zu schmieden.

Kaum war jedoch Ende Mai die letzte Abiturprüfung vorbei, schickte Sandro Bertone zwei seiner Leute, die Lucia abholten, zum Flughafen brachten und mit ihr nach Neapel flogen. Weder an der Abschlussfeier hatte man sie teilnehmen lassen, noch hatte sie sich von Magnús verabschieden können.

Ihr Vater hatte versucht, ihr die Gründe für sein Handeln zu erklären: Ihr Leben sei seit dem Tod von Emilio Marinelli in ernster Gefahr und dort, im Internat, sei sie nicht länger sicher vor der Rache dieses rückständigen Clans.

Inzwischen hatte Lucia gelernt, dass offene Rebellion nichts brachte, sondern, im Gegenteil, in ihrem Erzeuger nur den Despoten weckte. Dennoch galt es zu verhindern, dass der Alte sie für die nächsten paar Monate in diesem Apartment versauern und sich zu Tode langweilen ließ, nur um sie vor der Rache der Marinellis zu schützen.

Sie könne doch, schlug sie eines Abends vor, in Rom studieren und in der Villa Aurelia in Frascati wohnen. Die stünde ohnehin die ganze Zeit leer.

Noch zu Marias Lebzeiten hatten sie dort hin und wieder die Ferien verbracht, weil Maria in Rom weitaus lieber shoppen ging als in Neapel.

Sandro Bertone konnte Lucia nur schwer etwas abschlagen, vor allem dann nicht, wenn sie ihn bittend ansah und ihn, selten genug, »Babbo« nannte, die Koseform von Papa. Außerdem schien er ein sentimentales Verhältnis zu dieser alten Villa zu haben. Er war nicht abgeneigt. Allerdings, so ihr Vater, bereite ihm die Sicherheitsfrage Bauchschmerzen. Doch am Ende hatte Lucia ihn weichgeklopft. Aber er stellte Bedingungen: Claudio und Matteo als Leibwächter und ihre fade Cousine Fabiana als Gesellschaftsdame. Natürlich musste sie ihm hoch und heilig versprechen, niemandem zu verraten, wo sie war, und keinen Schritt allein aus dem Haus zu gehen und, und, und ...

Wie sie unter solchen Umständen studieren sollte, war

zwar ein Rätsel, aber zunächst einmal galt es, der unmittelbaren Nähe ihres Vaters zu entkommen. Das war das Wichtigste. Mit den anderen dreien würde sie dann schon fertig werden.

Es war Juni, als sie mit Claudio, Matteo und Fabiana in die Villa Aurelia zog. Seither musste Lucia immer öfter an ihre biologische Mutter und ihre unbekannte Schwester denken. Diese Schwester, die so aussah wie sie selbst. Diese Schwester, die ahnungslos in einem Kaff in Umbrien an der Seite ihrer Mutter lebte. Vielleicht hatte sie auch gerade das Abitur gemacht, vielleicht studierte sie bald in Perugia oder in Bologna, lebte vergnügt in einer Studenten-WG und konnte jederzeit ausgehen, ohne befürchten zu müssen, ermordet zu werden, sobald sie einen Schritt vor die Tür setzte. Lucia fand ein obskures, geradezu masochistisches Vergnügen daran, sich Valerias unbeschwertes Leben in den rosigsten Farben auszumalen. Eine sorglose, glückliche, ganz normale Studentin, die vor nichts Angst haben musste, außer vielleicht vor der nächsten Prüfung. Der Neid auf das imaginäre Leben ihrer Schwester sickerte wie ein schleichendes Gift in Lucias Gedanken.

Es war so ungerecht!

Denn im Grunde war es in der Villa Aurelia nicht anders als bei ihrem Vater in Neapel: Nach wie vor lebte sie versteckt hinter Mauern. Nur etwas stilvoller, dafür aber weniger komfortabel. Und dies würde alles in allem für den Rest ihres Lebens so bleiben. Ständig würde sie Leute um sich herum ertragen müssen, die sie nicht um sich haben wollte, nie würde sie ganz frei sein. Und das alles nur, weil sie die Tochter ihres Vaters war.

Es sei denn ...

Es sei denn, man servierte den Rachegelüsten der Marinellis ein Objekt auf dem Silbertablett.

In den folgenden Wochen war Lucia unruhig und meistens schlecht gelaunt. Zwar hatte sie sich inzwischen angewöhnt, trotz Claudios und Matteos Protesten das Haus zu verlassen, um zum Beispiel shoppen zu gehen oder sich die Uni mal von innen anzusehen, aber natürlich waren ihr ihre Bodyguards immer auf den Fersen. Meistens kam auch noch Fabiana mit, und wenn sie nicht dabei war, dann nutzte sie garantiert die Zeit, um ihrer Spionagetätigkeit nachzugehen. Ja es war dem Alten sogar zuzutrauen, dass er sie fürs Herumschnüffeln extra bezahlte.

Matteo war von den dreien das kleinste Problem. Ihn hatte sie im Handumdrehen um den Finger gewickelt.

Claudio war da schon eine härtere Nuss. Unerträglich, wie er mit seinem Gewinnerlächeln durch die Villa spazierte oder mit dem Wagen herumkurvte, als würde der ihm gehören. Ein Ehrgeizling aus der tiefsten Provinz, der über Leichen ging. Lucias Vater schätzte ihn und seine Skrupellosigkeit und dieser Kretin wusste das. Bisweilen schien er sogar zu vergessen, dass sie die Tochter des Padrone war und er nur ein Handlanger. Immer wieder musste Lucia ihn mehr oder weniger subtil daran erinnern.

Weil sie sich fast zu Tode langweilte, hatte sie Magnús eingeladen, sie zu besuchen. Aber er mailte ihr, er könne nicht weg von der Farm. Sein Bruder habe im Frühjahr geheiratet und mit seiner Ehefrau eine längere Reise angetreten. So lange müsse er, Magnús, die Stellung auf der

Farm halten. Aber sie könnte doch ihn besuchen. Oder auch länger bleiben.

Ja, das könnte sie. Rein theoretisch.

Aber zuerst musste sie wissen, ob die Marinellis den Köder geschluckt hatten, den sie ausgeworfen hatte.

Ein Nachteil ihres Planes war, dass ihr niemand Bescheid geben würde, ob er funktioniert hatte. Sie konnte ja schlecht ihren Vater danach fragen oder gar die Marinellis, die natürlich auf keinen Fall wissen durften, von wem der Hinweis ursprünglich gekommen war. Selbst nachzuforschen, war zu schwierig und zu gefährlich, und außerdem saß sie ja hier fest. Also konnte sie nur tatenlos dasitzen wie eine Spinne im Netz und darauf warten, dass die Gerüchte bis zu ihr durchdrangen. Sie versuchte, Claudio auszuhorchen, denn der hatte von allen hier den besten Draht zur Außenwelt, sei es Freund oder Feind. Aber auch Claudio schien nichts von der zweiten Familie ihres Vaters zu wissen. Rosa und Valeria waren offenbar ein überaus gut gehütetes Geheimnis.

Vielleicht, so überlegte Lucia, lag genau darin die Schwäche ihres Plans. Wenn der alte Cesare Marinelli seinen Erzfeind Sandro Bertone bis ins Mark treffen wollte, dann musste er die Tochter töten, die diesem nahestand, und nicht die, die er seit vielen Jahren nicht mehr gesehen hatte.

Altmodisch, wie er manchmal sein konnte, schickte Magnús ihr eine handgeschriebene Karte. Die Karte war wie eine Botschaft aus einer anderen Welt und der überaus romantische Text – den sie Magnús gar nicht zugetraut hätte – verfehlte seine Wirkung nicht. Magnús und die Alpakafarm auf Island wurden immer mehr zu einem Traum. Je unerreichbarer, desto heißer ersehnt.

Doch gleichzeitig wusste Lucia: Egal, wohin sie auch ging, sie würde sich ihr Leben lang vor irgendwelchen Marinellis verstecken müssen.

Die Wochen vergingen, ein Tag war so öde wie der andere. Es war Mitte August, als Signora Vastano eines Tages aus der Küche kam und sich an den Kräutertöpfen zu schaffen machte. Lucia saß auf der Terrasse vor dem Küchenausgang und blätterte lustlos in einem Buch. Die Signora dagegen hatte heute anscheinend ihren gesprächigen Tag. Wie ein Segelboot vor der Küste kreuzten ihre Sätze hin und her, folgten ihrer eigenen Linie, mäanderten mal hierhin, mal dorthin. Gerade noch redete sie von ihren Seifen, dann sprang sie zu ihrer Verwandtschaft, um im selben Atemzug über die verschiedenen Zubereitungsarten von *trippa* – Kutteln, dem römischen Spezialgericht – zu schwadronieren. Lucia war das Geschwätz der Frau lästig. War die überhaupt noch ganz dicht in der Birne? Hätte Lucias Vater, der aus irgendeinem Grund einen Narren an der Alten gefressen hatte, ihr nicht extra eingeschärft, die Signora respektvoll zu behandeln, hätte sie diese quasselnde Vogelscheuche längst weggeschickt. Was erzählte sie da von ihrer Schwester Ersilia und deren Sohn, einem gewissen Alessandro, der beim Fernsehen arbeitete und in Rom wohnte? Was glaubte sie, dass sie das interessierte? Aber dann fiel ein weiterer Name und der Monolog der Signora wurde plötzlich ziemlich spannend ...

»Das Haus von Alessandro, es ist doch sicher ein schönes Haus?«, fragte Lucia mit einschmeichelnder Stimme. »Wo genau liegt es denn?«

Es war mühsam, die alte Signora Vastano auszuhorchen, deren Gedanken hin und her sprangen wie Flöhe. Hatte sie sich erst einmal in den Wirren ihrer Erinnerungen verheddert, so konnte es dauern, bis man sie wieder aufs richtige Gleis gesetzt hatte. Wohl oder übel musste Lucia sich Exkurse über Tomatenzucht, das Scheren von Schafen, Signora Vastanos Besuch einer Papstmesse – der polnische Papst, nicht dieser argentinische Umstürzler – und weitere Kochrezepte anhören. Doch schließlich hatte Lucia alles für sie Wichtige aus ihr herausgequetscht.

Die Marinellis hatten also doch angebissen, aber etwas musste schiefgegangen sein. Valerias Mutter – Lucia weigerte sich, sie als *ihre Mutter* zu bezeichnen, selbst in Gedanken – war nun gewarnt und hatte Valeria weggeschickt. Ausgerechnet nach Rom, zu ihrem Exlover Alessandro, dem Neffen der Signora.

Was für ein Kardinalfehler und was für ein Glück für Lucia!

Deren erster Gedanke war es, den Marinellis, diesen Versagern, die neue Adresse ihrer Schwester zuzuspielen. Vielleicht würde ein zweiter Versuch erfolgreicher sein.

Aber dann hatte sie eine viel, viel bessere Idee.

Noch immer schaute Lucia nachdenklich aus dem Fenster.

Die Tiere standen um Magnús herum, Dampfwölkchen bildeten sich vor ihren Mäulern. Sechs Uhr, es begann zu dämmern. Ein sepiafarbener Schleier legte sich über die schroffe Landschaft: den See, das Lavafeld, die Berge. Berge aus bemoosten Felsen, die in der Sonne in tausend Schattierungen von Grün leuchteten, Berge, die viel zu nah waren, die das Farmhaus und den Stall zu erdrücken drohten. Berge, deren Gipfel nun in einer Herde blassrosa Wolken verschwanden.

Diese Stille.

Diese Ereignislosigkeit.

Sie vermisste ihre Freundinnen aus dem Internat. Besonders Elaine. Sie stammte aus Israel, wollte jetzt aber in Paris studieren. Paris! Wie gern wäre Lucia mal wieder mit ihr und ihrer alten Clique durch die Clubs gezogen, egal, ob in Reykjavík, in Stockholm, in Rom oder ... Paris.

Lucia dachte daran, wie noch vor Wochen dieses Land, diese Farm und auch Magnús ihr größter Traum gewesen waren.

Als er sie am Flughafen abgeholt hatte, war ihm anzusehen gewesen, dass er es kaum glauben konnte, sie tatsächlich zu sehen.

»Du hast das doch ernst gemeint?«, hatte er sie gefragt.

Ja, doch, das hatte sie. Damals. Es war noch nicht lange her, aber für sie fühlte es sich schon wie ein Damals an.

So langsam verging hier die Zeit.

Zu Beginn hatte sie alles aufregend gefunden. Dieses eigenartige Land, die heißen Quellen, die Vulkane, die Farm, die Tiere, den See, die Lavafelder ... Und Magnús in seinem Element.

Doch mit dem Schwinden von Licht und Wärme, mit den Nebelschwaden, dem nasskalten Regen und dem ersten Schneesturm kam die Trostlosigkeit. So war das eben mit den Träumen. Gingen sie in Erfüllung, waren sie gar nicht mehr so traumhaft.

Und das war erst der Anfang. Sie hatten gerade mal Oktober, ein endlos langer dunkler, eiskalter Winter lag vor ihr. Polarlichter, ja, toll. Aber die sah man auch nur ganz selten.

Draußen windete es. Dieser immerwährende Wind trieb einen in den Wahnsinn! Wie sollte sie das noch monatelang aushalten?

Und wenn sie es nicht aushielt, wohin sollte sie dann gehen? Nach Hause zu ihrem Vater? Unmöglich. War sie nun wirklich dazu verdammt, ihr Leben hier zu verbringen, am Arsch der Welt, wo es noch dazu genauso roch?

»Du hast mir nicht gesagt, dass die ganze Insel nach Furz stinkt«, hatte sie sich bei Magnús beschwert.

Das sei nur der Schwefel aus dem Vulkangestein, man würde sich daran gewöhnen und es nach einer Weile gar nicht mehr wahrnehmen, hatte der behauptet. Aber Lucia konnte dem nicht so ganz zustimmen.

Sie würde verkümmern und allmählich absterben wie ein Orangenbaum, den man in eine lebensfeindliche Umgebung verpflanzt hatte. Daran änderte auch Magnús nichts. Bis zum Ende des Winters, das wusste sie, würde sie ihn hassen.

Heute Morgen hatte sie eine Mail von Claudio bekommen. Er machte ihr Vorwürfe, ihn gelinkt zu haben. Hätte er gewusst, dass Valeria ihre Zwillingsschwester war ... bla, bla, bla ... und wie stünde er jetzt vor ihrem Vater da ...

bla, bla, bla. Es war ihr vollkommen egal, wie Claudio sich fühlte, viel wichtiger war der Kern seiner Botschaft: Ihre Schwester, diese zähe Kakerlake, hatte überlebt und wusste Bescheid, und laut Claudio hielt sie sich nun im Haus ihres Vaters auf.

Lucia hatte dieses Landhaus nie gemocht, es war ihr immer wie ein Gefängnis vorgekommen, doch jetzt dachte sie sehnsüchtig an die Wärme und die Sonne Süditaliens. Wahrscheinlich rekelte sich diese hinterhältige Schlange gerade unter einer Palme am Pool. Oder sie saß mit ihrem Vater in dessen Bibliothek, wo sie gemeinsam darüber klagten, wie bösartig und verdorben Lucia doch war.

Valeria, dieses naive Landei, hatte sich als ein ganz durchtriebenes, scheinheiliges Luder entpuppt. *Und jetzt hat dieser Bauerntrampel tatsächlich meinen Platz eingenommen.*

Nur leider nicht so, wie Lucia sich das vorgestellt hatte: als Mordopfer. Nein, der Schuss war voll nach hinten losgegangen. Die liebe, brave Valeria war nun anscheinend die neue Lieblingstochter ihres Vaters.

Das alles war eine einzige Katastrophe.

Der Padrone konnte knallhart sein, wenn man ihn enttäuschte, das wusste Lucia nur zu gut. Wenn er erst das volle Ausmaß dessen erkannt hatte, was sie, Lucia, geplant hatte – und dafür hatte Valeria sicher gesorgt –, dann gnade ihr Gott. Dann war sie gut beraten, nie wieder einen Fuß in ihr Heimatland zu setzen. Sie hatte sich selbst den Rückweg abgeschnitten.

Ja, sie hatte ihren Vater zeitweilig gehasst. Sie hatte ja wohl auch allen Grund dazu gehabt. Aber er war dennoch ihr Vater und der einzige Mensch, den sie hatte. Und nun war Valeria gekommen und hatte ihn ihr weggenommen.

Jetzt hatte Valeria alles und sie, Lucia, nichts mehr.

Lucia ballte die Fäuste, bis sich ihre Fingernägel schmerzhaft in ihre Handflächen bohrten.

Wenn diese Marinellis zu dämlich dazu waren, dann musste eben jemand anderes sie erledigen. Es fanden sich immer Leute für solche Jobs. Mit Geld ließe sich das arrangieren. Es würde nicht ganz einfach sein, das von hier aus in die Wege zu leiten, aber ihr würde schon was einfallen. Zeit zum Nachdenken hatte sie ja genug.

***

»Verloren? Was soll das heißen, ihr habt sie verloren? Wo habt ihr sie verloren?«, brüllte Sandro Bertone.

Celestes Kopf drohte zwischen seinen Schultern zu versinken. »Sie hat den Zug nach Verona genommen«, winselte er mit dünner Stimme, »ist aber in Bologna ausgestiegen. Wir hatten zwei Männer im Zug, die sind ihr auch gefolgt. Aber irgendwie ist sie denen in einem Kaufhaus in der Innenstadt entwischt. Danach ist sie nicht mehr am Bahnhof aufgetaucht und am Flughafen auch nicht.«

»*Porca miseria,* bin ich denn nur noch von Vollidioten umgeben?« Der Padrone sah aus, als würde er gleich über seinen Schreibtisch hechten und Celeste lebendig verschlingen.

»Es tut mir leid, Padrone. Sie ist schlau. Deine Tochter eben ...«

»Spar dir dieses Gesülze. Was ist mit ihrem Handy? Ihr habt das doch ganz bestimmt orten lassen?«

»Das Handy ist bedauerlicherweise allein nach Verona gefahren.«

»Geh mir aus den Augen, bevor ich mich vergesse!«

18.

Valeria wurde in den Sitz gedrückt, als das Flugzeug abhob. Sie war aufgeregt, aber es war eine gute Art von Aufregung. Eine wichtige Aufgabe lag vor ihr und alles in allem betrachtet war ihre Lage deutlich besser als in den letzten Wochen: Es war niemand in der Nähe, der ihr nach dem Leben trachtete, sie wusste endlich, wer ihr Vater war, und sie war im Begriff, ihr Leben selbst in die Hand zu nehmen – nachdem sie wochenlang von anderen herumgeschoben worden war wie eine Schachfigur. Noch dazu war sie mit genügend Bargeld, einer Kreditkarte und einem neuen Handy ausgestattet, was wollte man mehr? Sie würde ihrem Vater beweisen, dass sie der Sache gewachsen war. *Ihrem Vater.* Es fühlte sich zwar noch fremd an, aber auch gut, einen Vater zu haben. Dass er ein Mafiaboss war ... nun ja. Ein Wermutstropfen. Aber seine Eltern konnte man sich eben nicht aussuchen.

Sie war noch immer sauer auf Rosa, die ihr all das jahrelang verschwiegen hatte, und natürlich auf Lucia. Inzwischen hatte Valeria eine vage Vorstellung davon, wie Lucia sie bei Alessandro aufgespürt hatte: durch das Altweibergeschwätz von Signora Vastano und deren Schwester, der verrückten Ersilia.

Aber so, wie Lucia sie gefunden hatte, genauso würde Valeria nun Lucia aufstöbern. Und wenn sie jeden Stein in Island umdrehen musste! Es würde ihrer missratenen Schwester gar nichts helfen, dass sie bis zum Polarkreis geflohen war. Im Gegenteil: Die Insel war dünn besiedelt, ganz Island hatte nur dreihundertzwanzigtausend Einwohner. Da müsste es doch möglich sein, jemanden zu finden, von dem man wusste, dass er Magnús hieß und Alpakas züchtete. Noch dazu, wo zwei Drittel der Bewohner in der Hauptstadt Reykjavík lebten, die für Tierzucht sicher eher weniger geeignet war. Also blieben für die Landbevölkerung noch gute hunderttausend Menschen, verteilt über die ganze Insel. Da kannte doch sicher jeder jeden und vermutlich waren sie sogar alle um ein paar Ecken miteinander verwandt. Hätte zu Hause in Umbrien jemand Alpakas gezüchtet, hätte sich das bestimmt in einem weiten Umkreis herumgesprochen.

Sie freute sich schon auf Lucias Gesicht, wenn sie plötzlich vor ihr stehen würde.

Und wenn es eine falsche Spur ist?

Was, wenn Lucia die Karten und den USB-Stick gezielt platziert hatte, um Valeria zu täuschen? Wie stünde sie dann vor ihrem Vater da? Blamiert bis auf die Knochen.

Nein, sie ist in Island. Ich fühle es. *Ich* weiß *es.* Vielleicht war das ja so ein Zwillingsding. Und obwohl Valeria in letzter Zeit recht viel angelogen worden war und sich vorgenommen hatte, niemandem mehr zu vertrauen, war sie dennoch eigenartigerweise davon überzeugt, dass ihr Vater Matteo und Enzo nichts tun würde – vorausgesetzt, sie fand Lucia. Was ihre andere Bitte anging – die, ihr nicht hinterherzuspionieren –, hatte sie sich nicht hundertprozentig auf sein Versprechen verlassen, denn immerhin ging es ja um seine geliebte Lucia. Also hatte sie sich bemüht, ihre Spur zu verwischen.

Am Dienstagmorgen hatte Celeste sie zum Bahnhof nach Neapel gebracht. Sie hatte eine Fahrkarte nach Verona gekauft und war bis Bologna gefahren. Dort hatte sie sich erst einmal in die Innenstadt begeben, hatte sich ein neues Handy gekauft und war später von Bologna aus nach Rom gereist, aber nicht mit dem Zug, sondern mit einem Fernbus. In Rom hatte sie erneut eine kleine Odyssee mit Bussen und Straßenbahnen absolviert, wobei sie immer wieder darauf achtete, dass ihr niemand folgte. Das Ticket nach Reykjavík für den Mittwoch hatte sie in einem Reisebüro gekauft und bar bezahlt, ebenso das Hotel in Trastevere. Erst am nächsten Morgen hatte sie das Zimmer wieder verlassen und war mit dem Taxi zum Flughafen gefahren. Nein, keiner von Bertones Leuten wusste, wo sie war. Wie gut, dass sie Matteo nie etwas von der Postkarte und den Videos erzählt hatte.

Matteo ... Sie hatte ihn nicht mehr wiedergesehen. Nach dem Gespräch mit ihrem Vater war sie damit beschäftigt gewesen, ihre Reise vorzubereiten, die sie schon am nächsten Morgen angetreten hatte. Aber das war nur ein Vorwand gewesen, wie sie sich eingestanden hatte. Im Grunde hatte sie ihn gar nicht wiedersehen wollen. Sie hätte nicht gewusst, was sie ihm sagen sollte. Was immer zwischen ihnen gewesen war, es war vorbei. Fürs Erste genügte es ihr zu wissen, dass ihm nichts Schlimmes geschehen würde. Immerhin hatte Lucia recht gehabt, als sie in jener Nacht in der Villa Zweifel an Matteos Integrität geäußert hatte.

Lucia? Unsinn! Zeit, die Gespenster ein für alle Mal zu vertreiben. Im Grunde war es doch ganz einfach: Sie und ihre Schwester Lucia hatten die ersten drei Jahre ihres Lebens zusammen verbracht, ehe man sie ihr von einem Tag auf den anderen entrissen hatte. Sie musste Lucia schrecklich vermisst und sich nach ihr gesehnt haben. Da war es beinahe eine logische Konsequenz, dass sie eine unsichtbare Schwester erfunden hatte, um die reale zu ersetzen: ihre Schattenschwester Luisa. Um zu dieser Erkenntnis zu gelangen, reichte sogar schon Mrs Wilsons Küchenpsychologie aus. Und eigentlich konnte sie froh sein, dass sie davon keinen größeren Knacks wegbekommen hatte.

Obwohl ... Was war zum Beispiel mit der Lucia, die sie nachts in der Villa Aurelia »gesehen« hatte? Vermutlich, überlegte Valeria, war diese Erscheinung eine Warnung ihres Unterbewusstseins gewesen. Dieses hatte schneller als ihr Verstand wahrgenommen, dass um sie herum so einiges ganz und gar nicht stimmte und sie in Gestalt von Lucia in einer Art Traum oder auch Tagtraum gewarnt, den falschen Leuten zu trauen. Hätte sie nur früher darauf gehört!

Valeria fragte sich, ob es Lucia vielleicht in der Kindheit auch so gegangen war wie ihr. Hatte sie auch diese unbestimmte Sehnsucht nach einem Schattenwesen an ihrer Seite verspürt und sich eine Ersatz-Valeria herbeifantasiert? War sie deshalb so geworden, wie sie war, weil sie den Verlust nicht so gut verkraftet hatte wie Valeria? Lucia hatte ja nicht nur ihre Schwester, sondern auch ihre Mutter verloren und war zu Leuten gekommen, die ihr vollkommen fremd waren.

Die ersten drei Jahre des Lebens ... Die Zeit, in der man laufen lernte und zu sprechen und eine Toilette zu benutzen. Wieso war das menschliche Gehirn nicht in der Lage, sich an diese wichtige Zeit zu erinnern? Valeria hatte es in den vergangenen Tagen immer wieder versucht. Etwas musste doch hängen geblieben sein, ein paar Fragmente, Erinnerungsfetzen. Aber da waren nur schemenhafte Bilder, die ebenso gut aus Träumen stammen konnten.

Dennoch war Valeria erleichtert, dass sie die Gespenster los war und sie sich all diese seltsamen Dinge erklären konnte. Denn manchmal hatte sie schon ein ganz klein wenig an ihrem Geisteszustand gezweifelt.

»Excuse me, can I sit here?«

Valeria hob den Kopf und blickte in ein Gesicht voller Sommersprossen, umrahmt von hellblonden Locken. Das Mädchen war etwa so alt wie sie und hatte strahlend blaue Augen und ein fröhliches Lächeln. Valeria nickte und nahm den Reiseführer über Island, den sie am Flughafen gekauft hatte, vom Nebensitz.

Die Blonde setzte sich hin, zwinkerte ihr zu und flüsterte auf Englisch: »Danke, du hast mich gerettet.«

»Kein Problem«, sagte Valeria, ebenfalls auf Englisch. Dabei wäre sie wirklich lieber allein geblieben; sie musste über so vieles nachdenken und sich vor allem noch überlegen, wie sie nach ihrer Ankunft am Flughafen am besten vorgehen sollte.

»Mein Sitznachbar ist so fett wie ein Wal und beansprucht den halben Luftraum über meinem Sitz. Und obendrein hat er jetzt auch noch angefangen zu schnarchen. Ich bin übrigens Lilja.«

»Valeria.«

Die Fremde nahm ein Heft aus ihrem Rucksack. Es musste ein isländischer Comic sein, der Text in den Sprechblasen enthielt jedenfalls dieselben Schriftzeichen wie die Karte von Magnús an Lucia. Vielleicht könnte die neue Sitznachbarin ihr ja bei ihren Nachforschungen helfen ...

»Kommst du aus Island?«, fragte Valeria, obwohl das ja ziemlich offensichtlich war.

Sofort klappte Lilja das Heft zu und nickte. »Ja. Ich habe eine Freundin besucht, die in Rom studiert. Zwei Wochen war ich da. Was für eine tolle Stadt! So hell und warm.«

»Hm ... na ja.« Wenn Valeria sich richtig erinnerte, war das Wetter in den letzten Tagen recht regnerisch gewesen.

»Ich wäre am liebsten dort geblieben, aber am Montag fängt das Semester wieder an. Ich studiere Mathe und Physik im dritten Semester. Und was machst du so?«

»Ich ... ich habe noch keine Ahnung ... Ich bin erst siebzehn.«

»Ah. Ich bin neunzehn. Bist du schon mit der Schule fertig?«

»Nein«, sagte Valeria. Sie schlug den Reiseführer auf. Hinten war ein Mini-Wörterbuch mit den wichtigsten Höflichkeitsfloskeln und einigen Fragen und Sätzen, die man als Tourist eventuell gebrauchen konnte. Valeria deutet auf die Worte *góðan dag*. »Wie spricht man das aus?«, fragte sie.

Lilja war sofort mit Eifer dabei. Sie sagte die Worte vor und Valeria versuchte, sie nachzusprechen. Das sorgte zuweilen für große Heiterkeit bei Lilja. Manche Wörter waren einfach, bei anderen verknotete sie sich beinahe die Zunge.

»Ja, unsere Sprache ist nicht gerade die einfachste«, räumte Lilja mit einem leisen Kichern ein. »Wobei du für eine Italienerin wirklich gut Englisch sprichst, jedenfalls ohne diesen wilden italienischen Akzent. Willst du denn länger in Island bleiben?«

»Das weiß ich noch nicht«, antwortete Valeria und sagte mehr zu sich selbst: »Nein, eigentlich nicht ...«

Lilja war zu diskret, um nachzuhaken, aber Valeria sah ihr deutlich an, dass sie vor Neugier brannte, und erbarmte sich: »Ich suche meine Schwester. Meine Zwillingsschwester.« Es war das erste Mal, dass Valeria dieses Wort aussprach, und es fühlte sich ebenso fremd an wie die Bezeichnung *Vater* für Sandro Bertone.

»Du suchst sie?«, wiederholte Lilja erstaunt. »Ist sie denn verloren gegangen?«

»Sozusagen. Sie hat einen Jungen aus Island kennengelernt.«

Lilja schien das spannend zu finden, ihre blauen Augen leuchteten auf. Valeria kramte in ihrer Handtasche und zog die Karte von Magnús hervor.

»Ah, na klar. Der Strokkur«, sagte Lilja lächelnd. »Dieser Geysir ist wahnsinnig beliebt, der ist auf jeder dritten Postkarte.«

»Ja, das habe ich auch schon rausgefunden. Der Typ, der die Karte geschrieben hat, heißt jedenfalls Magnús. Und er ist groß und blond.«

Liljas Lächeln wurde daraufhin gleich noch ein bisschen breiter. »Magnús ist ein sehr verbreiteter Vorname«, informierte sie Valeria, »im Telefonbuch gibt es bestimmt ein paar Hundert davon. Und die Hälfte von ihnen dürfte groß und blond sein. Hast du eine Ahnung, in welcher Gegend er wohnt oder wie er mit Nachnamen heißt?«

»Nein. Er züchtet Alpakas. Das war das einzige Wort, das ich auf Anhieb auf der Karte lesen konnte, weil es auf Italienisch genauso heißt: *Alpaca.* Also wohnt er höchstwahrscheinlich auf dem Land. Du kannst es ruhig lesen, vielleicht findest du ja noch einen Hinweis, den ich übersehen habe. Mit dem Übersetzungsprogramm ist das so eine Sache ...« Ihr kam der flüchtige Gedanke, dass Lucia dies sicher nicht recht wäre. Immerhin war der Text doch ziemlich persönlich. Aber der Zweck heiligte bekanntlich die Mittel und Lucia hatte noch ganz andere Dinge getan als nur das Briefgeheimnis verletzt.

Lilja las den Text und gab plötzlich seltsame, wimmernde Laute von sich.

»Ist dir nicht gut?«, fragte Valeria.

»Wenn ich ein Polarlicht sehe, werde ich an dich denken. Du bist Tag und Nacht in meinen Gedanken.« Lilja warf einen schmachtenden Blick zur Decke des Flugzeugs und seufzte schwer. *»Das Paradies ist immer dort, wo du es nicht erwartest.* Hach, das ist soo romantisch!«

»Mhm.«

»Der muss ja schwer in deine Schwester verknallt sein.«

»Sieht so aus«, meinte Valeria kurz angebunden.

»Ich an ihrer Stelle wäre auch sofort zu ihm gefahren. Einem Jungen, der mir solche Dinge schreibt, würde ich bis ans Ende der Welt folgen.«

»Das kommt ja auch ungefähr hin«, brummte Valeria. Im Stillen fragte sie sich, ob dieser Magnús wohl eine Ahnung hatte, auf wen er sich mit Lucia eingelassen hatte.

Lilja runzelte nachdenklich die Stirn. »Es gibt bei uns mehr Schafe als Menschen und auch eine Menge Pferde, aber Alpakas? Das können nicht allzu viele Leute sein, die so was Verrücktes machen. Darüber steht bestimmt irgendwas im Netz. Bei uns sind nämlich alle total internetverrückt, da wird jeder Furz ins Netz gestellt.« Sie lachte schon wieder und ihre gute Laune hatte etwas Ansteckendes. Auf einmal war Valeria voller Zuversicht.

»Die Idee hatte ich auch schon, aber ich konnte mit den isländischen Seiten nicht viel anfangen«, sagte sie.

»Hast du schon eine Unterkunft in Reykjavík?«

»Nein, noch nicht. Aber ich werde schon ein Hotel finden.«

»Komm doch mit zu uns. Mein Vater holt mich ab. Bis wir gelandet sind, ist es schon fast dunkel und vom Flughafen sind es noch über fünfzig Kilometer bis in die Stadt. Wir wohnen zwar nur in einem todlangweiligen Vorort, aber wir haben ein Gästezimmer.«

»Und du meinst wirklich, dass das geht?«

»Ja, klar«, sagte Lilja und strahlte. »Ich sage einfach, du bist ein Souvenir, das ich aus Rom mitgebracht habe.«

Die meiste Zeit waren sie über den Wolken geflogen, erst kurz vor der Landung gab der Himmel den Blick frei auf das Land unter ihnen. Valeria klebte fasziniert mit der Nase an der Scheibe. Sie sah steppenähnliche Gebiete, schwarzes Lavagestein und einen Gletscher mit einem riesigen Ausläufer bis fast zum Meer. Die Küstenlinie wirkte rau und schroff, das Meer dagegen war stellenweise so smaragdfarben wie auf Sardinien.

»Schön, das Meer«, murmelte sie. »Fast so wie in Italien.«

»Blödsinn«, widersprach Lilja fröhlich. »Hier ist *alles* anders als in anderen Ländern. Du wirst schon sehen.«

Es gab Fischsuppe. Die isländische Variante unterschied sich stark von der, die Rosa hin und wieder zubereitet hatte, war aber dennoch sehr gut. Valeria hatte sich die Isländer als schweigsame, ernste Menschen vorgestellt, aber zumindest auf Liljas Familie traf das nicht zu. Sie redeten viel und laut und oft alle gleichzeitig. Zwar bemühten sie sich ihrem Gast zuliebe, Englisch zu sprechen – was sie allesamt perfekt beherrschten –, aber zuweilen fielen sie doch zurück ins Isländische, hauptsächlich dann, wenn sie sich gegenseitig aufzogen. Und das schien zwischen Lilja und ihren Brüdern Snorri und Stefán eine Art Sport zu sein. Snorri war genau wie sein Vater ein bärtiger Hüne, blond, sommersprossig und blauäugig. Stefán war dunkler und etwas kleiner. Ein Zickzackmuster zierte sein kurz rasiertes Haar, was ihm ein recht martialisches Aussehen verlieh, aber er hatte sanfte graue Augen. Liljas Mutter Anna hatte einen blonden Zopf und wachsame grüne Augen. Wie eine Nixe, fand Valeria.

Es war ein ausgedehntes Essen. Nach der Fischsuppe gab es Fischfrikadellen und Bratkartoffeln und danach tranken sie erst einmal Kaffee. Snorri erzählte Witze, die alle anderen jammernd und protestierend als uralt abtaten, aber dennoch lachten alle darüber, auch Valeria. Und doch war ihr auf einmal ganz melancholisch zumute. Ihr wurde nämlich klar, dass dieses ganz normale Familienleben etwas war, das sie nie kennengelernt hatte. Das hier war eine *richtige* Familie, während sie und Rosa nur ein abgestorbener Seitenast waren. Unwillkürlich begann Valeria, sich auszumalen, wie es gewesen wäre, wenn Sandro Bertone sich tatsächlich zu Rosa bekannt hätte und wenn Rosa ihre Schwester nicht weggegeben hätte. *Hätte, wäre ... So zu denken, bringt nichts,* ermahnte sich Valeria. Das ist pures Selbstmitleid. Und doch bekam sie diesen Kloß nicht aus der Kehle.

Lilja hatte Valerias Stimmungsumschwung bemerkt, trotz des Jubels, der gerade ausgebrochen war, weil ihre Mutter Anna einen Apfelkuchen auf den Tisch stellte. Sie griff nach Valerias Hand und drückte sie. »Sei nicht traurig, wir finden deine Schwester und diesen Magnús«, flüsterte sie und fügte grinsend hinzu: »Aber zuerst stopfen wir uns noch mit Apfelkuchen voll!«

»Du suchst deine Schwester?« Snorri hatte offenbar Ohren wie ein Luchs.

Ehe Valeria eine weitere Erklärung abgeben konnte, ließ Lilja schon einen Redeschwall auf Isländisch los. Als sie fertig war, blickten alle Valeria an und Stefán meinte: »Du hast eine Zwillingsschwester? Das ist großartig, so bleibt für jeden von uns eine und Snorri und ich müssen uns nicht duellieren.«

»Das hättest du eh nicht überlebt, du Wicht«, knurrte Snorri. »Nur dieser Magnús macht uns ein wenig Sorgen. Ist er groß und stark?«

»Jetzt führt euch nicht auf wie die Bonobos«, schimpfte Lilja. »Strengt lieber eure Erbsenhirne an. Wer könnte einen Magnús kennen, der Alpakas züchtet? Oder wie wär's, wenn ihr euch mal hinter eure Laptops klemmt, vielleicht kriegt ihr im Netz was raus.«

»Nur die Ruhe, das wird schon«, meinte nun auch Liljas Vater Gunnar. »Wir sind ein kleines Volk, bei uns gibt es immer einen, der einen kennt, der wieder einen kennt ...« Er stand auf, ging zum Kühlschrank und holte aus dem Eisfach eine grüne Flasche mit einem schwarzen Etikett.

»Brenninvín«, erklärte er, als er die Flasche und etliche kleine Gläser auf den Tisch stellte. »Gebraut aus Korn und Vulkanwasser. Auch der *Schwarze Tod* genannt.

Der *Schwarze Tod.* Innerlich schaudernd musste Valeria an das Deckengemälde in der Villa Aurelia denken.

»Möchtest du einen kleinen Schluck probieren? Der wärmt herrlich von innen.«

»Papa! Sie ist erst siebzehn, was soll sie von uns denken?«, protestierte Lilja.

»Ekki takk!«, sagte Valeria – nein danke. So viel hatte sie immerhin schon gelernt.

»He, du kannst ja Isländisch«, rief Snorri begeistert und griff nach der grünen Flasche.

»Hab ich ihr beigebracht«, brüstete sich Lilja und legte einen Arm um Valeria, als wäre sie furchtbar stolz auf sie. »Los, komm, ich zeig dir dein Zimmer.«

Valeria schreckte aus einem wirren Traum hoch. Rosa, Lucia, ihr Vater, Matteo ... sie alle waren darin aufgetaucht, als Figuren des Deckenfreskos in der Villa Aurelia. Sie drehten sich rund um den Mann mit der Schnabelmaske und ihre Gesichter verzogen sich zu grässlichen Fratzen, immer schneller und schneller ... bis Valeria im Traum begriff, dass sie nur von diesem grässlichen Deckengemälde in der Villa Aurelia träumte, und beschloss aufzuwachen. *Kein apokalyptischer Höllentanz,* stellte sie erleichtert fest. *Und auch kein unheimlicher Fremder mit Schnabelmaske.* Nur ein Strahler mit drei Lampen.

Vor ihrer Tür waren Stimmen von lauter Leuten zu hören, die sich mit kehligen Knurr- und Schnarrlauten zu verständigen schienen, und noch während Valeria ihren Albtraum abschüttelte, klopfte es an ihre Tür und Lilja wirbelte ins Zimmer wie ein Schneesturm.

»Aufwachen, es gibt Neuigkeiten.«

Valeria griff nach ihrem Handy. Himmel, schon elf Uhr!

Lilja warf ihren Laptop auf die Bettdecke.

»Warte«, sagte Valeria. »Ich muss ganz dringend aufs Klo, ich platze gleich.« Das war nicht gelogen. Und Zähne putzen könnte auch nicht schaden.

Während sie dies tat, wurde sie immer flatteriger. Lilja hatte also Neuigkeiten. Das konnte nur eines bedeuten: Jetzt wurde es ernst.

»Stefán hat im Netz einen Blog gefunden von einem gewissen Elías Haraldsson, der dort regelmäßig über seine Alpakazucht berichtet. Außerdem gab es einen Artikel über diese Alpakas in der Landwirtschaftszeitung.«

»Der Freund meiner Schwester heißt aber Magnús«, warf Valeria ein.

»Schon klar. Aber im Telefonbuch steht unter derselben

Adresse auch ein Magnús Haraldsson. Das wird der Bruder von Elías sein.«

Valeria spürte ihr Herz schneller schlagen. »Wo liegt die Farm?«

»In der Nähe von Landsmannalaugar.« Lilja öffnete ihren Laptop und zeigte Valeria die Gegend auf Google-Maps.

Valeria rief den Routenplaner auf und gab als Startpunkt Reykjavík ein. »Knappe zweihundert Kilometer. Zweieinhalb Stunden ohne Verkehr«, las sie vor.

»Äh, theoretisch ja ...«, begann Lilja.

»Gibt es einen Zug oder einen Bus dorthin?«

Lilja schüttelte den Kopf und lachte. »Vergiss es. Einer von meinen Brüdern wird dich hinbringen.«

»Nein, das kommt gar nicht infrage«, protestierte Valeria. »Ich werde mir ein Taxi nehmen. Mein Vater bezahlt das, egal, was es ...« Valeria unterbrach sich, denn Lilja war hintenübergekippt und prustete vor Lachen.

»Was ist denn daran so lustig?«, erkundigte sich Valeria irritiert.

»Das wirst du schon noch sehen«, japste Lilja und wurde dann ernst: »Stefán und Snorri müssen erst ein Auto organisieren. Und mit *Auto* meine ich einen Geländewagen mit Allradantrieb und Seilwinde. Denn ohne so einen hast du um diese Jahreszeit keine Chance.«

»Äh, wir haben Anfang Oktober, das ist doch fast noch ein Sommermonat«, sagte Valeria verblüfft.

»Bei euch vielleicht, aber hier nicht. Glaub mir, die Jungs können ein Lied davon singen. Sie arbeiten ehrenamtlich für einen Verein, der Leute aus Schneefeldern oder

Flussbetten rettet. Oder sie werden gerufen, weil gerade ein Vulkan ausbricht. Diese Vereine haben jedes Jahr über tausend Einsätze und die meisten davon, weil Touristen die Natur unterschätzen. Und wenn die Leute dann noch irgendwo unterwegs sind, wo ein normales Handy nicht mehr funktioniert, wird es wirklich lebensgefährlich.«

Valeria hatte mit wachsendem Interesse zugehört. Ihr bisheriges Leben hatte sie durchaus gelehrt, auf die Natur zu achten und deren Gesetze zu respektieren. Aber dies hier war wohl eine ganz andere Hausnummer.

»Das mit dem Taxi war wohl saublöd von mir«, gestand sie.

Lilja knuffte sie in die Seite. »Hey, du bist fremd hier. Die meisten, die zum ersten Mal nach Island kommen, wissen erst mal gar nicht, wie ihnen geschieht. Und jetzt zieh dich an, wir gehen shoppen. Damit du uns in der Einöde nicht erfrierst.«

Sie fuhren mit dem Bus in die City und Lilja schleppte Valeria als Erstes in einen Laden für Outdoor-Bekleidung. Das Label 66° North, so Lilja, sei eine uralte isländische, aber im Moment total angesagte Marke. Valeria hörte auf Liljas Ratschläge und kaufte eine rote Daunenjacke, die fast ein Mantel war, einen Norwegerpullover und Stiefel, die die Füße angeblich auch noch bei minus fünfzig Grad warm halten würden. Dazu eine Thermohose, gefütterte Fäustlinge und einen Wollschal. Aber als Lilja ihr noch eine dicke Wollmütze mit Ohrenklappen aufschwatzen wollte, streikte Valeria: »Vergiss es. Damit sehe ich doch absolut bescheuert aus!«

»Stimmt nicht. Die ist voll kultig.«

»Okay, aber dann ...«, Valeria sah Lilja herausfordernd an, »kaufe ich eine für mich *und* eine für dich und *du* läufst damit durch die Stadt.« Das würde Lilja sicher ablehnen, heute war es nämlich warm und sonnig.

»Für so eine Mütze mache ich alles«, grinste Lilja. Und so kam es, dass sie beide mit einer Ladung Tüten und, wie Valeria fand, idiotischen Mützen auf den Köpfen den Laden verließen. Lilja machte im Weitergehen Selfies von ihnen beiden und sie kriegten sich vor lauter Kichern fast nicht wieder ein.

Wie eigenartig, dachte Valeria. Diese Lilja kannte sie kaum und dennoch behandelte sie sie, als wären sie seit Jahren Freundinnen. Und nicht nur sie, die ganze Familie. Wie gern hätte Valeria Lilja als Freundin gehabt. Und wie schade, dass sie sich bald trennen mussten.

Sie bekamen Hunger und gingen in ein Café, wo Lilja Kakao und Zimtschnecken bestellte.

»Ach, er sieht übrigens echt süß aus.«

»Wer?«, fragte Valeria mit vollem Mund.

»Dieser Magnús. Deine Schwester hat einen guten Geschmack.«

»Hä? Wo hast du ...«

»Der Blog. Da ist ein Foto von den beiden drauf.«

Valeria dachte an die Filme auf dem USB-Stick. »Süß« war vielleicht nicht das Wort, das ihr im Zusammenhang mit Magnús in den Sinn gekommen wäre. Nein, er war ... ihr fiel kein passender Ausdruck ein. Um nicht antworten zu müssen, nahm sie noch einen herzhaften Bissen von ihrer Zimtschnecke und blickte nachdenklich aus dem Fenster.

Obwohl es ein gewöhnlicher Donnerstag war, waren ziemlich viele Leute unterwegs, sogar eine Gruppe Japaner oder Chinesen, Valeria war sich da nicht sicher. Italiener dagegen erkannte man sofort, stellte sie amüsiert fest. Gerade eben hatte sie nämlich zwei Männer entdeckt, die beim Sprechen intensiv mit den Händen gestikulierten. Die beiden kamen näher, noch immer wild fuchtelnd. Der eine hatte ein Gesicht wie ein ...

Nein! Nein, das war doch nicht möglich! Roberto Marinelli, *das Frettchen,* konnte unmöglich hier auf Reykjavíks Einkaufsstraßen herumflanieren. Valeria versuchte, einen Blick auf den zweiten Mann zu erhaschen. Aber der trug einen Anorak mit einer weiten Kapuze, die sein Gesicht verdeckte, und ehe Valeria sich den ersten noch einmal genauer ansehen konnte, waren sie auch schon vorbeigegangen.

Valeria verspürte den Impuls, ihnen nachzulaufen, nur um sich zu vergewissern, dass sie sich getäuscht hatte. Aber nein, sie durfte sich nicht verrückt machen. Das waren einfach nur zwei Touristen gewesen, von denen der eine vielleicht so ähnlich ausgesehen hatte wie dieser Typ in dem Café in Frascati. Leute mit schmalen, spitzen Gesichtern gab es schließlich viele. Es musste an ihren Nerven liegen. Ja, gestand Valeria sich ein, sie war nervös, jetzt, da sie quasi nur noch einen Schritt von einem Wiedersehen mit Lucia entfernt war. Als sie ihrem Vater so vollmundig angeboten hatte, Lucia zu suchen, hatte sie vor allem an Matteo und Enzo gedacht und weniger daran, wie es sein würde, wenn sie Lucia tatsächlich fand und gegenüberstand.

Meine Schwester. Meine Schwester, die mich ermorden lassen wollte.

»Was ist los? Du siehst aus, als hätte dich ein Bus gestreift.«

»Was? Nein, ich ... ich war nur in Gedanken.« Sie fragte sich, was während ihrer Abwesenheit wohl mit Matteo passieren mochte. Sperrte Lucio Bertone ihn weiterhin ein?

»Dachtest du an wen Bestimmten?«

Valeria widmete ihre Aufmerksamkeit wieder Lilja. »Was meinst du?«

»Na, von wem haben wir denn gerade geredet?«, entgegnete Lilja schelmisch grinsend.

Valeria schüttelte den Kopf. Dann fragte sie: »Was ist mit dir? Hast du eigentlich einen Freund?«

»Im Moment nicht.« Lilja sah dabei so aus, als wäre das nicht ihre Entscheidung gewesen.

»Aber du warst schon mal verliebt, oder?«

»Ja, klar. Zum ersten Mal im Kindergarten.«

»Ich meine, richtig.«

Lilja nickte und wirkte erneut ein wenig traurig. »Und du?«, fragte sie.

»Ich weiß es nicht«, gestand Valeria. »Ich dachte es, ein paar Tage lang. Aber dann hat er was wirklich Übles gemacht und mit einem Schlag war alles weg, die ganzen Gefühle. Wie kann denn das sein?«

»Vielleicht wolltest du einfach nur gern mal verliebt sein und er war gerade da.«

»Ja, gut möglich.«

»Ist mir auch schon passiert. Ich war fünfzehn und alle

meine Freundinnen hatten schon einen Freund. Da habe ich mir eingeredet, ich wäre in einen Typen aus der Klasse über mir verliebt. Wir waren drei Wochen zusammen, aber eigentlich haben wir die ganze Zeit nur verliebt gespielt. Du weißt schon, diese ganze Romantikkiste ...«

Valeria nickte, obwohl sie unsicher war, was den Inhalt der »Romantikkiste« betraf. Aber bestimmt zählte der Strandspaziergang mit Matteo dazu. An den dachte sie trotz allem immer noch sehr gern. »Ich dachte immer, wenn man wirklich verliebt ist, dann weiß man das auch. Und zwar auch dann noch, wenn es vorbei ist.«

»Du meinst, wie bei einer Krankheit, wo man sagen kann: Ich hatte die Grippe oder die Masern«, meinte Lilja.

»Ja, so ähnlich. Ich dachte, man ist wenigstens traurig, wenn es vorbei ist. Aber das mit Matteo ... das fühlt sich jetzt nur noch peinlich an.«

»Bereust du es?«

»Es gibt nicht so viel zu bereuen. Wir haben uns nur geküsst.«

»Das war nicht die Frage.«

»Ich bereue es nicht, aber ich habe mich gewundert, wie schnell das wieder vorbei war.«

»Dann war es keine Grippe, sondern nur ein Schnupfen«, sagte Lilja. »Wenn du *wirklich* verliebt bist, dann tut es nämlich verdammt weh.«

Am nächsten Morgen saß Valeria neben Liljas Bruder Snorri in einem riesigen Pick-up, dessen Reifen höher waren als ein Pony.

»Du kommst auf dem Rückweg hier vorbei. Wir holen

dich notfalls auch wieder bei deiner Schwester ab! Melde dich, wenn was schiefgeht, versprich es«, verlangte Lilja.

»Ja, ich verspreche es«, sagte Valeria gerührt von so viel Fürsorge. Rosa hatte sich nicht annähernd so viele Sorgen um sie gemacht, als sie sie allein nach Rom zu ihrem vermeintlichen Vater Alessandro geschickt hatte.

»Snorri, du erzählst beim Fahren nicht pausenlos schmutzige Witze!«

»Kommen zwei Schildkröten zum Arzt ...«

»Halt die Klappe!«

Snorri gab Gas und die zwei Mädchen winkten, bis sie sich nicht mehr sahen.

Sie hatten die Stadt hinter sich gelassen und fuhren ein Stück an der Küste entlang. Im Fußraum lag ein Rucksack voller Schokoriegel, belegter Brote und Coladosen. Auch eine Thermoskanne mit heißem Tee hatten sie dabei. Und ein Satellitentelefon. Man müsse stets auf alles vorbereitet sein, hatte Snorri erklärt. Es gebe auf Island noch sehr viele Funklöcher. Das war im Großen und Ganzen das Einzige, was bisher gesprochen worden war. Lilja hatte Valeria bereits vorgewarnt. Ihr Bruder sei beim Autofahren – leider nur dabei – ausgesprochen maulfaul, das dürfe sie nicht auf sich beziehen. Valeria war das ganz recht. Sie hing ihren Gedanken nach und genoss die Aussicht.

Inzwischen war es im Wagen mollig warm, sodass Valeria die rote Daunenjacke wieder ausziehen konnte. Sie hatten bestes Reisewetter erwischt und statt der Mütze musste sie ihre Sonnenbrille hervorkramen, denn Himmel und Meer hätten nicht blauer sein können und das Gras der Berghänge nicht grüner. Weiter weg, auf den Gletschern, gleißte der Schnee.

»Die Berge sehen toll aus«, meinte Valeria, die fand, dass man nach einer Stunde vielleicht mal was sagen könnte, ohne gleich als Plaudertasche zu gelten.

»Der Vatnajökull«, brummte Snorri. »Der größte Gletscher Europas. Sieben Vulkane liegen unter der Eisdecke. Die ist an manchen Stellen bis zu einem Kilometer dick.«

»Sind die noch aktiv?«

»Zum Teil. Es rumort immer ein bisschen. Vor zwanzig Jahren gab es einen größeren Rums, da sind dann drei Quadratkilometer Eis auf einmal weggeschmolzen.«

»Wow«, meinte Valeria. Sie stellte sich vor, wie die glühende Lava unter dem Gletschereis brodelte, jeden Moment bereit zum Ausbruch.

Danach schwiegen sie wieder, während sie sich von Reykjavík und der Küste entfernten. Braunes Ödland dehnte sich vor ihnen aus, der Boden bestand aus Asche und Steinen, durchbrochen von grünen Moosteppichen und Gräsern, die sich im stetigen Wind bogen. Eine eigentümliche, dramatische Landschaft. Etwas vermisste Valeria darin und es dauerte, ehe sie dahinterkam, was es war: Es gab keine Bäume und keine Vögel. Jedenfalls waren keine zu sehen. Unwillkürlich musste sie an ihr Zuhause in den Bergen Umbriens, an ihren Falken denken. Ob sie ihn je wiedersehen würde?

Ab und zu duselte Valeria ein bisschen ein. Gestern Abend war es spät geworden, erst um zwei Uhr waren sie ins Bett gegangen. Lilja hatte eine Handvoll Freunde und Freundinnen zusammengetrommelt und sie waren durch Reykjavíks Szeneviertel 101 gezogen, von Kneipe zu Kneipe, und dann noch in zwei Clubs. Für Valeria war das sehr aufregend gewesen. Zum ersten Mal in ihrem Leben hatte sie einen Club besucht. Und getanzt. Anfangs hatte sie sich geniert, doch dann hatte man sie kaum noch von der Tanzfläche heruntergebracht. Noch jetzt war ihr, als könnte sie die Bässe in ihren Ohren dröhnen hören, wenn sie die Augen schloss. *Wie schön das Leben sein kann. Und all das hätte ich beinahe versäumt.*

Inzwischen waren sie von der asphaltierten Ringstraße abgebogen auf eine Schotterpiste, die in Richtung Norden führte. Die schneebedeckten Berggipfel hatten sich näher herangeschoben und so langsam wurde Valeria nun auch klar, warum sie in einem Geländewagen mit 300 PS saßen. Snorri schien die Fahrt zu genießen, er jagte den Pick-up durch die Kurven, dass es nur so staubte. Sicherlich würde es ihm gefallen, die kleine *strada bianca* zu ihrem Hof hinaufzubrettern. Valeria dachte an den schwarzen Wagen, dessen Auftauchen schuld daran war, dass sie nun hier, im hohen Norden, in diesem riesigen Auto saß und durch eine bizarre Landschaft fuhr. Was für eine Ironie des Schicksals: Im Grunde musste sie Lucia beinahe dankbar sein für diese neue Lebenserfahrung.

Liljas Bruder warf ihr einen prüfenden Seitenblick zu, als wolle er sich vergewissern, ob ihr seine Fahrweise keine Angst machte. Aber Valeria kannte das schon von Rosa, die den Landrover ebenfalls gern mit Karacho durch die Serpentinen jagte. Also grinste sie ihm nur zu und schon schlitterten sie um die nächste Kurve. Weit und breit war kein anderes Fahrzeug zu sehen. Eigentlich, fiel Valeria ein, waren sie seit längerer Zeit gar keinem Auto mehr begegnet und auch durch keine Ortschaft gekommen. Dieses Land war wirklich dünn besiedelt.

Durch die rasante Fahrt wäre ihr beinahe entgangen, dass die Sonne nicht mehr schien. Über ihnen hatte sich ein schwarzes Wolkengebirge aufgebaut und die Berge, eben noch verheißungsvoll glitzernd, sahen auf einmal drohend und finster aus. Dann, wie aus dem Nichts, prasselten plötzlich Hagelkörner gegen die Scheibe und Sekunden später waren sie von dichtem Schneetreiben umgeben. Snorri drosselte das Tempo. Man konnte vielleicht noch etwa zehn Meter weit sehen, trotz der starken Scheinwerfer und obwohl die Scheibenwischer auf höchster Stufe liefen.

»Keine Sorge, das ist nur ein kleiner Schüttler.«

Valeria ließ sich von der souveränen Gelassenheit ihres Chauffeurs anstecken. Und wirklich: So abrupt, wie der Schneesturm über sie hereingebrochen war, so plötzlich war er auch wieder vorbei. Eine kleine, launische Drohgebärde dieser mächtigen Natur. Die Landschaft um sie herum war jetzt weiß.

Sie machten eine kurze Rast, tranken Tee und aßen Schokoriegel. Snorri erzählte, dass er und sein Kumpel vom Rettungsdienst oft und gern »Erkundungsfahrten« unternahmen. Sie hätten dann immer Würstchen dabei, und wenn sie auf heißen Lavaboden träfen, würden sie dort grillen.

»Du verarschst mich jetzt, oder?«, fragte Valeria.

Aber er schüttelte energisch den Kopf und meinte, sie

müsse unbedingt mal ein Bad in einer der vielen heißen Quellen nehmen.

Danach setzte er sich wieder ans Steuer und verfiel in Schweigsamkeit.

Valeria überlegte, was sie sagen sollte, wenn sie Lucia gegenüberstand. Die würde sicherlich nicht begeistert sein, deshalb sollte sie sich beizeiten gegen Lucias scharfes Mundwerk wappnen.

Vielleicht nicht nur gegen ihr Mundwerk.

Was, wenn sie mich immer noch umbringen will?

Andererseits ... Warum sollte sie das jetzt noch vorhaben? Lucia hatte sie doch nur ermorden lassen wollen, um diese Marinellis zu täuschen. Ermorden *lassen,* wohlgemerkt. Feige und hinterhältig.

Nein, sie hatte keine Angst vor Lucia. Jedenfalls nicht sehr.

»Gleich sind wir da.«

Valeria schreckte hoch. Sie musste eingeschlafen sein. Vor ihnen dehnte sich ein lang gestrecktes Tal. An manchen Stellen lag Schnee, dazwischen schaute bräunliches Gras heraus. Ein Bach schlängelte sich dahin und mündete in einen zugefrorenen See.

Zugefroren! Anfang Oktober!

An die Flanke eines den Bergen vorgelagerten Hügels schmiegte sich ein schwedenrot gestrichenes Haus mit einer weißen Veranda. Das Gebäude daneben sah aus wie ein recht neuer Stall, dahinter gab es noch einen großen Schuppen. Auf einer eingezäunten Weide standen braune und weiße Alpakas einzeln und in Gruppen zusammen.

Rauch stieg aus dem Kamin, es musste also jemand da sein. Nicht auszudenken, wenn sie Snorri vergeblich hierhergelotst hätte.

Er hatte sich schon vor der Abfahrt strikt geweigert, sich für seine Chauffeurdienste bezahlen zu lassen, und nur mit Mühe hatte Valeria ihn überreden können, wenigstens Benzingeld von ihr anzunehmen und eine Spende für seinen Rettungsverein.

»Ja, das ist es«, bestätigte sie, denn sie erinnerte sich an die Fotos auf dem Blog von Elías. Allerdings hatte da noch alles grüner und lieblicher ausgesehen. Nachbarhäuser gab es keine. Ähnlich wie bei ihr zu Hause. Aber bei ihnen war wenigstens das Dorf in der Nähe und mit dem Auto war man ruckzuck in der nächsten Stadt, und das, ohne Schneestürme oder Vulkanausbrüche befürchten zu müssen.

Es war jetzt nicht mehr genau auszumachen, wo die Straße verlief, also folgte Snorri einer Reifenspur, die nah am See vorbeiführte.

Die Alpakas hatten das Motorengeräusch gehört und schauten jetzt neugierig zu ihnen her. Lediglich ein paar besonders hungrige ließen sich nicht stören und zupften weiter Heu aus einer Futterraufe. Valeria schätzte ihre Zahl auf zwanzig. Auch vier Jungtiere waren dabei, die auf dünnen Beinchen umherstaksten.

»Die sind ja süüüß«, hörte sie sich flöten. »Diese großen dunklen Augen! Und diese lustigen Frisuren!«

»Ich glaub's nicht, Alpakas«, murmelte Snorri kopfschüttelnd und hielt vor einem Gatter, hinter dem ein schmaler Weg auf das Haus zuführte. »Soll ich noch kurz warten? Nicht dass du am Ende vor verschlossener Tür stehst.«

»Das wird nicht nötig sein«, erwiderte Valeria. »Aber du kannst ruhig mit reinkommen. Einen Kaffee werden sie ja wohl haben. Du musst doch auch mal eine Pause einlegen.«

Aber Snorri wollte lieber zurückfahren, um nicht in die Dunkelheit zu geraten.

Valeria hielt das für eine Ausrede, denn jetzt war früher Nachmittag. Aber so konnte Lucia sie nicht so leicht rauswerfen und auffordern, gleich wieder umzukehren.

»Na gut, dann mal vielen Dank für alles. Grüß Lilja. Sag ihr, sie ist die beste Freundin, die ich je hatte!« *Und die einzige,* fügte sie im Stillen hinzu.

Sie zog sich ihre Jacke an und hängte sich die Sporttasche über die Schulter. Dann gab es eine unbeholfene Umarmung und Snorri stieg wieder ein und wendete. Valeria blieb stehen und winkte ihm nach, ehe sie durch das Gatter schlüpfte. In dem Blog hatte gestanden, Alpakas seien freundliche Tiere, die, anders als Lamas, niemanden anspucken würden. Hoffentlich stimmte das, dachte Valeria, während sie mit klopfendem Herzen auf das Haus zuging. Aus irgendeinem Grund wünschte sie sich, dass es Magnús wäre, der ihr die Tür öffnen würde.

Es war Lucia. Sie hatte Valeria offenbar kommen sehen. Klar, vom Haus aus konnte man das Tal gut überblicken und wahrscheinlich verirrte sich nur alle Jubeljahre einmal ein Auto hierher. Sie trug einen dicken braunen Pullover und eine blaue Latzhose, die beide aussahen, als gehörten sie jemandem, der deutlich größer war als sie. Offenbar war das Haus fußkalt, denn ihre Füße steckten in riesigen Moonboots aus einem hellen Zottelfell. Einen Föhn schien es auch nicht zu geben, Lucias Haar stand kraus vom Kopf ab.

Meine Schwester Lucia, einst ein Ausbund an Eleganz, dachte Valeria, die gerade die elfengleiche Lucia im weißen Sommerkleid vor Augen hatte.

Lucia stand im Türrahmen, die Hände in die Hüften gestützt.

»Was willst du hier?«, zischte sie.

Valeria stellte ihr Gepäck auf der Veranda ab. Dann ging sie auf Lucia zu, holte aus und verpasste ihrer Schwester eine saftige Ohrfeige.

19.

Lucia taumelte rückwärts, fing sich aber wieder und in einer blitzschnellen Bewegung stürzte sie sich auf Valeria, riss sie an den Haaren und versuchte, ihr ebenfalls eine zu verpassen. Aber mitten im Schwung wurde sie von einer kräftigen Hand an den Trägern ihrer Latzhose festgehalten. Magnús war hinter sie getreten, Valeria erkannte ihn sofort von den Videos. Sie wich einen Schritt zurück, um einen Sicherheitsabstand zwischen sich und Lucia herzustellen.

»Lass mich los«, schrie die ihren Freund auf Englisch an. »Lass los, verdammt, sie hat schließlich angefangen!«

Anders als Lucia trug Magnús zu seinen Jeans nur ein dünnes, langärmeliges T-Shirt und sein Bizeps zeichnete sich deutlich ab, als er Lucia festhielt, die noch immer zappelte wie ein Fisch an der Angel und abwechselnd Valeria und ihren Freund in drei Sprachen beschimpfte.

Nein, dachte Valeria amüsiert, im Augenblick machte ihre Schwester alles andere als *bella figura*. Doch im Grunde achtete sie gar nicht so sehr auf Lucia, sondern vielmehr auf Magnús.

Gerade sagte er etwas auf Isländisch zu Lucia. Sein Tonfall war leise und nicht sehr energisch, aber dennoch hörte Lucia auf, Gift und Galle zu spucken. Zögernd, so wie man einen Hund von der Leine lässt, von dem man noch nicht weiß, ob er nicht gleich den Nächstbesten anfallen wird, ließ Magnús seine Freundin los. Die rollte gereizt mit den Schultern, zupfte an ihrem Pulli, presste die Lippen aufeinander und verschränkte die Arme vor der Brust. Ihre Augen waren schmal wie Messerrücken.

Da Lucia es bislang versäumt hatte, sie vorzustellen, holte Valeria dies nun nach, mithilfe der wenigen isländischen Brocken, die sie schon beherrschte: *»Hæ, ég heiti Valeria, systir Lucia.« – Hallo, ich bin Valeria, Lucias Schwester.*

»Was für eine niedliche Zirkusnummer.« Lucia hatte englisch gesprochen, damit auch Magnús es verstehen konnte. Wahrscheinlich waren die Worte ohnehin hauptsächlich für ihn bestimmt, spekulierte Valeria.

Aber weder Valeria noch Magnús schenkten Lucia groß Beachtung. Beide schauten einander verwundert und sehr aufmerksam an. Seine Augen waren hellgrau wie das Polarmeer, das Haar trug er jetzt etwas kürzer als auf den Videos und er sah in Wirklichkeit auch noch besser aus, fand Valeria.

»Ég er Magnús.« Er streckte ihr seine Hand entgegen, die sich warm, kräftig und ein wenig rau anfühlte, aber dennoch war der Druck fein dosiert.

»Ich wusste nicht, dass Lucia eine Schwester hat«, sagte Magnús, nun ebenfalls ins Englische wechselnd.

»Ich auch lange nicht«, sagte Valeria und fügte hinzu: »Sogar eine Zwillingsschwester.«

»Sieht man.«

»An der harmonischen Begrüßung, nicht wahr?«

Noch immer hielten sie sich an den Händen, was Magnús erst jetzt zu bemerken schien.

Er lächelte ganz flüchtig und ließ ihre Hand los. »Komm doch rein, Valeria«, sagte er und trat einen Schritt zurück, wobei er Lucia den Arm um die Schulter legte und sie so sanft, aber bestimmt zur Seite schob. Mit der anderen Hand wies er einladend auf eine offen stehende Tür am Ende des Flurs.

Lucia ließ ein Schnauben hören, sagte aber nichts. Magnús nahm Valeria ihr Gepäck ab und ging voran. Sie folgten ihm bis in ein großes Zimmer, das mit zusammengewürfelten alten Möbeln ausgestattet war und trotz oder wegen des ganzen Durcheinanders sehr gemütlich wirkte. Dicke Holzbalken zogen sich über die Decke, genau wie in Valerias Zuhause. In einer Ecke verströmte ein großer, gemauerter Ofen eine angenehme Wärme. Es gab sogar eine Ofenbank mit vielen bunten Kissen darauf.

»Wenn ihr zwei mir versprecht, euch nicht zu prügeln, koche ich uns Kaffee«, bot Magnús an.

»Versprochen«, sagte Valeria brav. Dabei wäre es ihr eigentlich viel lieber gewesen, er wäre geblieben. Wer weiß, wozu Lucia fähig war, wenn sie allein waren. Aber vielleicht war es auch besser, wenn er ging. Sonst würde sie ihn ja doch nur dauernd anstarren.

Bedächtig hängte sie ihre Jacke über eine Stuhllehne und ließ sich unaufgefordert auf der Ofenbank nieder. Die Mauersteine wärmten ihr den Rücken. Lucia setzte sich umgekehrt auf einen Stuhl. Das Kinn auf die gekreuzten Unterarme gestützt fixierte sie ihre Schwester wie ein böser Hund. Valeria erwiderte den starren Blick und so vergingen etliche Sekunden.

Dann beschloss Valeria, dieses alberne Duell zu beenden und ihrer Schwester den kleinen Triumph zu gönnen. Sie war ja schließlich nicht hierhergekommen, um ein Schweigeseminar zu absolvieren. Sie ließ ihren Blick durchs Zimmer schweifen. »Nett hier.«

»Wie hast du mich gefunden?«, herrschte Lucia sie an. »Hat meine dämliche Cousine mich verraten?«

»Fabiana?«, fragte Valeria verwundert. »Weiß die denn, wo du bist?«

Lucia antwortete nicht und so langsam verlor Valeria die Geduld. »Warum lässt du dann deinen Kram unter der Matratze zurück, wenn du nicht gefunden werden willst?«

»Scheiße!«, stieß Lucia hervor. »Ich musste die Sachen vor dieser Schnüfflerin verstecken und dann habe ich sie vergessen.«

»Blöder Fehler«, sagte Valeria mit einer großen Portion Lucia-Spott in der Stimme.

Lucia schien sich wieder einigermaßen im Griff zu haben. »Wer weiß noch, dass du hier bist?«

»Nur unser Vater.«

Lucia atmete schwer: »Weißt du, das Problem ist: Wenn *du* mich schon gefunden hast, dann finden mich auch andere.«

»Redest du von den Typen, die mich töten sollten?« Valeria sah ihre Schwester herausfordernd an.

»Dilettanten«, murmelte Lucia und warf Valeria erneut einen bitterbösen Blick zu.

Sie verspürt nicht den mindesten Anflug von Reue, erkannte Valeria fassungslos. War sie überhaupt zu irgendeinem Gefühl fähig außer Wut? Trotzdem wollte sie es wenigstens versuchen und sagte leise: »Ich habe dich vermisst, als Kind. Obwohl ich mich gar nicht richtig an dich erinnern konnte. Aber ich habe eine unsichtbare Schwester erfunden. Ich nannte sie meine Schattenschwester Luisa.«

Lucia kräuselte verächtlich ihre Lippen. »Ist dir eigentlich klar, wie verrückt sich das anhört?«

Valeria antwortete nicht, denn soeben war Magnús mit einem Tablett erschienen, auf dem drei dampfende Becher und eine Kanne Milch standen. Mit skeptischer Miene ließ er seine Blick zwischen den beiden Schwestern hin- und herpendeln, als befürchtete er, dass die beiden jeden Moment wieder aufeinander losgehen würden. Valeria und Lucia hatten sich zwar in ihrer Muttersprache unterhalten, aber womöglich hatte Magnús ja inzwischen von Lucia etwas Italienisch gelernt.

»Entschuldige, dass ich hier einfach so reingeplatzt bin«, sagte sie auf Englisch zu ihm und spürte, wie sie bei dem Gedanken an ihren Kampf-Auftritt von gerade eben knallrot wurde. »Aber Lucia und ich müssen ein paar Dinge klären.«

»Schwesterliche Angelegenheiten.« Lucia lächelte engelsgleich.

Magnús stellte das Tablett auf den Tisch und meinte, er wolle mal draußen nach den Alpakas sehen. »Vielleicht könnt ihr euer südländisches Temperament ein bisschen zügeln und euch bis zum Abendessen wieder vertragen.« Valeria war, als müsste er sich dabei ein Lächeln verkneifen.

»Klar, wir werden dasitzen und uns die Haare flechten«, sagte Lucia, triefend vor Sarkasmus.

Magnús goss einen Schuss Milch in seinen Kaffeebecher und verließ damit das Zimmer. Valeria nahm sich ebenfalls einen Becher, denn der Kaffee duftete allzu verführerisch. Lucia rührte ihren nicht an. Kaum hatte Magnús die Tür hinter sich zugemacht, zischte sie: »Was willst du eigentlich von mir? Bist du hergekommen, um dich an mir zu rächen oder was?«

»Dafür hätte es gereicht, den Marinellis zu sagen, wo du bist«, erwiderte Valeria ruhig.

Bei der Nennung dieses Namens zuckte Lucia kaum merklich zusammen.

Aber die Frage, was sie von Lucia wollte, stellte sich Valeria inzwischen selbst. Sie hatte das Bedürfnis verspürt, Lucia zur Rede zu stellen. Die Wut auf ihre Schwester hatte sie angetrieben und ihr diese Ohrfeige zu verpassen, hatte wirklich unheimlich gutgetan. Aber hatte sie eigentlich jemals weitergedacht? Was hatte sie denn erwartet? Dass sie Lucia eine Predigt hielt und es dann ruckzuck zur Versöhnung zwischen ihnen beiden kommen würde, quasi als Belohnung dafür, dass sie ihr so weit nachgereist war? Jetzt, da sie sich wiederbegegnet waren, war sie sich jedenfalls selbst nicht mehr sicher, ob sie überhaupt eine Versöhnung wollte mit diesem Mädchen, das offenbar nicht den Hauch eines Gewissens besaß.

»Schön, du hast mich gefunden. Fahr wieder nach Hause und geh petzen.« Lucia schnaubte sich eine Locke aus der Stirn. »Das muss ja ein herzzerreißendes Wiedersehen gewesen sein. Die verlorene Tochter kehrt zurück.«

»Von *Rückkehr* kann keine Rede sein«, protestierte Valeria. »Aber irgendwann hatte ich euren Plan eben durchschaut. Und der war ja wohl ziemlich übel.«

Okay, gestand Valeria sich ein, das war jetzt eine arg gekürzte und auch leicht geschönte Version der tatsächlichen Geschehnisse, aber sie sah keinen Anlass, die Sache mit der Entführung vor Lucia auszubreiten. Immerhin hatte sie dabei nicht gerade eine rühmliche Rolle gespielt und Lucia log schließlich auch in einer Tour.

»Die Polizei hat übrigens die Leiche von Giancarlo im Tiber gefunden. Erstochen.«

»Giancarlo?«, wiederholte Lucia verwirrt.

»Der Gärtner der Villa Aurelia. Er hatte was gemerkt.«

»Ah. Tja, sein Pech.« Lucia zuckte mit den Achseln. »Sonst noch was?«

»Die alte Signora Vastano ist auch gestorben«, fuhr Valeria einigermaßen fassungslos fort. »Angeblich war es ein natürlicher Tod. Aber merkwürdig war es schon. Tags zuvor war sie nämlich noch recht munter und hat mir so einige interessante Dinge erzählt.« Gespannt sah Valeria ihre Schwester an, aber auch diese Todesnachricht wirkte auf Lucia nicht gerade niederschmetternd. Stattdessen glitt über ihr Gesicht ein hinterhältiges Lächeln, als sie fragte: »Wie hoch ist das Kopfgeld, das er dir für mich geboten hat?«

»Was für ein Kopfgeld? Von wem redest du eigentlich?«

»Von meinem Vater natürlich. *Unserem* Vater, sorry, die Gewohnheit.«

Valeria war so baff, dass ihr keine passende Antwort einfiel.

»Was hat er dir versprochen?«, setzte Lucia nach. »Geld?

Eine eigene Wohnung? Will er dir ein Studium finanzieren oder eine Weltreise?«

Matteos und Enzos Leben. Aber dieser Deal ging Lucia nun wirklich nichts an.

»Er brauchte mir nichts zu versprechen«, antwortete sie entrüstet. »Ich habe ihm freiwillig angeboten, dich zu suchen. Wir sind schließlich eine Familie.«

Hatte das nicht auch ihr Vater gesagt? Dass er ihr vertraue, weil sie zur Familie gehöre?

»Familie«, schnaubte Lucia. »Ich sag dir was: Ich scheiß auf diese Familie! Und was dich angeht: Uns beide verbindet gar nichts!«

»Das stimmt leider nicht«, widersprach Valeria. »Wir sind genetisch identisch, das ist nun mal eine biologische Tatsache.«

Lucia verdrehte die Augen. »Wir mögen Zwillinge sein, aber das ist nichts weiter als eine Laune der Natur. So, wie es weiße Tauben gibt und schwarze. Und ich gehöre ganz bestimmt nicht zu den weißen, denn die werden als erste von den Raubvögeln gefressen. Glaub mir, ich weiß, wovon ich rede.«

»Lucia, ich kann gut verstehen, dass es dir peinlich ist, mich zu sehen ...«

»Bullshit!« Lucias Stimme klang scharf wie ein Fallbeil. »Du bist mir vollkommen egal.«

»Ich bin deine *Schwester,* verdammt noch mal! Wir waren immerhin drei Jahre lang zusammen.«

»Du meinst, bevor unsere liebe Mutter mich verkauft hat, damit ihr zwei ein gutes Leben habt?«

Valeria hatte nun langsam genug. »Mein Gott, du tust

mir wirklich furchtbar leid, du armes Mädchen. Man hat dich gezwungen, in Europas besten Internaten zur Schule zu gehen und das Geld für Klamotten zum Fenster rauszuwerfen. Hat man ja auch auf dem Video gesehen, wie unglücklich du warst. Und dieses Zimmer in der Villa Aurelia und in dem Haus unseres Vaters – wirklich eine Zumutung!« Sie wusste, dass sie unfair war. Aber sie war einfach stinkwütend.

»Du hast doch keine Ahnung!« Lucia stand auf und rauschte türknallend aus dem Zimmer.

»Ja, hau ab! Sehr erwachsen, wirklich!«, rief Valeria ihr hinterher, aber sie war nicht sicher, ob Lucia es gehört hatte.

***

Den Bauch voller Wut tigerte Lucia in ihrem Zimmer auf und ab. Natürlich war es nicht wirklich ihr Zimmer. Eigentlich gehörte der Raum Magnús' Schwägerin Gudrun, aber Magnús hatte gemeint, sie könne ihn benutzen, als Rückzugsort oder zum Malen. Ihre Kehle war trocken. Sie ging nach nebenan ins Bad, trank aus dem Hahn und schaufelte sich kaltes Wasser ins Gesicht. Aber auch das half nicht, ihre Wut abzukühlen. Am liebsten würde sie sich auf dieses Miststück stürzen und es erwürgen. Sie warf einen Blick in den Spiegel und erschrak. Kein Wunder, dass dieser Bauerntrampel keinen Respekt vor ihr hatte. Sie durfte sich nicht länger so gehen lassen. Was war nur binnen weniger Wochen aus ihr geworden?

Aber wie konnte Valeria es wagen, über ihr, Lucias, Leben

zu urteilen? Es so darzustellen, als wäre sie ein Luxusgeschöpf, das ihr Leben lang glücklich und in Saus und Braus gelebt hatte. Keine Ahnung hatte diese dumme Gans!

Lucia dachte an den Tag vor gut zwei Jahren, an dem sie herausgefunden hatte, wer sie wirklich war. Durch Zufall. Sie hatte Ferien gehabt, ihr war langweilig gewesen und um des schieren Nervenkitzels willen hatte sie im Arbeitszimmer ihres Vaters in dessen Schreibtisch herumgewühlt. Dies wiederum war nur möglich gewesen, weil Signora Merli aus einer für sie ungewohnten Nachlässigkeit heraus vergessen hatte, wieder abzuschließen, nachdem die Putzfrau in Sandro Bertones Allerheiligstem sauber gemacht hatte.

An diesem Tag war für Lucia eine Welt zusammengebrochen. Ihr Vater hatte sie also jahrelang belogen. Ihre Kindheit, ihr ganzes Leben, alles war eine Lüge gewesen, sogar ihre Erinnerungen. Die Lüge hatte alles vergiftet. Auch ihre Seele.

Als Kind wäre Lucia fast an dieser Lüge zerbrochen. Denn ohne dass man es ihr jemals gesagt hätte, spürte sie, dass die Liebe einer Mutter zu ihrem Kind überall auf der Welt eine Selbstverständlichkeit war, etwas Grundlegendes, Unerschütterliches.

Nur nicht bei ihrer Mutter.

Die hatte sie stets gleichgültig behandelt, manchmal sogar abweisend, und als kleines Mädchen hatte sie automatisch bei sich selbst die Schuld gesucht und war zu dem Schluss gekommen, dass sie ein Wesen war, das niemand lieben konnte, wenn nicht einmal ihre Mutter es tat. Ihr Vater? Ja, womöglich hatte der sie gern. Aber das war nicht dasselbe und der war ja auch nie da. So schrie sie gegen alles an, was ihr in die Quere kam. Mehr noch: Sie war *böse*.

Es war einer jener schicksalsbestimmenden Zufälle, dass Marias Auto an jenem Morgen nicht ansprang, als Lucia sich wieder einmal weigerte, zum Einkaufen mitzukommen. Nachdem der Sprengsatz, der unter dem Auto ihres Mannes angebracht worden war, explodiert war und Maria Bertone in Stücke gerissen hatte, erzählte man Lucia, es wäre ein »Unfall« gewesen. Aber die Sache war zu spektakulär, zu viele Leute wussten davon und tuschelten darüber und selbst mit ihren zehn Jahren verstand Lucia sehr gut, was geschehen war.

Alle Welt glaubte, sie trösten zu müssen, doch Lucia empfand nur Erleichterung, diese lieblose Mutter los zu sein und nicht mehr Tag für Tag um ihre Liebe betteln zu müssen. Aber gerade deshalb war Lucia fest davon überzeugt, dass etwas mit ihr nicht stimmte. Andere Kinder an ihrer Stelle hätten sich doch die Augen aus dem Kopf geweint!

Alles wäre anders geworden, hätte Lucias Vater ihr damals die Wahrheit gesagt. Auch wenn Lucia vielleicht die Gründe für sein Handeln nicht völlig verstanden hätte, so hätte es bestimmt einiges geändert. Eine *Stief*mutter, die einen nicht mochte, war nichts Außergewöhnliches, böse Stiefmütter kamen in den Märchen haufenweise vor. Lucia hätte sich nicht länger für ein Ungeheuer gehalten – und sich auch nicht wie eines benommen.

Aber Sandro Bertone hatte geschwiegen und in angemessener Weise um seine Ehefrau getrauert, die er selbst auch nicht geliebt hatte. Und Lucia fand mit der Zeit Gefallen daran, Blumen an Marias Grab zu stellen und sich im Nachhinein einzureden, dass sie ihre Mutter geliebt hatte – und umgekehrt – und dass sie jetzt um deren Verlust trauerte.

In den darauffolgenden Jahren überschüttete Sandro Bertone seine Tochter mit materiellen Gütern, um ihr seine Liebe zu beweisen und weil es einfacher war, ihr teure Klamotten zu kaufen, anstatt Farbe zu bekennen.

Aber dann hatte Lucia die Wahrheit plötzlich schwarz auf weiß vor Augen: auf ihrer Geburtsurkunde. Ihr Vater war ihr Vater, aber ihre Mutter hieß gar nicht Maria. Sie hieß Rosa. Rosa Tomaso. Und eine Schwester hatte sie auch noch, Valeria, die am selben Tag geboren war. Und die war nicht etwa nach der Geburt oder als kleines Kind gestorben, wie Lucia im ersten Moment gedacht hatte, sondern diese Schwester lebte. Das bewiesen die Fotos, die bei der Urkunde lagen. Sie lebte und sie hatte offenbar ihr ganzes Leben bei ihrer Mutter verbracht. Einer Mutter, die sie vermutlich geliebt hatte. Sie, die *Andere*.

Lucia hatte ihren Vater mit ihrer Entdeckung konfrontiert und der war endlich damit herausgerückt, wie alles so gekommen war. Sie hatte ihn angebrüllt und ihm gesagt, wie sehr sie ihn hasste und dass sie ihn nie wiedersehen wollte.

Am liebsten wäre Lucia sofort zu dieser Rabenmutter hingefahren, um sie zur Rede zu stellen, ihr ihre Wut ins Gesicht zu schleudern. Um dies zu verhindern, belog Sandro Bertone seine Tochter erneut, indem er behauptete, er wisse nicht, wo Rosa und Valeria sich aufhielten.

Allmählich beruhigte sich Lucia wieder. Das alles hatte ja auch eine gute Seite, denn nun herrschte endlich Klarheit. Das war eine Befreiung. Dennoch hatte dieser Tag sie verändert. Etwas in ihr war erkaltet und erstarrt wie ein Lavafeld.

Sie hatte jetzt nicht mehr den Wunsch, die beiden zu besuchen. Zu tief saß der Hass auf diese Mutter, die sie weggestoßen hatte, und auf diese Schwester, die hatte bleiben dürfen. Doch wenn Lucia eines von ihrem Vater gelernt hatte, dann, dass es wichtig war, manchmal sogar überlebenswichtig, möglichst viel über seine Mitmenschen zu wissen. Über seine Freunde und erst recht über seine Feinde. Also forschte sie ein wenig nach und bald wusste Lucia, wo ihre Mutter und ihre Schwester lebten. Etwas später entdeckte sie den Lagerraum im Keller, in dem ihr Vater Rosas Bilder aufbewahrte.

An ihren diversen Internaten war Lucia in Kunst immer ein Ass gewesen und hin und wieder hatte sie auch in ihrer Freizeit gemalt. Jetzt wusste sie also, woher sie ihr Talent hatte. Denn die meisten Gemälde gefielen Lucia ausgesprochen gut, obgleich es ihr schwerfiel, sich dies einzugestehen. Einige Bilder strotzten nur so vor Kraft und Energie, andere waren melancholisch und düster. Aber sie alle hatten es im Grunde nicht verdient, in einem Lagerraum im Keller unter Bettlaken vor sich hin zu dämmern.

War das der Preis, den ihre Mutter für ihre Niedertracht bezahlte? Dass ihre Kunst in einem Keller verrottete, dass sie sterben würde, ohne je berühmt oder auch nur halbwegs bekannt gewesen zu sein?

Als sie das Bild sah, das offensichtlich sie und ihre verhasste Schwester zeigte, war es jedoch um ihre Selbstbeherrschung geschehen ...

Nach und nach verzogen sich die Nebel der Wut. Lucia zwang sich, nach vorn zu schauen. Sie versöhnte sich mit ihrem Vater, denn ihr war klar: Noch brauchte sie ihn und vor allen Dingen sein Geld. Irgendwann aber würde sie auf Nimmerwiedersehen verschwinden, und zwar am liebsten weit weg von all dem, was ihr inzwischen so verhasst war. In ein Land, in dem es ganz anders war als in ihrer Heimat. Wo es kalt war, wo die Menschen anders aussahen, eine völlig andere Sprache sprachen und andere Speisen zubereiteten. Ein Land, in dem ihr Vater keinen Einfluss hatte, keine Beziehungen, keine *Verbindungen.* Wo er niemanden kannte und sie nie finden würde.

In den Norden also.

20.

Valeria hörte Lucias Schritte im Obergeschoss. Was jetzt? Sie war ernüchtert, schockiert sogar, von dem Hass, der ihr entgegengeschlagen war. Falls sie in einem versteckten Winkel ihres Herzens auf eine Versöhnung gehofft hatte oder wenigstens auf eine Erklärung, so wusste sie jetzt, woran sie war: Lucia war ein hoffnungsloser Fall. Besser gar keine Schwester als so eine! Am liebsten würde sie Snorri anrufen, er möge umkehren und sie abholen. Sie hatte Lucia gefunden, ihr Versprechen gehalten, das war's. Nie wieder müsste sie dieser furchtbaren Person begegnen. Aber Lucia würde das bestimmt als eine Art »Sieg« verbuchen und den gönnte Valeria ihr nicht.

Unschlüssig, was sie als Nächstes tun sollte, sah sie sich im Zimmer um und ihr Blick verharrte an der Wand. Die zwei Bilder dort drüben ... Waren sie etwa ...? Nein, sie trugen nicht die verschlungene Signatur ihrer Mutter, sondern eine, die aus zwei schlichten Buchstaben bestand: LB. Diese Entdeckung versetzte ihr einen kleinen Stich. Zu Rosas Leidwesen besaß Valeria nämlich kein Talent zum Malen oder Zeichnen. Auf einmal verspürte Valeria das dringende Bedürfnis nach frischer Luft und zog sich ihre Jacke wieder an.

Direkt am Zaun stand eines der Fohlen, die sie schon bei ihrer Ankunft gesehen hatte. Es war hellgrau wie seine Mutter und sah zum Anbeißen niedlich aus mit seinen staksigen Beinen und den riesigen schwarzen Augen. Sein Fell war noch kurz, nur oben am Kopf wuchsen lange, buschige Haare. Valeria hätte es furchtbar gern gestreichelt, allerdings wusste sie nicht, ob das dem Muttertier so gut gefallen würde. Auch die friedlichsten Tiere konnten echt sauer werden, wenn man ihren Jungen zu nahe kam, das hatte Valeria von klein auf beobachtet. Also hielt sie lieber Abstand und ging weiter, über die Weide. Vielleicht begegnete sie Magnús. Sie hoffte es. Es war nur ein unbestimmtes Gefühl, aber sie fühlte sich sicherer, wenn er in der Nähe war.

Am Schuppen stand das Tor offen. Ein Geländewagen stand darin, ähnlich dem, mit dem Snorri sie hergefahren hatte, und daneben etwas, das aussah wie ein Motorrad auf Kufen. Sie könnte Magnús bitten, sie so bald wie möglich wieder zurück nach Reykjavík zu bringen.

Sie betrachtete die zimtfarbenen Berge, an deren Flanken Schneefelder leuchteten. Eine wunderschöne Gegend, aber auch sehr einsam. Ob es Lucia hier wirklich gefiel? Sie war es doch gar nicht gewohnt, weitab von jeglicher Zivilisation zu leben.

»Das mit dem Haareflechten hat wohl nicht hingehauen, was?«

Magnus kam aus dem Dunkel des Schuppens auf sie zu.

»Nicht wirklich.«

Er blieb stehen und sah sie prüfend an.

»Was ist?«

»Ihr seht euch verdammt ähnlich. Aber ich werde das Gefühl nicht los, dass ihr sehr verschieden seid.«

Wohl wahr.

»Begrüßt ihr euch immer mit Ohrfeigen?«

»Ist in Italien so üblich, wusstest du das nicht?« Sie lächelte, wurde aber sogleich wieder ernst, denn sie spürte diesen grauen, nachdenklichen Blick auf sich ruhen. Vielleicht sollte sie erst einmal herausfinden, was er über Lucia wusste.

»Weißt du, wer Lucias Vater ist?«

»Lucias Vater?«, wiederholte er. »Du meinst, Lucias und dein Vater?«

»Äh, ja, genau. Daran muss ich mich erst noch gewöhnen.«

Magnús versuchte wohl erst gar nicht, das zu verstehen. »Scheint ein ziemlich reicher Typ zu sein, der Angst um seine Tochter hat. Er hat sie sogar unter falschem Namen auf dem Internat angemeldet: Teresa. Ihren richtigen Namen hat sie mir erst verraten, als wir uns schon ein Jahr gekannt haben. Lucia versteht sich nicht besonders gut mit ihm.«

»Ihr ... unser Vater ist der Boss eines Mafiaclans.« So, jetzt war es raus. Vielleicht hätte sie es ihm schonender beibringen sollen. Allerdings hatte sie keine Ahnung, wie.

Einen Augenblick lang sah er sie geschockt an. »Wow ... also ... das erklärt ja so einiges«, sagte er bedächtig.

»Wir sind getrennt aufgewachsen. Bis vor ein paar Tagen wusste ich nicht einmal, dass es Lucia gibt.«

»Und warum die Ohrfeige?«

Valeria zögerte. »Das soll sie dir lieber selbst sagen«, antwortete sie schließlich.

Überraschenderweise verzog sich sein Gesicht zu einem

verhaltenen Lächeln und Valeria verspürte eine große Erleichterung darüber. Sie sah ihm an, dass ihm tausend Fragen durch den Kopf gingen. Aber er stellte keine einzige.

Lucia trocknete ihr Gesicht ab und verließ das Bad. Durch das Fenster am Ende des Flurs sah sie Valeria und Magnús den Hügel hinaufgehen.

Super. Erst nimmt sie mir meinen Vater weg, jetzt krallt sie sich auch noch meinen Freund!

Sie stapfte hinüber in Elías' Arbeitszimmer. Magnús' und Elías' Großvater war Jäger gewesen, weshalb sich auch noch immer ein paar seiner Trophäen im Haus befanden: Geweihe, Felle und der ausgestopfte Kopf eines Rentiers über dem Schreibtisch, das sie mit stoischem Blick beobachtete. Da keine kleinen Kinder im Haus lebten, war der stählerne Waffenschrank nicht abgeschlossen. Lucia nahm das Jagdgewehr heraus und stellte sich ans offene Fenster. Durch das Zielfernrohr rückte Valeria so nah heran, als stünde sie direkt vor ihr. Sie redete und redete. Was zum Teufel erzählte sie Magnús bloß? Bestimmt schwärzte sie gerade ihre eigene Schwester bei ihm an.

Das Fadenkreuz im Rücken stolperte die Ahnungslose vorwärts.

Lucias Atem ging keuchend und die Waffe wog schwer. Ihr linker Arm, der das Gewehr hielt, begann zu zittern, ihr Zeigefinger am Abzug fühlte sich taub an. Unruhig glitt das Fadenkreuz Valerias Rücken auf und ab.

Jetzt! Eine winzige Bewegung mit dem Finger und ich bin sie los.

Wenn nur Magnús nicht hier wäre. Der wäre imstande, sie der Polizei auszuliefern.

Verdammt ...

Entnervt ließ sie das Gewehr wieder sinken. Nein, so ging das nicht. Sie musste sich etwas anderes einfallen lassen.

»Was hast du jetzt vor?«, fragte Magnús.

»Ich werde erst gehen, wenn sie bereit ist, vernünftig mit mir zu reden«, sagte Valeria entschieden. »Tut mir leid, wenn ich Unfrieden bringe. Aber das ist sie mir schuldig.«

»Ich meinte eigentlich: jetzt gerade.«

»Äh ... nichts, gar nichts. Ich wollte nur nicht allein im Zimmer rumsitzen, während Lucia da oben rumstapft und vor sich hin schäumt.«

»Verstehe.« Magnús berührte sie leicht am Arm. »Komm, ich zeige dir die Farm. Es kann dauern, bis Lucia sich wieder einkriegt, wenn sie erst mal beleidigt ist.«

Valeria nickte. *Passt zu ihr,* dachte sie und folgte ihm über die schon ziemlich abgegraste Weide. »War es immer schon dein Traum, Alpakas zu züchten?«

Er lachte. »Nein. Die Idee stammt von Elías, meinem älteren Bruder. Er macht gerade eine Weltreise mit seiner Frau, es ist ihre Hochzeitsreise. Bis zum Frühjahr halte ich hier die Stellung.«

»Da hat Elías aber Glück mit seinem Bruder«, seufzte Valeria.

Zwischen hohen Gräsern und Felsbrocken stiegen sie eine kleine Anhöhe hinauf. Die Felsen waren von grün, gelb und orange schimmernden Flechten überwachsen.

Valeria hatte die Assoziation von urzeitlichen Tieren, die mit den Schnauzen im Boden wühlten.

Oben angekommen deutete Magnús auf die Bergkulisse im Westen. »Der mit der Rauchsäule ist der Hekla. Ein ziemlich reger Vulkan.«

»Ich dachte, das wäre eine Wolke.«

»Ist es ja auch. Nur kommt sie aus dem Erdinneren. Und da unten ist unsere Badewanne.« Magnús deutete auf eine Senke, an deren tiefstem Punkt ein runder Tümpel lag. Er war nicht besonders groß, höchstens vier, fünf Meter. Dampfwolken schwebten über der Wasseroberfläche.

»Der Hot Pot. Er hat konstant achtunddreißig Grad.«

»Das ist ja irre! Eine Naturbadewanne!«

»Ganz genau.« Magnús lächelte. »Du musst sie unbedingt ausprobieren.«

»Ich ... ich hab keinen Badeanzug dabei.«

»Dann hast du ein echtes Problem.«

Verarschte er sie? Ja, natürlich. Valeria hatte schon von Lilja erfahren, dass die Skandinavier es mit der Bekleidung in ihren warmen Quellen nicht so genau nahmen. »Wir gehen baden, wie der liebe Gott uns schuf«, hatte sie Valeria erklärt und genauso gegrinst wie Magnús jetzt.

»Ist der Tümpel tief?«

»Überhaupt nicht. Du könntest noch locker drin stehen.«

»Und das Wasser ist immer so warm? Auch im Winter?

»Ja. Praktisch ganz Island wird mit geothermischer Wärme geheizt, unser Strom kommt auch daher. Holz wäre ja auch viel zu schade zum Verheizen. Wir haben hier nicht so viele Bäume, wie du vielleicht schon bemerkt hast.«

»Ja, das ist für mich ziemlich ungewohnt. Ich bin sozusagen im Wald groß geworden. Natürlich nicht *im* Wald. Meine Mutter und ich haben bis vor einiger Zeit in Umbrien gelebt, in einem Haus in den Apenninen. Man kann stundenlang herumlaufen und begegnet keinem Menschen. Eher schon einem Wildschwein, weil ...« Sie brach abrupt ab. Warum nur plapperte sie so ein wirres Zeug?

Magnús sah das offensichtlich anders, denn er stimmte ihr sofort zu. »Das kann dir hier auch passieren, dass du stundenlang keinen Menschen triffst. Dafür Schafe und Pferde.«

Valeria lächelte. Sie musste sich eingestehen, dass sie sich schon lange nicht mehr in Gegenwart eines Menschen so wohlgefühlt hatte. Außer vielleicht mit Lilja. Aber das war etwas anderes gewesen. Eine nervige innere Stimme meldete sich zu Wort: *Okay, er ist nett. Sehr nett sogar. Aber er ist verdammt noch mal der Freund deiner Schwester.*

Und wennschon, antwortete sie der Nerv-Stimme trotzig. *Was bin ich dieser fiesen Zicke von Schwester schon schuldig?*

Magnús sah sie nachdenklich an. »Wie kommt es eigentlich, dass ihr getrennt aufgewachsen seid?«

Valeria seufzte, wiederholte dann aber in Kurzform das, was sie von ihrem Vater erfahren hatte. »Lucia weiß es schon länger, seit zwei Jahren«, sagte sie schließlich. »Aber sie hat sich nie bei uns gemeldet.«

»Und wie hast du es rausgekriegt?«, fragte Magnús neugierig.

Etwas in ihr schrie geradezu danach, ihm alles zu erzählen, restlos alles. Ihm zu schildern, wie kaltblütig Lucia dazu bereit gewesen war, sie ans Messer zu liefern. Sie wünschte sich, dass er verstand, warum sie hier war.

Aber gerade noch rechtzeitig erinnerte sich Valeria an die Worte von Mrs Wilson und Julius Cäsar. *Alles Schlechte, was man über andere redet, fällt auf einen selbst zurück,* hatte Erstere gern aus ihren klugen Zeitschriften zitiert, während der römische Kaiser gesagt haben soll: *Proditionem amo, sed proditores non laudo – Den Verrat liebe ich, aber die Verräter lobe ich nicht.*

Noch dazu war es fraglich, ob Magnús ihr überhaupt glauben würde. Und davon abgesehen konnte es ihr doch ganz egal sein, was Magnús dachte, sowohl über sie als auch über Lucia. Er würde schon irgendwann merken, was für eine Natter er sich da angelacht hatte.

»Weißt du, das ist eine lange Geschichte«, wich Valeria seiner Frage deswegen aus. »Am besten, du fragst Lucia selbst danach.«

»Okay. Sorry, ich wollte dich nicht in Verlegenheit bringen.«

»Nein, schon gut. Mir tut es leid, dass ich hier so ...« Sie wusste nicht, wie sie den Satz beenden sollte. In seiner Gegenwart schien es ihr häufig an den passenden Worten zu fehlen, und das hatte nichts mit mangelnden Englischkenntnissen zu tun. »Tut mir leid«, murmelte sie nur und verstummte.

»Jetzt, wo wir uns genug entschuldigt haben, könnten wir uns die Alpakas ansehen, wenn du willst«, schlug Magnús vor.

»Unbedingt!« Valeria war sofort Feuer und Flamme. »Darf ich sie anfassen?«

»Nicht alle. Die Fohlen sind noch scheu und die Mütter bewachen sie. Aber es gibt ein paar mutige, die sich streicheln lassen.«

Langsam stiegen sie wieder die Anhöhe hinab. Der Wind war eiskalt und zerzauste Valerias Haar. Sie hätte vernünftigerweise ihre Mütze aufsetzen sollen. Andererseits hätte sie lieber eine Mittelohrentzündung riskiert, als sich jemals vor Magnús mit dieser Mütze zu zeigen.

»Es gibt bald Schnee«, meinte Magnús.

»Was fressen dann die Alpakas?«

»Heu, Stroh, Rübenschnitzel und ein wenig Kraftfutter. Sie sind sehr genügsam, sie stammen ja aus den Anden, darum stellen sie keine großen Ansprüche ans Futter und kommen auch mit unserem Klima gut zurecht.«

Einige Tiere mit weißem und rostrotem Fell hatten sich vor dem Stall versammelt und Magnús lockte sie mit einer Handvoll Möhren heran. Ein junger Hengst war besonders vorwitzig.

»Er heißt Ringo, wegen der Beatles-Frisur.« Er zupfte Ringo den wuscheligen Pony glatt.

Als Valeria sanft durch das weiche Fell strich, berührte ihre Hand die von Magnús und sie zog sie so hastig zurück, als hätte sie sich verbrannt.

Sie fragte ihn nach seinen Eltern und erfuhr, dass sie in Reykjavík lebten. »Der Hof gehörte meinem Großvater. Er ist vor drei Jahren gestorben, danach hat Elías ihn übernommen und mit der Alpakazucht angefangen, und ich habe ihm jede Ferien geholfen. Elías und Gudrun haben auch noch allerhand andere Pläne. Sie möchten die Farm ausbauen und für Feriengäste herrichten. Mein Bruder will, dass ich mitmache. Aber ich weiß nicht so recht …«

»Es ist auf die Dauer bestimmt ganz schön einsam hier«, meinte Valeria.

»Daran liegt's nicht. Aber ich habe ja nicht das Abi gemacht, damit ich für den Rest meines Lebens Alpakas schere. Ich will studieren, sobald mein Bruder wieder da ist. Meeresbiologie oder Vulkanologie, ich schwanke noch.«

»Wo, in Reykjavík?«

»Ja.«

»Die Stadt ist toll«, sagte Valeria begeistert. »Ich war mit Lilja, einer Freundin, in diesem Viertel 101 unterwegs.«

»Oha«, grinste Magnús, »die berühmteste Postleitzahl am Polarkreis. Ja, da geht's ganz schön ab.«

»Wieso warst du dann überhaupt in diesem schwedischen Internat?«, wollte Valeria wissen.

»Das war nicht meine Idee«, meinte Magnús achselzuckend. »Mein Vater ist Diplomat. Früher, als ich klein war, sind wir dauernd umgezogen, alle zwei, drei Jahre. Wir waren in Jordanien und in Kanada und den USA. Aber als ich dann vierzehn war, haben meine Eltern entschieden, dass ich bis zum Abi an einer Schule bleiben sollte. Damals waren wir gerade in Schweden, also haben sie mich dort ins Internat gegeben. Seit einem Jahr ist mein Vater in Pension und meine Eltern leben wieder in Reykjavík. Aber ich wollte vor meinem Abschluss nicht noch mal die Schule wechseln.«

»Ich war immer nur am selben Ort«, seufzte Valeria.

»Ist doch auch kein Schaden.«

»Ich weiß nicht. Manchmal komme ich mir schon etwas ... rückständig vor. Ich meine, verglichen mit Lucia.«

Hinterm Mond.

»In einem Internat sieht man auch nicht allzu viel von der Welt.«

»Aber man hat Schulkameraden aus anderen Ländern«, meinte Valeria. »Ich hatte gar keine. Ich hatte nur einen einzigen Hauslehrer. Mr Wilson.«

»Warum denn das?«, wunderte sich Magnús.

Endlich konnte Valeria diese Frage klar beantworten. »Weil meine Mutter mich verstecken wollte, genau wie unser Vater Lucia versteckt hat. Aber jetzt habe ich genug davon. Ich will an einer normalen Schule das Abi machen. Und dann irgendwas studieren. Ich weiß noch nicht so genau, was, aber auf jeden Fall was mit Natur oder Tieren.«

»Lass dir doch Zeit«, meinte er. »Wie es aussieht, hat sich dein Leben gerade extrem verändert. Da muss man sich ja auch erst einmal dran gewöhnen. Was du später mal machen willst, kannst du dir immer noch überlegen. Du bist ja erst siebzehn.«

»Wie alt bist du?«, fragte Valeria.

»Ich werde nächsten Monat zwanzig.« Er grinste und zuckte mit den Achseln. »Zu viel Umzüge, zu viel Zeit mit Online-Computerspielen verplempert – und *zack,* schon hat sich das Abi ein bisschen verzögert.«

Auch Valeria lächelte. Es gefiel ihr, dass er seine Schwäche so offen zugab. »Vulkanologie klingt interessant.«

»Wenn du noch ein bisschen bleibst, kann ich dir einen aus der Nähe zeigen. Ich kann aber nicht garantieren, dass er gerade dann ausbricht.«

Valeria war nicht sicher, ob das ein Scherz war. In ihrer Vorstellung sah sie sich jedenfalls schon Händchen haltend mit Magnús am Rand eines Kraters entlangbalancieren, während unter ihnen die rot glühende Lava kochte und in der Ferne die eifersüchtige Lucia Feuer spie.

Lucia ließ sich erst wieder zum Abendessen blicken. Sie trug eine eng anliegende schwarze Hose und einen weißen Pullover mit dünnen goldenen Streifen. Ihr Haar war geglättet und locker aufgesteckt und sie hatte Make-up aufgetragen.

Sicher nicht wegen mir, registrierte Valeria. Auch sie hatte sich mit Wimperntusche und Lipgloss ein wenig zurechtgemacht und sie trug den Kaschmirpullover, den sie mit Matteo gekauft hatte, und ein Halstuch, das das Grün in ihren Augen hervorhob.

Magnús hatte gekocht, es gab Eintopf mit Linsen und Gemüse. Zu dritt saßen sie an dem großen Küchentisch. Magnús wollte von Valeria wissen, ob sie nicht auch fände, dass die isländische Küche unnachahmlich sei. »Ja«, gab sie zu, »vor allen Dingen dieser Gammel-Hai.« Sie stellte jedoch klar, dass die italienische Küche ihrer Meinung nach die beste der Welt sei. Essen war jedenfalls ein unverfängliches und ergiebiges Thema, wofür ihm Valeria dankbar war.

Lucia sagte kaum etwas. Misstrauisch wanderten ihre Blicke zwischen Magnús und Valeria hin und her, als vermutete sie ein Komplott. Seine Versuche, sie in die Unterhaltung einzubeziehen, scheiterten allesamt, sodass er es bald aufgab. Valeria probierte es erst gar nicht.

Schließlich meldete Lucia sich doch noch zu Wort. Mit einem aufgesetzten Lächeln fragte sie Valeria: »Hast du eigentlich mit Matteo geschlafen?«

Die Frage kam so unvermittelt, dass Valeria vergaß zu kauen, während sie merkte, wie sie flammend rot wurde. Und weil sie merkte, dass sie rot wurde, wo es doch gar keinen Grund zum Erröten gab, wurde sie noch röter.

»Nein«, nuschelte sie, und obwohl es die Wahrheit war, klang es wie eine Lüge. Falls es Lucias Absicht gewesen war, Valeria bloßzustellen, so war ihr das hervorragend gelungen.

»Er ist ja wirklich süß und ich habe gesehen, wie er dich angesehen hat.«

»Und ich habe gesehen, wie er *dich* angesehen hat«, konterte Valeria, nachdem sie hastig hinuntergeschluckt hatte.

»Aber ich war dann ja gar nicht mehr da. Oder ...« Lucia riss in komödiantischem Erstaunen die Augen auf. »... bist du etwa noch Jungfrau? Gab es keinen umbrischen Dörfler, der sich erbarmt hat?«

»Lucia, hör auf damit«, sagte Magnús scharf.

»Wieso? Ich erkundige mich doch nur nach dem Liebesleben meiner Schwester.«

»Du hast gehört, was sie gesagt hat. Das reicht jetzt.«

»Bist du ihr Anwalt? Valeria, kannst du nicht mehr selbst für dich sprechen?«

»Doch. Und da gäbe es auch einige sehr interessante Themen«, sagte Valeria, bemüht, den Satz drohend klingen zu lassen.

Magnús stand auf und gab vor, noch etwas erledigen zu müssen.

Lucia hob die gefalteten Hände und stöhnte: »Schon gut, du kannst hierbleiben. Ich weiß ja, wie konfliktscheu du bist. Ich habe ihr nichts mehr zu sagen. Außer, dass ich gerne wüsste, wann sie wieder abhaut.«

Aber Magnús schien die Nase voll zu haben. Ohne ein weiteres Wort verließ er die Küche, wobei er die Tür mit Nachdruck schloss.

Lucia erhob sich nun ebenfalls und stellte ihren Teller in die Spüle. Dann wandte sie sich zu Valeria um und fragte giftig: »Hast du ihn also schon rumgekriegt mit deiner Unschuld-vom-Land-Nummer? Die scheint ja unheimlich zu ziehen.«

Zu ihrer eigenen Überraschung blieb Valeria ruhig, als sie sagte: »Setz dich hin, wir haben zu reden.«

Lucia ging jedoch zum Fenster und schaute hinaus. »Auch das noch!«, murmelte sie.

»Was ist?«, fragte Valeria.

»Es schneit wie verrückt.«

»Was ist daran so schlimm?«

»Dass du dann hier festsitzt, wenn es so weitergeht.«

Im Geist sah sich Valeria prompt mit ihrer neuen Winterausrüstung an der Seite von Magnús durch den frisch gefallenen Schnee spazieren – und ermahnte sich im gleichen Moment, sich endlich mal am Riemen zu reißen.

»Was sollte das eben, das mit Matteo?«, fragte Valeria.

»Nichts. Ich wollte nur ein bisschen Small Talk machen.«

»Kannst du mir mal verraten, warum du mich so sehr hasst?«

Lucia verzog den Mund zu ihrem für sie typischen sarkastischen Lächeln. »Ich hasse dich nicht. Dafür bedeutest du mir viel zu wenig!«

»Immerhin wolltest du mich umbringen lassen.«

»Das war reine Notwehr, nimm es nicht persönlich.«

»Wie bitte? Ich soll das nicht persönlich nehmen? Sag mal, spinnst du? Hast du denn überhaupt noch einen Funken Anstand im Leib?«

»Wahrscheinlich nicht«, meinte Lucia gelassen. »Aber damit du endlich Ruhe gibst: Okay, ja, es war nicht richtig von mir.«

»Nicht richtig? Soll das vielleicht eine Entschuldigung sein?«

Blicke wie Giftpfeile schossen über den groben Holztisch hinweg.

»Wer sagt denn, dass ich mich bei dir entschuldigen will?«, erwiderte Lucia. »Es war nicht richtig, weil es nicht funktioniert hat. Aber da du ja nun noch immer unter uns weilst, könntest du langsam mal aufhören, darauf rumzureiten.«

Valeria war sprachlos.

»War's das jetzt?«, erkundigte sich Lucia.

»Nein.«

Lucia schien darauf zu warten, dass sie weiterredete, aber Valeria schwieg.

Schließlich war es Lucia, die sagte: »Du denkst, ich hätte ein tolles Leben gehabt, während du das arme Mädchen bist, das einsam in den Bergen aufwachsen musste.«

»Das habe ich nie ...«, begann Valeria, aber Lucia fuhr ihr über den Mund. »Du bist neidisch auf mich, ausgerechnet du? Soll ich dir mal verraten, was Einsamkeit ist? Wenn du eine Mutter hast, die dich nicht ausstehen kann, weil sie gar nicht deine Mutter ist. Und wenn du zwar auf ein teures Internat gehst, aber dort kennt dich niemand unter deinem richtigen Namen, und immer, wenn du gerade angefangen hast, Freunde zu finden – natürlich musst du aufpassen, dass du dich nicht vor ihnen verplapperst –, dann wirst du wieder woandershin geschickt. In ein neues Land und unter einem neuen Namen. Ich hatte drei verschiedene Namen bis zum Abi! Weil mein Vater der gottverdammte Obermafioso ist. Ja, ich habe sein Geld ausgegeben und du kannst sicher sein, dass daran jede Menge Blut klebte!« Lucia hielt inne. Ihr Gesicht war gerötet, die Augen funkelten.

»Mir kommen gleich die Tränen«, bemerkte Valeria kühl.

Aber Lucia war so in Fahrt, dass sie sie gar nicht beachtete, sondern fortfuhr: »Du hast es gerade nötig, mich zu verdammen. Du und Rosa, ihr habt genauso von diesem Geld gelebt wie ich. Von Drogenhandel, Prostitution, Menschenhandel, Sklaverei, Schutzgelderpressung, Korruption ... Unappetitlich, nicht wahr? Davon wurde die ganzen Jahre über dein Essen bezahlt, dein Privatlehrer und am Ende auch noch deine Reise hierher und deine schicke neue Garderobe. Aber während du behütet in deiner idyllischen Weltabgeschiedenheit dahingelebt hast, habe ich auch das Risiko mitgetragen und die ganzen Nachteile, die man als Tochter von Sandro Bertone eben hat. Also erspare mir bitte dein selbstgerechtes Geschwafel und deine scheinheilige Moral.«

Valeria hatte unter dem Tisch die Fäuste geballt und zählte im Geist langsam bis zehn, um Lucia nicht an die Gurgel zu gehen. Aber es nützte nichts. Sie kochte vor Wut. Sie sprang auf und schrie ihre Schwester an: »Ja, ich hatte ein sorgloses Leben. Aber dann musstest du dich ja einmischen! Du schwingst großartige Reden von Geld, an dem Blut klebt. Bist du denn je wirklich mit dem Blut in Berührung gekommen? Nein? Ich aber schon! Ich bin eines Tages nach Hause gekommen und im Hof lag ein Mann in seinem Blut. Erschossen von unserer Mutter, mit der Schrotflinte. Das ist kein schöner Anblick, das ist ziemlich viel Blut! Ich musste ihr helfen, die Leiche vom Hof zu schaffen. Noch heute bekomme ich Albträume davon. Am nächsten Tag wurde ich ohne jede Erklärung zu wildfremden Leuten geschickt. Das alles habe ich dir zu verdanken. Ich wünschte wirklich, ich hätte nie von dir erfahren. Denn du bist die mieseste Schwester, die man sich denken kann!«

Sie ließ sich wieder auf den Stuhl sinken.

»Ja, fein, lass es raus. Ist dir jetzt wohler?«, höhnte Lucia.

Valeria saß da wie eine Marionette, der man die Fäden gekappt hatte. Dabei hatte sie sich so sehr vorgenommen, sich nicht von Lucia provozieren zu lassen. Aber ja, ihr war jetzt tatsächlich wohler. Und sie bereute ihre Worte nicht. Zugegeben, ihre Schwester hatte es möglicherweise auch nicht immer einfach gehabt. Aber eine Menge Menschen hatten es nicht leicht und wurden deswegen nicht gleich zu Mördern.

»Im Grunde kannst du doch froh sein, dass du mich

getroffen hast«, meinte Lucia. Sie rang theatralisch die Hände. »Lieber Himmel, was warst du für ein verhuschtes, in sich verkrochenes Geschöpf, als ich dich in diesem Park aufgelesen habe. Elend rumgesessen hast du da und bist mir ja auch gleich hinterhergelaufen wie ein herrenloser Hund. Und sieh dich jetzt an – du trägst Designerklamotten, du bist nicht mehr so fett, du hast es allein bis hierher geschafft und du hast meinen Vater gegen mich aufgebracht und nun auch noch meinen Freund. Du hast mir mein Leben gründlich versaut. Wir sind also quitt.«

»Ich habe niemanden gegen dich aufgebracht!«, verteidigte sich Valeria. »Dein … unser Vater macht sich lediglich Sorgen um dich. Und was Magnús angeht: Er weiß nur Bescheid über unseren Vater. Den Rest kannst du ihm ruhig selbst erklären oder auch nicht, das ist mir egal. Er wird so oder so irgendwann merken, was für ein fauler Apfel du bist!«

»Und du bist eine Heilige, schon klar!«

Die Luft war raus, das spürte Valeria. Alles Wichtige war gesagt worden und noch einiges mehr. Genervt warf Lucia die Hände in die Luft und marschierte zum Fenster, wo sie schweigend nach draußen starrte.

Auf einmal wandte sie sich wieder um und fragte: »Was hat er gesagt?«

»Wer?«

»Papa. Über mich.«

»Dass du nicht ungeschoren davonkommen wirst. Aber in erster Linie macht er sich Sorgen. Ich denke, es wird so ablaufen: Du bleibst am Leben, aber du wirst zu meinen Gunsten enterbt.«

»Sehr witzig.« Wieder starrte Lucia eine Weile hinaus in die Dunkelheit. Dann fragte sie: »Was meinst du, warum hat sie *mich* weggegeben?«

Valeria hob eine Augenbraue. *Bestimmt warst du mit drei schon genauso unerträglich wie heute.* Sie verkniff sich jedoch jeden Kommentar und wollte gerade antworten, als sie sah, wie Lucia zusammenzuckte.

»Oh nein.« Lucia klebte jetzt regelrecht mit der Nase an der Scheibe.

»Was ist?« Valeria stellte sich neben sie und schaute ebenfalls hinaus. Unten, wo die Straße verlief, bewegte sich ein Licht. Nein, zwei Lichter.

»Ist das ein Auto?«, fragte Valeria.

»Scheiße!«, stieß Lucia hervor. »So eine verdammte Scheiße!«

21.

Lucia machte das Licht aus, während sie aus der Küche hinaus und nach oben rannte. Jetzt fiel nur ein Streifen Helligkeit vom Flur in den Raum. Valeria blieb am Fenster stehen und beobachtete, wie das Fahrzeug langsam, sehr langsam näher kam. Sie mussten noch ziemlich am Anfang des Tals sein.

Vielleicht sind es nur verirrte Touristen. Hoffentlich!

Sie hörte Getrampel und Stimmen von oben.

»Das Gewehr«, tönte Lucias hektische Stimme durchs Haus, »jetzt hol es schon.«

»Willst du mir nicht mal erklären ...?«

»Hol das verdammte Gewehr!«, brüllte Lucia. »Und die ganze Munition. Herrgott noch mal, das ist kein Witz!«

Sie kam die Treppe hinabgepoltert. Die Panik stand ihr ins Gesicht geschrieben. »Los, hilf mir, wir müssen die Fensterläden schließen!«

Valeria folgte Lucia durch alle Zimmer, wo sie die Läden einklappten, die Fenster verriegelten und die Lichter löschten. »Was hast du vor?«, fragte sie.

»Frag lieber, was die vorhaben! Die Hintertür, ich muss die Hintertür abschließen! Wo zum Teufel ist der Schlüssel? Geh du in die Küche und beobachte sie.« Sie eilte davon.

Valeria bezog wieder ihren Wachposten am Küchenfenster. Jetzt kam auch Magnús herunter, sie erkannte seine festen Schritte auf den Stufen. »Meinst du nicht, dass du ein bisschen übertreibst?«, fragte er, als er in die halbdunkle Küche kam.

»Ich bin's«, sagte Valeria. »Lucia sperrt jetzt alles ab. Wenn es wirklich die Marinelli-Brüder sind, dann übertreibt sie leider nicht.«

Sie wandte sich um. Magnús hielt ein Jagdgewehr in den Händen, aber er wirkte nicht gerade so, als wäre er den Umgang damit gewohnt. Hastig legte er es auf den Küchentisch, wo der Lauf matt im Lichtschein der Flurbeleuchtung glänzte. Valeria beruhigte sich etwas. Sie waren jedenfalls nicht völlig wehrlos.

Erneut schaute sie hinaus. Die Lichter bewegten sich jetzt noch langsamer als vorhin. Vermutlich machte ihnen der Schnee zu schaffen. Wenn sie doch nur stecken blieben!

Magnús trat dicht neben sie. Sein Arm berührte den ihren. Sie wich nicht zur Seite. »Es sind Mafialeute«, flüsterte sie. »Sie wollen Lucia töten. Und mich wahrscheinlich auch.«

»Aber wieso denn?«

»Vendetta.«

»Ich hab so was immer für Folklore gehalten«, murmelte er.

»Das haben wir nur dir zu verdanken!«, zischte Lucia, die gerade hereingekommen war. »Du hast sie hierhergelotst.«

Blitzschnell drehte sich Valeria um. *»Du* hast mir doch schließlich diesen Killer auf den Hals gehetzt!«

»Aufhören, sofort!«, rief Magnús entnervt. »Wenn das da unten nicht bloß ein paar Touristen sind, die sich verfahren haben, dann sollten wir besser einen Plan haben.«

»Wir müssen sie zuerst erwischen, das ist der Plan«, sagte Lucia. »Sobald sie aussteigen, müssen wir sie erledigen. Wenn nicht, schießen sie so lange, bis uns die Munition ausgeht. Gegen Schnellfeuergewehre sind wir machtlos.«

»Es ist nicht gesagt, dass sie solche Gewehre dabeihaben«, gab Valeria zu bedenken. »Wie sollen sie die denn ins Flugzeug bekommen haben?«

»Und wenn sie die Fähre genommen haben? Außerdem können sie sich auch hier Waffen besorgt haben«, meinte Lucia. »Du glaubst doch nicht, dass die hergekommen sind, weil sie uns Guten Tag sagen wollen?«

»Hast du nur das eine Gewehr?«, wandte sich Valeria an Magnús.

»Es gibt noch eine Schrotflinte von meinem Großvater.«

»Besser, du holst sie auch noch. Ich kann damit umgehen.«

»Wartet mal«, sagte Magnús, der gerade wieder hinausgeschaut hatte. »Ich sehe sie nicht mehr.«

Auch Valeria und Lucia pressten die Nasen an die Scheibe.

»Sie sind weg«, sagte Valeria.

»Sie sind nicht weg«, sagte Lucia. »Sie haben die Scheinwerfer ausgeschaltet, damit wir sie nicht kommen sehen. Glaubst du noch immer, dass es Touristen sind?«

»Ich hol die Flinte.« Magnús verschwand noch einmal nach oben.

»Super«, höhnte Lucia. »Das hast du toll hingekriegt, jetzt werden wir alle draufgehen.«

Valeria sagte nichts. Sie fühlte sich tatsächlich schuldig an der Situation. Sollten das da draußen wirklich die Marinellis sein, dann musste auch der Typ, den sie in Reykjavík gesehen hatte, Roberto Marinelli gewesen sein. Wie konnte das sein?

Magnús kam zurück, mit einer Doppelflinte und zwei Packungen Munition: Patronen für das Gewehr und Schrotpatronen. »Mehr scheint nicht da zu sein.«

Valeria inspizierte die Schrotflinte, steckte zwei Patronen in die Läufe und sicherte die Waffe.

Lucia drehte sich kurz vom Fenster weg. »Der Umgang mit Schrotflinten liegt wohl in der Familie«, bemerkte sie knapp, bevor sie wieder nach draußen schaute.

Valeria antwortete nicht. Sie war froh, dass Rosa ihr das Schießen beigebracht hatte. Rosa selbst hatte hin und wieder ein Kaninchen oder einen Fasan erlegt – und nicht zu vergessen den Mafioso –, Valeria dagegen hatte immer nur auf Blechdosen geschossen.

»Wir sollten sie gar nicht bis ans Haus herankommen lassen«, meinte Valeria. »Wie wäre es, wenn ich sie schon vorn am Gatter abfange?«

»Das kommt gar nicht infrage«, protestierte Magnús. »Außerdem weißt du ja nicht …«

»Hey, seht mal!«, rief Lucia.

Alle drei pressten ihre Gesichter gegen die Fensterscheibe. Die kegelförmigen Lichter waren jetzt wieder zu sehen, sie leuchteten weit über eine glatte weiße Fläche hinweg.

»Die sind aus Versehen auf den See raufgefahren«, erkannte Magnús. »Wenn man den Weg nicht kennt und Schnee auf dem Eis liegt, kann das schon mal passieren. Jetzt stecken sie wahrscheinlich in einer Schneewehe fest oder im Eis.«

Lucia wischte mit dem Ärmel ihres Pullovers die Scheibe blank, die von ihrem Atem beschlagen war. »Was machen sie denn?«

»Sie sind ausgestiegen. Sieht so aus, als wollten sie versuchen, das Auto anzuschieben. Sie sollten lieber zusehen, dass sie vom Eis runterkommen«, meinte Magnús.

»Hoffentlich brechen sie ein und saufen ab!«, stieß Lucia inbrünstig hervor. »Ein Problem weniger.«

Ausnahmsweise tendierte Valeria dazu, Lucia recht zu geben. Sie beobachtete, wie die beiden Gestalten immer wieder das Scheinwerferlicht kreuzten. Offenbar versuchten sie, ihr Fahrzeug wieder flottzubekommen. Dann war plötzlich nur noch ein Licht zu sehen.

»Ich glaube, das Auto ist ein Stück eingesunken«, flüsterte Valeria aufgeregt.

»Sehr gut«, knurrte Lucia.

Magnús verließ seinen Posten am Fenster und griff sich das Gewehr.

»Wo willst du denn hin?«, fragte Lucia.

»Ich nehme das Schneemobil und fahr dahin.«

»Bist du verrückt?« Lucia starrte ihn fassungslos an.

»Mag sein, aber so, wie ich das sehe, sitzen die zwei da unten in der Falle. Das sollten wir ausnutzen.«

»Aber pass auf, dass sie nicht zuerst schießen.«

»Ich will sie nicht erschießen«, erklärte Magnús. »Ich will sie da rausziehen, ehe sie erfrieren.«

»Bist du wahnsinnig?«, rief Lucia. »Magnús, das sind Killer! Die erschießen dich, sobald sie festen Boden unter den Füßen haben. Uns alle. Die oder wir, kapier das doch!«

Aber Magnús blieb stur. »Ich nehme das Gewehr mit. Sie müssen mir ihre Waffen geben, sonst zieh ich sie nicht raus.«

»Madonna, was für eine heilige Einfalt«, stöhnte Lucia. »Die knallen dich ab, bevor du den Mund aufmachen kannst.«

»Warte, ich komme mit«, sagte Valeria. »Die sind zu zweit, dann sollten wir das auch sein. Du kannst nicht helfen und sie gleichzeitig in Schach halten.«

»Okay«, lenkte Magnús ein.

Valeria griff sich die Schrotflinte und eine Handvoll Patronen.

»Oh ja, du musst natürlich auch noch die Heldin spielen!«, giftete Lucia.

»Halt einfach mal deine Klappe«, fuhr Valeria ihre Schwester an.

»Ihr seid bescheuert, alle beide!«, rief Lucia. »Sie werden euch erschießen und dann stehe ich hier, allein und unbewaffnet.«

»Hier hast du deine Waffe!«, sagte Magnús ärgerlich und legte das Gewehr unsanft wieder auf den Küchentisch. Er schnappte sich die Taschenlampe, die auf einem Schränkchen im Flur lag, und rannte hinüber zum Schuppen.

Valeria, die eilig ihre Jacke vom Haken gerissen hatte,

hatte Mühe, ihm zu folgen. Die Flinte baumelte ihr um die Schulter. Magnús hängte sich ein Seil um, das er aus seinem Wagen herausgenommen hatte. Dann schob er das Schneemobil aus dem Schuppen und startete es. Der Scheinwerfer flammte auf, der Motor knatterte durch die nächtliche Stille. Spätestens jetzt würden die Marinellis gewarnt sein. Valeria setzte sich hinter Magnús, er gab Gas und sie stoben über die Weide. Der Fahrtwind war eiskalt und Valeria kam es so vor, als würde ihr Gesicht sofort einfrieren. Es hatte aufgehört zu schneien. Jetzt kam sogar der Mond hinter einer Wolke hervor und überhauchte das Tal mit seinem silbrigen Licht. Valeria konnte den Wagen der Marinellis erkennen, der schief wie ein gestrandetes Wrack im Eis hing, und zwei Gestalten, die daneben herumkrochen. Vor dem Gatter musste Magnús noch einmal anhalten, um es zu öffnen.

»Hast du keine Angst, dass wir mit dem Ding einbrechen werden?«, fragte Valeria besorgt.

»Du kannst noch umkehren«, rief Magnús ihr über die Schulter zu.

»Nein!« Valeria hatte die Arme um ihn geschlungen und klammerte sich fest an seinen Rücken. So nah würde sie ihm wohl nie wieder kommen.

Er trug einen dicken Pullover, dessen Wolle Valeria an der Nase kitzelte und durch den vermutlich der Wind durchfegte wie nichts. Aber Magnús sah nicht aus, als würde er frieren. Der Pullover roch nach ... nach Junge. Nach ihm. Valeria inhalierte seinen Duft bis tief in die Lungen und war sich dabei durchaus bewusst, dass das nicht ganz in Ordnung war.

Sie rasten den Hang hinab und dann waren sie auf dem Eis und glitten auf den Kufen des Schneemobils über den gefrorenen See. Wären sie nicht gerade unterwegs, um zwei Killern aus der Patsche zu helfen, hätte dieser nächtliche Ausflug wunderschön werden können.

Wenn ich gleich erschossen werde oder im eisigen See ertrinke, so habe ich doch wenigstens meine letzten Sekunden ganz nah bei dem Jungen verbracht, den ich …

Ja, was?

In den ich verliebt bin?

Im Angesicht der Gefahr und des Adrenalins, das durch ihre Blutbahnen raste, hatte sie sich endlich erlaubt, diesen Gedanken zuzulassen. Denn so war es. Vom ersten Moment an, an dem sie Magnús gegenübergestanden hatte, hatte sie es gewusst, auch wenn sie versucht hatte, es zu leugnen. Zu ihm hingezogen fühlte sie sich wahrscheinlich schon lange vorher. Seit sie ihn auf den Videos gesehen hatte – so verrückt das auch sein mochte. Womöglich würde sie ihm nie näherkommen als jetzt und höchstwahrscheinlich würde er von ihren Gefühlen nie etwas erfahren, es sei denn, er könnte Gedanken lesen. Aber es tat gut, sich wenigstens selbst nichts mehr vormachen zu müssen.

Der Scheinwerfer des Schneemobils erfasste den Jeep, der mit zwei Rädern in einer Schneewehe feststeckte. Die anderen beiden waren schon fast komplett unter Wasser. Magnús drosselte das Tempo und fuhr im weiten Bogen um den Wagen herum.

Und da waren die beiden Verunglückten: Einer hing

neben dem Jeep bis zur Hüfte im Wasser, der andere lag bäuchlings auf der brüchigen Eisfläche, durch die immer mehr Wasser nach oben drang. Sie hielten einander mit ausgestreckten Armen fest, aber dem Liegenden war es offenbar nicht gelungen, den anderen herauszuziehen. Jetzt wandte er den Kopf und starrte in den Lichtkegel des Schneemobils wie ein Reh am Straßenrand. Valeria erkannte ihn sofort. Roberto Marinelli, *das Frettchen.*

Magnús hielt das Schneemobil gute zehn Meter vor ihnen an und sie stiegen ab. Sie nahm die Flinte von der Schulter und richtete den Doppellauf auf Roberto. Sein Bruder in seiner misslichen Lage erschien ihr im Augenblick weniger gefährlich. Das Eis knackte, ein Geräusch, das Valeria durch Mark und Bein ging. Aber sie versuchte tapfer, diese Gefahr zu ignorieren, genau wie Magnús, den das gar nicht zu kümmern schien.

»Helft uns«, rief das Frettchen auf Englisch. »Ich kann ihn nicht mehr lange halten.«

»Wie heißt du?«, fragte Magnús in ruhigem Ton, so als hätten sie alle Zeit der Welt für ein Pläuschchen.

»Ist das jetzt nicht scheißegal?«, röchelte der Gefragte, der sich nun hingekniet hatte.

»Roberto Marinelli«, sagte Valeria. »Und der andere ist Luca Marinelli.«

»Pass auf, Luca«, rief Magnús gegen den Wind an, der erbarmungslos über den See fegte, während es unter ihm erneut verdächtig knackte. »Ich werfe dir ein Seil zu, daran hältst du dich fest und ich ziehe dich mit dem Schneemobil raus, okay?«

»Mach schnell, mir frieren die Eier ab!«

»Achte auf deine Worte, hier ist eine Dame anwesend«, meinte Magnús. »Du, Roberto, hältst ihn solange mit beiden Händen fest. Lass ja nicht los, hier gibt es Strömungen.«

»Jaja, aber beeil dich!«, flehte Roberto.

Ohne jeden Anflug von Hektik nahm Magnús das Seil von seiner Schulter, rollte es ein Stück auf und warf das noch eingerollte Ende zielsicher neben Luca. »Schling es dir um die Hände. Und du, Roberto, kriechst langsam rückwärts auf uns zu. Valeria, pass auf, dass er keinen Blödsinn macht.«

»Ich warne dich«, sagte Valeria und zielte mit der Flinte demonstrativ auf den Frettchenkopf. »Bleib schön mit den Händen auf dem Eis!« Trotz des eisigen Windes schwitzte sie unter ihrer Jacke vor Aufregung. Noch nie hatte sie eine Waffe auf einen Menschen gerichtet. Aber sie hatte Lucias Warnung noch gut im Ohr.

Magnus wendete das Schneemobil, befestigte das Seil daran und stieg auf. »Festhalten, es geht los«, rief er und gab vorsichtig Gas. Das Seil straffte sich. Das Eis um Luca herum zerbrach, sodass er ein paar Meter wie ein Eisbrecher durch den See pflügte.

»Scheiße, ich sauf ab«, schrie er. Nach einigen Metern wurde das Eis jedoch dicker, Luca fand Halt und schlitterte schließlich am Seil auf dem Bauch über die schneebedeckte Eisfläche. Magnús wendete erneut und stieg ab. Luca machte einen Versuch aufzustehen.

»Liegen bleiben«, sagte Magnús. »Nimm die Hände auf den Rücken.«

Luca gehorchte.

Inzwischen war Roberto, wie Magnús ihm befohlen hatte, auf allen vieren rückwärtsgekrochen, doch nun, da er halbwegs festen Untergrund unter den Füßen spürte, richtete er sich auf.

»Hinlegen!«, schrie Valeria über den Lauf der Flinte hinweg.

Es war eine katzenhaft schnelle Bewegung, ein oft geübter Griff in seine halb geöffnete Jacke. Valeria sah das Metall im Scheinwerferlicht aufblitzen, sah, wie sich Robertos Arm in Magnús' Richtung streckte, und schoss, ohne auch nur einen Wimpernschlag lang zu zögern. Der Schuss der Pistole und der Schuss der Schrotflinte hallten synchron durch das Tal und von den Berghängen wider. Gleichzeitig ertönten ein blecherner Laut und ein erschrockener Aufschrei von Magnús.

»Magnús!«, schrie Valeria in heller Panik und wandte sich um.

»Ich bin okay«, brüllte Magnús. »Es war nur das Schneemobil. Achte auf den Scheißkerl!«

Roberto war jaulend in die Knie gegangen. Der rechte Ärmel seiner Jacke hing über dem Ellbogen in Fetzen. Vor ihm war etwas in den Schnee gefallen.

»Geh zurück!«, kreischte Valeria. »Zurück oder ich blase dir den Kopf weg, ich sag's nicht noch mal!« Ihre Nerven waren zum Zerreißen angespannt. Ein Griff, nein, ein Blick zu der Pistole und sie hätte erneut abgedrückt.

Roberto kroch wie geheißen rückwärts. »Du miese Schlampe! Mein Arm! Du hast mir den Arm abgeschossen!«, brüllte er auf Italienisch.

»Ich sehe ihn nirgends rumliegen«, versetzte Valeria,

ebenfalls in ihrer Muttersprache. »Aber wenn du mich noch einmal Schlampe nennst, dann wird's dir leidtun.«

Magnús kam näher. Er hielt den zitternden Luca an Kragen und Gürtel gepackt und warf ihn wie einen Sack Lumpen neben seinem Bruder zu Boden. Dann hob er Robertos Pistole auf und schleuderte sie in hohem Bogen in das Loch im Eis, aus dem er Luca gerade herausgezogen hatte. Man hörte es laut platschen, als die Waffe auf dem Wasser aufschlug. Ohne ein weiteres Wort ging er nun zu Roberto, zog ihn am Kragen hoch und versetzte ihm einen filmreifen Kinnhaken, der ihn rücklings aufs Eis beförderte. Es krachte gefährlich. Roberto bedachte Magnús und Valeria mit einer Reihe italienischer Kraftausdrücke. Blut drang durch das Loch in seiner Jacke und tropfte in den Schnee.

Luca versuchte, sich aufzurappeln.

»Hinlegen! Beine und Arme auseinander und Gesicht nach unten«, schrie Valeria ihn über die Flintenläufe hinweg an, während sie sich vorkam wie in einem James-Bond-Film. Luca blieb liegen und hob den Kopf. Für eine Sekunde kreuzten sich ihre Blicke. Offenbar genügte Luca dies, um einzusehen, dass sie es ernst meinte.

Derweil durchsuchte Magnús Roberto nach weiteren Waffen und befahl ihm, den Mund zu halten, wenn er sich nicht noch eine einfangen wollte. Roberto gehorchte und wimmerte nur noch leise vor sich hin. Magnús fand keine Waffe mehr, aber ein Handy, das er in seine Hosentasche steckte.

»Lass ihn die Stiefel ausziehen!«, sagte Valeria aus einer plötzlichen Eingebung heraus.

Roberto wollte protestieren, aber nach einem Blick in Magnús' finsteres Gesicht schien er seine Meinung zu ändern und presste wütend die Lippen zusammen. Allerdings musste ihm Magnús die Stiefel von den Füßen zerren, da Roberto es mit einer Hand nicht schaffte. Es lohnte sich. Ein Springmesser kam zum Vorschein, das denselben Weg nahm wie zuvor schon die Pistole.

Dann wurde Luca, der vor Kälte schlotterte, einer Leibesvisitation unterzogen und auch er musste die Stiefel ausziehen. Eine weitere Pistole und noch ein Springmesser landeten im See, sein Handy wurde ebenfalls konfisziert.

»Was machen wir jetzt mit ihnen?«, fragte Valeria.

»Wir bringen sie ins Haus«, antwortete Magnús. »Wir Isländer sind ja gastfreundlich. Aber sie müssen laufen. Kannst du laufen?«, fragte er Luca.

»Ich ... ich w... weiß nicht ...«, antwortete der mit klappernden Zähnen.

»Wenn nicht, hast du Pech gehabt.«

»Do... do... doch, ich kann laufen.«

»Was machst du denn da?«, fragte Magnús, als Valeria die Stiefel der beiden vom Boden aufsammelte und in das Eisloch schleuderte.

»Kleiner Denkzettel. Immerhin wollte *il furetto* dich erschießen.«

Magnús schüttelte den Kopf, aber er grinste dabei.

»Das könnt ihr nicht machen! Uns frieren die Zehen ab in dieser Scheißkälte!«, schrie Roberto.

»Dann müsst ihr eben schneller laufen«, sagte Magnús und deutete in Richtung Farm. »Hopp, hopp, ihr geht voraus.«

»Aber … Aber das Eis«, sagte Luca.

»Deswegen geht ja ihr voraus und nicht wir«, erklärte Magnús. »Los, bewegt euch, sonst könnt ihr eure Zehen wirklich abhaken. Bleibt schön in der Spur der Kufen, dann wird's schon gut gehen.«

Fluchend und jammernd setzten sich die beiden in Bewegung und stapften durch den Schnee, so schnell sie in ihren Socken gehen konnten. Roberto presste die linke Hand auf seinen angeschossenen rechten Bizeps. Magnús folgte ihnen langsam mit dem Schneemobil. Valeria hatte sich hinter ihn gesetzt, hielt aber die Flinte griffbereit in einer Hand.

»Hattest du denn gar keine Angst, dass wir auch einbrechen?«, wollte sie wissen.

»Wär nicht so schlimm gewesen«, rief Magnús nach hinten. »Der See ist selbst an der tiefsten Stelle nur eins fünfzig tief. Die Karre hätte nicht wirklich absaufen können. Eigentlich ist es nur eine überschwemmte Wiese. Man erfriert eher, als dass man ertrinkt.«

Valeria boxte ihn in die Seite. »Du gemeiner Schuft! Hättest du mir das nicht vorher sagen können? Ich hatte die ganze Zeit eine Heidenangst.«

Magnús hielt das Schneemobil an. »Geht ruhig weiter, ich muss nur kurz was erledigen«, rief er den beiden da vorne zu. Dann wandte er sich zu Valeria um und suchte ihren Blick. Das auf der Schneefläche reflektierende Mondlicht war hell genug, sodass sie seine Augen sehen konnte. Und sein Lächeln.

»Danke, dass du mir das Leben gerettet hast.« Ehe sie antworten konnte, legte er eine Hand in ihren Nacken und sein Gesicht näherte sich dem ihren. Und dann spürte sie seine Lippen auf den ihren, die so kalt waren, dass sich die seinen glühend heiß anfühlten. Sie waren weich und doch auch fest und sie hatte das Gefühl, als würde Wärme durch ihren Körper fließen. Hinterher hätte sie unmöglich sagen können, wie lange der Kuss gedauert hatte, aber auf jeden Fall nicht lang genug, denn plötzlich zerriss ein Schuss die Stille.

Magnús erfasste die Situation als Erster und reagierte schnell. Er schaltete den Scheinwerfer des Schneemobils aus, gab kurz Gas, überholte die beiden Männer und stellte sich quer vor sie hin. »Runter, alle runter!«, schrie er.

Noch während Valeria vom Sattel rutschte, krachte ein weiterer Schuss durch das Tal und ihr war, als hätte sie gleichzeitig einen scharfen Luftzug über ihrem Kopf gespürt.

Lucia schießt auf mich?!

Valeria warf sich hinter der Maschine aufs Eis, während ihr Herz wie verrückt raste.

Roberto und Luca hatten sich ebenfalls blitzschnell geduckt, wobei Luca laut aufgeschrien hatte.

»Bist du getroffen?«, rief sein Bruder.

»Ja, nein. Ich weiß nicht.« Luca fasste sich an sein linkes Ohr. »Mein Ohrläppchen! Mein Ohrläppchen ist weg!«, jammerte er.

»Bleibt unten und haltet den Mund«, herrschte Magnús die beiden an. Valeria umklammerte die Flinte. »Kommt ja nicht näher!«, sagte sie drohend.

Das Schneemobil war noch etwa dreißig Meter vom

Ufer entfernt. Dort stand Lucia mit dem Gewehr und rief: »Geh aus dem Weg, Magnús! Das geht dich nichts an. Das ist eine Sache zwischen meiner Familie und den Marinellis!«

»Lucia, leg das Gewehr weg. Sie sind unbewaffnet und verletzt!«

Lucia betrat nun das Eis und kam auf sie zu.

Valeria stand auf, die Flinte im Anschlag. »Lass das, Lucia!«

»Ach ja? Was glaubst du, was sie tun werden, wenn wir sie am Leben lassen? Sie werden uns verfolgen bis an unser Lebensende!«, schrie Lucia. Sie war jetzt nur noch wenige Meter von Magnús und Valeria entfernt.

»Wenn du die zwei tötest, werden andere kommen, kapier das doch! Es muss doch mal ein Ende haben«, brüllte Valeria. »Und außerdem hast du gerade auf *mich* geschossen!«

»Du spinnst. Zum letzten Mal, geht zur Seite, Magnús!«

»Sonst passiert *was?«*, erwiderte Magnús. Er ging auf Lucia zu.

Valeria hielt den Atem an. Ohne darüber nachgedacht zu haben, hatte sie die Läufe auf ihre Schwester gerichtet, die sie für den Bruchteil einer Sekunde hasserfüllt ansah.

Wenn du auf Magnús schießt, drücke ich ab! Valeria brauchte es nicht auszusprechen, ihr Blick sprach Bände.

»Wirst du mich dann auch erschießen?«, fragte Magnús. »Das musst du, wenn du die zwei tötest, denn sonst bringe ich dich nämlich eigenhändig zur Polizei.« Magnús stand jetzt unmittelbar vor Lucia. »Komm schon, Lucia«, sagte er in zärtlichem Ton. »Du bist doch kein Ungeheuer, das auf Wehrlose schießt.«

»Verdammt! Ich werde es bereuen, das weiß ich.« Lucia ließ das Gewehr sinken und Magnús nahm es ihr aus der Hand. Dann zog er sie an sich und strich ihr übers Haar wie einem Kind, das man trösten musste. Die Geste wirkte liebevoll und vertraut. Durch Valerias Herz bohrte sich ein glühender Pfeil. Sie merkte erst jetzt, dass sie immer noch auf ihre Schwester zielte.

Eine halbe Stunde danach saß Valeria stocksteif im Wohnzimmer. Sie war erschöpft und erleichtert und glücklich und traurig. Alles zugleich. Noch immer hatte sie die Flinte bei sich, sie lehnte griffbereit an ihrem Stuhl. Allerdings hatte Valeria nicht den Eindruck, dass von den beiden Marinellis noch viel Gefahr ausging. Im Moment waren sie eher ein Bild des Jammers. Anders dagegen Lucia. Hatte ihre Schwester wirklich auf sie gezielt oder hatte sie sich in der Hitze des Gefechts nur etwas eingebildet?

Lucia hatte es sich nicht nehmen lassen, die lädierten Marinellis mit ihrem Handy zu fotografieren. »Ich werde es bei Facebook posten«, verkündete sie. »In einschlägigen Kreisen wird man sich schlapplachen.«

Damit könnte sie recht haben, dachte Valeria.

Beide hatten ihre nassen Sachen ausgezogen und saßen in Unterhosen, die Magnús ihnen spendiert hatte, in Decken eingemummelt auf der Ofenbank im Wohnzimmer. Luca hielt eine Kompresse an sein Ohr. Er schlotterte am ganzen Leib. Seine Füße steckten in einer großen Plastikwanne mit warmem Wasser, ebenso die von Roberto, der neben seinem Bruder saß. Magnús hatte mit einer Pinzette die Schrotkörner aus Robertos Bizeps gezogen und danach die Wunde desinfiziert und verbunden. Das alles war unter viel Geschrei, Flüchen und Gestöhne seitens Robertos geschehen.

Valeria hatte Magnús bei seinem blutigen Werk zugesehen. Wo hatte er das bloß gelernt? Andererseits war man als Bewohner einer so abgelegenen Farm sicher gut beraten, ein paar Kenntnisse in Erster Hilfe zu besitzen.

Lucia hatte sich inzwischen beruhigt. Magnús hatte ihr erklärt, dass man diese Situation doch sehr gut nutzen könnte, um mit den beiden in Friedensverhandlungen zu treten.

»Du hast absolut keine Ahnung, wie es in Mafiakreisen zugeht«, murmelte sie, aber immerhin versprach sie ihm, den beiden nichts anzutun. »Solange sie sich anständig aufführen«, fügte sie schnell hinzu und erklärte sich dann sogar dazu bereit, für die beiden Tee zu kochen, während Robertos Schusswunde verarztet wurde.

»Ist der vergiftet?«, fragte Roberto misstrauisch.

»Klar.«

»Ihr habt mein Wort, dass euch hier nichts geschieht, solange ihr euch entsprechend benehmt«, versicherte Magnús ihm.

Luca nahm die Füße aus der Wanne und gähnte.

Auch Valeria merkte, wie eine bleierne Müdigkeit von ihr Besitz ergriff. Lucia kam herein und brachte den beiden Marinellis zwei Wolldecken und ein Handtuch. »Einer von euch kann auf dem Sofa pennen und einer auf der Ofenbank. Mehr Komfort ist nicht drin.«

Luca schnappte sich die Wolldecke und legte sich aufs Sofa. Lucia reichte ihm das Handtuch. »Leg den Kopf darauf, sonst blutest du alles voll.« Er gehorchte ohne Widerrede. Kaum hatte seine Wange das Handtuch berührt, fielen ihm auch schon die Augen zu. Fast gleichzeitig sank auch Roberto seitlich auf die Ofenbank und wurde vom Schlaf übermannt.

»Müssen wir sie nicht fesseln?«, fragte Valeria. »Oder wenigstens abwechselnd Wache halten?«

»Nicht nötig«, meinte Lucia.

»Du traust denen doch nicht etwa?«

»Nicht die Bohne. Aber die nächsten paar Stunden werden sie dank den Segnungen der Pharmaindustrie schlummern wie die Murmeltiere.«

»Ziemlich schlechte Angewohnheit von dir«, brummte Valeria verärgert, die zum Glück – oder aus Instinkt? – nichts von Lucias Tee getrunken hatte.

»Ich wollte nur sicher sein, dass ich an der Seite meines Freundes einschlafen kann, ohne befürchten zu müssen, ein Küchenmesser in den Rücken zu bekommen.«

An der Seite meines Freundes. Hatte sie das jetzt extra betont?

Valeria stand schwerfällig auf. Wie sollte sie nur die Treppen hinaufkommen?

»Vielleicht hätte ich dir lieber auch was von dem Tee geben sollen.«

»Wie bitte?«, fragte Valeria verwirrt.

»Ich habe euch gesehen!«

Valeria zuckte zusammen, als hätte sie einen Peitschenhieb bekommen. Sie wagte nicht, Lucia anzusehen, während sie stammelte: »Er ... es war nur ... er hat sich bedankt, weil ich ihm das Leben ... ich meine, weil ich auf Roberto geschossen habe, als der auf ihn gezielt hatte.« Vor Scham brachte sie nicht einmal den Namen Magnús über die Lippen.

Lucias Augen glitzerten kalt wie Eis. »Kannst du dir vielleicht mal selbst einen Kerl suchen? Oder schaffst du es immer nur bei denen, die eigentlich auf mich stehen?«

Die letzten Worte hatte Lucia ihr nachgerufen, denn Valeria war aus dem Zimmer und die Treppe hinaufgerannt, in das Gästezimmer, das Magnús am Nachmittag für sie hergerichtet hatte. Aufschluchzend warf sie sich aufs Bett.

Sie spürte dem Kuss auf ihren Lippen nach.

Er hat mich geküsst, weil ihm gerade danach war. Mehr ist da nicht.

Sie waren beide aufgekratzt gewesen. Dieser Kuss war dem Adrenalinstau geschuldet, so wie sich auch wildfremde Menschen nach überstandenen Gefahren in die Arme fielen.

Sie wusste, dass es so war, aber sie wünschte, es wäre nicht so. Sie wünschte, Magnús hätte sie geküsst, weil er auf dem besten Wege war, sich in sie zu verlieben, und nicht nur aus einer überschwänglichen Laune heraus.

Zutiefst verwirrt vergrub sie den Kopf im Kissen und tauchte hinab in einen tiefen, traumlosen Schlaf.

22.

Es schneite. Und nicht nur das, es stürmte auch noch dazu.

Sie saßen zu fünft am Tisch in der Küche und blickten hinaus in das Schneegestöber. Magnús hatte eine Riesenladung Rühreier mit Speck zubereitet, deren Geruch noch in der Luft hing.

Roberto war blass und jammerte über die höllischen Schmerzen in seinem Arm. Magnús kramte aus der Hausapotheke ein Schmerzmittel und eine Packung Antibiotika hervor.

»Er muss zu einem Arzt«, sagte Luca.

»Ja«, bestätigte Magnús. »Aber siehst du hier einen?«

»Gibt's keinen Rettungsdienst. Einen Heli oder so?«, fragte Roberto.

Diesen Gedanken hatte auch Valeria schon gehabt. Dann wären die zwei wenigstens weg.

»Bei dem Wetter? Vergiss es. Morgen vielleicht, wenn es nicht mehr schneit. Ich zieh euren Jeep aus dem See und ihr könnt zurückfahren.«

»Dieser Scheißtyp vom Autoverleih meinte, mit dem würde man überallhin kommen«, schimpfte Roberto.

»Ja, das sagen die immer«, meinte Magnús. »Aber für Gewässer gilt das nun mal nicht.«

Valeria schwieg und fixierte ihren Teller, aus Angst, den Blicken von Magnús oder Lucia zu begegnen.

Nach dem Frühstück verdrückte sie sich in ihr Zimmer. Sie wollte Lucia aus dem Weg gehen, mit der sie seit dem Aufstehen noch kein Wort gesprochen hatte.

So gemütlich es hier auch sein mochte – sie wünschte sich nur noch weit weg. Und auch irgendwie wieder nicht. Wenn sie sich hier erst einmal verabschiedet hatte, würde sie Magnús niemals wiedersehen. Bei dem Gedanken zog sich ihr Innerstes zusammen und sie musste gegen die aufsteigenden Tränen ankämpfen. Lilja hatte recht behalten: unglücklich verliebt sein tat fürchterlich weh.

Noch schlimmer war, dass Lucia ganz bestimmt wusste, was in ihr vorging.

Und Magnús?

Er ist der Freund deiner Schwester!, meldete sich mal wieder die mahnende innere Stimme. *Und wennschon!*, rebellierte ihr nicht ganz so moralisches Ich. *Da unten sitzen die Killer, die sie auf dich gehetzt hat. Und nicht nur das, sie hat auch noch selbst auf dich geschossen!*

Und wenn sie es darauf ankommen ließ? Wenn sie einfach alles daransetzte, Magnús zu erobern, ohne Rücksicht auf Lucia? Wäre es nicht die gerechte Strafe? Denn im Gegensatz zu Lucia war Valeria absolut nicht der Meinung, dass sie beide quitt waren. Was würde denn Lucia im umgekehrten Fall tun?, fragte sich Valeria. Das war nur allzu klar: Ohne Rücksicht auf schwesterliche Bande würde sie ihr den Freund ausspannen, wenn sie sich in ihn verliebt hätte.

Aber du bist nicht Lucia!

Wäre doch nur Lilja hier ... Mit ihr könnte sie sich bestimmt beratschlagen!

Jemand klopfte an ihre Tür. Sie tat, als hätte sie es nicht gehört, aber es klopfte erneut.

»Valeria?«

Magnús. Ihr Herz begann schon wieder zu galoppieren, allein beim Klang seiner Stimme.

»Ja?«

Er steckte den Kopf durch die Tür. »Ist alles in Ordnung?«

»Alles bestens, ja.«

»Ich brauche deine Hilfe.« Unaufgefordert kam er herein.

Ob er wohl wusste, dass Lucia ihren Kuss beobachtet hatte? Ob sie ihm eine Eifersuchtsszene gemacht hatte? Aber das hätte man sicher durch sämtliche Wände gehört. Sollte sie ihn fragen? Nein, sie würde es nicht schaffen, von diesem Kuss zu sprechen. Am besten, man tat so, als wäre nichts passiert. Nur keine große Sache daraus machen.

Magnús hielt ein Handy in seiner Hand. »Lucas Handy hat das Bad im Eiswasser nicht überlebt, aber das von Roberto geht und es ist noch immer eingeschaltet. Ich dachte, es könnte nützlich sein, mal ein bisschen darin herumzustöbern. Nur ist mein Italienisch leider ziemlich dürftig.« Er fuhr sich verlegen durchs Haar, wobei eine Strähne stehen blieb und nach oben zeigte. »Normalerweise mache ich so etwas nicht. Aber unter diesen Umständen ...«

»Erkenne deinen Feind. Steht schon in der Bibel«, meinte Valeria, während sie überlegte, warum er damit zu ihr kam und nicht zu Lucia. Oder war das Handy ein Vorwand?

Bilde dir bloß nicht zu viel ein!

Sie hatte das absurde Gefühl, geradewegs in einen von Mrs Wilsons Romanen hineinzuschlittern: Zwei Schwestern raufen sich um einen Mann ...

»Wo ist Lucia?«, fragte sie.

»Unten. Sie passt auf unsere Freunde auf«, antwortete Magnús. »Sag mal ...«, begann er zögernd.

»Was?«, fragte Valeria nervös.

»Was du da gestern gesagt hast. Lucia hätte dir die Marinellis auf den Hals gehetzt ...«

»Ich hätte das nicht sagen sollen.«

»Also ist es wahr.«

Ihre Blicke verschmolzen ineinander. *Zum Teufel mit Lucia!*

»Sie dachte, wenn sie mich töten, weil ich ihr ja ähnlich sehe, dann könnte sie endlich ein freies Leben führen. Bitte, Magnús, ich will nicht darüber sprechen. Frag sie selber.«

»Okay«, sagte Magnús. »Entschuldige.«

»Nein, nein, schon gut«, sagte Valeria. »Bist du deswegen raufgekommen?«

Er setzte sich neben sie auf die Bettkante. »Hier, das sind Robertos SMS ...«

Beide starrten auf das Display, wobei sie sich so nah kamen, dass sich beinahe ihre Köpfe berührten. Valeria spürte ein Kribbeln überall auf der Haut und ihr Herzschlag legte einen Zahn zu. Teile ihres Körpers schienen ihren Willen einfach gänzlich zu ignorieren und sie hatte erhebliche Mühe, sich auf Robertos Korrespondenz zu konzentrieren. Allerdings war die ziemlich aufschlussreich, wie sie wenig später feststellte. »Lucia hatte doch recht. Fabiana hat sie an die Marinellis verraten.«

Magnús sah sie nur fragend an.

»Lucias Cousine. Sie muss deine Karte gefunden haben. Das einzige Wort, das man darauf sofort verstehen kann, auch wenn man eure komische Schrift noch nie gesehen hat, ist *Alpaca* ...«

»Woher weißt *du* das?«, unterbrach er sie.

Valeria senkte beschämt den Blick. »Lucia hat die Karte in ihrem Zimmer vergessen und ich ... Okay, ich war neugierig und ich wollte herausfinden, wo Lucia ist. Deshalb habe ich den Text notdürftig übersetzt und so kam ich hierher.«

Er stöhnte gequält und verdrehte die Augen.

»Es muss dir nicht peinlich sein«, sagte Valeria leise. »Ich wünschte ...« Sie unterbrach sich gerade noch rechtzeitig.

»Was?«, fragte Magnús und seine grauen Augen sahen sie unverwandt an.

»Nichts«, sagte Valeria und wurde rot.

»Doch, sag es.«

»Ich würde mir wünschen, dass mir auch mal irgendjemand so etwas schreibt.«

Er lächelte und drückte ihre Hand. Eine heiße Welle trug Valeria davon.

»Du hättest es auf jeden Fall verdient«, sagte er leise.

Valeria wurde noch röter, falls das überhaupt möglich war.

Magnús ließ ihre Hand wieder los und Valeria beschäftigte sich wieder mit den SMS. »Da sind von gestern vier

Nachrichten von einer gewissen Renata. Das muss die Schwester der beiden sein. Sie bittet Roberto dringend, sie zurückzurufen. In der letzten steht: *Papa ist im Krankenhaus und es geht ihm sehr schlecht.*

»Lass mal sehen.« Valeria reichte ihm das Handy.

»Er hat nicht darauf geantwortet und auch nicht zurückgerufen, ich finde nichts in den Verzeichnissen«, murmelte Magnús, während er auf- und abscrollte. »Sie waren wohl schon unterwegs, als ihre Schwester die Nachrichten abschickte. Es gibt auf der Strecke jede Menge Funklöcher. Warte mal ...« Er tippte auf dem Display herum. »Das ist dieselbe Nummer, mit der heute früh schon fünfmal angerufen wurde und gestern auch schon etliche Male.«

»Demnach liegt Cesare Marinelli im Sterben«, schlussfolgerte Valeria.

»Ich denke, er ist schon tot«, sagte Magnús.

»Woher willst du das wissen?«

»Erst SMS und Anrufe, dann nur noch Anrufe. Man überbringt keine Todesbotschaft per SMS.«

»Stimmt. Aber ich will sichergehen. Wir rufen sie zurück«, meinte Valeria.

»Und sagen ... was?«, fragte Magnús mit skeptischem Blick.

»Du meldest dich mit Roberto. Oder sag einfach nur Ja oder Hallo. Du kannst es ja flüstern, dann erkennt man die Stimme nicht so leicht.«

Magnús nickte und meinte, für Ja und Hallo reichten seine Italienischkenntnisse gerade noch aus. Er wählte die Auslandsvorwahl und dann die Nummer von Renata und stellte auf Lautsprecher. Valeria hörte das Freizeichen und dann eine weibliche Stimme, tränenerstickt. »Roberto! Endlich, warum rufst du denn nicht zurück, ich hab es tausendmal versucht! Roberto, Papa ist gestorben, gestern Nacht! Das Herz ...« Schluchzen drang aus dem Lautsprecher. »Wo seid ihr? Noch immer in diesem schrecklichen Land? Ihr müsst zurückkommen, Roberto, du hast jetzt die Verantwortung. Sonst läuft hier alles aus dem Ruder. Roberto? Sag doch was!«

Magnús legte auf.

Valeria reckte die Fäuste in die Luft. »Jaaah! Er ist tot. Das ist super!«

»Sag mir, wenn du ein Taschentuch brauchst«, meinte Magnús und lächelte halb verwirrt, halb amüsiert.

Valeria lächelte zurück. Sie war drauf und dran, sich in seinen grauen Augen zu verlieren, und sie sehnte sich nach einem weiteren Kuss, so sehr, dass sich in ihrem Inneren ein diffuser Schmerz breitmachte. Nur mit viel Willenskraft schaffte sie es, den Blickkontakt zu unterbrechen. »Wir müssen es Lucia sagen. Soll sie es den beiden schonend beibringen.«

Das Wohnzimmer sah aus wie ein Lazarett. Magnús hatte gerade Robertos verletzten Arm neu verbunden. Blutige Mullfetzen lagen am Boden. Luca hatte ein dickes Pflaster am Ohr.

Lucia betrat das Zimmer wie ein Feldwebel und pflanzte sich vor Roberto auf.

»Dein Vater ist tot. Letzte Nacht gestorben. Also bist du jetzt der Padrone, wir sollten verhandeln.«

Valeria und Magnús tauschten einen Blick und verdrehten dann synchron die Augen.

Roberto war aufgesprungen und funkelte Lucia wütend an. »Du lügst!«

Magnús nahm das Handy von Roberto aus der Hosentasche und gab es ihm. »Ruf deine Schwester Renata an, die wird's dir bestätigen.«

Roberto war wieder auf die Ofenbank gesunken. Er starrte das Handy an, las die Nachrichten seiner Schwester, aber er rief nicht an. Vielleicht wollte er die Endgültigkeit der Botschaft noch ein wenig hinauszögern.

Luca war auf dem Sofa zusammengesunken und begann, hemmungslos zu schluchzen. »Papa. Oh nein, Papa!«

»Vielleicht sollten wir diese Nachricht erst einmal sacken lassen«, meinte Magnús.

»Ich koch uns Tee«, sagte Valeria und floh in die Küche. Der Anblick der beiden machte sie traurig, obwohl sie sich sagte, dass dieses Gefühl völlig unangebracht war. Dieser rachsüchtige Cesare Marinelli war von seiner Blutrache besessen gewesen und seine Söhne schienen ihm darin in nichts nachzustehen.

Sie setzte Wasser auf, und während es zu kochen begann, schaute sie zum Fenster hinaus. Friedlich lag die verschneite Landschaft vor ihr. Die Alpakas zupften Heu aus der Raufe. Das reinste Idyll, säßen nicht ein paar Mafiosi – Lucia eingeschlossen – drüben im Wohnzimmer. Es ging auf Mittag zu. Eine blasse Sonne hatte sich durch den Dunst gekämpft und es hatte aufgehört zu schneien, ab und an war sogar ein Stück blauer Himmel zu sehen.

Neben dem Schuppen stand der Jeep, den sich die Marinelli-Brüder geliehen hatten. Magnús hatte ihn vorhin mit der Seilwinde aus dem See gezogen. Die nächtliche Szene kam Valeria wieder in den Sinn. Der Kuss ... *Nicht daran denken!*

Vielleicht konnte sie bald von hier weg und zurück nach Reykjavík. In ihrem Inneren zog sich etwas zusammen bei diesem Gedanken. So fatal die Situation hier auch war, der Gedanke, sich für immer von Magnús verabschieden zu müssen, war noch unerträglicher.

Der Kessel pfiff.

Als sie mit dem Tee ins Wohnzimmer zurückkam, hörte sie Magnús sagen: »Also weiß im Grunde keiner mehr so richtig, warum sich eure Familien bekriegen?«

»Das ist auch scheißegal. Sie haben unseren Bruder Emilio erschossen«, knurrte Roberto.

»Aber Lucia hat ihn doch nicht erschossen«, erwiderte Magnús, dem das Prinzip der Vendetta anscheinend partout nicht einleuchten wollte. »Und Valeria auch nicht.«

Jetzt übernahm Lucia das Ruder. »Hör zu, Roberto. Ich verstehe das. Ihr habt eurem Vater geschworen, Emilio zu rächen. Das ist der Brauch, Auge um Auge, das war schon immer so. Meine Stiefmutter wurde durch ein Attentat getötet, wenn auch nur als Kollateralschaden. Die erste Frau eures Vaters wurde ebenfalls getötet mitsamt den beiden Kindern, die er mit ihr hatte und die jetzt eure Halbgeschwister wären. Euer Bruder Emilio starb bei dieser Schießerei und jetzt ist euer Vater gestorben, als Einziger der Familie an einem natürlichen Tod.«

Lucia hielt inne und nahm einen Schluck Tee.

Magnús starrte sie einigermaßen geschockt an. So langsam schien ihm aufzugehen, welche Dimension das alles hatte.

»Aber wir vier, wir leben noch«, fuhr Lucia fort, »und zwar im 21. Jahrhundert. Und *unser* Vater ist noch sehr lebendig. Wenn ihr uns tötet, dann wird er veranlassen, dass seine Leute euch töten oder eure Kinder, falls ihr je welche haben werdet. So wird das ewig weitergehen. Keiner von euch wird in Ruhe leben und eine Familie gründen können. Wann immer ihr in ein Auto steigt, werdet ihr Angst haben müssen, in Stücke gerissen zu werden. Ihr werdet euch nicht mehr ohne Leibwächter auf die Straße wagen können, egal, wo. Ihr werdet euer Leben hinter Mauern und Panzerglas verbringen müssen, ihr könnt in kein Restaurant gehen und am Wochenende nicht mit euren Kindern in den Zoo oder an den Strand. Wollt ihr das wirklich? Und haben wir eigentlich keine anderen Probleme, auf die wir uns konzentrieren sollten?«

Luca starrte gegen die Wand, schwer zu sagen, ob er überhaupt zuhörte. Roberto ließ ein paar Sekunden verstreichen, dann meinte er: »Was meinst du mit *anderen Problemen?*«

»Unsere Familien haben genug zu kämpfen, um sich gegen die Russen, Albaner, Chinesen, Libanesen und weiß der Teufel wen noch alles zu behaupten. Es dürfte euch nicht entgangen sein, dass die Konkurrenz schon einige Geschäftszweige an sich gerissen hat. Meinst du nicht, dass es da sinnvoller wäre, sich zusammenzuraufen, anstatt denen auch noch einen Gefallen zu tun, indem wir – die alten italienischen Familien – uns gegenseitig dezimieren?«

Beide schwiegen. Man konnte sehen, wie es in Robertos Nagetiergesicht arbeitete.

»Ich habe nicht vor, ins Geschäft einzusteigen«, fuhr Lucia fort. »Und meine Schwester erst recht nicht. Aber mein Vater hört auf uns. Die Bertones und die Marinellis könnten sich den Süden aufteilen, das ist alles Verhandlungssache. Du bist jetzt am Ruder, Roberto, *il furetto,* du bist der neue Padrone. Du kannst deine Familie in die Zukunft führen – oder in den Untergang. Deine Entscheidung, und zwar jetzt und hier.«

Roberto schien nachzudenken. Schließlich sagte er: »Selbst wenn ich deiner Meinung wäre. Was ist mit deinem Vater? Sollte ich nicht mit ihm sprechen? Du gibst doch selbst zu, dass du nichts zu melden hast.«

Lucia schüttelte den Kopf. »Ich habe nur klargestellt, dass ich nicht ins Geschäft einsteigen will, das heißt aber nicht, dass ich nichts zu sagen hätte. Mein Vater ist ein moderner Mann, er gehört zu einer anderen Generation als dein Vater, der zwanzig Jahre älter war und noch vom alten Schlag. Sandro Bertone weiß ganz genau, dass man alte Zöpfe abschneiden muss, wenn man überleben will. Fahr nach Hause und red mit ihm. Er wird dich anhören und dir wird nichts geschehen. Du hast mein Wort darauf.«

Roberto sah seinen Bruder an. Dessen Blicke wanderten verunsichert zwischen Lucia und Valeria hin und her. »Aber wir haben es Papa geschworen. Man bricht seine Schwüre nicht.«

»Ja, aber euer Vater ist tot«, wiederholte Lucia erbarmungslos. »Er wird es nicht mehr mitkriegen.«

»Woher soll ich wissen, ob ich euch trauen kann?«, fragte Roberto.

»Ihr seid hergekommen, um mich zu töten. Jetzt sitzt ihr hier und trinkt Tee. Wir hätten euch schon hundertmal umbringen können.«

»Ich meine in Zukunft.«

»Wir sollten uns einfach auf unseren gesunden Menschenverstand verlassen«, versetzte Lucia. »Also, was ist?« Sie stellte sich vor ihn und streckte ihre Hand aus. Roberto war ebenfalls aufgestanden. Zögernd reichte er ihr die Hand des verletzten Arms.

»Als Zeichen dafür, dass ich euch ebenfalls vertraue, werden wir euch jetzt allein lassen und dahinten ein heißes Bad nehmen.« Lucia deutete in Richtung des Hügels, hinter dem der Hot Pot lag. »Die Jagdwaffen sind oben. Wenn ihr also ein Blutbad anrichten wollt, im wahrsten Sinn des Wortes, dann habt ihr leichtes Spiel.« Sie ging zur Tür und sagte: »Ich geh mich umziehen, kommt ihr?«

Die Frage war an Valeria und Magnús gerichtet. Valeria war nicht wohl bei der Sache und Magnús auch nicht, das sah man ihm deutlich an.

Trotzdem verließen beide das Wohnzimmer.

»Bist du komplett verrückt geworden?«, flüsterte er Lucia auf der Treppe zu. »Gestern wolltest du sie noch abknallen und jetzt sagst du ihnen, wo die Waffen sind?«

»Du musst ja nicht mitkommen.«

»Das werde ich auch nicht. Ich verstecke mich im

Schuppen und wenn einer von denen in Richtung Hot Pot läuft, dann ...« Er ließ offen, was er dann tun würde.

»Ich komme mit«, sagte Valeria zu ihrer Schwester. Sie hatte begriffen, warum Lucia das Risiko einging. Die Marinellis durften nicht den Eindruck haben, in ihrer momentanen Zwangslage von Lucia zu etwas überredet worden zu sein, was sie selbst nicht gewollt hatten. Sonst bestand die Gefahr, dass sie ihre Meinung ziemlich schnell wieder änderten.

Man muss Männern immer das Gefühl geben, die Idee stamme von ihnen und es sei ihre freie Entscheidung gewesen.

Zitat von Mrs Wilson, die auf diese Weise Mr Wilson erfolgreich zu manipulieren pflegte.

Für die Marinellis musste es ein groteskes Bild abgeben, als die drei wenig später in Stiefeln und dicken Bademänteln quer über die verschneite Weide stapften.

Wie angekündigt bog Magnús kurz darauf hinter dem Schuppen ab.

»Sie werden uns beobachten und merken, dass du fehlst«, meinte Lucia.

»Das ist mir egal«, versetzte Magnús und murmelte etwas von einer gottverdammten Schnapsidee.

Valeria fiel auf, dass die beiden schon den ganzen Tag nicht besonders freundlich miteinander umgingen, was bei Valerias niederen Instinkten entsprechenden Anklang fand.

Beim Hot Pot angekommen fielen Valeria sofort die Dampfschwaden auf – und der Geruch nach faulen Eiern. Sie rümpfte ein wenig die Nase, während Lucia wie beiläufig ihren Bademantel fallen ließ und dann langsam ins Wasser glitt. Valeria folgte ihr möglichst rasch und es kostete sie eine ziemliche Überwindung. Noch nie hatte sie sich vor irgendwem nackt ausgezogen, in den letzten Jahren nicht einmal vor Rosa. Doch dann war es geschafft und das Wasser umhüllte sie angenehm warm. Um sie herum war nur die schweigende Landschaft. Wie lange würde es dauern, bis jemand hier ihre Leichen finden würde? Immer wieder suchten Valerias Augen den Hang ab. Ganz schön waghalsig von Lucia, den beiden zu trauen. Nur gut, dass Magnús in ihrer Nähe geblieben war. Allerdings hatte er keine Waffe bei sich, was also sollte er gegen die beiden ausrichten, sollten sie tatsächlich beschließen, Sandro Bertones Töchter in einem Aufwasch zu erledigen? Sie würden ihn kurzerhand über den Haufen schießen, solchen Typen kam es auf einen Toten mehr oder weniger nicht an. Und Roberto hatte den Kinnhaken, den Magnús ihm versetzt hatte, sicher nicht vergessen. Valeria kämpfte gegen die Angst an, die immer stärker von ihr Besitz ergriff.

»Das war klug, wie du verhandelt hast«, sagte sie zu Lucia.

»Es wird sich erweisen, ob's was genützt hat«, antwortete Lucia, ungewohnt bescheiden. »Danke, dass du mitgekommen bist.«

»Du bist meine Schwester.«

»Nicht schon wieder diese Leier«, seufzte Lucia.

»Ich hätte es schon viel früher merken müssen. Schon wegen der Seife.«

»Hä?«

»Egal. Hast du gestern am See auf mich geschossen?«

Lucia funkelte sie an. »Hast du gestern am See meinen Freund geküsst?«

Eine Weile lang sagte keine von beiden etwas.

»Ich hab deine Bilder gesehen. Sie sind toll.«

»Scheint wohl doch was mit den Genen zu tun zu haben«, sagte Lucia, hielt sich die Nase zu und tauchte unter.

Valerias Angst wich nun zunehmend einem Gefühl der Erschöpfung und einer leisen Melancholie.

Ihr graute vor dem Abschied von Magnús, aber selbst der erschien ihr weniger bedrohlich als noch vor ein paar Stunden. Sie würde auch das überstehen.

Abgesehen davon war doch alles gut. Sie hatte jetzt eine Familie. Nicht mehr nur Rosa, sondern auch einen Vater und eine Schwester. Es war trotz allem nicht schlecht, eine Schwester zu haben. Welche Familie war schon perfekt?

»Da kommt wer.«

Valeria fuhr in die Höhe. Allerdings nicht allzu weit, denn sie hatte ja nichts an, genau wie Lucia.

Die Marinellis.

Eine Schrecksekunde lang sah sie die nackten Leichen von Lucia und sich im blutigen Wasser des Hot Pots dümpeln.

»Entwarnung, es ist Magnús«, sagte Lucia.

Ja, jetzt erkannte sie durch den Nebel, der über dem Hot Pot lag, dass er es war, der den Hügel hinab im Bademantel auf sie zukam.

»Von wegen Entwarnung, das ist ja noch schlimmer«, murmelte Valeria. Unter dem Gelächter ihrer Schwester kreuzte sie die Arme vor der Brust und tauchte bis zum Kinn ins Wasser, das leider klar und rein wie Glas aus dem Schoß der Erde strömte. Man konnte nur hoffen, dass die Dampfschwaden die Sicht einigermaßen trübten. Allerdings kam immer wieder Wind auf, der sie fortwehte.

»Sie sind weg«, sagte er, als er neben ihren Bademänteln stand, die sie auf einem Felsen abgelegt hatten. »Mit dem Jeep, ich hatte die Schlüssel dringelassen. Wahrscheinlich bleiben sie unterwegs wieder irgendwo stecken, aber das ist dann nicht unser Problem.«

»Gott sei Dank«, seufzte Valeria.

»War doch klar«, meinte Lucia.

»Nein, das war nicht klar!«, schimpfte er. »Das war echt bescheuert von dir, ihnen auch noch zu sagen, wo sie die Waffen finden.«

»Für wie dämlich hältst du mich eigentlich?«, entgegnete Lucia. »Ich habe natürlich vorher sämtliche Munition versteckt.«

Einen Moment lang schien Magnús zu schwanken, ob er sauer werden sollte oder nicht, aber schließlich meinte er: »So, alle, die katholisch sind, sollten jetzt die Augen schließen oder sich umdrehen.« Und schon schlüpfte er aus dem Bademantel.

Valeria, die reflexartig die Augen zugekniffen hatte, hörte es platschen und dann seine lachende Stimme. »Du kannst die Augen wieder aufmachen, Valeria.«

»Entspann dich, wir sind nicht in Italien«, fügte Lucia hinzu.

Von Entspannung konnte jedoch überhaupt keine Rede sein, im Gegenteil, Valeria fühlte sich ausgesprochen unwohl. Dies verstärkte sich, als sich Lucia nun auf Magnús zubewegte, die Arme um seinen Hals legte und ihn auf die Wange küsste. »Ist doch alles super gelaufen«, meinte sie, offenbar sehr zufrieden mit sich selbst.

Valeria wandte den Blick ab. Das war wirklich kaum zu ertragen: Lucia und Magnús, die nackt im warmen Wasser herumknutschten. Am liebsten wäre sie jetzt aufgestanden und gegangen. Aber das brachte sie nicht fertig, auch wenn sie sich sagte, dass Magnús sich wahrscheinlich nichts dabei denken würde. Diese verlotterten nordischen Sitten! In was für eine schreckliche Situation hatte sie sich da nur begeben?

»Und wann fährst du weg?«

Es war Magnús, der diese Frage gestellt hatte. Valeria war, als hätte man ihr eine Faust in den Magen gerammt. Ja, klar. Nun war wieder alles eitel Sonnenschein und sie störte nur. Am liebsten wäre sie untergetaucht und nie wieder auf.

»Ich ... ich kann Liljas Bruder anrufen, damit der mich morgen abholt«, presste sie mit gesenktem Kopf hervor.

Keiner antwortete.

Sie hob den Kopf. Was hatte das denn zu bedeuten? Magnús schaute gar nicht sie an, sondern Lucia. Die hatte die Stirn gerunzelt und murmelte etwas, das Valeria nicht verstand. Dann stieg sie aus dem Wasser, schlüpfte ohne Hast in ihren Bademantel und die Stiefel und ging davon, ohne sich noch einmal umzudrehen. Magnús sah ihr nach. Ein Hauch von Traurigkeit glitt über sein Gesicht, als er sagte: »Ich weiß, dass es hier einsam ist. Aber es wäre ja nur für einen Winter gewesen.«

Valeria war unfähig zu sprechen, sie konnte ihn nur fragend ansehen.

Seine Stimme klang ein wenig rauer als sonst, als er sagte: »Kurz bevor du angekommen bist, hat sie mir gesagt, dass sie zu einer Freundin nach Paris fahren will. Sie sagte, für ein paar Wochen. Aber es war uns beiden klar, dass sie nicht zurückkommt.«

Epilog

Da kommt Besuch!«, sagte Gudrun. Sie hatte ihre Sonnenbrille auf- und wieder abgesetzt. Ein lauer Wind zerzauste ihr das kurze rötliche Haar.

Elías und Magnús folgten ihrem Blick. Ein Geländewagen hielt vor dem Gatter, einer von der größeren Sorte.

»Kann man denn hier nicht mal in Ruhe zu Mittag essen?«, maulte Elías und kratzte sich an seinem Fünftagebart. »Die Leute geben sich hier neuerdings die Klinke in die Hand«, erklärte er Magnús. »Erst vor drei Wochen waren welche da.«

Magnús, der inzwischen nur noch gelegentlich am Wochenende auf die Farm kam, musste grinsen.

»Hätten ja wenigstens mal anrufen können«, nörgelte sein Bruder weiter, während er rasch noch einen Bissen von seinem sauren Hering verschlang.

Sie saßen auf der windgeschützten Seite der Veranda und die Aprilsonne war schon so kräftig, dass man es mit einem dicken Pullover gut aushielt. Sie beobachteten, wie zwei junge Leute aus dem Wagen stiegen. Für einen winzigen Moment hatte Magnús den Funken einer vagen, gänzlich unbegründeten Hoffnung verspürt. Aber jetzt sah er, dass das Mädchen, das neben einem kräftigen, bärtigen jungen Mann herging, blond war. Sie kamen näher und wünschten einen guten Tag.

Die Blonde hatte ein freundliches Gesicht voller Sommersprossen. »Ich bin Lilja, das ist mein Bruder Snorri. Entschuldigt, wir wollen euch nicht beim Essen stören. Dann warten wir einfach ...«

Lilja. Irgendwie kam Magnús dieser Name bekannt vor.

»Quatsch. Setzt euch. Wollt ihr Kaffee?«, fragte Gudrun.

»Ja, Kaffee wär nicht übel«, meinte Snorri, während Elías zwei Klappstühle auf die Veranda trug.

»Kommt ihr aus Reykjavík?«, fragte Elías.

»Ganz genau«, sagte Snorri gut gelaunt.

»Wegen der Alpakas?«

»Nein, eigentlich wollten wir ... wollte ich mit Magnús reden«, sagte Lilja und sah ihn streng an. »Wenn möglich unter vier Augen.«

»Hast du was angestellt?« Elías deutete auf Lilja und grinste seinen Bruder an. »Ist sie schwanger von dir?«

»Hör auf mit dem Quatsch! Ich kenne sie gar nicht«, fuhr Magnús ihn an. Snorri und Elías lachten einmütig.

Als Gudrun mit dem Kaffee zurückkam, nahm Magnús ihr zwei Becher ab und bedeutete Lilja mit einer Kopfbewegung, mit ihm ins Haus zu kommen.

»Kann ich meinen Bruder derweil hierlassen?«, fragte sie. »Er kennt eine Menge schmutziger Witze.«

»Treffen sich zwei Pferde in der Kneipe ...«, begann Snorri unter dem Gekicher von Gudrun und Elías.

Magnús schüttelte den Kopf. Die beiden waren ja vielleicht 'ne Nummer. Er führte Lilja in die Küche und sie setzten sich an den Tisch.

»Du hättest mich übrigens auch in Reykjavík treffen

können«, sagte er. »Ich studiere dort. Das wäre einfacher gewesen.«

»Mein Bruder fährt gern in der Gegend rum. Ist ja auch nett hier.«

»Okay …«, sagte er gedehnt. »Und was willst du nun von mir?«

»Es geht um Valeria«, sagte Lilja.

Schlagartig fiel ihm wieder ein, wo er den Namen Lilja schon mal gehört hatte. Es war wie ein Nadelstich ins Herz. »Ist sie hier?«, fragte er und konnte die Aufregung in seiner Stimme nicht so ganz unterdrücken. »Ich meine, in Island?«

»Nein«, sagte Lilja. »Sie ist in Umbrien. Aber wir skypen gelegentlich. Und jedes Mal muss ich mir dieselbe Leier anhören. Magnús dies, Magnús das … Ich hab es satt!« Ihre Faust donnerte auf den Küchentisch, dass die Kaffeebecher hüpften. »Das Mädchen ist verliebt in dich und deine leuchtenden Augen sagen mir, dass da bei dir auch irgendwas abgeht. Also tu mir den Gefallen und sag ihr das endlich.«

Lilja hatte die Arme verschränkt und blickte Magnús kampflustig entgegen.

»Warte«, sagte er. Er ging nach oben und kam mit einem Zettel in der Hand wieder herunter. »Hier, lies. Das hat sie mir geschrieben.«

Lilja nahm den Zettel und überflog ihn.

Lieber Magnús, es tut mir leid, ich mag dich, sehr sogar, aber ich möchte nicht die Zweitbesetzung von Lucia sein.

Bitte versteh das,
deine Valeria

»Sie hatte ihn damals auf den Fahrersitz gelegt, als ich Lucia am Flughafen ins Gebäude begleitet habe. Danach sollte ich Valeria zu dir bringen. Aber als ich wieder rauskam, lag nur dieser Zettel auf dem Sitz und sie war verschwunden.« Jetzt, da er es aussprach, schmerzte es erneut.

»Ach, der blöde Zettel«, winkte Lilja ab.

»Der Zettel ist nicht blöd«, sagte Magnús. »Ich meine, was da draufsteht, das versteh ich ja, sehr gut sogar, aber ...«

»Glaub mir, diese Sache hat sie schon tausendmal bereut«, fiel Lilja ihm ins Wort. »Sie hatte einfach panische Angst vor dem Abschied von dir. Was hätte sie denn machen sollen, warten, bis du Lucia abgeliefert hast, und dann knutschend über dich herfallen? Was hätte das denn über ihren Charakter ausgesagt? Das arme Ding war total hin- und hergerissen zwischen dir und ihrer Schwester.«

Magnús schwieg.

»Außerdem«, fuhr Lilja fort, »ist das Mädchen Italienerin. Die sind nicht so pragmatisch in Liebesdingen wie unsereins. Die sind stolz, die wollen erobert werden. Die machen aus solchen Sachen gern das ganz große Drama. Wie in der Oper.«

»Wenn sie nicht weggelaufen wäre, hätte ich ihr das mit Lucia erklären können«, jammerte Magnús. »Dass sie in Wahrheit nur das Gesamtpaket wollte – mich und die Alpakafarm auf Island –, weil es ihr gerade gut in den Kram passte und weil sie ein paar allzu romantische Vorstellungen vom Leben hier hatte. Und ich war natürlich geschmeichelt. Und klar, verknallt war ich auch, aber eben nur am Anfang. Später, als sie dann hier war, merkte ich … merkten wir, dass es doch nicht so gut passt.«

»Und warum erklärst du das mir und nicht Valeria?« Liljas Gletscheraugen blitzten und sahen ihn herausfordernd an. »Wenn keiner von euch was tut, dann passiert eben auch nichts. Einer muss den Arsch hochkriegen. Und ich würde vorschlagen, wir nehmen deinen.«

»Was … was soll ich denn machen?«, stotterte Magnús, total überrumpelt.

»Schon mal was von E-Mails gehört? Oder von Flugzeugen? Oder setz dich hin und schreib ihr einen Brief. Einen wie diese Karte. Du weißt schon, die mit den Polarlichtern und dem Paradies, das man unerwartet findet …« Sie hielt inne und nickte anerkennend. »Die hatte ja was, wirklich.«

Magnús stöhnte und verdrehte die Augen zur Decke. »Die hat sie dir gezeigt?«

»Ich bin ihre Freundin«, versetzte Lilja hoheitsvoll. »Klar hat sie mir die gezeigt.«

Magnús musste plötzlich daran denken, wie sie zusammen auf dem Bett gesessen hatten und er ihr gesagt hatte, sie verdiene es, ebenfalls einen solchen Brief zu bekommen. Er hatte damals jedes Wort davon ernst gemeint. »Okay, ich werde mal sehen …«

Lilja sprang auf. »Von wegen! Du versprichst mir, dass du ihr schreibst. Hier, in die Hand!«

Magnús zögerte, aber er konnte das Strahlen, das von ganz innen zu kommen schien, nicht mehr verbergen. Er lächelte, ergriff Liljas ausgestreckte Hand und drückte sie. »Okay.«

»Aber mach voran. Sie macht im Mai ihr Abi und dann wird sie studieren und es wird an dir liegen, wo das sein wird.« Lilja ging hinaus auf die Veranda, Magnús hinterher.

»... und da sagt die Giraffe zu der Maus ... aua!«

Lilja hatte Snorri eine Kopfnuss verpasst. »Komm, wir gehen! Danke für den Kaffee.«

»Total hektisch, diese Leute aus der Stadt«, meinte Elías und schaute den beiden kopfschüttelnd nach.

»Was ist los mit dir Magnús?«, fragte Gudrun.

»Was soll los sein?«

»Wenn du keine Ohren hättest, würdest du rundherum grinsen.«

Liebe Valeria,

ich hoffe, Dir geht es gut. Stell Dir vor, Lilja war hier! Sie meinte, Du machst bald Abi, ich drücke Dir die Daumen. Mein Bruder und seine Frau sind wieder zurückgekommen und ich habe mit dem Studium begonnen. Es sind nun doch die Vulkane geworden. Ich wohne mit zwei Kumpels in einer WG im sagenhaften Bezirk 101 Reykjavík.

Den Winter über hatte ich jede Menge Zeit, um an Dich zu denken. Was Du mir geschrieben hast, Du weißt schon, der Zettel, das kann ich gut verstehen. Ich hätte es nur schöner gefunden, wenn Du es mir selbst gesagt hättest. Mir ging es doch genau wie Dir! Ich hatte vor diesem Abschied auch ganz furchtbare Angst. Ich denke sehr viel an Dich. Wie Du lächelst und wie Du dich angefühlt hast, auf dem Schneemobil. Deine Wärme, Dein Duft. Was ich Dir am Anfang unserer Begegnung schon gesagt habe, stimmt. Du bist vollkommen anders als Lucia und ich wünschte, ich hätte dich zuerst kennengelernt, dann wäre das alles nicht so kompliziert geworden.

Ich will Dich so schrecklich gern wiedersehen, ganz egal, wie und wo. Bevor ich Dich kannte, wusste ich gar nicht, wie weh es tun kann, wenn man jemanden vermisst. Und bevor ich Dich traf, hielt ich das mit der Seelenverwandtschaft für Unsinn, aber jetzt bin ich mir da nicht mehr so sicher.

Sei umarmt und geküsst.
Dein Magnús

PS: Hast Du schon Zukunftspläne? Ich weiß, dass ich jetzt mit der Tür ins Haus falle und womöglich alles gleich wieder vermassle, aber es gibt an unserer Uni etliche englischsprachige Studiengänge.

Er faltete den Brief zusammen und steckte ihn in einen Umschlag.

Jetzt musste er nur noch abgeschickt werden.

***

Valeria saß an ihrem Lieblingsplatz unter der Steineiche, deren frische grüne Blätter einen dämmrigen Schatten warfen. Irgendwo über ihr kreiste der Falke. Sie schloss die Augen und genoss es, mal so richtig faul zu sein. Die letzten Monate waren ziemlich anstrengend gewesen. Unter der Woche hatte sie bei Mr und Mrs Wilson in deren Gästezimmer gewohnt, war jeden Tag um sechs Uhr aufgestanden und mit dem Bus in die Stadt gefahren. Anfangs hatte sie sich am Gymnasium schwergetan. Nicht mit dem Lernstoff, Mr Wilson hatte sie gut vorbereitet. Aber in einer Klasse mit anderen Schülern und Schülerinnen zu sein, war eine gänzlich neue Erfahrung für sie gewesen. Aber sie hatte es überstanden. Sie hatte sich gegenüber ein paar mobbenden Zicken behauptet, die sie »Streberin« nannten, sie hatte die Anmache des Schulcasanovas abgewehrt und sich schließlich sogar mit zwei Mädchen ein bisschen angefreundet. Sie war stolz auf sich.

Letzte Woche hatten die Abiturprüfungen stattgefunden. Es würde noch dauern, bis die Noten bekannt gegeben wurden, aber Valeria wusste, dass sie gut abgeschnitten hatte.

Und was jetzt? In drei Wochen, am 16. Juni, würde sie achtzehn werden. Erwachsen. Aber sie hatte noch immer keine konkrete Vorstellung, wie es weitergehen würde. Statt ernsthaft über ihre Zukunft nachzudenken, dachte sie viel zu oft an Magnús.

Sie schämte sich, wenn sie daran dachte, wie sie sich von ihm verabschiedet hatte. Nämlich im Grunde gar nicht.

Nachdem Magnús und Lucia im Flughafengebäude verschwunden waren, hatte sie plötzlich einen Panikanfall bekommen. Was, wenn er sie nochmals küsste – wäre das nicht das Allerletzte: erst die eine und dann die andere? Und was, wenn er sie *nicht* küsste und nur befreundet sein wollte? Es war eine Zwickmühle, aus der es nur einen

Ausweg gab: Flucht. Also hatte sie diesen Zettel geschrieben, ihr Gepäck geschnappt und war davongelaufen. Sie hatte sich durchgefragt bis zur Haltestelle des Flughafentransferbusses und war in den erstbesten eingestiegen.

Wie konnte ich nur so bescheuert sein, so feige?

Der Falke schrie, Valeria schreckte auf. Da war ein Geräusch. Ein Motor.

Eine schwarze Limousine schraubte sich in raschem Tempo die Serpentinen hoch, eine Staubfahne hinter sich herziehend.

Ehe sie selbst begriff, was sie da eigentlich tat, begann Valeria zu rennen, obgleich sie sich sagte, dass bestimmt kein Anlass zur Sorge bestand. Aber eine innere Unruhe trieb sie dennoch zur Eile an. Sie hastete über die Schafweide und rannte das letzte Stück der *strada bianca* hinauf bis zu ihrem Haus. Atemlos kam sie dort an.

Der Wagen parkte vor dem Hühnerstall, Celeste lehnte rauchend an der Kühlerhaube und grüßte Valeria, als wären sie alte Freunde.

»Ciao. Wer ist …?« Die Frage blieb ihr im Hals stecken. Es war deutlich zu hören, wer gekommen war. Lucia rechnete gerade mit Rosa ab, und zwar ziemlich lautstark. Ihre Stimmen kamen aus dem Atelier.

»Du hast mich verkauft, das ist es doch. Du kannst es beschönigen, aber letztendlich war es so. Was bist du nur für ein Monster?«

»Jetzt hör dir doch wenigstens mal an, was …« Rosas Stimme, ungewohnt kleinlaut.

Dann wieder Lucia: »Hast du eine Ahnung gehabt, wie

diese Frau mich gehasst hat? Was das für ein Leben war? Und das alles nur, damit du hier auf deinem Scheißberg sitzen und deine Scheißbilder malen konntest, die dir alle mein Vater abgekauft hat? Sag, schämst du dich denn gar nicht?«

Valeria seufzte und tauschte einen Blick mit Celeste, der halb belustigt, halb beunruhigt dreinsah, und bemerkte: »Wenn sie singen würden, würde ich denken, ich bin in der Oper.«

Wider Willen musste Valeria lachen. »Hast du eine Zigarette für mich?«, fragte sie.

Er klopfte eine aus der Schachtel und gab Valeria Feuer. Die nahm einen Zug und musste prompt husten.

»Seit wann rauchst du?«, fragte er.

»Seit eben«, keuchte Valeria, nahm noch zwei Züge, hustete wieder und trat die Zigarette wieder aus.

»Das zu dem Thema«, grinste Celeste.

»Wie geht's denn Claudio?«, fragte Valeria.

»Beschissen.« Celeste feixte immer noch. »Der Padrone hat ihn für eine Weile nach Sardinien geschickt, damit er sich dort um ein paar widerspenstige Hoteliers kümmert. Stinkt ihm gewaltig.«

»Gut so«, sagte Valeria. »Und Matteo?«

»Der musste ihn begleiten.«

Valeria seufzte. Nun ja. War ja nicht anders zu erwarten gewesen.

Jetzt hörte man, wie eine Tür zugeworfen wurde, und im nächsten Augenblick stürmte Lucia aus dem Haus. Sie trug das rote Kleid, das auch Valeria schon einmal angehabt hatte, und hochhackige Schuhe, mit denen sie jetzt erstaunlich flott über das unebene Pflaster stöckelte. Ein Huhn stob erschrocken auf und flatterte gackernd davon.

»Hallo Valeria!« Sie blieb kurz stehen. Beide maßen sich mit Blicken. Lucia hatte sich erneut verändert. Ihr Haar war kurz geschnitten, was ihr sehr gut stand. Valeria in T-Shirt, Kakishorts, festen Schuhen und einem unordentlichen Haarknoten konnte sich wieder einmal nicht mit ihrer Eleganz messen. Aber das war ihr inzwischen vollkommen egal.

»Lucia. Willst du nicht zum Abendessen bleiben? Bitte.«

Lucia schnaubte. »Vergiss es. Ich wollte diese Frau nur mal sehen und ihr die Meinung sagen.«

»Wo wohnst du jetzt?«

»In Rom, bei Freunden. Papa hat die Villa verkauft.«

»Schade«, meinte Valeria. »Was ist mit den Marinellis?«

»Bis jetzt hält der Frieden. Mal sehen, wie lange.«

»Das ist gut«, sagte Valeria erleichtert.

»Du kannst mich ja mal besuchen«, sagte Lucia.

»Mach ich«, sagte Valeria. »Wirklich.«

»Ich maile dir die Adresse.«

»Versprochen?«

»Ja. Ich muss jetzt hier weg, sonst passiert noch ein Unglück.« Lucia machte Celeste ein Zeichen, dann stiegen beide ein und der Wagen preschte in einer Staubwolke vom Hof.

Ein Schluchzen ließ Valeria herumfahren. Rosa saß auf den Stufen und die Tränen liefen ihr übers Gesicht. Valeria erschrak. Tatsächlich, fiel ihr ein, hatte sie ihre Mutter noch nie weinen sehen. Sie ging ins Haus, holte Rosas Zigaretten und reichte ihr die Schachtel, zusammen mit einer Packung Taschentücher.

»Sie hat so gemeine Sachen zu mir gesagt«, schluchzte Rosa. »Und das Schlimme ist: Sie hat recht.« Rosa tupfte sich mit einem Taschentuch die Augen trocken, nahm einen Zug von der Zigarette und sah Valeria an, als erwarte sie Widerspruch.

»Ja, hat sie«, sagte Valeria, woraufhin Rosa den Blick zum Himmel hob und ihrem tief im Verborgenen schlummernden Hang zur Theatralik freien Lauf ließ. »Oh Gott, ich verdiene es. Ja, ich verdiene es. Ich bin die schlechteste Mutter der Welt.«

»Das mag sein«, meinte Valeria, die ein klein wenig der Hafer stach. »Aber betrachte es doch mal positiv, Mama. Sie weiß seit drei Jahren, dass es dich gibt. Und jetzt ist sie immerhin gekommen. Das ist es, was zählt. Dass ihr erster Besuch keine Mutter-Tochter-Versöhnungsfeier wird, war klar. Aber sie wird wiederkommen.«

»Meinst du?«, schniefte Rosa.

»Ja, ganz sicher. Ich bin ja auch wiedergekommen.«

Rosa nickte und trocknete sich die Tränen.

»Hab ich dir erzählt, dass sie auch malt?«

»Nein!«, sagte Rosa verblüfft. »Gut?«

»Ziemlich gut.«

»Sag mal, Mama ... Was ich schon lange fragen wollte. Warum hast du damals sie weggegeben?«

Rosa stöhnte. »Ganz ehrlich? Weil sie ein richtiges kleines Biest war natürlich. Sie war so anstrengend. Sie hat kaum durchgeschlafen und dann tagsüber ständig gequengelt, sie hat schlecht gegessen, und wenn ich nicht hingesehen habe, hat sie dich gezwickt oder gebissen.«

Valeria musste lachen.

»Und ich musste eine Entscheidung treffen. Dein Vater – er hätte sonst niemals Ruhe gegeben.«

Valeria nahm ihre Hand und so blieben sie auf Rosas Lieblingsplatz, den Stufen vor der Haustür, sitzen, bis Rosa zwei Zigaretten geraucht hatte. Dann erhob sie sich schwerfällig und sagte: »Ach ja, da ist ein Brief für dich gekommen, liegt in der Küche. Aus Island. Lieber Himmel, und ich dachte, ihr jungen Leute schreibt euch heutzutage Mails oder so was in der Art.«

Valeria raste in die Küche. Tatsächlich, da lag er. Sie wog ihn in der Hand und strich über die Buchstaben, mit denen ihre Adresse geschrieben war.

Magnús. Die Wucht der verdrängten Gefühle überwältigte sie. Nein, sie hatte ihn kein bisschen vergessen, da war nichts abgekühlt, der Schmerz war immer da gewesen, auch wenn sie ihn verleugnet und bekämpft hatte.

Eine ganze Weile lang saß sie da, den Brief in der Hand. Sie wollte die Vorfreude auskosten, andererseits hatte sie Angst, es könnte etwas Schlimmes darin stehen. Vorwürfe vielleicht, weil sie sich so dumm benommen hatte. Nein, bestimmt nicht. Es würde bestimmt der schönste, romantischste Brief aller Zeiten sein.

Jetzt kapierte sie auch endlich, warum Lilja sie in den letzten paar Wochen ständig so scheinheilig nach Post gefragt hatte. Sie griff zum Brotmesser und schlitzte den Umschlag auf.

Ein Flugticket von Rom nach Reykjavík auf ihren Namen, und zwar am 15. Juni, einen Tag vor ihrem Geburtstag.

Es lag auch ein kleiner Zettel dabei.

Liebe Valeria,

ich denke, ich schulde Dir noch einen Vulkan.

Dein Magnús

PS: Hier liegt ein Brief an Dich, aber ich trau mich nicht, ihn abzuschicken.

Das Böse hat seine guten Seiten – Die Arena X-Thriller

Susanne Mischke

Schneeweiß, blutrot

Früher haben Milena und ihre Clique die Regeln gemacht. Doch während eines Ausflugs in die Berge, in völliger Isolation, ohne Handys und umgeben von nichts als Schnee, kommen Geschichten ans Licht, die Milena am liebsten vergessen hätte. Schreckliche Wahrheiten nehmen ihren Platz ein. Und Milena ahnt ... Die Spielregeln von damals gelten längst nicht mehr.

Arena

Auch als E-Book erhältlich

376 Seiten • Klappenbroschur
ISBN 978-3-401-06845-9
www.arena-thriller.de
www.arena-verlag.de

Susanne Mischke

Röslein stach

Toni ist einfach nur froh, von zu Hause auszuziehen. Endlich in den eigenen vier Wänden! Ralph, ihrem kontrollsüchtigen Stiefvater, ist sie ein für alle Mal entkommen. Doch die alte Villa, die sie mit drei Mitbewohnern teilt, birgt ein abscheuliches Geheimnis: Vor zwanzig Jahren wurde ein Mädchen auf brutale Weise darin ermordet. Und der verurteilte Täter ist seit Kurzem wieder auf freiem Fuß.

Das Böse hat seine guten Seiten – Die Arena Thriller

Susanne Mischke

Zickenjagd

Josy ist schön, klug und beliebt. Gemeinsam mit ihren drei Freundinnen gibt sie in ihrer Schule den Ton an. Wen die Clique nicht leiden kann, der hat nichts zu lachen. Ines dagegen hasst ihr Leben. Ihr unscheinbares, plumpes Äußeres. Den täglichen Spießrutenlauf in der Schule. Aber als ein tragischer Unfall geschieht, ändern sich die Rollen. Und Ines wird klar, dass sie ohne Josy nicht mehr leben kann.

Rosengift

Anfangs fühlt Matilda sich von Patricks kleinen Aufmerksamkeiten – Briefen, SMS, einer roten Rose vor der Haustür – geschmeichelt. Doch dann kommt es zu einem verhängnisvollen Kuss und die »Liebesbeweise« nehmen eine völlig neue, beunruhigende Form an. Irgendjemand scheint Matilda offensichtlich bis aufs Blut zu hassen. Und sie zweifelt mehr und mehr daran, dass es wirklich Patrick ist.

Arena

264 Seiten • Klappenbroschur
ISBN 978-3-401-06414-7
Beide Titel auch als E-Books erhältlich

288 Seiten • Klappenbroschur
ISBN 978-3-401-06601-1
www.arena-verlag.de
www.arena-thriller.de